이육사 작품집

광야(외)

이육사 지음 / 김종회 책임편집

B 범우

수상 —— 169

시

말

훗트러진 갈기
후주군한 눈
밤송이 가튼 털
오! 먼길에 지친말
채죽*에 지친 말이여!

수굿한 목통
축처—진 소리
서리에 번적이는 네굽
오! 구름을 헷치려는 말
새해에 소리칠 힌말이여!

— 《조선일보》(1930. 1. 3).

---

* 채찍.

춘수삼제

1

이른아츰 골목길을 미나리장수가 기—르게 외우고감니다.
할머니의 흐린동자瞳子는 창공蒼空에 무엇을 달리시난지,
아마도 ×에간 맛아들의 입맛(미각味覺)을 그려나보나봐요.

2

시내ㅅ가 버드나무 이ㅅ다금 흐느적어림니다,
표모漂母의 방망이소린 웨저리 모날가요,
쨍쨍한 이볏살에 누덕이만 빨기는 싸 증이난게죠.

3

쎌딍의 피뢰침避雷針에 아즈랑이 걸녀서 헐덕어림니다,
도라온 제비떼 포사선*을 그리며 날너재재거리는건,
깃드린 옛집터를 차저못찻는 괴롬갓구료.

사월오일四月五日

—《신조선新朝鮮》(1935. 6).

---

* 抛射線 : 타원이나 포물선 등의 원추 곡선.

황혼

내 골방의 커―텐을 것고
정성된 맘으로 황혼黃昏을마저드리노니
바다의 힌갈메기들 갓치도
인간人間은 얼마나 외로운것이냐

황혼黃昏아 네 부드러운 손을 힘껏내미라
내 뜨거운 입술을 맘대로 맛추어보련다
그리고 네품안에 안긴 모―든것에
나의 입술을 보내게 해다오

저―십이성좌十二星座의 반ㅅ작이는 별들에게도
종鍾소리 저문 삼림森林속 그윽한 수녀修女들에게도
쎄멘트 장판우 그만흔 수인囚人들에게도
의지할 가지업는 그들의 심상心臟이얼마니 떨고잇슬가

'고비' 사막沙漠을 끈어가는* 낙타駱駝탄 행상대行商隊에게나
'아푸리카' 녹음綠陰속 활쏘는 '인데안' 에게라도
황혼아 네부드러운 품안에안기는 동안이라도
지구地球의 반半쪽만을 나의타는 입술에 맛겨다오

---

* '끊어가는' 또는 '걸어가는' .

내 오월五月의 골방이아늑도 하오니
황혼아 내일來日도또 저—푸른 커—텐을 것게하겠지
정정情情이* 살어지긴 시내물 소리갓해서
한번 식어지면 다시는 도라올줄 모르나부다
　　　　　　　　—오월의 병상에서—

　　　　　　　　　　　　—《신조선》(1935. 12).

---

* '정겹게, 쌓인 정마다' 또는 '암암暗暗히'.

실제

하날이 놉기도 하다
고무풍선갓흔 첫겨울 달을
누구의 입김으로 부너*올렷는지?
그도 반넘어 서쪽에 기우러젓다

행랑뒤골목 휘젓한** 상술집엔
팔녀온 냉해지처녀冷害地處女를 둘너싸고
대학생大學生의 지질숙한 눈초리가
사상선도思想善導의 염탐밋헤 쩔고만잇다

'라듸오'의 수양강화修養講話가 긋치낫는지?
마—장***구락부俱樂部 문門간은 합흠을 치고
'쌜딍' 돌담에 쑴을그리는 거지색기만
이도시都市의 양심良心을 직히나부다

바람은 밤을 집어삼키고
아득한 재스속을 흘너서가니
거리의 주인공主人公인 해태의 눈쌀은
언제나 말가케 푸르러오노

(십이월초야十二月初夜)   —《신조선》(1936. 1).

---

* 불어.
** '호젓한'의 경상도방언.
*** 노름의 일종인 마작.

한개의별을노래하자

한개의 별을 노래하자 꼭한개의 별을
십이성좌十二星座 그숫한 별을 었지나 노래하겠늬

꼭 한개의별! 아츰날때보고 저녁들때도보는별
우리들과 아—주 친親하고그중빗나는별을노래하자
아름다운 미래未來를 꾸며볼 동방東方의 큰별을가지자

한개의 별을 가지는건 한개의 지구地球를 갓는것
아롱진 서름밖에 잃을것도 없는 낡은이따에서
한개의새로운 지구地球를차지할 오는날의깃븐노래를
목안에 피ㅅ때를 올녀가며 마음껏 불너보자

처녀의 눈동자를 늣기며 도라가는 군수야업軍需夜業의
　　젊은동무들
푸른 샘을 그리는 고달픈 사막沙漠의 행상대行商隊도마
　　음을 축여라
화전火田에 돌을 줍는백성百姓들도옥야천리沃野千里를 차지하자

다같이 제멋에 알맛는풍양豊穰한 지구地球의 주재자主宰者로
임자없는 한개의 별을 가질 노래를 부르자

한개의별 한개의 지구地球 단단히다저진 그따우에

모든 생산生産의 씨를 우리의손으로 휘뿌려보자
영속嬰粟처럼 찬란한 열매를 거두는 찬연*엔
예의禮儀에 끄림없는 반취半醉의 노래라도 불너보자

렴리**한 사람들을 다스리는신神이란항상거룩합시니
새별을 차저가는 이민移民들의그틈엔 안끼여갈테니
새로운 지구에단죄罪없는노래를 진주眞珠처름 훗치자***

한개의별을 노래하자 다만한개의 별일망정
한개 또한개 십이성좌十二星座모든 별을 노래하자.

—《풍림風林》(1936. 12).

---

* 餐宴 : 육사의 신조어이거나 향연饗宴의 오식.
** '염리예토厭離穢土(더럽혀진 세상을 버리고 떠난다)' 의 준말인 염리厭離.
*** 흩어지게 만든다, 즉 뿌리자.

해조사

동방*을 차자드는 신부新婦의 발차최 같이
조심스리 거러오는 고이한 소리!
해조海潮의 소리는 네모진 내들창을 열다
이밤에 나를 부르느니 업스런만?

남생이 등같이 외로운 이서—ㅁ 밤을
싸고오는 소리! 고이한 침략자侵略者여!
내 보고寶庫을 문門을 흔드난건 그누군고?
영주領主인 나의 한마듸 허락도 없이

'코—가사스' 평원平原를 달니는 말굽 소리보다
한층 요란한 소리! 고이한 약탈자略奪者여!
내정열情熱 밖에 너들에 뺏길게 무었이료
가난한 귀향살이 손님은 파려하다.

올때는 웨그리 호기롭게 올려와서
너들의 숨결이 밀수자密輸者 같이 헐데느냐
오—그것은 나에게 호소呼訴하는 말못할 울분鬱憤인가?
내 고성古城엔 밤이 무겁게 깁허가는데.

쇠줄에 끌여것는 수인囚人들의 무거운 발소리!

---

* 洞房 : 신방, 침실.

넷날의 기억記憶을 아롱지게 수繡놋는 고이한 소리!
해방解放을 약속約束하든 그날밤의 음모陰謀를
먼동이 트기전 또다시 속삭여 보렴인가?

검은 벨*을 쓰고오는 젊은 여승女僧들의 부르지즘
고이한 소리! 발밑을 지나며 흑흑 늣기는건
어느사원寺院을 탈주脫走해온 어엽뿐 청춘靑春의 반역反逆인고?
시드렀든 내 항분亢奮도 해조처름 부폭러오르는 이밤에

이밤에 날부를이 업거늘! 고이한 소리!
광야曠野를 울니는 불마진 사자獅子의 신음呻吟인가?
오 소리는 장엄莊嚴한 네생애生涯의 마즈막 포효咆哮!
내 고도孤島의 매태**낀 성곽城郭을 깨트려다오!.

산실産室을 새여나는 분만妨娩의 큰 괴로움!
한밤에 차자올 귀여운 손님을 마지하자
소리! 고이한 소리! 지축地軸이 메지게 달녀와
고요한 섬밤을 지새게 하난고녀.

거인巨人의 탄생誕生을 축복祝福하는 노래의 합주合奏!
하날에 사모치는 거룩한 깃봄의 소리!
해조는 가을을 볼너 내가슴을 어르만지며
잠드는 넋을 부르다 오— 해조! 해조의소리!

—《풍림》(1937. 4).

---

* 베일.
** 이끼.

노정기

목숨이란 마—치 깨여진 배쪼각
여기저기 흐터저 마을 이 한구죽죽한 어촌漁村보다 어설푸고
삶의 틔끌만 오래묵은 포범*처름 달어매엿다.

남들은 깃벗다는 젊은날이엿건만
밤마다 내꿈은 서해西海를 밀항密航하는 '쩡크'와 갓해
소금에 짤고 조수潮水에 부프러 올넛다.

항상 흐렷한밤 암초暗礁를 버서나면 태풍颱風과 싸워가고
전설傳說에 읽어본 산호도珊瑚島는 구경도 못하는
그곳은 남십자성南十字星이 빈저주도** 안엇다.

쫏기는 마음! 지친 몸이길래
그리운 지평선地平線을 한숨에 기오르면
시궁치***는 열대식물熱帶植物처름 발목을 오여쌋다.****

새벽 밀물에 밀여온 거믜인양
다삭어빠진 소라 깍질에 나는 부터왓다
머—·ㄴ항구港口의 노정路程에 흘너간 생활生活을 드려다보며

—《자오선子午線》(1937. 12).

초가

구겨진 하늘은 무근 애기책을편듯
돌담울이 고성古城가티 둘러싼산山기슬
쌕쥐 나래밑에 황혼黃昏이 무쳐오면
초가草家 집집마다 호롱불이켜지고
고향故鄕을 그린 묵화墨畵한폭 좀이쳐.*

씌염 씌염 보히는 그림 쪼각은
압밭에 보리밧헤 말매나물** 캐러간
가신애는 가신애와 종달새소리에 반해

빈바구니 차고오긴 너무도 부끄러워
술래짠*** 두쌤우에 모매꽃****이 피엿고.

그네줄에 비가오면 풍년豊年이든다더니
압내강江에 씨레나무 밀려나리면
절믄이는 젊은이와 쎄목을타고
돈벌로 항구港口로 흘러간 몇달에
서리ㅅ발로 입저도***** 못오면 바람이분다.

---

 * 좀먹다.
 ** 봄나물의 일종, 안동 지방 방언.
 *** 얼굴빛이 상기된 모습을 뜻하는 것으로 추정.
 **** 나팔꽃 모양의 여름꽃, 안동 지방 방언.
 ***** 서릿발(에) 잎(이) 져도.

피로가군[*] 이삭에 참새로 날라가고

곰처럼 어린놈이 북극北極을 꿈꾸는데

늘근이는 늘근이와 싸호는 입김도

벽에서려 성애서는 한겨울 밤은

동리洞里의 밀고자密告者인 강江물조차 얼붙는다.

   — (유폐幽廢된 지역地域에서) —

      —《비판批判》(1938. 4).

<hr>

* 피로 가꾼.

강건너간노래

섯달에도 보름 $_{쎄}$ 달발근밤
압내강 $_{江}$ 쌩쌩어러 조이든밤에
내가부른 노래는 강 $_{江}$ 건너갓소

강 $_{江}$ 건너 하늘 끗에 사막 $_{沙漠}$ 도 다은곳
내노래는 제비가티 날러서갓소

못이즐 게집애 집조차 업다기에
가기는 갓지만 어린날개 지치면
그만 어느모래불에 써러져 타서죽겟죠.

사막 $_{沙漠}$ 은 끗업시 푸른하늘이 덥혀
눈물 먹은 별들이 조상오는밤

밤은옛일을무지개 보다곱게 짜내나니
한가락 여기두고 또한가락 어데맨가
내가부른 노래는 그밤에 강 $_{江}$ 건너 갓소.

―《비판》(1938. 7).

소공원

한낮은 햇발이
백공작白孔雀 소 리우에 합북 퍼지고

그넘에 비닭이* 보리밧헤 두고온
사랑이 그립다고 근심스레 코고을며

해오래비 청춘靑春을 물가에 흘여보냇다고
쑤 그리고 안저 비를 부르건만은

힌오리때 만 분주히 밋기를차저
자무락질치는 소리 약간들이고

언덕은 잔듸밧 파라솔 돌이는 이국소년異國少年둘
해당화海棠花가튼 샘 을돌어 망향가望鄕歌도부른다.

—《비판》(1938. 9).

---

* '비둘기' 의 옛말.

아편

나릿한 남만南蠻의 밤
반제*의 두레ㅅ불 타오르고

옥玉돌보다 찬 넉시잇서
홍역紅疫이 발반하는 거리로 쏠려

거리엔 '노아' 의 홍수洪水 넘처나고
위태한 섬우에 빛난 별하나

너는 고 알몸동아리 향기香氣를
봄바다 바람실은 돗대처럼오라

무지개가치 황홀恍惚한 삶의 광영光榮
죄罪와 겻드러도 삶즉한 누리.

—《비판》(1938. 11).

---

* 蟠祭 : '번제燔祭' 의 오식, 예수교에서 구약시대에 염소를 잡아 구워 하느님께 드리던 제사.

연보

너는 돌다리목에 쳐왔다,든
할머니 핀잔이 참이라고하자

나는 진정 강ㅍ언덕 그마을에
버려진 문바지였은지몰라?

그러기에 열여덟 새봄은
버들피리 곡조에 부러보내고

첫 사랑이 흘러간 항구港口의밤
눈물섞어 마신술 피보다 달드라

공명이 마다곤들* 언제 말이나했나?
바람에부처 돌아온 고장도 비고

서리밟고 걸어간 새벽길우에
간ㅐ잎만 새하얗게 단풍이들어

거미줄만 발목에 걸린다해도
쇠사슬을 잡어맨듯 무거워졌다

———————
* 마다한다고 한들.

눈우에 걸어가면 자욱이 지리라고
때로는 설래이며 파람도불지

—《시학詩學》(1939. 3).

남한산성

넌 제왕帝王에 길드린 교룡蛟龍
화석化石되는 마음에 잇기가 끼여

승천昇天하는 꿈을 길러준 열수*
목이 째지라 울어 예가도**

저녁 놀빛을 걷어 올리고
어데 비바람 잇슴즉도 안해라.

—《비판》(1939. 3).

---

* 洌水 : 한강의 옛이름으로 추정.
** '예다' 는 '가다' 의 옛말, 즉 행의 리듬을 고려하여 '가다' 라는 말이 두 번 쓰인 것으로 보인다.

호수

내여달리고 저운[*] 마음이련만은
바람에 씻은듯 다시 명상瞑想하는 눈동자

때로 백조白鳥를 불러 휘날려보기도 하건만
그만 기슭을 안고 돌아누어 흑흑 느끼는밤

희미한 별 그림자를 씹어 노외는 동안
자주빛 안개 가벼운 명모^{**}같이 나려씌운다.

—《시학》(1939. 6).

---

* '싶은'의 경상도 방언.
** 瞑帽 : 어두운 색깔의 모자.

청포도

내 고장 칠월七月은
청포도가 익어가는 시절

이 마을 전설이 주저리 주저리 열리고
먼데 하늘이 꿈꾸려 알알이 들어와 박혀

하늘 밑 푸른 바다가 가슴을 열고
흰 돛단 배가 곱게 밀려서 오면

내가 바라는 손님은 고달픈 몸으로
청포青袍를 입고 찾아 온다고 했으니

내 그를 맞아 이 포도를 따 먹으면
두 손은 함뿍 적셔도 좋으련

아이야 우리 식탁엔 은 쟁반에
하이얀 모시 수건을 마련해 두렴

—《문장文章》(1939. 8).

절정

매운 계절季節의 챗죽에 갈겨
마츰내 북방北方으로 휩쓸려오다

하늘도 그만 지쳐 끝난 고원高原
서리빨 칼날진 그우에서다

어데다 무릎을 꾸러야하나?
한발 재겨디딜 곳조차 없다

이러매 눈깜아 생각해볼밖에
겨울은 강철로된 무지갠가보다.

—《문장》(1940. 1).

반묘

어느사막沙漠의나라 유폐幽閉된 후궁后宮의 넋이기에
몸과 마음도 아롱저 근심스러워라.

칠색七色바다를 건너서와도 그냥 눈동자瞳子에
고향의황혼黃昏을 간직해 서럽지 안뇨.

사람의품에 깃들면 등을 굽히는짓새
산맥山脈을 늦깃사록* 끝없이 게을너라.

그적은 포효咆哮는 어느조선祖先때 유전遺傳이길래
마노**이 노래야 한층더 잔조우리라***.

그보다 뜰알에**** 흰나븨 나즉이 날어올땐
한낮의 태양太陽과 튜맆 한송이 직힘직하고

—《인문평론人文評論》(1940. 3).

---

 * '늦길사록' 의 오식이거나 이형으로 추정.
 ** 瑪瑙 : 옥돌. 여기서는 반묘를 비유한 상태로 씌어지고 있음. 즉 얼룩 고양이.
 *** '잔조롭다(어린 아이의 울음처럼 소리가 가늘고 높게 나는 상태)' 의 경상도 방언.
 **** 뜰아래.

광인의 태양

분명 라이풀선線을 튕겨서 올나
그냥 화화*처름 사라서 곱고

오랜 나달** 연초***에 끄스른
얼골을 가리면 슬픈 공작선孔雀扇

거츠는 해협海峽마다 흘긴 눈초리
항상 요충지대要衝地帶를 노려가다

—《조선일보》(1940. 4. 27).

---

* 火華 : 불꽃.
** 날과 달, 즉 세월.
*** 煙硝 : 화약의 폭발에 의해 생기는 연기.

일식

쟁반에 먹물을 담아 햇살을 비쳐본 어린날
불개는 그만 하나밖에 없는 내 날을 먹었다

날과 땅이 한줄우에 돈다는 고순간瞬間만이라도
차라리 헛말이기를 밤마다 정영 빌어도 보았다

마츰내 가슴은 동굴洞窟보다 어두워 설래인고녀
다만 한봉오리 피려는 장미薔薇 벌레가 좀치렷다[*]

그래서 더 예쁘고 진정 덧없지 아니하냐
또 어데 다른 하늘을 얻어 이슬 젖은 별빛에 가꾸련다.

—××에게 주는—

—《문장》(1940. 5).

---

[*] 좀(이) 치렷다, 즉 좀이 슬다, 좀 먹다.

교목

푸른 하늘에 다을드시
세월에 불타고 웃둑 남아서셔
차라리 봄도 꽃피진 말어라.

낡은 거미집 휘두르고
끝없는 꿈길에 혼자 설내이는
마음은 아예 뉘우침 안이리

검은 그림자 쓸쓸하면
마츰내 호수湖水속 깊이 겪우러저
참아 바람도 흔들진 못해라.

·········SS에게······

—《인문평론》(1940. 7).

서풍

서리 빛을 함복 띄고
하늘 끝없이 푸른데서 왔다.

강江바닥에 깔여 있다가
갈대꽃 하얀우를 스처서.

장사壯士의 큰칼집에 숨여서는
귀향가는 손의 돛대도 불어주고.

젊은 과부의 뺨도 히든날
대밭에 벌레소릴 갓구어놋코.

회한悔恨을 사시나무 잎처럼 흔드는
네오면 불길不吉할것같어 좋와라.

—《삼천리三千里》(1940. 10).

독백

운모雲母처름 히고찬 얼골
그냥 죽엄에 물든줄 아나
내지금 달알에 서서 있네

돛대보다 놉다란 어깨
얄은 구름쪽 거믜줄 가려
파도나 바람을 귀밑에 듣네

갈멕인양 떠도는 심사
어데 하난들 끝간델 아리
오롯한 사념思念을 기폭旗幅에 흘니네

선창船窓마다 푸른막 치고
촛불 향수鄕愁에 찌르르 타면
운하運河는 밤마다 무지개 지네

빡쥐같은 날개나 펴면
아주 흐린날 그림자 속에
떠서는 날쟌는 사복*이 됨세

---

* 일본식 한자어, 병鋲(압정)의 의미.

닭소래나 들니면 갈랴
안개 뿌얗게 나리는 새벽
그곳을 가만히 나려서 감세

—《인문평론》(1941. 1).

아미

―구름의 백작부인伯爵夫人―

향수鄕愁에 철나면 눈썹이 기난이요[*]
바다랑 바람이랑 그사이 태여났고
나라마다 어진 풍속에 자랐겠죠

짓푸른 깁장帳^{**}을 나서면 그 몸매
하이얀 깃옷은 휘둘러 눈부시고
정영 왈츠라도 추실란가봐요.

햇살같이 펼쳐진 부채는 감춰도
도톰한 손껼 교소驕笑를 가루어서
공주의 홀笏보다 개끗이 떨리요

언제나 모듬^{***}에 지쳐서 돌아오면
꽃다발 향기조차 기억만 서러워라
찬젓때^{****} 소리에다 옷끈을 흘려보내고

촛불처럼 타오르는 가슴속 사념思念은
진정 누구를 애끼시는 속죄贖罪라오

---

* 길어지는 것이요.
** 거친 비단(깁)으로 만든 휘장.
*** '모임'의 경상도 방언.
**** 찬 젓대(피리).

발아래 가득히 황혼이 나우리치오*

달빛은 서늘한 원주圓柱아래 듭시면
장미薔薇쩌**이고 장미薔薇쩌 흗으시고
아련히 가시는곳 그 어딘가 보이오

—《문장》(1941. 4).

---

* 잔 파도가 일다
** 쩌다 : '꺾다' , '따다' 라는 뜻의 경상도 방언

자야곡

수만호 빛이래야할 내 고향이언만
노랑나븨도 오쟎는 무덤우에 이끼만 푸르리라.

슬픔도 자랑도 집어삼키는 검은 꿈
파이프엔 조용히 타오르는 꽃불도 향기론데
연기는 돛대처럼 날려 항구에 들고
옛날의 들창마다 눈동자엔 짜운 소금이 저려

바람 불고 눈보래 치쟎으면 못살이라
매운 술을마셔 돌아가는 그림자 발자최 소리

숨막힐 마음속에 어데 강물이 흐르뇨
달은 강을 따르고 나는 차듸찬 강맘에 드리라

수만호 빛이래야할 내 고향이언만
노랑나븨도 오쟎는 무덤우에 이끼만 푸르리라.

—《문장》(1941. 4).

서울

어떤 시골이라도 어린애들은 있어 고놈들 꿈결조차 잊지못할 자랑속에 피여나 황홀하기 장미薔薇빛 바다였다.

밤마다 야광충夜光虫들의 고흔 불아래 모혀서 영화로운 잔체*와 쉴새없는 해조諧調에 따라 푸른 하늘을 꾀했다는 이얘기.

왼** 누리의 심장을 거기에 느껴 보겠다고 모든 길과길들 피줄같이 얼클여서 역驛마다 느름나무가 늘어서고

긴 세월이 맴도는 그판에 고초먹고 뱅—뱅 찔레먹고 뱅—뱅 너머지면 '맘모스' 의 해골骸骨처럼 흐르는 인광燐光 길다랗게.

개아미 마치 개아미다 젊은놈들 겁이 잔뜩나 참아 참아하는 마음은 널 원망에 비겨 잊을 것이었다 깍쟁이.

언제나 여름이 오면 황혼의 이뽈따귀*** 저뽈따귀에 한줄식 걸처매고 짐짓 창공에 노려대는 거미집이다 령비인.

제발 바람이 세차게 불거든 케케묵은 몬지를 눈보래만냥 날러라 녹아나리

---

* '잔치' 의 경상도 방언.
** '온' 의 경상도 방언.
*** '뽈' 의 경상도 방언.

면 개천에 고놈 살무사들 승천을 할넌지.

—《문장》(1941. 4).

파초

항상 앓는* 나의 숨결이 오늘은
해월海月처럼 게을러 은銀빛 물결에 뜨나니

파초芭蕉 너의 푸른 옷깃을 들어
이닷 타는 입술을 축여주렴

그옛적 '사라센'의 마즈막 날엔
기약期約없이 흐터진 두낱 넋이였서라

젊은 여인女人들의 잡아 못논** 소매끝엔
고흔 손금조차 아즉 꿈을 짜는데

먼 성좌星座와 새로운 꽃들을 볼때마다
잊었든 계절季節을 몇번 눈우에 그렸느뇨

차라리 천년千年뒤 이가을밤 나와함께
비ㅅ소리는 얼마나 긴가 재여보자

그리고 새벽하날 어데 무지개 서면
무지개 밟고 다시 끝없이 헤여지세

—《춘추春秋》(1941. 12).

---

* 앓는.
** 못 놓는.

근하 석정선생 육순[*]

천수사옹유육순天壽斯翁有六旬　　　창안호발좌참신蒼顔皓髮坐嶄新.

경래일세응다감經來一世應多感　　　요억향산입몽빈遙憶鄕山入夢頻.[**]

　　　—1943년작, 출전:《청포도靑葡萄》(범조사凡潮社, 1964).

---

[*] 謹賀 石庭先生 六旬 : 이 작품은 육사가 이민수李民樹 선생 부친의 육순을 축하하여 읊은 것이라고 한다.

[**] 천수가 이 늙은이에게 육순이 되었으니　　맑은 얼굴에 흰 머리 앉음새가 새로워라.
지내온 한 세상 느낌이 많을 텐데　　멀리 고향산이 꿈에 자주 오더라.

만등동산[*]

복지당천석卜地當泉石　상환공한양相歡共漢陽.

거작과심대擧酌誇心大　등고한일장登高恨日長.

산심금어랭山深禽語冷　시성야색창詩成夜色蒼.

귀주나가급歸舟那可急　성월만원방星月滿圓方.[**]

〈여與 석초[***] 여천[****] 춘파[*****] 동계[******] 민수[*******] 공음共吟〉

—1943년작, 출전:《청포도》(범조사, 1964).

---

[*] 晩登東山 : 이 작품은 육사가 성모병원에서 퇴원한 이듬해에 친우들과 함께, 당시 이민수 선생댁(지금의 삼선교) 뒷산에 올라가 지은 것이라고 한다.

[**] 천석 좋은 곳을 택하여　　　　　서로 즐겨서 서울에 같이 있더라
술잔을 드니 마음이 큰 것을 자랑하고　해가 다 지도록 높은 곳에 올랐더라
산이 깊으니 새의 지껄임이 차고　　시詩를 이루매 밤빛이 푸르러라
돌아가는 배가 왜 이리 급한가　　　별과 달이 천지에 가득하다

[***] 石艸 : 신석초
[****] 黎泉 : 이원조
[*****] 春坡 : 이영규
[******] 東溪 : 전문수
[*******] 民樹 : 이민수

주난흥여*

주기시정양양란酒氣詩情兩樣闌 두우초전월성란斗牛初轉月盛欄.

천애만리지음재天涯萬里知音在 노석청하사아한老石晴霞使我寒.**

〈여與 춘파春坡 석초石艸 민수民樹 동계東溪 수산*** 여천黎泉 공음共吟〉

—1943년작, 출전: 《청포도》(범조사, 1964).

---

* 酒暖興餘 : 이 작품은 삼선교 뒷산에서의 주연이 파한 다음, 이민수 선생 댁으로 돌아와서 벌어진 또 한
차례의 주연에서 만들어진 작품이라고 한다.
** 술기운과 시정이 두 가지 한창인데　　　　북두성은 돌고 달은 난간에 가득하다
하늘 끝 만리 뜻을 아는 이 있으니　　　　늙은 돌 맑은 안개가 나로 하여금 차게 하더라.
*** 水山 : 이원일.

바다의 마음

물새 발톱은 바다를 할퀴고
바다는 바람에 입김을 분다.
여기 바다의 은총恩寵이 잠자고잇다.

힌돛(백범白帆)은 바다를 칼질하고
바다는 하늘을 간절너본다.
여기 바다의 아량雅量이 간직여잇다.

날근 그물은 바다를 얽고
바다는 대륙大陸을 푸른 보로싼다.
여기 바다의 음모陰謀가 서리워잇다.

팔월이십삼일八月二十三日

―친필원고.

꽃

동방은 하늘도 다 끗나고
비 한방울 나리쟌는 그따에도
오히려 꽃츤 밝아케 되지안는가
내 목숨을 꾸며 쉬임업는 날이며

북北쪽 '쓴도라' 에도 찬 새벽은
눈속 깁히 꽃 맹아리가 옴작어려
제비떼 까마케 나라오길 기다리나니
마츰내 저버리지못할 약속約束이며!

한 바다 복판 용소슴 치는곧
바람결 따라 타오르는 꽃성城에는
나븨처럼 취醉하는 회상回想의 무리들아
오늘 내 여기서 너를 불러보노라

—《자유신문自由新聞》(1945.12.17).

광야

까마득한 날에
하늘이 처음 열리고
어데 닭 우는 소리 들렷스랴

모든 산맥山脈들이
바다를 연모戀慕해 휘달릴때도
참아 이곧을 범犯하든 못하였으리라

끈임없는 광음光陰을
부지런한 계절季節이 픠어선 지고
큰 강江물이 비로소 길을 열엇다

지금 눈 나리고
매화향기梅花香氣 홀로 아득하니
내 여기 가난한 노래의 씨를 뿌려라

다시 천고千古의 뒤에
백마白馬타고 오는 초인超人이 있어
이 광야曠野에서 목노아 부르게하리라

―《자유신문》(1945.12.17).

나의 뮤―즈

아주 헐벗은 나의 뮤―즈는
한번도 기야[*] 싶은 날이 없어
사뭇 밤만을 왕자王者처럼 누려 왔소

아무것도 없는 주제였만도
모든것이 제것인듯 뻐틔는 멋이야
그냥 인드라의 영토領土를 날라도 단인다오

고향은 어데라 물어도 말은 않지만
처음은 정녕 북해안北海岸 매운 바람속에 자라
대곤大鯤을 타고 단였단것이 일생一生의 자랑이죠

계집을 사랑커든 수염이 너무 주체스럽다도
취醉하면 행랑 뒤ㅅ골목을 돌아서 단이며
복狀보다 크고 흰 귀를 자조 망토로 가리오

그러나 나와는 몇 천겁千劫 동안이나
바루 비취翡翠가 녹아 나는듯한 돌샘ㅅ가에
향연饗宴이 벌어지면 부르는 노래란 목청이 외골수요
밤도 지진하고 닭소래 들릴 때면

---

* 그것이야.

그만 그는 별 계단階段을 성큼성큼 올러가고

나는 초ㅅ불도 꺼져 백합百合꽃 밭에 옷깃이 젖도록 잤소

—《육사시집陸史詩集》(이원조李源朝 편, 서울출판사, 1946).

소년에게

차듸찬 아침이슬
진주가 빛나는 못가
연蓮꽃 하나 다복히 피고

소년少年아 네가 낳다니
맑은 넋에 깃드려
박꽃처럼 자랐세라

큰강江 목놓아 흘러
여을은 흰 돌쪽마다
소리 석양夕陽을 새기고

너는 준마駿馬 달리며
죽도竹刀 져 곧은 기운을
목숨같이 사랑했거늘

거리를 쫓아 단여도
분수噴水 있는 풍경風景 속에
동상답게 서봐도 좋다

서풍西風 뺨을 스치고
하늘 한가* 구름 뜨는곳

희고 푸른 지음[*]을 노래하며

그래[**] 가락은 흔들리고
별들 춥다 얼어붙고
너조차 미친들 어떠랴

—《육사시집》(이원조편, 서울출판사, 1946).

해후

모든 별들이 비취계단翡翠階段을 나리고 풍악소래 바루 조수처럼 부푸러 오르던 그밤 우리는 바다의 전당殿堂을 떠났다

가을 꽃을 하직하는 나비모냥 떨어져선 다시 가까이 되돌아 보곤 또 멀어지던 흰 날개우엔 볕ㅅ살도 따겁더라

머나먼 기억記憶은 끝없는 나그네의 시름속에 자라나는 너를 간직하고 너도 나를 아껴 항상 단조한 물결에 익었다

그러나 물결은 흔들려 끝끝내 보이지 않고 나조차 계절풍季節風의 넋이 가치 휩쓸려 정치못 일곱 바다에 밀렸거늘

너는 무삼일로 사막沙漠의 공주公主같아 연지臙脂찍은 붉은 입술을 내 근심에 표백漂白된 돛대에 거느뇨 오—안타가운 신월新月

때론 너를 불러 꿈마다 눈덮인 내 섬속 투명透明한 영락*으로 세운 집안에 머리 푼 알몸을 황금黃金 정쇄頂鎖 족쇄足鎖로 매여 두고

귀ㅅ밤에 우는 구슬과 사슬 끊는 소리 들으며 나는 일흠도 모를 꽃밭에 물을 뿌리며 머—ㄴ 다음 날을 빌었더니

---

* 玲珞 : 구슬로 만든 장신구.

꽃들이 피면 향기에 취醉한 나는 잠든 틈을 타 너는 온갖 화판花瓣을 따서 날개를 붙이고 그만 어데로 날러 갔더냐

지금 놀이 나려 선창船窓이 고향故鄉의 하늘보다 둥글거늘 검은 망토를 두르기는 지나간 세기世紀의 상장喪章같애 슬프지 않은가

차라리 그 고은 손에 흰 수건을 날리렴 허무虛無의 분수령分水嶺에 앞날의 기旗빨을 걸고 너와 나와는 또 흐르자 부끄럽게 흐르자

—《육사시집》(이원조편, 서울출판사, 1946).

편복*

광명光明을 배반背反한 아득한 동굴洞窟에서
다 썩은 들보라 문허진 성채城砦 위 너 헐로 도라단이는
가엽슨 빡쥐여! 어둠에 왕자王者여!
쥐는 너를 버리고 부자집 곳庫간으로 도망했고
대붕**도 북해北海로 날러간 지 임이 오래거늘
검은 세기世紀에 상장喪裝이 갈갈이 찌저질 긴 동안
비닭이같은 사랑을 한번도 속삭여 보지도 못한
가엽슨 빡쥐여! 고독孤獨한 유령幽靈이여!

앵무와함께 종알대여 보지도 못하고
딱짜구리처름 고목古木을 쪼아 울니도 못하거니
만호보다 노란눈깔은 유전遺傳을 원망한들 무엇하랴
서러운 주문呪文일사 못외일 고민苦悶의 잇빨을 갈며
종족種族과 횃(시塒)를 일허도 갈곳조차 입는
가엽슨 빡쥐여! 영원永遠한 '보헤미안' 의 넉시여!

제정열情熱에 못익여 타서죽는 불사조不死鳥는 안일망정
공산空山잠긴달에 울어새는 두견杜鵑새 흘니는피는
그래도사람의 심금心琴을 흔들어 눈물을 짜내지 안는가?
날카로운 발톱이 암사슴의 연한간肝을 노려도봤을

---

* 박쥐.
** 大鵬 : 《장자莊子》에 나오는 상상적인 큰 새의 이름.

너의 머—ㄴ 조선祖先의 영화榮華롭든 한시절 역사歷史도
이제는 「아이누」의 가계家系와도 같이 서러워라!
가엽슨 빡쥐여! 멸망滅亡하는 겨레여!

운명運命의 제단祭壇에 가늘게 타는 향香불마자 꺼젓거든
그많은 새즘승에 빌붓칠 애교愛嬌라도 가젓단말가?
상금조相琴鳥처럼 고흔 뺨을 채롱에 팔지도 못하는 너는
한토막 꿈조차 못꾸고 다시 동굴洞窟로 도라가거니
가엽슨 빡쥐여! 검은 화석化石의 요정妖精이여!

—친필원고

평문

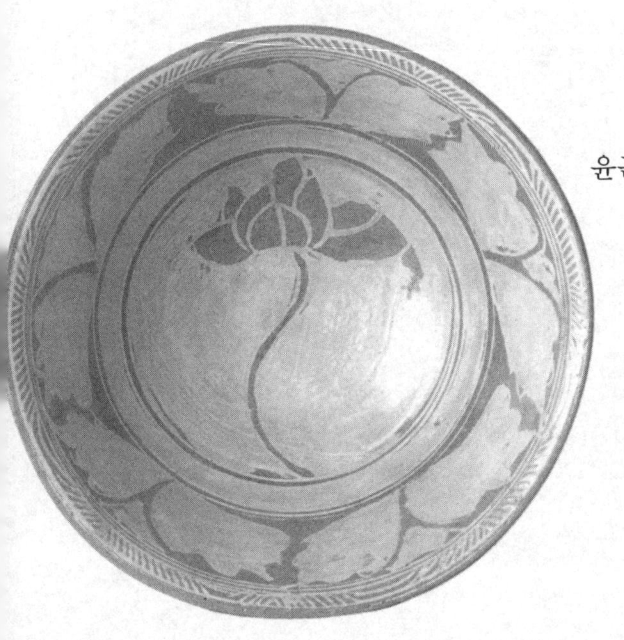

대구사회단체개관

　전국적으로 폭풍우같이 밀려오는 탄압이 나날이 그 범위가 넓어지고 그 도수度數가 앙양昂揚됨을 따라 증전曾前에 보지 못하던 수난기受難期에 있는 조선의 사회운동이란 것이 일률적으로 침체沉滯라는 불치의 병에 걸려 있으니 다 같이 관심하는 바와 같이 이 간난고극艱難苦極한 국면을 대국적으로 어느 신방향新方向에 타개하기 전에는 혹 지방을 따라 다소의 차이는 있을지언정 도저히 활기있는 진출을 보기가 어려울 것이다.

　그러므로 이 대구에 있는 사회단체를 제題와 같이 개관적으로나마 소개하려 함에 무엇보다도 먼저 필자의 흥미가 십분이나 감살減殺되는 것은 너무나 소침된 현상이 가히 이렇다고 할만한 무엇을 매거할 수 없으리만치 한산해서 그 지도인물들도 혹 필사의 노력으로 진영을 지키다가도 마침내 세궁력진勢窮力盡해서 칠영팔락七零八落이 되어 몇 개 단체의 회관이란 마치 전후의 황원荒原과 같이 소조낙막蕭條落寞한 감이 없지 않으니 대체로 이 침체란 것은 그 원인을 두 곳에서 가려 볼 수가 있는 것이니 그 하나를 외래의 억압이라면 다른 하나는 자체의 부진이란 것도 피할 수 없는 엄연한 한 사실이다. 그러나 자체의 부진과 외래의 억압이 양면적으로 한 침체의 현상을 이룬 것을 가지고 이 두 가지 중에서 어느 것이 근인이 되며 어느 것이 원인되는 것을 가리려는 것은 마치

닭과 닭알의 선후를 가리려는 것과 같이 심히 어려운 일이나 서북선西北鮮의 일반 사회 운동이 남선南鮮의 그것보다 얼마나 더 활기있는 진출을 하고 있다는 것을 들을 때 다 같은 억압의 밑에서도 남북의 이만한 차이가 있다는 것은 남조선 지방의 전투분자가 아직도 그 보무步武가 용감치 못한 자체의 부진이란 책임을 안 질수가 없는 것이다. 항상 전위前衛에 나선 용자勇者가 희생을 당하면 연連해 곧 진영陣營을 지키고 후임을 계승할 만한 투사鬪士가 끊어지지 않아야 할 것이니 새로운 용자여, 어서 많이 나오라. 이에 대구에 있는 사회단투社會團鬪의 몇낱을 소개한다면 아래와 같다.

1. 대구청년동맹大邱靑年同盟

1927년 7월 24일에 창립하였으니 당시에 전선적全鮮的 합동운동이 농후한 기운에 따라 대구청년회, 아구我求청년동맹, 서울 신우단新友團, 청년동맹, 무산無産 청년회 등이 합동해서 대구청년동맹이 창설되고 제일세第一世 집행위원장으로는 현하現下 제사차 공청년사건共靑年事件으로 재감중在監中인 장적우張赤宇 군이 취임해서 회원이 약 130명 가량으로 기다幾多의 활약을 하다가 마침내 그 사건으로 영어囹圄의 몸이 되고 또한 언론집회의 자유를 점점 상실함에 따라 일체의 집회와 심지어甚至於 위원회까지 잘 열지 못하게 되어 거의 폐문태閉門態로 현하現下는 박명기朴明基씨가 집행위원장으로 있으나 아무 사회적 능률을 낼 수가 없이 그냥 침묵 상태로 있다. 그러나 대세의 소장消長하는 한 토막만으로서 장구한 미래를 결정할 수는 없는 것이니 오늘날의 일시적 침체로서 영원한 소멸을 비관할 수도 없는 것이며 또한 역사적 필연성만을 믿고 강태공姜太公의 달팔십達八十을 그대로 기다릴 수는 더구나 없는 것이니 모름지기 필사적 노력으로 이 한산한 진용을 활기있게 정돈해서 간난한 국면을 타개해 나가기를 바래서 마지 아니하는 것이다.

2. 대구소년동맹大邱少年同盟

1924년 7월 27일에 소년혁영회少年革英會, 개조단改造團, 노동소년회勞働少年會, 혁조단革造團의 사개단체가 합동해서 대구소년동맹이 창립되는데 그중에 대구소년회는 김영파金英波 군의 합동의 주지主旨를 불긍이 여겨 중도에서 탈한 일도 있었으나 대구소년동맹은 회원 150명으로서 제일세第一世 위원장을 손기채孫基埰 군君으로 하여 대중적 훈련訓練과 자체自體 교양敎養 같은 데만은 노력을 해오다가 지금은 박병필 군이 집행위원장으로서 다소의 활약을 하나 이 역시 비전比前해서는 매우 침체한 상태로 별로 매거枚擧할 역할을 하지 못하는 중이다.

3. 신간회대구지회新幹會大邱支會

1927년 9월 3일에 창립되었으니 민족적 단일당單一黨의 총역량을 집중하는 신간운동新幹運動의 맹렬한 기세가 전국적으로 파급될 때 창립당시회원이 200명으로서 제일세 회장 이경희李慶熙 씨가 통솔하고 대중적 훈련에 자못 활기를 뻗치다가 이 또한 점점 위미불진萎微不振한 상태에 이르러서 지금은 회원수가 호왈號曰 백만의 감이 없지 않으며 대회석상大會席上 같은 데는 임석경관臨席警官과 집합회원의 수효가 거의 비등할만한 영성零星한 상태로서 일찌기 어느 임시대회때 서기장書記長 유연술柳淵述 씨가 눈물을 흘리며 비장한 어조로 한산한 진영을 통탄한 일도 있었으나 마침내 더 진전됨이 없이 위원장 송두환宋斗煥 씨의 꾸준한 노력으로 그냥 추과해 나가나 역시 회원 자체의 명확한 의식과 견인한 용기를 고무해서 어쨌든 현단계의 대중을 수용하는 신간운동을 의식적으로 지지하는 질적으로 충실한 회원이 늘어가기를 바라는 것이다.

4. 근우회대구지부槿友會大邱支部

1928년 2월 27일에 창립되어서 회원수가 약 150명 가량으로 위원장 이춘수李春壽 씨의 은인자중隱忍自重하는 노력으로 현하現下의 난국면難局面을 당해서도 그냥 회원을 통솔해 나가며 사회적으로 대서특서할만한 공과를 나타내지는 못하였으나 회원 자체내에 있어서는 월례토론회같은 자체교양에 매우 주력하며 이번 팔공산八公山 일대의 수해에는 다른 단체보다 먼저 솔선해서 회원들끼리에게 모은 의복류衣服類만 70여점을 가지고 위원 4,5인이 산로山路 40여리의 재해지를 발섭跋涉해서 일반 나재민羅災民에게 분배해 준 일도 있었으며 이런 불번불요不煩不儀한 활동이 그다지 침체하지는 않으니 이 현상으로 남아 훨씬 더 일반 가정부인에게 근우운동槿友運動을 침투시켜서 거기에 공고鞏固한 진세를 베푸는 것이 일책이 아닐까 한다.

5. 경북형평사대구지부慶北衡平社大邱支部

1912년에 창립되었는데 회원은 약 50명 가량에 불과하나 자체의 통일에 있어서는 어느 단체보다 제일 성적이 좋다고 하며 지사장支社長 김춘삼金春三 씨의 혼신적 열성으로 창립 이래로 지금까지 사무를 장리掌理하며 부내府內에만 있는 수육판매점의 수가 삼백을 초과하니 모두 단결과 통일이 매우 공고히 되어 있다니 그만한 역량으로 좀더 사회적 능률을 내기를 바란다.

6. 경북청년연맹慶北靑年聯盟

　1928년 1월 7일에 경북 김천金泉에서 기자동맹이 창립된 직후 곧 인해서 경북 청년연맹이 되니 경북에 있는 각 청년동맹과 또 세포에 포용되었던 전위 분자들의 총결속인지라 가장 전투적 기세로 제일세 위원장 홍보용洪甫容 씨가 취임하야 기다幾多의 활약을 하다가 ML당 사건으로 투옥되고 연連해 정시명鄭時鳴 씨가 계임繼任하야 간판은 조양회관朝陽會館에 걸어두었던 바 정씨 또한 ML당 사건으로 투옥됨에 간부들은 모두 영락零落되고 간판조차 부지불식중不知不識中에 뉘 손으로 띄어지고 말았으니 이것은 정식으로 해체한 일도 없이 이제는 대구인의 기억에조차 사라진 요사단체夭死團體가 있다.　　　—(종宗)—

—《별건곤別乾坤》(1930. 10).

자연과학과 유물변증법

순전히 자연과학적 범주만을 적용하여 사회사상을 파악하고 이해할 수 있을까?

자연의 영역에서 합리적이고 필연적이며 과학적인 것을 그대로 무비판적으로 사회의 영역에 이입移入시킬 수 있을까?

상기한 문제는 한번 보아서도 단순한 문제가 아니라 다수의 마르크스주의자가 머리를 앓던 문제이다.

자연과학의 범주, 예를 들면 생물학의 범주는 명백히 과학적이다. 그런데 '생존경쟁生存競爭'이라든가 '적자생존適者生存'이라는 보편적 범주까지라도 그것이 사회과학의 영역에로 이입되는 경우에는 명백히 변경되지 않으면 안 된다. 만일 다윈주의의 원리가 사회적 법칙이라면 우리는 필연적으로 사회적 다윈주의의 입장에서 '일층一層 잘 순응한' 자본가가 그렇게 잘 순응되지 못한 프롤레타리아보다 영구히 생존하여야 할 것이다.

확실히 사회적 실유는 그 전본질全本質에 있어서 '자연적 실유'에 비교하여 보면 어떤 새로운 물건이다. 그리고 철학상 범주가 현실적이며 역사적이며 생멸적生滅的인 모든 현상에서의 추상인 이상 철학을 건설하는데 있어서는 사회적 실유가 우리에게 있어서 객관적으로 존재한 것에서부터 출발하지 않으면 안 된다.

그것은 제일에 여기서 한낱 특수한 사회현상인 계급투쟁이 고려되지 않으면 안 된다는 것이다. '계급투쟁은 중지衆知와 여如히 역사적 발전의 이론으로서의 사적유물론社的唯物論의 기본적' 범주의 하나이다.

우리는 레닌이 모든 범주의 이러한 차별 이러한 특수적 의의를 명백히 이해하였던 것을 확실하게 하지 않으면 안 된다.

그는 자연과학적 범주, 예를 들면 생물학적 및 에넬키-논범주論範疇를 사회적 범주로 변하는 것은 단호하게 반대하였었다. '사회적 에넬키-론論', '사회도태社會淘汰'와 같은 개념은 레닌의 의견에 의하면 "어리석은 농담이며 마르크스주의를 직접 조롱하는 것이다"라고 하였으며 "생물학적 개념을 사회과학의 영역에 일반적으로 이입하는 것은 한낱 공언이다"라고 그는 말하였다.

이러한 개념을 가지고 사회현상을 연구한다든가 사회과학의 방법을 지울 수는 없는 것이다. 역학적力學的, 화학적化學的 생물학적生物學的 모든 범주의 사회 제과학諸科學에의 무비판적無批判的 이입에 대하여 레닌이 상기와 여如히 준열하게 반대한 것은 특별 주목하여야 할 것이다.

레닌은 "여러 가지 사회적 구조에 동일한 발전법칙을 세워서는 안 된다"고 항상 역설하였었다. 자본주의사회를 가장적家長的 씨족제도氏族制度의 척도로서 측량할 수는 없다. 만일 그렇게 한다면 우리는 자본주의에 대하여 하등의 이해를 갖지 못할 것이다. 어떻게 우리는 무기적無機的 존재 유기적有機的 존재 및 사회적 존재에 통용하는 보편적 발전법칙을 동시에 세울 수 있을까. 중언할 것 없이 그러한 법칙은 공언에 불과할 뿐만 아니라 공허하고 빈약하며 용처없는 무용의 추상 뿐이다.

사회문제는 종래로 자연과학자의 약처弱處이었던 바 이 문제에 있어서 비로소 '철학에 있어서 당파성黨派性'은 가장 명료明瞭하게 나타나게 되었다. 그리고 유물론唯物論이 자연과학과의 긴밀한 동맹을 요구로 하면 자연과학은 역사에 있어서의 유물론 즉 사적유물론과의 가장 긴밀한 동맹을 요구한다. 여기에 레닌의 다음과 같은 원칙적 요구가 생기는 바 이 요구에 포함된 심각한 사상은 주목할 가치가 있는 것이다.

　　자연과학적 유물론을 사적私的유물론에까지 확대하는 것은 위대한 인류의 해방전解放戰에 있어서 무적의 무기로 할 필요 때문이다.

　마르크스주의는 레닌에게 의해서는 자연과학적 유물론과 사적 유물론과의 통일이다. 그것은 상호간에 연계성이 없는 두 가지의 유물론이 아니라 동일한 세계관의 두 '가지' 내지는 두 분야에 불과한 것이다. 휠파하의 불행과 그의 결함있는 견해는 그가 자연관自然觀의 영역에서는 유물론자이었지만 역사관歷史觀의 영역에 있어서는 관념에 기울어졌던 것이니 전자의 영역에서는 유물론자이고 후자의 영역에서는 관념론자觀念論者가 될 수는 없는 것이니 자연의 영역이라든가 사회사의 영역에 다만 일개의 통일적인 변증법적 유물론이 있을 따름이다.

　러시아의 맛하주의자 보구다노푸와 그의 우인友人들은 상기와는 반대의 오류이었지만은 그러나 그 역亦 중대한 오류를 독獨하였던 것이니 그들은 상신上身 즉 역사에 있어서는 유물론자가 되려고 하지만 하반신下半身 즉 자연에 있어서는 마르크스주의를 맛하주의로, 요컨대 주관적 관념론으로 변환하고자 한다. 그러나 그들의 오류는 그들이 마르크스 이전 사람이 아니고 마르크스 이후 사람인데 일층 더 중대성이 있는 것이다.

　레닌의 이러한 견해는 독일 사회민주당 내의 철학적 경향 칼헬렌텔 그 타他의 신新칸트주의에 대하여서도 충분히 적용되는 바 마르크스와 칸트를 융화시켜 마르크스의 철학을 칸트의 철학에 인반引返시키고자 하는 것은 다만 마르크스주의의 '일부분' 에서의 이배離背뿐만이 아니라 마르크스주의에서의 이배가 아니면 안 된다.

　실재가 의식과 독립되어 있고 제일의 것이 제이의 것을 결정한다고 하면 사회적 실재는 사회적 의식을 결정하고 또한 후자로부터 독립되어 있는 것이다.

　객관적 진리에서 유리하거나 또는 반동적 부르조아에게 의거치 아니하고는 심일체深—體의 마르크스주의 철학의 한낱 근본전제라도 아니 한 개의 본질적 부분이라도 없애지 못한다.

　그러기 때문에 '유물론을 떠나서는 변증법이란 공허한 것이다.' 변증법론에 있어서는 자연과학이 밟은 바 파심중첩波深重疊의 진보의 자취를 추구할 필요가 있다. 제일은 지식을 완전히 소유하기 위하여 그것은 변증법론자는 자연과학의 연구결과에 입각할 때 비로소 힘있는 사람이 되기 때문이며, 제이는 어떤 종류의 자연과학자의 반동적 관념론적 간계를 타파하기 위하여서이다.

　레닌은 《종교에 대하여》 수록 '투쟁적鬪爭的 유물론唯物論의 의의意義에 대하여' 에서 다음과 같이 말하였다.

　우리들이 항상 마음써서 생각하여야 할 것은 근대 자연과학이 받은 바 급격한 변혁이니 그 자신에서 부절不絶히 반동적反動的 철학의 여러 가지 학파나 경향이 출생되기 때문이다. 자연과학의 영역에 있어서 거의 최신의 혁명이 제출하는 모든 문제를 주의하여 탐구하는 것은 우리들의 중대한 임무의 하나로서 그 임무를 다하지 못하고는 투쟁적 유물론은 아무것도 아니다.

　그러나 또 하나 생각하여야 할 것은 '변증법이 없는 유물론은 맹언이

다.’ 그리고 자연과학자가 과학의 지반地盤에서 발길을 멈추려고 하면
그들은 변증법의 방법론적 역할을 승인치 아니하고는 안 된다. 그들은
변증법과 독부獨付되지 아니하면 되지 못한 천박한 경험론자가 될 위험
성이 있기 때문이다. 레닌은 강경하게 주장하였다.

　　우리는 위대한 철학적 근거가 없이는 어떠한 종류의 자연과학, 어떠한
종류의 유물론이라는 부르조아 사상의 습격, 부르조아 세계관의 부흥에
대한 투쟁에 참고 이기지 못할 것을 이해치 않으면 안 된다. 이 투쟁에 참
고 견디며 충분한 성공을 바라고 최후까지 수행하기 위해서는 자연과학
자도 근대론적 유물론자 마르크스에게 의하여 대표된 유물론의 의의적
신봉자 즉 변증법적 유물론자가 아니면 안 된다.

레닌은 자연과학의 위대한 철학적 근거를 요구하였었다. 그리고 그
것의 기초를 변증법으로서 본 것은 전후의 관계로 보아서 명백하다.
　필자는 상기수처上記數處에서 세계관의 구체적 실례를 취하여 레닌이
여하如何히 변증법적 입장을 적용適用하였는가를 지적하였었다. 지금은
변증법 그것을 최급最扱하여 인식의 수단으로서의 변증법의 역할, 그
임무, 어떠한 의미에서는 그 가치를 이해하지 않으면 안 될 것을 간단
히 말하자면 레닌이 보는 바 변증법이란 어떠한 것인가를 연구해야 할
것이다.
　확실히 레닌은 마르크스주의자였었다. 그러기 때문에 그에게 있어서
의 변증법은 마르크스나 엥겔스에게 있어서 지시된 것과 다름이 없지
만은 그 자신에게 의하여 여일층如一層 구체적 발전을 수행遂行하였음도
사실이다.

—《대중大衆》(1934. 4).

오중전회를 앞두고 외분내열의 중국 정정
—여산 회의는 삼국통일의 결산인가

지난 1일 장개석蔣介石 씨는 남창南昌을 떠나서 여산廬山을 향하여 가고 행정원장 왕조명汪兆銘 씨·재정부장 공상희孔祥熙 씨·고시원장 대천구戴天仇 씨 등도 일간 여산에 가서 복잡다단한 내치 외교의 제 중요 현안에 대하여 중대한 회의를 할 모양이라는데, 이 회의에 참가할 이는 호북湖北 수석 장군張群 씨와 북중北中 정권의 지배자 황부黃郛 씨도 있다.

금차 회의의 내용은 전하는 바에 의하면 북중의 제 현안 해결과 대일 일반적 외교 방침 제5차 전국 대표 대회 대책 등등을 표면에 내세우나, 서남파西南派에 대한 회유책이라든지 친구파親歐派의 동정과 변강邊疆 중국의 분열이며 강서江西·복건福建의 홍군紅軍 세력의 격증 등등이 그들의 금차 회의의 중심 문제가 아닐 수 없는 만큼 이것을 축조 검토하기로 한다면 북중 제 현안의 해결을 위한 소위 대련 회상大連會商부터 말하지 않을 수 없다.

거월去月 말경 황부 씨의 특사로 대련에 왔던 은동殷同 씨와 일본의 관동군 당국간에 열렸던 정전 협정 폐기 문제는 거년 5월 30일 당고塘沽에서 체결한 정전 협약을 파기하려는 것인데, 당시 중국은 천진·북평이 함락된다면 그것은 장개석의 하야를 의미하는 것이다.

그래서 특사 황 부를 북상시키는 일방 '화북국세여사 수감담타협華北
局勢如斯 誰敢談妥協'이라는 변해辨解를 시키며, 국내 공채의 폭등에 도취하
는 반식민지 중국 자본가에게 평화를 주는 대상代償으로 장성長城 이외
의 통치권을 포기하는 것쯤은 큰 문제가 되는 것도 아니었다. 하물며
'일면 저항 일면 교섭'이라는 장기 행진인 데랴.

×　　×　　×

그러나 아메리카 자본을 중심으로 한 중국 시장에 있어서의 열국의
대립은 이 반식민지 지배 계급의 일반적 주관적인 애국심을 선동하여
마지않았고, 정부는 이 애국적인 타협을 국민에게 역으로 호소하지 않
을 수 없었다.

그래서 1년이 지난 금일 통우통거通郵通車를 교환조건으로 이 협정을
폐기하려는 의도였으나, 그것은 실패인 동시에 북중의 국면은 여하한
회의를 할지라도 황 부의 현금의 처지로는 도저히 해결이 될 것 같지도
않다.

이러한 정세에 있는 중국의 대일 일반적 외교 방침의 중요한 부분은
북중 국세에 관련되어 있는 것이니 만큼 이 국세局勢의 담당자인 황 부
씨가 대련 회상으로써 얻은 선물을 흥분한 민중의 앞에 내놓지 못할 때
그가 은퇴를 근친에게 누설함도 무리가 아닐 것이며, 요행히 다른 국면
을 타개하여 북중 문제의 기분幾分을 해결한다 할지라도 그것은 헛되게
구미 열강의 대립을 첨예케 할 뿐이고 대일 일반적 외교 방침에는 하등
의 진전을 볼 것 같지도 않은 것이다.

적어도 현재의 일중 외교의 일반적 방침을 볼 때 무엇보다 먼저 고려
에 떠오르는 것은 구채舊債 관계이며, 이 구채 관계는 황 부씨가 아무리
북중에서 남경 정권을 대변한다 할지라도 자기 영역 이외에 속하느니
만큼 하등의 힘을 갖지 못한 것이며 보다 더 구채 문제를 담임할 것은
중국 건설 은공사銀公司이다.

×　　×　　×

아직까지의 중국 건설 은공사는 겨우 발기인회를 연데 지나지 않으나 벌써 주株는 다 모집되었으며 정식 성립도 이 8월이다. 그런데 이것은 중국의 주요 은행 및 경제계가 창변創辨한 것으로서, 그 조직의 동기 자본 모집 관리의 권한이 완전히 중국인에게 장악되어 금후 중국 경제 건설에 일대 공구工具인 동시에 해외 경제와도 연락을 취한다고 한다.

그래서 송자문宋子文 자신이 상해 일본 총사관 당국에 공식은 아닐망정 "구채舊債도 구채이겠지마는 은공사에 먼저 협동하지 않겠느냐"고 권유도 있었고 일본 영사 당국이 이것을 거절한 것도 사실이나, 이로 보아도 중국 자본가들의 일본의 구채에 대한 일반을 알기에 어렵지 않다.

하물며 이 은공사는 나이 많은 중심 인물로 연맹의 대중對中 원조 위원회, 송 자문을 영수로 한 중국 경제 위원회, 이 또한 송 자신이 창변創辨에 분주한 중국 은공사 등등 중국의 경제적 부흥의 삼위일체의 한 존재이니 만큼 문제는 의연히 장래에 남게 되고, 따라서 장·왕蔣汪의 대일 외교에 대한 비난은 이를 반대하는 세력들에 의하여 쟁찰爭札하게 반복되는 것이며, 그것은 장蔣의 독재를 공고케 할 11월 전국 대표 대회에 적지 않은 암영을 던지는 것이다.

×　　×　　×

제5차 전국 대표 대회는 작년 11월에 개최할 예정의 것으로 서남파에 속하는 중앙 위원들의 반장적反蔣的 태도로 인하여 그 전도가 매우 비관되던 차에 마침 복건福建 동란으로 유야무야에 흐지부지 유산되고 말았던 것이었다. 제5차 전국 대회는 그 본질이 장의 독재를 공고히 하려는 것인 만큼 절대 항일, 당黨 옹호, 장 독재 반대를 슬로우건으로 하고 있는 남중南中 먼로우주의의 진제당陳濟堂을 중심으로 하고 광서·복건·운남·귀주 등의 실력파와 호한민胡漢民 씨 등의 소위 정통파 국민당 정객들의 결합으로 된 서남 세력이 금차의 여산 회의에 참가치 않을 것은 명약관화이며, 11월의 5전대회를 계기로 저상祖上에 오를 헌법 초안, 즉 장씨 독재의 기본 공구인 헌법의 심의를 근본적으로 부인하고 육박하여 12억에 가까운 내외채의 부담에 천식하는 민중들의 목전에 그 독립의 체면을 보이려고 하는 것은 아주 자연스러운 경로가 아니면 안 된다. 하물며 작금의 소식은 벌써 서남의 원로 실력 양파가 모두 여산 회의의 초청을 일축하고 장 씨 독재를 통격痛撃하고 있는 데랴. 가령 이러한 국면은 그 대상의 미묘한 인적 관계를 이용하여 당분간 타개할 가능성이 있다고 할지라도 장·왕蔣汪의 합작에 무엇보다 큰 암초는 소위 구미파歐美派들의 동태 여하이다.

×　　　×　　　×

현재 중국의 외교가들 중에 그 세계적 가치는 어찌 하였든 중국 내에 있어서 가장 화형花形이고 원로이고 민중들의 기억에 잊혀지지 않는 외교가들의 이름을 들면 누구보다도 안혜경顏惠慶·고유균顧維均·왕정정王正廷·호세탁胡世鐸 등등이며, 이들이 모두 소위 구미파인 동시에 구미파의 정객으로 절강浙江 재벌의 대표자인 송 자문이 중국 은공사를 창립하여 라이히만과 손을 잡고 그 배후에 버티고 있는 것이며, 손과孫科 씨가 루우스벨트 대통령을 하와이에 회견한 것이라든지, 때를 같이하여 이상의 중요한 제 외교 사신들이 청도靑島에 회합한 것은 중국의 외교 관계가 확실히 전향기에 들어선 것을 의미하는 동시에 장·왕 양씨의 친일 외교에 감심치 못하던 민중들이 왕년 국련國聯에서의 인기(우상적이나마)를 이들에게 새로이 기대한다는 것은 요사이 새삼스레 남중에 있어서 배排×단체가 족생簇生하는 것으로도 짐작할 수 있는 것이다.

이상과 같이, 장·왕의 합작은 중국식으로 말하면 9·18이후의 대일 관계도 한 가지 이렇다 할 만한 해결이 없었을 뿐 아니라 더욱 여가餘暇치 못한 것은 변강邊疆 문제이니, 영국 무관의 말끝에 춤을 추는 마 중영馬仲英은 남강南疆 카시카르를 독립시켰다가 지금은 성省 주석 성세재盛世才의 통치 하에 중앙 정부와는 거의 인연이 없는 상태이며, 달라이라마(達賴喇嘛)의 사후 서장西藏 문제는 손도 대기 전에 영국의 서장 정책은 청해靑海의 목양지牧羊地로 진출함을 잠깐 보류하고 운남성 반홍班洪의 광산 지대를 점령하는 데 따라 서남 중국의 교통망을 완전히 장악하려는 것은 불국佛國이 1억5천만 프랑이라는 막대한 자본을 들여 전월滇越 철도를 건설한 것과는 좋은 대조이거니와, 최근의 내몽內蒙 자치 등은 삼민 정권의 파란을 의미하는 것이 아니면 안 된다.

×　　×　　×

공산권 5천이 복건성의 수구水口 방면을 일거에 점령하고 복주福州 상류 12리 지점에 있는 백사白蛇를 또다시 점령하였는데, 이 부대는 제3·제17·제19군으로서 본래부터 전투력이 강하기로 유명할 뿐 아니라 금번의 진출에는 민병의 협력을 얻어 그 세력이 매우 맹렬하다고 전한다.

그래서 복주 함락에 극도로 공포를 느끼는 모모 국들은 군함을 당지로 급파하였고, 중앙군은 이에 대전하기에 벌써 1만의 사상자를 내었으며, 중국측의 소식은 공산군이 이미 후퇴하고 있다고 전하나, 4일 상구上口를 공산군 4,5천 명이 다시 점령한 뒤는 동성東城도 위기가 목첩目睫에 박두하였다고 한다.

6,7년의 긴 세월과 수십억의 금원金元과 3백만의 연인원을 동원한 과거를 청산하기 위하여 장은 전세계의 그의 고객에게 선서한 토벌은 물론, 공격의 방법은 더욱 더 참혹하였다. 수많은 탱크가 사용되고 공중 폭격에 전력이 경주되었다. 작년부터는 영도寧都 등지는 하루에 120파운드의 폭탄을 50발이나 터뜨리는 것쯤은 예사였다.

장 자신이 남창南昌의 진두에서 50만의 정병과 모든 근대 과학의 정수를 대표하는 무기를 사용한 것은 실로 장성長城 전선의 일중전日中戰에 사용된 무기의 차이는 말도 할 수 없는 것이었건마는, 오늘날 이와 같은 대부대의 행동이 복주 같은 도시를 향하여 진격되는 것은 비록 복주를 영구히 점경點景하지 못하더라도 공산군 자신에 어떠한 의의가 있다는 것보다 장씨 자신에 와야 할 날이 오는 것인 동시에 그의 고객인 열국들이 군함을 보내서 복주를 수비하는 것쯤은 예사인 것이다.

— 《신조선新朝鮮》(1934. 9).

국제무역주의의 동향

1

거년去年 유월六月 런던에서 개최되었던 국제경제회의國際經濟會議가 실패한 이래로 세계의 각국은 오늘날의 경제공황을 타개하기 위하여 모두 제각기 다른 방법으로 피나는 노력을 하여 왔으니 무엇보다도 외국상품의 침입을 저항하기에 힘쓰는 한편 국내산업을 진흥하여 수출만 증가하기를 주요정책으로 한 것은 각국의 공동한 요구였던 만큼 누구나 부인하지 못할 사실이었다.

그러나 우리로서 허수히 보아 치우지 못할 중대한 문제는 이러한 경쟁의 목표와 이 목표에 도달하는 수단 그것이다. 만약 우리에게 세심한 관찰을 용서 한다면 오늘날같이 블록 경제가 성행하는 시대에 있어 각국 무역의 목표와 수단은 벌써 새로운 전향을 하지 않으면 안 된다는 것이다.

여기에서 일개 국가의 이익을 전제로 수입을 방지하고 수출을 증진한다는 것은 완전히 가능한 일이다. 그러나 전체 세계의 경제적 기초 위에서 볼 때 이러한 순연한 이기적인 수입방지와 수출증진은 사실상 양립하지 못할 모순에 봉착하게 된다는 것은 한 국가의 수입은 다른 한

국가에는 수출이 된다. 그럼으로 만약 한 국가가 수입을 제한한다면 그 것은 다른 한 국가의 수출과 및 그 나라의 수출증진정책을 억제하는 것과 같음으로 이에 완전히 대립이 생기는 것이다.

또한 국가의 수출은 다른 한 국가의 수입이 된다. 그럼으로 한 국가의 수출증진은 다른 한 나라의 수입을 초과하게 하고 따라 그 나라의 입초방지정책入超防止政策과 대립하게 된다. 그러나 현금現今의 세계 각국은 모두 자국自國의 이익을 전제로 하는 처지에 서서 도저히 양립할 수 없는 모순된 정책을 고집하고 있다는 것은 오늘날 국제경제의 근본적인 일개 모순이다.

현재의 한 걸음 더 나아가서 이런 모순된 한 정책을 그냥 실행해 갈 수가 있다 한다면 결국 입초방지는 어느 지경까지 할 것이며 수출증진은 어느 정도까지 할 수가 있느냐는 것도 당연히 한낱 문제가 된다는 것은 수입을 완전히 봉쇄하여 자급자족을 실행한다는 것은 실제에 있어 목적을 도달하지 못할 것이고, 마찬가지로 수출을 무제한으로 증가한다는 것도 일종의 공상에 지나지 않는 것이다.

그러나 이것은 일종의 이론에 불과한 것이고 이 같은 정세 밑에서 천식하는 세계 각국은 그 힘이 자라는 데까지 입초入超를 방지하고 수출을 증가하는 외에 실제에 다른 길이 없는 것이다. 그러므로 오늘의 국제경제의 혼란은 그 무역으로써 드디어 일종 새로운 전향轉向을 발생케 하였으며, 이러한 새로운 전향이라는 것은 즉卽 최혜주의最惠主義를 폐기하고 호혜주의互惠主義를 내세우는 것이다.

2

상대방에 한 개의 대상이 있을 때 그것을 가장 고급인 형용사로 최자最字를 가져다가 표현하면 된다. 그러므로 오늘날 국제경제상에 가장 은혜롭게 부여된 최혜주의도 당연히 일개 국가에 한해서만 적용될 것이다. 그러나 실제에 있어서 국제무역의 최혜주의란(즉 최혜국조약주의) 상술한 의의와는 전연 상반해서 다수 상대국에 대하여 최대의 은혜를 급여하는 것이고 결코 어떤 일개 국가에 한해서만 최대의 은혜를 급여하는 것은 아니다. 기실 다수국가에 대하여 시여한 박애인 것이다.

그러면 어째서 최혜주의가 이 같이 박애주의로 변했느냐는데 우리가 좀더 탐구해 볼 여지가 있다는 것은 최혜주의란 갑을 양국간에 체결할 최혜국조약이라는 것을 우리는 안다. 만약 양자 중에 어떠한 국가가 제삼국에 대해서 보다 더 큰 이익을 준다고 할 것 같으면 그 외 상대방의 국가도 역시 그 이익을 균점均霑해야만 될 것이다. 그것은 마치 중국이 미국과 체결한 통상조약에 최혜국조약의 규정이 있고 그 후 만약 중국이 영국에 대하여 저율관세를 협정했다고 할 것 같으면 미국도 당연히 이에 균점해야 할 것이다.

실제에 있어 한 개 국가가 다수한 조약국을 상대로 이러한 최혜국조약을 승인하고 그것이 비록 어떠한 국가에 최대의 은혜를 급여했거나 기타 일체의 체약국이 다 같이 예에 따라 이익을 균점均霑할 수 있다고 하면 무엇으로써 최혜라고 할 조건이 없는 것이다. 그러므로 이것은 최혜의 본질이 최혜균점주의로 변한 것이며 벌써 이깃을 균점주의라고 할 것 같으면 차라리 박애주의라고 하는 것이 당연한 귀결일 것이다.

이러한 실례는 명치明治 사십사 년 일본과 영英·불佛·이伊 삼국간에 특별 관세협정이 체결되었을 때도 이러한 은혜를 균점한 최혜조약국이 이십여 개에 달한 것을 보아도 소위 최혜주의란 것은 결코 일개 국가에만 한해서 주는 최대 은혜가 아니고 일체의 조약국이 다 같이 주는 최대 은혜인 것을 알 수가 있는 것이다.

이렇게 보면 최혜조약은 벌써 박애주의일 뿐 아니라 균점주의인 동시에 결국은 자유주의 평등주의로 변질한다는 것은 적어도 일개의 근대국가는 어떤 한 개라도 외국과 더불어 조약을 체결치 않은 국가는 없다. 그러므로 오늘의 국제관계에서 일반이 국가인격이 있다고 승인하는 국가는 거의가 다 조약국이다. 따라서 통상조약에 최혜조항을 삽입하는 것은 일종의 형식적 외교예의로서 유행이 되었고 현대의 국가간의 최혜조약은 일체 국제상 국가간에 적용되는 보편원칙이 되어 있다.

벌써 최혜조약이 이러할 때 이후는 어떤 국가를 물론하고 어떤 특혜조약을 체결하더라도 일체 국가가 다 같이 공동으로 균점해야할 것이다. 이렇게 되면 무릇 지구위에 있는 모든 근대국가는 다같이 평등으로 자유로 최대이익을 균점할 것이다.

국제무역의 자유주의적 근거가 비록 여기에 있지 않다고 하더라도 최혜주의는 확실히 자유무역의 일개 유력한 지주인데는 틀림이 없다. 이러한 이유 밑에서 자본주의 초기에는 일방관세주의―方關稅主義인 동시에 또한 자유무역주의가 행해져 왔다.

3. 협정관세協定關稅로부터 구제관세救濟關稅

선진先進자본주의국가는 후진後進자본주의국가에 대하여 예외없이 강력적인 침략을 행해 온 것은 사실이다.

그래서 오늘날의 후진자본주의국가가 선진자본주의국가를 상대로 체결한 관세조약은 모두가 이러한 강박 밑에서 체결한 것이라고 해도 과언이 아니다. 이러한 형세하形勢下에 체결된 관세조약을 일반 사람들은 쌍방의 협의로서 된 것이라 하여 협정관세라고 하나 사실은 강박으로써 결정한 것이란 것이 사실에 가까울 것이다. 뿐만 아니라 일차선진국―且先進國의 강제 밑에서 불리한 조건으로 체결한 관세조약이라도 다른 일체의 조약국은 여기에 이익을 균점해야 하는 것이며 이와 같은 역사를 가진 관세조약이 앞에 말한 최혜주의인 것이다.

그러나 선진자본주의국가의 중압 밑에 있는 후진 국가가 점점 자본
주의화 해 올 때는 앞에 체결한 협정관세를 파기할 필요를 느끼게 되는
것이며 따라 자국의 법률에 의한 자주적인 보호관세를 규정하려고 하
는 것이니 이런 방법은 조약을 개조하는 수속을 밟아서 관세의 자주권
을 확립하지 않으면 안 되는 것이며 이렇게 하면 이전에 다른 국가와
협정한 관세는 곧 자국의 법률로 규정한 법정관세로 변하는 것이다.

본래 최초의 법정관세란 것은 자국내의 유치한 산업을 보호하기를
목적으로 한 일종의 보육관세保育關稅라고도 할 수 있는 것이다. 그런데
유치한 국내산업의 발달이 관세의 보호 밑에서 어느 정도까지 성숙하
면 법정관세의 최초의 목적은 달성한 것이며 이 목적을 달성한 후에는
법정관세는 철폐키는커녕 도리어 팽창하여 카르텔 관세로 전변轉變하
지 않을 수 없는 것이다. 뿐만 아니라 최후로 전후戰後에 영속적인 불경
기와 세계경제공황은 결국 카르텔관세로부터 구제관세에 두번째 전화
하지 않을 수 없었고 이에 원인하여 벌써 특수히 유치한 산업조차도 보
존하지 못할 뿐아니라 또한 단순한 카르텔 산업도 보존하는 것이 아닌
동시에 일종 공황의 참화중慘禍中에서 일반산업 중의 약소기업을 구제
하려는 구제관세가 되고 말았다.

4. 국민주의國民主義와 관세전쟁關稅戰爭

위에 말한 보육관세라든지 카르텔관세라든지 구제관세라든지 모든
자주적 권한으로 제정해 온 법정관세 등등은 자국을 본위로 한 자애주
의自愛主義인 것이다.

그러므로 이 같은 자애주의가 존재하기 위해서는 소위 박애주의니
평등주의니 하는 최혜국조약은 자연히 소멸할 운명을 내포하고 있는
동시에 국제무역의 자유주의도 또한 제한주의로 변한다는 것이다. 다

시 말하면 관세의 자주적 보호주의는 후진 자본주의국가에 소용되는 반면에 카르텔관세는 선진 자본주의국가에서 유구 需求하는 바이다. 그러나 최근의 구제관세는 일체 자본주의 국가가 모두 필요로 하는 바이며 이 까닭에 전 세계는 모두 관세전쟁의 참화중慘禍中에 혼입하고 있는 것이다.

이상과 같이 보면 관세의 전환은 최혜주의로부터 자혜주의에 다시 협정주의에서 법정주의에로 변화하였다. 바꾸어 말하면 자유주의에서 제한주의에 국제주의에서 국민주의에로 변화하였다고도 말할 수 있는 동시에 방임주의放任主義에서 통제주의의 계단에까지 왔다고 할 수 있으니 이러한 관세의 전환은 대전후大戰後 전 세계의 주요한 무역의 동향인 것이다.

그러나 이 국제주의에 반해서 국민주의에 돌아간 세계무역은 오늘날의 일개 국민경제의 범위 안에 있어서 벌써 파탄의 경지에 이르렀다는 것은 극단적인 수입방지와 수출증진은 현하現下의 국제정세 밑에서는 한 개의 아름다운 몽상에 지나지 못하는 것이다.

편협한 국민의 자족자급이란 절대주의는 소수의 특수국가를 제除한 외에는 어느 곳에나 통과시켜볼 곳도 없는 것이며 이 때문에 오늘의 국제경제의 정세 아래 있는 세계무역은 국민주의로부터 블록주의에 전향하지 않을 수 없는 운명을 가지고 있는 것이며 이것은 즉 관세경쟁을 의미하는 것이다. 그래서 현하現下에의 세계무역은 전 세계의 일반적인 정치적 위기와 보조를 같이하여 쉴 바를 모르고 무궤도로 운명의 길을 가고 있는 것이다.

— 《신조선》(1934.10).

일구삼오년과 노불관계전망

1.

최근의 소식통消息通은 노불협약露佛協約의 성공을 전하여 천하의 평화를 갈망하는 사람들에게 적지 않은 흔선欣善을 주었을 뿐 아니라 세계적 위기라는 1935년을 맞이한 오늘에 있어 완전히 다른 정치 경제의 체제를 가진 두 낫의 거대한 국가가 한번 더 손을 잡으려는데 대해서 거대한 공로를 양개兩個 국가의 외교당국자들에게 드리는 것은 당연한 예의인 것이지만은 특히 대노對露친선의 급선봉이 가장 격화한 시대라는 것을 구별하지 않으면 안 된다. 그러한 예로서는 1924년에 성공한 불국佛國의 좌익 내각수상 에리오 씨가 영국 보존당정책保存黨政策의 쳄파—렌 씨와 공동계획으로 독일獨逸을 대對쏘정책의 미끼(이饵)로 쓴 사실이다.

이 계획은 1925년 봄 쳄파-렌 씨의 파리방문이나 제네바에 있어서의 국연춘기위원회國聯春期委員會를 통해서 착착진행되었던 것은 동년 가을에 이르러 정책의 실현을 위하여 로카르노 회의가 소집召集되었던 것이다. 물론 이러한 정책의 실현과정이란 그다지 손쉽게 아무 대공對工도 없이 성공되는 것이 아니고 결국 영불양개英佛兩個의 인페리아리즘의 대공상對工想이고 현실의 역사는 벌써 그들의 이론을 파산하게 한 것도 옛 일의 하나이었으나 실제에 있어서 공황恐慌 선화旋禍를 계기로써 불란서의 산업자본가産業資本家가 요구한 쏘벳트덤빙 방지법의 폐지 쏘·불무역관계부활 같은 것들은 금융자본의 완강한 거부에 분쇄되었던 것은 세인의 기억에 아직 사라지지 않은 만큼 사물의 선악은 말하지 말고라도 이러한 일이 있었던 1925년으로부터 오늘날까지의 국제적 정치 경제정책의 커다란 상위相違에 대한 새로운 고려만은 해서 두어야 한다는 것이다. 그때는 자본주의가 상대적 안정기였으며 지금이야말로 자본주의의 일반적 위危가 되어 있는 불란서의 민중재상民衆宰相 에리오 씨의 공을 크다고 하지 않을 수 없다.

그러나 우리가 지금 쏘불관계의 장래를 전망하기 위해서는 이래泥來의 쏘불관계의 역사적 소장消長의 구주외교歐洲外交의 전면적 공명空明을 시험해 보기 전에는 정확한 해답은 바랄 수가 없는 것이다. 세상의 논객들은 불국에 있어서의 공황의 심화라든지 이러한 단순한 이유로써 또는 좌익 내각의 출현○○(판독 불능)는 등 너무나 말초적 현상만을 들어서 쏘불관계를 아주 전향기에 들어선 것 같이 떠든 것은 사물의 현상만 보고 본질을 파하지 못한 고루한 학자적 환幻은 엄연히 금낭錦囊에 칼을 싼데도 불구하고 대對쏘란 생명선상生命線上의 문제를 위해서는 영불양개정부의 모든 양보 더구나 군사상의 모든 양보는 이 회의의 성과를 더욱 신속히 하였다는 것을 잊어서는 안 된다.

다음으로 영국의 대쏘정책에 말이 났으니 말이시 이론의 당연 빌진을 위해서는 영불양국의 대쏘정책의 제관계까지 언급하여 주지 않으면 안된다는 것과 아울러 이상 양국의 구라파에 있어서의 영도권 획득의 대對 과정까지 고찰해야 현금의 국제정국에서 가장 지배적인 지위를 점령한 불국의 대쏘정책을 논술하는 것은 적절한 순서가 아니면 안 될 것이다.

여기서 우리의 시각을 통해 본 영국 인페리아리즘의 대쏘 인식은 제삼 국제의 원조 밑에서 자기 국내의 ××운동이 광대강화擴大强化된다고 보는 것과 식민지에 있어서는 피통치군被統治群의 동요와 한걸음 나아가서는 노서아露西亞시장의 획득獲得인 것은 알기에 고심할 것도 없는 것이다. 그래서 영국자본의 의도는 볼드윈내각으로 하여금 파란波蘭, 체코슬로바키아, 루마니아 등 국國을 자국自國과 우호관계 맺게 하고 그 발전을 위해서 노력을 약속하였으니 뽈드윈 내각은 이상의 국가들에 있어서 생산 발달을 시키고자 그 중에도 군수공업軍需工業을 발달시킬만한 재정적 보조를 기여하여 장래의 지도권을 확보하려 하였으며 영국 인페리아리즘의 제창인 영불군사동맹도 한숨에 달성하였던 것이다.

그래서 양개 국가의 대공對工은 대쏘정책의 긴밀한 임무를 위해서는 한번도 대립되지 못하였을 뿐 아니라 그 유명한 주불노대사駐佛露大使 라코부스커—소환사건이란 것도 여사如斯한 의도意圖를 가진 영제국주의英帝國主義 다시 말하면 영국석유자본의 책동에 의하여 연출되었던 것은 당시의 신문들이 훤적喧籍하게 떠든 것만도 알 수가 있는 것이다.

그리고 구주歐洲에서 대쏘정책의 영도권을 집을 민한 국가라면 그 지도적 권력 제도를 통일하지 않으면 안 되는 것이다. 그럴 때는 노서아露西亞의 인접지 즉 그 소협상국급小協商國及 발칸 제국을 금융적 군사적 노력으로써 왕복한다는 것은 절대로 필요한 것이었다. 그래서 영제국정부는 이들 소협상국에 군수품을 제공하거나 군사재정을 보조補助하는데 그치지 않고 보다 더 긴밀한 관계를 맺기 위해서는 너무나 많은 외교정책을 행하여 온 것이니 그 특징적 예를 몇 가지만 들 것 같으면

가, 1928년 화사월和四月 두 사람의 영국 비행가가 런던으로부터 포-란드의 항공상태를 시찰코저 '루부란' 에 날아온 것과

나, 1928년 사월에 영국의 군사사절軍事使節이 '루발'에서 분란芬蘭의 참모본부를 방문한 것과

다, 1928년 유월 영국의 뿌-르 대장이 '리가'와 '루발'을 방문하고 '리트와니아'와 '에스트니아'의 각 참모본부의 대표자들과 협의한 사실은 당시에 공표되지 않은 것인 만큼 아직도 정확한 말을 못할 지언정 피彼 뿌-르 장군은 그 전부터라도 대쏘문제의 한 권위로써 탁월한 견해를 가지고 인접제국의 중요성을 그려보고 온 사람이다.

다음으로 영국이 쏘벳트 인접국에 대하여 취한 수단은 경제적 재정적 원조인 것이니 즉 영정부는 파란이 아메리카자본의 차관을 얻는데 성공하게 한 것과 아울러 1929년 루-마니아를 위해서 국제 차관의 조직에 대하여 특별한 노력을 한 것이었으니 그 차관의 대부분은 루-마니아 군비확장에 사용된 것이다. 그 외에도 영국 자본은 동국同國의 군수공업공장 건설에 막대한 장기 대부를 하였으며 이외에 영국은 여러 가지 외교적 또는 경제적 정책을 통하여 파란급 발칸 제국諸國 간의 군사동맹을 결성하기에 노력하였으나 이것은 영불 양국의 이해의 대립으로 말미암아 영불동맹이 결성한 후에도 완전한 방법이 실현은 되지 않았다. 그리고 어느 때나 이러한 필사적 영제국英帝國의 노력에도 불구하고 구라파에 있어서 그의 영도권은 불란서에 장악되어 왔으니 이것은 무슨 까닭에 언제부터의 일이었을까?

3

그러면 불란서가 구라파에 있어 패권을 잡기에 영제국英帝國을 압도시킨 최대의 원인은 양국가의 경제력 상위였다는 것은 불란서의 경제적 번영과 강대한 군비력軍備力이 금일의 불란서로써 구주 패권을 잡게 한 것이며 그것이 불국으로써 대쏘선상에 대담하게 진출하게 한 것이

다. 그러나 특히 이에 기억하여 둘 것은 불란서가 대소對蘇○○(판독불능)에 지휘자 되기 위해서는 무엇보다도 먼저 쏘벳트 인접소국의 맹주盟主가 되지 않아서는 안될 것은 영국의 그것과 하등 다를 것이 없었으며 이 제소국諸小國이 맹주가 되려면 군사적 경제적 기초 조건이 완전히 구비되지 않으면 불가능하였다. 세인世人이 알다시피 영불 블록의 결성 후에라도 불국이 구주에서 쏘벳트 인접국에서 군사적 지휘권을 잡은 소이는 불국이 영국보다 우수한 노력을 소유하지 않으면 안 되었다. 이것은 파란 루─마니아 기타 중구제국中歐諸國의 전존재가 그의 군사적 금융적 맹주인 불란서의 후원에 달려있는 것만 생각하면 명료히 아는 것과 같이 불국의 이상과 같은 원조가 없이는 쏘벳트 서경西境의 현재와 같은 군사조직은 어떤 사람이라도 상상할 수가 없다기 보다 그곳에 있어서는 영불 양국의 패권획득의 투쟁과정을 구체적으로 말하기가 곤란한 것이다.

가, 대전大戰 직후 쏘베트 인접국에 대한 군사적 재정적 원조는 영불이 거의 공통되었다. 파란 루─마니아를 상대로는 불란서가 주역을 맡았지만 발틱 제국의 그것은 영국이었다.

나, 1920년부터 1926년까지 쏘벳트 인접제국의 군사적 경제적 원조의 지배적 역할을 맡은 것은 불국이었으나 동년 말기에 이르러 불국은 급격한 금융상태의 동요와 다른 정치적 원인으로 부여賦與된 임무를 수행할 역량이 희박하여지자 이 기회에 영국과 이태리伊太利가 막대한 이익을 본 것은 세간주지世間周知의 사실이었다.

다, 1927년 불국은 새로운 공세로써 루─마니아에서 이태리의 노력을 구축하고 말았으니 사실상 이伊루간의 협약이라는 것은 무효가 되었고 영국의 파란을 중심으로 한 제국에서 노력 감퇴되었다.

이같이 하여 불국은 쏘벳트 서경西境제국의 군수품 공급의 지배적 역할을 수행하게 되었으니 체코슬로바키아의 원조에 적극적 참여를 하게 된 것도 이 기간의 사실이며 체코의 군수공업이 불국의 공업과 협동하는데 의해서 날로 왕성하여진 것도 마치 루-마니아와 파란의 그것과 한 가지인 것이다. 그 중에도 가장 특징적인 일례로는 국제적으로 유명한 스코다 공장으로서 이 공장의 자본의 대부분은 불란서 금융자본의 수중에 장악되어 있는 것이다.

1928년이 불佛체간의 상태는 일층 더 발전하였으니 체코의 군수공업이 급속히 발전하여 루-마니아와 파란으로부터 군수품의 대량주문이 있은 것과 론드 장군과 필츠기-의 방문 체파波 통상조약의 협약 등등은 물 끓듯 하는 세상의 균형이 기울게 된다면 이것들의 역할을 말하지 않아도 알 수가 있는 것이지만은 미국의 그것은 아무리 중요한 것이라고는 할지라도 불란서의 그것에 비하면 문제도 되지 않는 것이다. 그리고 이러한 경향은 1929년말부터 세계 공황의 폭발爆發과 함께 맨 처음 격렬한 공황에 휩쓸인 것은 중구제국이었으며 이것을 구제할 자는 동양으로 몰락에 신음하는 영제국英帝國이 아니고 공황과 가장 잘 싸워온 막대한 대부였던 것도 특기하지 않으면 안 될 것이다.

4

이러한 전통을 가진 불란서의 대소정책은 그 수단에 있어서는 여러 가지로 변하여 왔으나 그 근본방침만은 결코 변하여질 리는 만무한 것이다. 그 뿐만 아니라 쏘벳트 서경에 이같이 공고鞏固한 반병藩屏을 장만하여 놓은 이상 옛날과 같은 공구심恐懼心은 어느 정도까지 해소되었다는 것보다는 구주歐洲의 안전보장을 위해서는 어떠한 희생이라도 하려는 만큼 히틀러의 독일의 출현에 따라 형해形骸만 남은 벨사이유 조약을 수호하기 위해서는 새로운 지지자를 구하지 않으면 안 되었다. 여기서 소련의 처지로 본다고 하더라도 여하간 세계평화를 보장한다는 말에는 이들과 손을 잡기도 그다지 손해되지 않는 것이다. 그러므로 친선이란 것은 어느 때나 상대적으로는 친선할 수가 있는 만큼 다 같이 친선을 도모하려면 그 중에도 불란서가 좋은 것이며 이 소련의 관계는 벨사이유조약이 존재하는 동안은 어쩌면 지속되어 가리라고 믿어두는 것은 죄없는 희망일 듯하다.

본의本意는 좀더 구체적으로 논술하려 하였으나 시간관계로 유감이나마 금번은 이 정도에 줄이고 다음 기회에 미루어 둔다. 필자로부터.

—《신조선》(1935. 1).

위기에 임한 중국 정국의 전망

1

1935년을 맞이하는 중국 국민당은 역시 동북 문제와 소비에트 중국이란 두통거리인 숙제가 국란國難이란 이름으로 소월繰越되어 당파로 이것을 해결하려 하는 만큼 장개석을 수반으로 하는 독재 조직의 급격한 발전을 볼 것은 아주 자연스러운 신년의 구경거리일 것이다.

중국에 있어서는 통치자는 매판 계급買辦階級으로서만 존재할 수 있는 것이다. 그러므로 지나간 한 해의 화려하던 공상과 그 통일 운동은 그 약속을 도달할 희망조차도 없다는 것은 과거의 통일 운동은 어느 때나 통일 운동을 파괴하여 왔다. 그러나 민족 자본은 늘 근대 국가로서의 중국을 약속하고 통일을 구하는 것은 사실이다. 그래서 이찌 했든 이 통일 운동에 한개 주파主派를 만들려고 갖은 수단을 다하여 장개석은 부심하고 있는 것이다.

이러한 주파는 국내 자본 외에 특히 아메리카 임페리얼리스트의 지지를 받고 있다는 것은 아메리카는 중국의 분할을 즐겨하지 않는다. 다만 아메리카가 바라는 바는 '중국 재벌에 의하여 통일되게 되고 다소 사실상 아메리카의 식민지로서의 독재 중국이 되기를' 빨가 이전부터 알고 있었다. 삼민주의자三民主義者들에 의하여 연출된 혁명·반혁명의 극劇은 장개석으로 하여금 하야下野케도 하여 보고 주석主席의 영예로 자리를 떠나게도 하여 보았으나, 그러나 그를 중심으로 한 통일 운동은 시종 주파主派로서의 위엄과 실력을 잃지 않고 행진하여 왔다는 것만 보더라도 장개석은 행운인 것 같다.

오늘날도 중국의 산업의 주력은 수공업이며, 농업은 주대周代 문화의 답습인 동시에 대중의 생활은 재생산의 용이한 원시적 생산 방법에 의거해 있다. 그래서 벼 이삭을 밟아 치우면 금시에 무우·배추가 시퍼렇게 올라오고, 남편이 징발되어 가면 마누라가 날품팔이를 하면 된다. 이래서 지긋지긋한 통일 운동에 민중의 생활이 잘도 부지하여 온 것은 그들의 생활이 거의 재생산의 용이한(그것도 비교적) 원시 생활에 의거한 결과, 파괴가 일시에 나타나지 않았을 뿐인 것이다.

2

"중국에는 자본가나 지주나 쿠울리(고력苦力)나 모두 피압박자다. 따라서 국민당은 전계급의 이익을 대표하는……"고 말하고 국민 대중의 데모크라시를 약속한 손중산孫中山은 동시에 선지 선각先知先覺의 특권과 무지 무각無知無覺의 절대 피치자被治者적 지위를 규정하여 데모크라시를 말살하였다. 뿐만 아니라 충실한 그의 후계자들은 국민당이 대표하는 전계급 인구로부터 노동자 농민만은 정식으로 제명하고 당파에 계급 독재의 기초를 세웠다.

국민당은 전국 통일에 노력한 것만은 사실이다. 그러나 이 노력은 한편으로 상대적 국내 자본 발전, 다른 한편에서는 매판 통치買辦統治에 의한 민생民生의 근본적 고난 위에 행하여졌다. 뿐만 아니라 선지 선각의 계급 독재는 개인 독재의 형태 중에서 발전했고, 동시에 임페리얼리스트의 대립은 데모크라시 옹호의 반개인反個人 독재 운동에 반영해서 내전을 지지해 왔으니 만큼 국민당은 그 통일 운동에 있어서 통일 대신에 상술한 두 가지의 국난을 초치해 온 것이다.

3

그러나 이 국난은 제너럴 매판으로서의 중앙 정부를 독재 조직으로 전향하는 운동에 가장 유효한 원조가 되었다. 이전의 파쇼 운동은 당금黨禁으로 정면에 표현되지 못하고 음으로 서서히 행하여졌다. 즉, 장개석은 근로 계급에 대해서 준비된 당금으로써 반장파反蔣派의 압박에 당하면서 '당치黨治'와 임페리얼리스트가 남미南美 정권의 역할에 부여하는 '필요한 안정'과를 결합시켰다. 그러나 이 운동도 어느 정도에 발전하면, 다시 말하면 그의 주족적主族的 지위가 확립하면 종래의 당치주의는 도리어 그에게 질곡이 되었다. 본시 당파란 것은 데모크라시라는 이름으로 너무나 약속한 데가 많은 것이다. 그래서 당파주의를 파쇼 정권 옹호의 이론으로 전환할 필요가 생기는 것이며, 충실한 삼민주의로서 독재가 되지 않으면 안 되게 되는 것이다.

그러나 장의 세력은 그 확대와 함께 그의 반대자 세력은 당파주의의 윤곽 안에서 협착하게 되는 것이며, 그들도 또한 '당파주의'를 반개인 독재주의의 무기로 만들 필요가 생긴 것은 9·18 이후 각 방면으로부터 치타파治打破의 요구가 공연하게 행하여진 것을 보아도 알 수가 있다. 물론 그럴 때마다 엄중한 당금하에 탄압되어 온 것은 사실이다. 이것이 한번 국민당의 수령들에까지 지지되어 온 것도 또한 사실이다. 조금 묵은 예로는 재야在野 당시의 왕조명汪兆銘이 국민 구국회의 소집을 주장한 것이라든지, 당시 행정원장 손과孫科가 국난 회의國難會議를 발기한 것이나 호한민胡漢民이 '당외 무당黨外無黨·당내 무파黨內無派'는 독재를 의미한 것이 아니고, 대공당책對共黨策으로서 결정한 슬로우건이라고 성명한 것이라든지, 그 후 하야한 손 과가 다시 '당외 유당黨外有黨·당내 무파黨內無派'의 표어를 제출하고 삼민주의에 위반하지 않는 한(그의 의견은 공산주의 이외는 모두 합격) 결당결사結黨結社는 자유이니 훈정기訓正期를 폐하고 헌정憲政을 즉행하라는 주장이나 거년의 복건福建 정부는 차종此種의 한 구체적 표현인 동시에 최근의 양광兩廣을 중심으로 한 서남파西南派의 태도는 더욱 더 이러한 색채가 명료한 것이다.

4

그래서 지금은 당내 당외에 당조직이란 일종 유행이 되어 있다. 이 중에 중요한 몇 가지를 헤아려 보면, 국민당 중앙 위원 진과부陳果夫는 그의 영계令季 입부立夫와 CC단(군인 동지 구락부)을 조직하여 온 것은 천하가 다 아는 사실이며, 국모國母 송경령宋慶齡 여사의 농공당農工黨과 진우인陳友仁의 비서이던 고승원高承元이 창시했던 사민당社民黨, 오퍼튜우니스트의 대표 진계수陳啓修가 같은 종류의 것을 시작하고 손과가 둘러싼 태자파太子派의 소장들이 '파'를 '당'으로 발전하려 할 때 취소파取消派의 총수 진독계陳獨季가 합류를 하였던 것도 진부한 사실이었지만, 국민당國民黨 고문 오패부吳佩孚와 역시 국민당의 불공대천지수不共戴天之讐인 진형명陳炯明이 '취소당치회복민치取消黨治恢復民治'로서 국가주의의 중심에 추대되던 것도 케케묵은 넌센스의 하나이었다. 1931년 조직된 AB단(반공주의反共主義)은 지금은 사회민주당이 되어 있으며, 무한武漢 시대의 좌익 군인 팽술지彭述之 등 취소取消의 간부 시존통施存統 등 제3당의 파편, 중앙 대학 해산으로 이름 높던 한때의 교육차장 단석명段錫明 등 개조파의 잔류 분자와 태자파의 유지 등등이 모여 국민당 중앙 위원 진왕추陳旺樞를 총재 격으로 떠맡고 있는가 하면, 왕조명의 국민당 좌파

동지 통신처通信處라던 신당 준비 기관을 집어치우고 손과孫科 동양同樣으로 AB단 사민당으로 진출하였으며, 기독 장군 빙왕상馮王祥까지가 진계수와 좌익 낙오자의 대표 이달李達 등을 태산泰山으로 모셔다가 사민주의의 하계 강습을 받고 있던 것도 소문뿐이었지 지금 볼 것이 없다.

누가 무엇이라고 해도 사병 제도私兵制度에 지배되는 중국인 만큼 당연히 진 형제의 CC단이 가장 활기를 갖지 않으면 안 되었다. 그래서 그 유명한 남의사藍衣社로 변장을 하여 파쇼의 기본 조직이 되는 동시에 장개석의 독재를 위해서는 옛날의 원세개袁世凱의 견제 운동을 방불케 하는 활동은 그 때부터 시작되었으니, 근대 중국의 책사策士로 자임하는 양영태楊永泰·국민당 중앙 위원 장군張群·진형제·황부黃郛 등등이 그 최고 지도자이며, 표면으로는 하이새賀裏塞·등제鄧悌(이 친구와 남의사와는 유명한 일화가 있으나 다음 기회로 미룬다)·증확정曾擴情 등 13명이 중앙 간부회를 조직하였고 황포黃浦 동창회 주석 소문육蘇文育과 《중국일보》 주필로 있는 강택康澤 등이 별동대의 지도를 하고 있으며, 전국 운동의 기본 멤버로는 황포 군관(지금은 중앙 군관 학교) 출신의 소장 군인을 중심으로 한 2천 명과 그 외에 군사 위원회 간부 훈련반·교육총대敎育總隊·단경반團警班 등등이 공개적으로 훈련되어 이에 드는 경비가 매월 50만 원 이외에도 직접 행동대로서 반역 잘 하기로 유명한 고순장顧順章을 대장으로 한 철혈대鐵血隊의 존재는 잊을 수 없는 것이다.

5

남의사藍衣社의 정강政綱은 새삼스레 되풀이할 것도 없으나 정치 통일, 재정 정리, 기강 숙청, 산업 건설, 노자 쟁의勞資爭議의 절멸, 지권 평균地權平均, 농촌 경제의 진흥, 징병제와 국방 완비, 생산 교육을 목표로 하는 의무 교육, 남녀 평등 등등의 달성인 것이다.

그런데 파쇼 운동이 중국에서 가장 문제되었을 때 천진天津 대공보사大公報社의 공개 질문에 장蔣은 다음과 같은 회답을 하였다.

"국민당은 조직에 있어서나 방법에 있어서나 중국의 유일한 혁명당이다. 나는 모든 다른 조직에 반대한다. 나의 지원은 국민당을 부활하고 그 본래의 정신과 방법으로써 삼민주의를 실현하는 데 있다……"고. 그 뿐은 아니다.

"총리제는 부활할 것이고, 삼민주의를 실현하기 위해서 파시스트 조직은 오늘날의 중국으로는 필연적으로 공고히 할 필요가 있다. 그러나 그것은 이태리의 그것과는 성질이 다르다"고 그들의 어용 학자 양공달楊公達은 말한다. "금일의 훈정기訓政期는 아직도 12년은 연기해야 한다"는 고일국高一國 씨의 성명이며, '민주 집권이란 그 자체 파시스트적 민주 정치를 말함' 이라는 것을 보면 일세의 정치학자인 도희성陶希聖도 먹고 살기 위해서는 목구멍이 포도청인 모양이니 문제는 없다.

장蔣의 조직은 '중국 국민당 남의사' 라고만 알면 그만이다. 다시 말하면 왕汪의 그것은 '중국 국민당 개조 동지회' 였던 것과 같이, 국모 송 경령 여사 일파의 제3당이 '중국 국민당' 행동 위원회였던 것과 같이 장은 삼민주의자인 것이다. 그가 당치주의黨治主義를 전환하는 데 따라 국민당 총리가 되거나 대총통이 되거나 그것은 그가 충실한 국민당원일 것을 방해하지는 않는다. 그러므로 남의사의 당장黨章은 최초부터 말하고 있는 것이다. '삼민주의를 종지宗旨로 하고 삼민주의 신사회의 실현을 철저히 한다(제일선第一線). 그렇게 하기 위해서는 민주 집권을 거부하고 사장 장은 독재를 주장함' 이라고. 한구漢口의 행영行營 같은 데서 장을 만나더라도 "중국에서 파시즘을 실현할 수 있느냐"고는 신문 기자가 아닌 사람은 아예 물을 것도 아니다. 가만히 두고만 볼 일이다.

국민 정부 주석 임삼林森은 어찌 하였든지 대통령 격이다. 그러나 정치의 최고권은 중앙 정치 회의의 세 상임 위원 즉 장蔣·왕汪·호한민胡漢民에게 있다는 것은 신정부 조직법에 규정되었던 것이다. 이 조직법이야말로 1931년 말 장이 약 1개월 동안 손과에게 정권을 맡겨 주었던 대상으로 얻은 것이며, 지금 이 세 사람 중의 한 사람인 전당展堂 호한민 씨는 서남파西南派를 조종하여 실속 없는 이론으로만 영예있는 독립을 시키기에 분망하며, 또 한 사람인 왕조명은 손과 씨에게 얻은 선물로 행정원장이 되어 책임 내각의 수반은 되었을망정 전국 지방 장관에 명령권은 가지지 못하였다. 그나마 전국 지방 행정 장관의 24분의 21은 군인이다. 그래서 군인은 군사 위원회 밑에서 내각과는 전혀 독립되어 있는 것이다. 무슨 행정원장의 존엄이 천하를 호령해 보지 못한 것은 그 유명하던 아편 공매안公賣案의 결과만 보아도 알았던 것이지마는, 왕汪 원장 본시 광동파廣東派의 진영을 반역하고 '손기전연 공부국난損棄前捐共赴國難'이라고 대소 개조파의 막료들과 관도官途에 부활은 하였으나 그의 역할도 역시 앞날의 손과 동양同樣으로 장의 발전을 위하여 말하는 도구로써 스스로 중앙에 궁박할 뿐인 것이다.

지방의 할거는 더욱 확대되고 이금釐金은 공연히 회복되며 장강長江 연안의 수성數省을 제하고는 국고의 수입은 모두 지방에 몰수되며, 아편 공매의 통일은 이상에 말한 바와 같이 지방 당국으로부터 기부되고, 재정의 궁핍을 호도할 일체의 공조차도 용서치 않고 한갓 장개석을 중심으로 한 파시스트 운동은 어디까지나 중국의 통일 운동에 있어 주파主派로서의 위엄을 보지하고 발전해 가지 않으면 안 되었다.

그러나 임페리얼리스트의 대립이 어느 때나 중국의 통일에 반영하고 있는 한 물론 장의 파쇼 운동도 '주파적' 세력 이상에는 발전하지 못하

는 것이다. 얼마나 국내 자본이 통일을 희구하고 있어도 장의 파쇼운동
은 장 자신의 운명과는 하등 관계도 없이 세계 자본의 또는 임페리얼리
스트들의 필요에 의해서만 보증되지 않으면 안 된다.

그래서 적군赤軍 토벌과 탄압을 통해서 임페리얼리스트의 매買 노력,
공채 이윤의 인하와 지불 기한의 연장, 염세鹽稅 증가, 상품에 대한 관
세 증률增率, 폐양개원廢兩改元에 의한 예상 수입으로의 고리 차관, 영·미
·이英美伊 등국等國에 대한 경자 배관庚子賠款의 모라토륨, 아메리카의 면
맥棉麥 차관 등 이러한 수입의 모두가 국난國難 군사비의 명목으로 장개
석의 파쇼 운동에 양념이 되었을 뿐이다.

7

한때엔 19로군十九路軍을 고립시킨 왕 원장이 장학량張學良에 대해서
무리한 정사情死를 강요하여 장개석의 서강西江 및 화강華江의 세력을 견
제하려고 애쓰는 것도 가을 빛같이 옅은 그의 배경에서 너무나 희박한
새 세력이 그의 기도로 하여금 그 주관적 계립변戒立辨으로서의 역할을
수행할 반식민半植民 중국의 파시스트 통치 형태는 어디까지나 중국식
으로 그 과거의 역사가 그른 것과 같이 1935년이란 광고曠古 미증유의
세계적 위기를 앞두고 운명적인 노선을 가지지 않으면 안 될 것이다.

그러므로 그들의 어용 학자들이 말하는 것과 같이 금일의 중국에는
파쇼 운동이 필연적으로 이상의 조건 밑에서 발전할 것이며, 반장 운동
反蔣運動의 모든 파당黨들도 이 요구만에는 지배되지 않을 수가 없을 것
이다.

—《개벽開闢》(1935. 1).

공인 '깽그'단 중국 청방비사소고

1. 청방靑幇의 조직

악의 화華! 청방靑幇을 말한다 해도 이것은 시카고의 알 카포네의 얘기는 아니다. 상해를 중심으로 한 중국 각 도시에 그들의 방대한 조직을 가지고 있는 중국식 갱 청방이라면 국민당의 유맹 정치流氓政治에 사용되는 형형색색의 도구 중의 한 개의 중요한 세력인 것이다. 그러므로 이 상해의 갱 성질을 이해하기 위해서는 그 유명한 불란서의 루이 보나파르트가 이용한 Socrety of December Jenth나, 제정 로서아의 Black Hundred나, 가까운 예로는 시카고의 갱들의 성질을 종합하여 상상하면 명료하게 알아질 수가 있는 것이다. 물론 중국 전토에 뿌리박은 갱이라면 여러 가지 종류가 많은 것이지마는 그 질에 있어서나 양에 있어서나 조직의 치밀한 것이라든지 규율의 잔인한 모든 점으로 보아 청방이라고 불려지는 상해의 갱은 중국 갱의 대표적인 동시에 그 멤버의 수는 호적조차 정확치 못한 중국이니 만큼 자세히는 모르나 사람에 따라서는 2만 내지 10만이라고 추정하는 이도 있다. 그리고 멤버의 자격은 하층 사람, 불조계佛租界의 순사, 형사, 공안국의 공사, 유맹 정치가, 공장 감독, 노동 계약자, 국민당의 노동 지도자(황색黃色 조합組合의 간부),

시중의 소상인에 이르기까지이며, 그들의 하는 일은 인신 매매, 아편 밀수 운반, 방표(방표刦縹; 인질人質) 싸움 청부, 도박, 총기 밀매, 살인 등등이나 일면에 ×동動정치의 도구되기 위해서는 우국 지사, 은행가, 부호, 고급 정치가, 국민당 간부까지가 유력한 멤버로서 이면에 활약하는 것은 물론이고 장개석 자신도 선서한 멤버의 한 사람이란 것은 너무도 유명한 사실의 하나였다.

그러면 이 갱의 수령, 즉 암흑 중국의 대통령은 누구냐? 이것은 군웅이 접거하는 중국의 모든 사회가 그러한 것과 같이 이 갱의 사회에서도 두월생杜月笙·황금영黃金榮·장숙림張肅林 등 거물(?)들이 버티고 있는 것이다. 그래서 이들이 가장 봉건적 가장적인 이 결사의 주인들인 동시에 최고 통제자들이며, 따라서 대 불란서 조계租界 내의 사실상 지배자들이다. 불 조계 당국은 그들의 활동에 의하여 대금을 수확해 들이는 대상으로 그 지배권을 그들에게 양여하였다는 것은 두월생은 정말 불란서의 시참사원市參事員의 한 사람이었었다는 것만 보아도 알 수가 있다. 본래 두·황·장의 삼대 두령들은 민국民國 20년도까지도 상해를 삼분하여 정족鼎足의 세를 이루고 서로서로 협조하여 왔던 것이지만, 아편의 이익으로 말미암아 내부의 암투는 황금영의 세력을 희생하고 두월생의 강대를 결과하였으며, 경쟁에 이긴 두월생은 드디어 상해의 츠아가 되고 말았다.

2. 그들의 정치적 역할

중국의 갱! 이것도 민국 17년까지는 순연한 유맹流氓의 집단이었다. 그래서 일반으로는 봉건 군벌인 손전방孫傳芳과 결탁하여 아편과 노예의 운반을 하는 데 지나지 못하였으나, 중국 ××이 ×동화動化한 동년 4월에는 이것이 정식으로 정치적 도구가 되어 등장하였던 것이다.

국민 ××군이 멀리 상해를 향하여 진격하고 있을 때 상해의 시민들은 환호하며 무기를 잡고 손전방을 상해로부터 쫓아냈다. 그리고 광동의 백숭희白崇禧 장군이 민국 17년 3월 22일 상해에 도착했을 때, 당시 상해를 완전히 지배하던 근로자들은 무대의 후면에서 무엇이 어떻게 되는 줄도 모르고 장개석을 지도자로 한 국민군이 상해에만 도착을 하면 꼭 자기네를 해방하여 줄 줄만 알았다. 그래서 그들의 대부분은 무기를 던지고 상해를 '정당한 상해의 당국'에다 넘겨 주었던 것이다. 바로 그 2일 후 남경 사건에 뒤이어 장개석은 남경에 좌정하고 전시 중의 은행가들은 회의를 열었으니, 그 결과는 모든 선량한 근로자들에 대하여 즉시 전율할 테러리즘이 행하여졌다. 그래서 즉시로 무기를 포기하지 않는 자들은 얼마인지 그 수조차 모르게 몰려가서 ××을 당하였다. 그러나 그 하수인들은 장개석 자신의 병사는 한 사람도 아니었다. 그것은 그때까지 병사 자신들은 민중의 동맹자일지언정 민중이 적이 아니라고 생각하였기 때문이었다.

사시沙市·만현萬縣 등 사건과 유명한 민국 15년의 5주州 사건을 지나고 얼마 안 되는 때라 외국 병사들도 이 ××에는 한 사람도 직접 하수인이 되지는 않았다. 그 ××은 갱의 손으로 행하여진 것이며, 그 기금만은 경로가 있었다.

이 테러 집행 대장은 바로 장숙림이었고, 그는 당시 제일류의 갱이었다. 그 뒤 그들의 동료들 중에는 국민당 중앙위원회의 멤버가 된 자도 있었으며, 장개석에 선발되어 상해 경비 사령에 등용된 자도 있었다. 이뿐만 아니었다. 상해에 있는 ×국 경찰과 결합된 갱들은 수많은 노동자·인텔리겐챠를 ××하였으니, 그 제1회의 테러가 광란한 판에 6천 남녀의 희생자가 났다. 여기에 차마 웃지도 못할 삽화가 있다. 그것은 두월생의 비서역인 한 사람은 제남濟南 대학의 제남 종교학 교수로서 그후 제남 사변事變이 발발될 때까지 일신양역一身兩役의 의무를 충실히 수행하였다는 것이다. 이렇게 하여 갱은 민국 17년 이래로 국민당의 중요한 무기가 되었다는 것은 주로 노동자들의 대중 운동을 압박하는 것과 조합 운동을 통하여 스트라이크를 궤멸시키는 역할을 맡아 연출해 왔다. 그리고 종래의 모든 노동 조합을 분쇄한 후 '존경할 만한(?)' 새로운 조합을 창설한 갱들은 국민당의 노동 운동의 지도도 맡아 왔다.

3. 정치 성질의 발전

백 퍼센트 효과를 발휘한 민국 17년 후의 갱을 발견한 국민당 지도자들과 그 계급적 배후자들은 벌써 그냥 있을 수는 없었다. 될 수 있으면 청년과 달라붙기 시작하였으니, 두월생은 더욱더 위대하게 성장하였으며, 그의 세력은 확대되어 경제적·정치적으로 국민당 정권의 계급적 기초를 형성하고 있는 거리에서는 식민지 부르조아지의 진정한 멤버가 되고 말았다. 이렇게 하여 그는 점차로 정부의 배경이 되어 있는 계급의 멤버와 정부 및 그 배후자의 계급이 이용하는 암흑한 하층 계급의 츠아로서 이중의 역할을 일신에 결합하게 되어, 이청방의 츠아가 중요한 역할을 한 정치 회의라든지, 장개석과의 사이에 행하여진 비밀 회담의 기사가 때때로 신문지상에 오르내릴 때에는 그들 거물(?)들은 벌써 남경 정부의 명예 고문이라는 지위를 차지하게 되었다.

이러한 지반을 가진 두월생은 동시에 장학량의 고문도 된다. 그것은 민국 21년 3월 장학량 부인이 상해를 방문하였을 때는 그 화려한 호텔이 즐비하게 나열된 거리를 지나서 화객효로華客梟路에 있는 금성禁城을 두른 궁성과 같은 두월생의 저택에 손님이 되었다.

민국 21년 5월 1일 남경 정부는 두월생에게 상해의 코뮤니스트에 대한 억압을 가하기 위하여 그 수석의 관직을 수여한 것은 유명한 사실로서, 당시 북중北中에서 이름 높은 《천진 대공보天津大公報》는 다음과 같은 기사를 실었다.

유명한 상해의 두목 두 월생은 불란서 조계 내의 다른 유력자와 함께 회의에 소집되어 참석하였다.

이 중요한 비밀 회의에서 무엇이 토의되었는지는 대다수의 중국 사람들은 알고 있는 것이며, 또 중국 신문에 때로는 보도도 되었던 것이다. 이에 그런 중국 신문들을 재료로서 상고하여 보면 장개석은 상해에서 초공 공작剿共工作을 강화하기 위하여 보다 더 강력적인 테러단을 조직하려고 일금 백만 원을 갱에게 내어 놓고 동시에 정객과 갱과의 사이에 아편 운반에 대한 밀약을 맺었다. 갱은 그 주요 수입을 강소江蘇·절강浙江·양자강 유역의 아편으로부터 짜내고, 남경 정부에서는 소위 아편 전매에 의하여 법외法外의 이득을 빨아올릴 계획이었었다.

남경 회의에서는 아편 전매 기관의 관리는 남경 정부로부터 임명하기 전에 미리 갱 측에서 임명하든지 최저 한도라도 이들의 승인을 얻어 임명하기로 되어 지배는 의연히 갱의 수중에 잡혀 있었다. 그리고 그 뒤의 소문은 또 스테이션의 송자문(宋子文: 당시 재정 부장)의 암살 소동도 이들 청방 두목들의 암투의 결과가 폭발한 것이라 전하여졌다.

이뿐만 아니라 이 회의에서 두 월생은 금전이나 세력만을 요구한 것은 아니었다. 즉, 그것은 면자面子—명예까지 요구하였다. 그의 이름을 상해 부근이나 적어도 중국은 모르는 사람이 없다. 또 그의 지위라든지 그의 수입의 원천이라든지 그의 활동의 성질이 어떠한 게라는 것도 다 알고 있다. 그래서 그는 포동하浦東河를 건너서 굉장히 화려한 가랑家廊을 세웠다(양반이 될 작정이었다). 바로 민국 21년 6월 9일부터 10일까지 엄청나게 큰 제전이 거행되었다. 장개석은 두 월생의 지배 구역 내에 있는 무관·문관·국민당 지부할 것 없이 명령하여 축전을 보내게 하였으며, 당일 상해는 여간 소동을 한 것은 아니었다. 수천의 갱들과 실업가, 정부의 관리들로 된 장사長蛇의 대행렬이 화객효로華客臬路에 있는 두월생 저택으로부터 나와서 특별 경계에 정리되는 도로를 통하여 상해시를 횡단하였다. 행렬의 선두에는 장개석·장학량·상해 시장 왕정정王正廷 박사, 불란서 총영사, 기타 국민당의 관리, 전국으로부터 지명지사知名之士가 보낸 축기祝旗 등등이 흘러갔었고, 두월생은 자기 가랑에 참배한 사람들을 위하여 포동하浦東河를 왕래하는 특별 랜치를 새로 준비하였다. 참배자 중에는 남경 정부의 대신, 상해 시장, 그 외에도 대부분은 고위 고관이 자진 참배하였으며, 장개석의 대표로는 당시 시장 장군張群이었다. 이날 두월생은 종자從者와 친근자들에게 팁으로 준 돈이 7만 원이었다고 중국 신문들은 보도에 혈안이였었다. 이만하면 얼마나 큰 소동이었다는 것도 상상할 수 있는 것이지마는 이 뒤로부터 갱의 츠아인 두 월생과 그를 둘러싼 청방들은 보다 더 그들 본래의 사명을 열심히 수행하였으며, 젊은 노동자·학자·작가·학생 등등에 대한 테러는 더욱더 맹렬하여졌으니, 체포·고문·암살 등등은 중국 민족 혁명사에 얼마나 두터운 페이지를 비린내 나는 피로 칠하였는지 모른다.

4. 청방과 노동 계급

청방들은 노동자에 대해서는 스파이인 것이다. 조금만 저들의 명령에 거역을 하면 그것은 ××이다. 그뿐만 아니라 국내 자본이나 국외 자본의 앞잡이로서는 현장 두목도 되고 노동 계약자도 된다. 어느 조합에나 어느 공장에도 갱의 그물이 안 쳐 있는 곳은 없다.

이러한 정황 밑에서는 '스트'를 한다 하거나 노동자를 어찌 한다는 것은 벌써 문제가 아니다. 좌우간 갱들의 안경테 밖에 벗어만 지면 체포되고 체포만 되면 장기長期나 사형쯤은 각오해야 하는 것이다. 민국

21년 9월 불란서 조계의 전차 종업원의 파업 때의 한 사람의 노동자는 아주 적당한 예였다. 그는 매우 정녕叮嚀한 노동자였으나 공산주의자라는 혐의로 기소되어 하등 증거가 없는 데도 불구하고 청방의 멤버인 공장 감독들이 날조한 되지도 않은 팜플렛을 증거라고 하여 그는 그런 것은 일생에 본 일조차도 없다고 하였건만, 변호인도 변론도 없이 10분간의 재판으로 10개년의 징역에 12개년간 모든 권리를 박탈한다는 부가형附加刑까지 선고하였다.

국민당이 지배한다는 노동 조합은 완전히 갱의 수중에 있다. 그들은 조합의 간부로서 쟁의나 파업 때에는 독립 행동을 하는 것이다. 그 대신 그들은 호화한 저택에 살고 있을 뿐 아니라, 그들은 직공 전체의 노임을 공장주로부터 받으면 두전頭錢이라고 하여 몇 할 쯤은 제주머니에 실례를 한다. 그리고 노동 계약자로부터는 회뢰賄賂를 강요하고, 은혜 깊은 공장주에게선 직접 보조금을 받으며 노동자에겐 아편을 강제로 팔고 노동자의 자녀는 노예로 사서 따로 돈벌이를 시켜 먹는 것이다.

민국 21년 하반기 상해의 노동자들이 파업을 하면 어느 때나 실패를 하게 되므로 자기들의 조합에 대하여 단연코 항의를 했다.

12월 초에 상무 인서관商務印書館 태업은 청방들과 고주雇主가 짜고 유린하여 실패하였으며, 동월 26일 상해의 제모製帽·제약製藥 등 노동 조합들에서는 조합원들이 자기네의 마음대로 되는 조합을 만들어 보겠다고 구조합의 본부를 습격해 보았다. 그러나 국민당과 청방은 이것을 완전히 진압하였다. 그리고 노동자 층이나 공장에는 스파이와 선동자를 밀파하고 노동 시장과 조합을 지배하는 동시에 청방의 대두목은 자신 진두에 나와서 쟁의나 파업의 '중재자' 짓을 한다. 국민당의 광포한 탄압 활동의 대리인으로서 두 월생은 활약하는 것이다. 그의 '중재'로서 가장 광휘 있던 예는 민국 22년 1월 '초상국招商局'의 대파업 때이었다. 1천 인의 선원이 1월 7일 전부 하선하고 13소艘가 정선停船하였던 때니,

그 때의 요구 조목은

  1. 더블 보우너스를 다오.

  2. 선원 조합을 승인하라.

  3. 사무소에서 일하는 것과 동등으로 취급하라.

  4. 사고 없이 하는 해고 절대 반대.

  5. 연말 상여를 영속하라.

  1월 9일 청방 두목 두 월생은 '중재자'로서 이 쟁의에 정면으로 등장하여 왔다. 그래서 그는 먼저 감언이설로 1소艘만을 설복하는 데 성공하였다. 1월 11일 두 월생은 파업 중 선원들과 대면하여 최초의 3항은 승인될 줄로 안다. 그러나 끝으로 2항은 안 될 것이라고 말했다. 그리고 그 익일 간부들은 쓱싹하여서 분열케 하고 회사의 태도는 미명未明도 되기 전에 중재는 어름어름하고 파업은 터졌다.

  상해 사변의 뒤를 이어 50만에 가까운 실업 노동자는 가두로 흘러나왔다. 국민당 사회국社會局에는 물론 노동자들의 대표가 파견되어도 보았으나 순사에게 거절되어 만날 사람은 만나지도 못하였다. 그러나 노동자의 압력도 결코 적은 것이 아니었으므로 사회국은 '실업 구제 위원회'라는 것을 만들어서 빵에 주린 노동자들에게 빵 대신으로 위원회를 턱 밑에 내받은 것이다. '구제 기금 모집'을 위해서는 소위원회라는 것이 조직되었으나, 그것은 별것이 아니고 두 월생 등등이 모인 것이었다. 그래서 위원회의 주요한 역할은 노동자를 문서상으로 등록하고, 즉 다시 말하면 사회의 해독을 제거하기 위해서 위험 분자를 힘써 제거하는 것이었다.

5. 청방의 두목과 정치

  한때는 국민당 좌파는 상해의 청방과 결합하여 장개석의 그룹을 위협하고 자금을 빨아올린 일이 있었다. 그러나 왕정위汪精衛가 영파寧波의 히틀러—장개석과 결합되어 극우익極右翼에 달라붙고는 그러한 소식은 벌써 끊어졌다. 왕정위가 민국 20년 말 상해에 왔을 때는 그 목적은 표면상 남경과 광동을 합작케 하려는 평화 회의이었다. 그러나 그 실은 장개석에게 달라붙자는 제일보이었으며, 이 양자의 중간에서 산파역을 한 것은 청방의 삼대 두목 중의 한 사람인 황금영으로서 그는 그 대상으로 오늘날도 '대세계' 라는 큰 생재 기관生財機關을 가지게 되었다. 그리고 왕정위가 회의에 열석하러 상해에 들어올 때에는 두 월생의 소유한 특별 랜치는 그를 불란서 조계의 밴드까지 운반하였고, 그 곳에는 갱들이 자동차를 가지고 대기하고 있다가 그의 저택까지 호위해 보냈다.

그 외에도 동년 11월 말부터 12월 초에 이르기까지 왕정위가 그 도당인 소위 개조파改造派의 동료들을 소집하여 중앙 위원회를 열고 간부를 개선할 때 왕汪 자신을 합한 10명의 위원이 지명된 이외에 14인의 보결 멤버에는 두월생의 비서 한 사람도 당선되었으며, 그 회합의 장소는 황금영이 경영하는 두박 환락경이었다.

민국 22년 낙양에서 열린 국가 긴급 회의에도 갱의 삼대 두목들은 대표로 선발되어 이들은 국민당의 소위 당치黨治에 기회 있는 대로 정치적 지도자로서 활약하였으나, 그 중에도 황금영은 출석하였었고 두월생은 뒤에 처져서 2당 정치二黨政治에 반대하는 60인 중 한 사람으로 선언서를 발표하였던 것이다.

9·18 이후로 항일회抗日會가 조직되었을 때는 청방의 지도자들은 엄청난 활동도 하였다. 외화 배척으로 남는 막대한 배당을 차지하기 위해서는 수천 인의 애국 정신을 이들은 즉석에서도 동원시킬 수도 있는 것이었다. 그 후 상해 사변에는 2,3인의 청방 두목들은 19로군十九路軍에게 무기를 공급한 대상으로 거대한 돈벌이를 할 수가 있었다. 일체의

회합과 행렬과 결사와 언론이 용서되지 않는 국민당의 치하에서 상해의 갱들만은 모든 악습과 범죄의 대비밀 결사를 만들어 가지고 가장 대담하게 한 세력을 위하여 다른 한 세력을 궤멸하기에 난폭하게 상해의 지붕 밑을 돌아다니는 것이다.

—《개벽》(1935. 5).

중국 농촌의 현상

1

'레 미제라블' 이란 말은 실로 오늘날의 중국 농촌 경제를 말할 때 그 광범한 영역의 어느 지방 어느 농가 어느 농민을 막론한 그 생활을 표현하는 데 가장 적합하게 쓰여질 한 개의 대명사일 것이다.

과거 중국의 경제 형태는 그 특수한 발전이 실로 세계 경제사의 빛나는 한 페이지를 점령한 때도 있었지마는, 전변무상轉變無常한 정치적 동요는 이 중국 경제를 급각도로 회전하면서 기본적인 혁명을 초래하지 못한 데 또한 중국 경제의 약점이 있는 것이다.

그래서 거기는 극히 복잡한 역사 형태와 착종錯綜한 경제 요소가 아직도 남아 있다는 것은 자본주의도 있고 봉건적 잔재도 그냥 남있다. 그 중에는 죄 많은 노예 제도, 원시적인 민족 조직, 단순한 상품 경제도 있고 심하면 소비에트 경제까지 있어서 그것은 혼돈한 세기의 축도인 동시에 중국 농촌 경제가 전화한 근본 조건도 된다.

2

중국에 있어서 외국 상품의 유입은 농촌의 가내 공업을 급격히 파괴하였다. 이 사업은 중국 농촌에 일대 변동을 가져오면서 소농 경영과 가내 공업을 연결시키고 농민의 자족급성自足給性을 완전히 파괴하고 말았으니, 외국 상품의 앞에는 농민은 싫거나 좋거나 구매자가 되지 않으면 안 되었다. 동시에 농민은 자기 소비를 위해서가 아니고 팔기 위한 상품 생산에 종사치 않을 수 없게 되었다. 포함 정책 하의 외국 상품이 노도와 같이 유입되는 일방 중국은 열강의 원료국으로서도 운명을 지게 되었다. 이리하여 중국 농촌은 급격한 화폐 경제로 전향하지 않을 수 없었다.

첫째 중국 산업이 원료 상품화한 것이니 최초에 상품화한 농산업은 차·생사·대두大豆·남藍 등이었으나 다음 면화·연초·감자·마麻·아편은 말할 것도 없고 현재에는 곡물까지가 벌써 상품화하였다.

그러므로 농산물이 농민 자신에 필요하냐 안 하냐는 별개 문제로서 팔리느냐 안 팔리느냐가 농민의 관심이 되게 되어 왔다. 그래서 미맥米麥의 경작은 감소하고 면화나 연초의 경작이 특히 격증한 것은 농촌 경제의 상품화한 증거인 동시에 농민의 수입도 상품 경제의 진화에 따라 점차 화폐적 형태도 변하여 지금은 그 대부분을 차지하게 되었다. 이와 같이 농민 경제의 화폐 경제에의 전변轉變은 자급 자족 상태로부터 필연적으로 시장 경제와 결부시켰다. 그러나 농민 경제의 화폐 내지 상품 경제화를 중국의 자본주의적 발전이라고 본다면 잘못이다. 왜 그러냐 하면 중국 농촌 경제의 자족 자급성은 위에 말한 바와 같이 외력에 의하여 파괴된 것이고, 민족 산업의 발전이 가져온 결과가 아닌 때문이다. 여기에 중국 농촌 경제의 근본적 특수성이 있다. 따라서 농산업 시장은 아직 지방적 원시적이며 농민이 국내적 통일시장을 가지지 못한 것도 이 때문이다. 여기에 중국 매판 자본中國買辦資本의 발달한 한 가지 원인이 있는 것이다.

3

농촌 경제가 상품화하는 데 따라 농민의 생활을 결정하는 것은 농산물의 흉풍凶豊보다도 그 시장 가격이다. 시장은 농민에 있어 절대적 지배자가 되었다. 즉 시장 관계의 변동은 농민의 생산 양식 농산품의 수량 및 품종, 나아가서는 전 생산 그것까지도 지배하게 되는 것이다.

그러면 어째서 중국에는 산지 시장이 아직까지 지배적이며 통일 시장이 형성되지 못하는가? 그것은 첫째 중국의 농업이 소농 경영인 까닭이다. 상품화한 소농 경영 그것은 말할 것도 없이 산량産量에 제한이 있고 또 개개의 농민으로서는 농산물을 직접으로 소비자의 시장에 운수運輸 판매할 만한 다량의 생산역을 가지지 못하는 것이다. 그것은 농민 자신들이 너무나 빈곤하기 때문에 시장 내지 가격을 선택할 여유가 없을 뿐 아니라 오늘의 화폐 추구에 급급하지 않을 수 없으며, 그들의 일반적인 현상은 다른 시장 가격이 자기들의 시장 가격보다 고가이라든지 1개월 앞으로 물가가 앙등할 것을 추측한달지라도 금일의 생활을 위해서 매각하지 않으면 안 될 형편이다.

그래서 지방으로는 3일 만에 한 번씩 시장이 서고 그 외에도 묘회廟會라고 하여 사사寺社의 제일祭日에는 물품의 교환이 성행하는데 이런 것은 천진天津·북평北平·상해上海·광동廣東 등 대국제 도시에서도 이 유풍遺風을 보는 것이다. 이같이 통일 시장이 형성되지 못하는 것은 무엇보다 교통 운수의 발달이 유치幼稚한 데 기인한 것은 물론 최근 소위 '운수 판매 합작사運輸販賣合作社'가 성히 제창되는 것도 이 까닭이며, 작년 4월 결성된 항공 합작航空合作도 이러한 의의를 다분히 포함하는 것으로서 봉건적 체제에 대한 민족 자본주의의 항쟁이라고도 볼 수 있다.

중국 농업 공황의 중요한 일인一因은 농민이 통일 시장을 갖지 못했다는 사실이 증명하는 바와 같이 동일 국내, 동일 시간에 어떤 지방은 식량의 생산 과잉을 걱정하고 어떤 지방은 생산 부족에 고민하는 현상이다. 즉 민국民國 23년의 섬서陝西 지방에서는 식량의 결핍으로 인쟁 상식人爭相食하는 참극이 있는 반면에 상해 부두에는 농산물이 창고 속에 썩어나는 형편이었다.

이러한 사실은 상품 자본의 활약에 절호의 기회를 주었다. 그래서 농민은 일용품의 구매와 농산물의 매각에 이중으로 상품 자본의 지배를 받게 되었으며, 그에 반伴한 농민의 극도의 빈곤화는 농산물의 수확도 전에 이것을 매각하지 않으면 안 될 상태이니 소위 예매가 그것이다. 여기서 상업 자본은 고리대 자본高利貸資本의 임무를 하는 것이며, 목하目下의 농업 공황에 대해서 그 특수성을 구명하기로 하자.

4

중국의 농업 공황은 생산력의 감퇴에 기인한 것이며, 자본주의 제국과 같이 생산 과잉으로 야기된 것은 아니다. 그나마 생산력의 감퇴라는 것도 단순한 이유가 아니고 열강 농산물의 ‘딤핑’ 의 결과에 기인한 것이다. 자본의 유기적 구성이 박약한 중국의 농촌 경제는 그것이 벌써 상품 경제화해 있는 관계상 쇄도하는 외국 농산물의 ‘덤핑’ 에서 받는 타격은 상상할 수 없이 큰 것이다. 만약 중국 농민이 운수 교통의 은총을 받고 통일 시장을 가졌다면 기분간幾分間이라도 이 급박한 공황을 완화할지 모르나 현실은 이와 반대로 인도면印度棉을 상해에 수입하는 데는 한 ‘피클’ 에 1원이면 될 것을 정주면鄭州棉을 이입하자면 약 10배나 되는 10원의 운임을 필요로 하는 현재 상태로는 완화는커녕 문자대로 중국 농촌의 경제 할거割據는 공황의 불길에 기름을 붓는 것과 같다. 하

물며 정치적 무력과 무역 통제나 위체 관리爲替管理조차 실시 불가능한
데랴.

5

중국 농촌 공황의 결정적인 원인의 한 가지는 가렴주구苛斂誅求인 것
이다. 중국 위정자의 생명의 축대가 되는 이 가연잡세苛捐雜稅는 실로 1
천 3백여 종이라는 전율할 숫자를 상상할 때 얼마나 잔혹한 착취를 국
민이 부담하고 있는가를 알 수 있다.

그나마 지주·상업 자본가·고리대의 삼위 일체의 수탈은 일반 농민으
로 하여금 조금이라도 토지 투자의 여유를 허용치 않을 뿐 아니라 농민
의 빈곤은 농촌 시설과는 완전히 인연이 멀고 재해의 위협에 대해서도
하등의 방어력을 가지지 못했다.

그런데 최근 기년간의 중국 재해 상황을 본다면 민국 20년에는 중국
최대의 풍양지지豊穰之地로 유명한 강회 운하江淮運河 유역의 홍수에 재해
구역 16성省, 이재민 5천만, 피해액 20억 원에 달하고 민국 21년에는
수해지 11성 230현에 한해지旱害地는 6성 126현에 급하고 민국 22년에
는 강중江中의 대홍수로 피해지 실로 15성 252현에 급하였으며 그 외에
한해지가 8성 98현에 충해지蟲害地 10성 231현이라는 호겁부침浩劫浮沈
하는 중국 농민에게는 민국 23년의 수한해水旱害는 실로 결정적 타격이
었으며, 민국 24년의 한해旱害만에도 피해 면적은 3억 3천만 중국무中國
畝, 약 14억 원의 손해였다. 그 위에 수해는 국민정부진무위원회國民政府
賑務委員會의 보고에 의하면 4천3백4십만6천 중국무(남중南中을 제외)로서
원유경지原宥耕地의 65퍼센트에 달하며 한수해를 합산하면 20억 원을
훨씬 돌파한다 하니 농민의 곤궁도 이 지경에 가면 차라리 말이 없는
것이다.

6

위에 말한 바와 같이 중국의 농업 공황은 전자본주의적 농업 공황의 특질을 가지면서도 농후한 국제적인 관련을 가지고 있다.

사실 중국 농촌은 밖으로는 열강의 '덤핑' 농산업에 번롱翻弄되고, 안으로는 연년連年의 재災에 질식되어 전면적 파산에 전입하고 있다. 최근 3년래에 외미의 수입은 수입 상품 중 제일위를 점령하였으며, 전 농산품의 수입액은 30퍼센트 이상을 점령하고 있다. 그 중 민국 23년도 같은 해는 총 수입액 10억2천9백만 원에 미면맥米棉麥의 수입만도 1억8천7백만 원으로서 약 2할을 점령했으니 원료국 농업국으로서의 중국에 폭주한 외국의 '덤핑' 농산업은 중국 경제를 근저로부터 붕괴시킨 것이다.

이러한 적년積年의 한해·수해·충해 및 국가 재정의 8할을 차지하는 군비軍費·군벌軍閥 혼전·농업 시설의 붕괴(그들은 항상 제방堤防을 황단하여 공산군의 진지에 홍수를 주입하는 책전策戰을 취한다) 등등 가연잡세苛捐雜稅가 되어 농민에 부담되고 그것이 모두 인因이 되고 과果가 되는 동시에 농촌의 생산력은 여지 없이 쇠퇴하였으며, 타방으로 지주·상업 자본가·고리대의 수탈에 의하여 농민은 벌써 소 한 마리가 없어져도 종래의 규모에서 재생산할 가능성을 완전히 잃었는데 작년의 재해는 그들의 최후 일편一片인 희망까지 뺏아가고 말았다.

그 위에 농산물 가격은 생산의 감소와는 역逆으로 저락의 일도一途를 질주한다. 미국의 백은 매상白銀買上은 중국의 구매력을 증대케 한다는 일종의 구제책이라는 것도 이제는 완전히 몽상이 되었다.

여기서 한 가지 주목할 것은 중국 농촌의 지가地價 현상이다. 1931년을 100으로 한다면 수전水田은 1932년의 6퍼센트가 1933년은 12퍼센트로 하락하고 전田은 1932년의 7퍼센트가 1933년은 11퍼센트로 하락하였으며, 상해의 지가는 3년 전에 비하여 50퍼센트가 폭락이라고 한다. 따라서 산업의 구매력 지수도 강소성江蘇省의 조사에 의하면 1931년을 100으로 한다면 1932년은 91, 1933년은 79로 저하되어 있다.

이같이 중국 농촌의 실업 유민은 격증하고 토지 집중은 격화했다. 미증유의 식량 공황은 광서廣西 지방에서 팔쟁 상창八爭相創의 참극을 연출케 하고 감숙甘肅 등지에는 농촌 부녀자가 최고 5원 최저 1원에 매각되어 순연한 농노로 화하고 (기한 내에 생산한 아이는 매주買主의 소유가 된다) 매춘부로 전락한다. 그래서 지금이야말로 식량 소동은 각지에 발발하고 이것이 격激된 곳은 중국 소비에트 운동의 온상이 되는 것이며, 이것을 전환하려는 것이 중국 농촌의 고민상이다. 이러한 정세 아래 있는 그들의 농촌 금융 문제는 어떻게 취급되고 있는가 다시 한번 검토하기로 하자.

7

농촌의 궁핍화는 자금의 도시 편재를 필연한 결과이다. 도시 유자遊資에 고민하고 농촌은 금융 고갈에 천식하고 있는 것이다. 그래서 농촌 자본의 결핍은 순환적으로 새로이 농촌을 곤비困憊케 하였다.

중국 농촌의 경제 상태는 고리대高利貸·전장錢莊·질옥質屋·합금(合金; 무진등류無盡等類)이 있고, 근대적인 것으로는 농민 은행·창고·신용 합작사·관영의 농민 대차소農民貸借所 등이 있다. 그런데 여기에 주목할 것은 근년 도시 은행 자본이 밖으로 열강 금융 자본에 압박되고 안으로 민족 산업의 쇠락에 의한 자기 혈로를 농촌 개척에 힘쓰는 사실이다.

은행 자본의 농촌 진출은 두 가지 코오스를 취한다. 하나는 신용 합작사에 대한 투자이요, 하나는 농촌 창고의 개설이다. 전자는 고리대 자본에 대한 항쟁이요, 후자는 상업 자본에 대한 도전이다. 그러나 이 틈에 죽는 것은 농민이니 농민의 2할 2분은 채금債金의 중압에 고민한다. 그렇다고 하여 농민의 차금借金이 그들의 토지 투자이냐 하면 너무나 큰 잘못이다. 그것은 차금의 기한 장단長短을 보면 알 수가 있는 것이니 현하 중국 농민의 부채 기한은 1년 이하가 금 차관金借款의 77퍼센트를 차지하고 1년 이상은 11.4퍼센트, 부정기의 것이 11.3퍼센트(1934년 11월 중앙 농업 실험소 실정 보고)를 점령하고 있다. 만약 농민 차금이 일종의 토지 투자라면 차금의 기한은 장기長期라야 한다.

8

중국 농촌 금융의 현상에서 가장 주목할 것은 고리대의 이상한 발달이다. 중국 고리대 자본의 역사적 발전 과정은 여기에 상술할 여유가 없으나 중국에서 고리대 자본의 발생이 비상히 오랜 것은 사실이다. 이래爾來 수천 년간에 그것이 은연한 위력을 가지고 오다가 중국 경제가 화폐 경제로 전입하자 그것은 새로운 의의와 중요성을 띠게 되었다. 고리대 자본의 2개 작용, 다시 말하면 호사한 상류 계급 ― 본질적으로는 토지 소유자에 대한 대부貸附가 자태를 감추고 소생산자 ― 특히 농민에 대한 대부가 증대되어 그 사회적 의의를 결정하게 되었다. 그래서 고리대 자본의 농민에 대한 지배는 군벌 혼전과 재해의 연속에 정비례하여 강화되었으니 농민의 반수는 많거나 적거나 고리대의 참혹한 혜택(?)을 받지 않을 수 없었다.

그러면 농민의 차금 자원이 어떠한 것인가를 보기 위하여 1934년 11월 중앙 농업 시험소 실정 보고 6구區 22성省·871현縣의 조사에 의하면 순 고리대 자본이 농민 전 부채액의 67.6퍼센트, 상인 고리대 자본이 13.1퍼센트, 질옥質屋 자본이 8.8퍼센트, 전장錢莊 자본이 5.5퍼센트, 합작사가 2.6퍼센트, 은행 자본이 2.4퍼센트이었다. 이에 고리대의 중요성은 더 말할 것도 없지마는 그 이율을 보면 보통 월리月利는 1할, 심하면 2할이다. 소위 '구출 십삼귀九出十三歸'란 형식은 광동 기타 지방에 일반적으로 행하여지고 때에 따라서는 은 1원에 일리십선日利十仙을 지불하는 것은 강소 불산현江蘇佛山縣 등지에 보편적으로 통용된다.

그뿐 아니라 곡물 대부貸附는 그 박탈의 정도가 보다 더 비인간적이니 농촌은 보통 3,4월경에 벌써 식량이 절핍絶乏되어 지주 상인으로부터 곡물을 차입借入하는바 이 곡물 대부는 북방에서는 보통 칠승 오합七升五合에 대하여 추수秋收 후 사두 오승四斗五升을 상환償還하고 심하면 1두에 1석을 상환하는 곳도 있으며, 1석에 대하여 3개월 후에 1석 8두의 고리를 상환하는 지방도 매거치 못한다.

고리대 자본은 중국에서는 통일적인 계급이 결성되지는 못했다. 그러나 현저한 재산의 축적이 행하여진 것은 사실이다. 그러나 고리 자본이 그것만으로는 하등 변화하지 못하였다고 하는 것도 사실이지마는 이것이 토지 집중을 격화하고 재황災慌을 계기로 막대한 임무를 하고 있다. 즉 소작민이 자기의 토지를 파는데 이 최대의 원인은 무엇보다 고리대에 대한 예속으로부터서이다.

고리대 자본은 정치상의 부패와 경제상의 퇴폐를 유도하여 오랫동안 계속시키는 데 따라 옛날 로마의 그것과 같이 지배적 계급을 붕괴시키지는 못하였다. 고리대 자본은 위에 말한 것과 같이 지주와 상업 자본을 강력적으로 결부시켜서 삼위 일체로 만들었다. 지배 계급을 붕괴는커녕 도리어 농촌 지배층의 강력적인 지주가 되었다.

9

이상의 사실을 종합하여 볼 때 중국 농촌의 몰락은 벌써 농민 개개의 문제가 아니고 농업 중국의 파멸이라고 하지 않을 수 없는 것이다.

아무리 농업 창고의 증설에 전력하여도 농민은 '예매豫賣'라는 함정을 벗어나지 못하는 한 창고에 넣을 수확물을 갖지 못하는 것이며, 농촌 상업 자본은 여기서 완전히 상인 고리대 자본으로 화하는 것이다. 즉 상인은 상업 자본의 이윤과 고리대 자본의 착취와의 이중 박탈이 가능하게 되었다.

그것은 다음 사실에서 간취看取할 수가 있으니 '예매'라는 것은 분명히 법외의 착취가 허용되어 왔다는 농촌 중국 농민이 통일 시장을 갖지 못한 필연적 결과로서 농촌 지배층의 실상을 탐구할 필요가 있다. 우선 강소성 민정청江蘇省民政廳의 조사에 나타난 지주의 직업별을 보면 군정 관리가 27.33퍼센트, 고리대 업자가 42.86퍼센트, 상인이 22.36퍼센트, 실업가가 7.45퍼센트로서 이것만 보아도 아직 자본의 유기적 구성이 박약한 신흥 도시 부르조아지는 농촌의 봉건 자력과 결부되는 데서만 목전의 이윤의 부분이 더 많이 돌아가는 것이다. 그리고 타방 상업 자본은 최대 착취 대상이 중농 내지 하층 농민이므로 입고入庫할 농산물이 없는 농민들에게는 농업 창고의 시설은 차라리 상업 자본가에 은혜가 돌아갈지언정 일반 농민에게는 하등 소용이 없고 현 정권에 대한 부정은 경제 전쟁으로부터 완전히 정치적으로 ××화하여 그 심각한 정도는 그들의 궁핍과 정비례로 격화하고 있는 것이다.

—《신동아 新東亞》(1936. 8).

노신추도문

노신약전魯迅略傳 — 부저작목록附著作目錄

노신의 본명은 주수인周樹人이며, 자字는 예재豫才다. 1881년 중국 절강성浙江省 소흥부紹興府에서 탄생, 남경에서 광산 학교에 입학하여 양학洋學에 흥미를 가지고 자연 과학에 몰두하였으며, 그 후 동경에 건너가서 홍문 학원弘文學院을 마치고 선대仙臺 의학 전문 학교와 동경 독일 협회 학교에서 배운 일이 있다.

1917년에 귀국하여 절강성 내의 사범 중학교와 소흥 중학교 등에서 이화학理化學 교사로 있으면서 작가로서의 명성이 높아졌다. 그리하여 오사 문학五四文學 운동 후 중국 문학 사조가 최고조에 달하였을 시대에 북경에서 주작인周作人·경제지耿濟之·심안빙沈雁氷 등과 함께 '문학 연구회'를 조직하고 곽말약郭沫若 등의 로맨티시즘 문학에 대하여 자연주의 문학 운동에 종사하고 잡지 《어사語絲》를 주재하는 한편 북경 정부 교육부 문서 과장 및 국립 북경 대학, 국립 북경 사범 대학, 북경 여자 사범 대학 등의 강사로 있었으나 학생 운동에 관계되어 북경을 탈출하였다.

1926년도 하문 대학廈門大學 교수로서 남하, 그 후 광동 중산 대학中山大學 문과 주임 교수의 직에 있다가 1928년 이를 사직하고 상해에서 저작에 종사하는 한편 《맹아일간萌芽日刊》이란 잡지를 주재하였다.

이로부터 그의 문학 태도는 점점 좌익으로 전향하여 1930년 '중국 좌익 작가 연맹'이 결성되자 여기에 가맹하여 활동하던 중 국민 정부의 탄압을 받아 1931년 상해에서 체포되었다. 그 뒤 끊임없이 국민 정부의 간섭과 남의사藍衣社의 박해 중에서 꾸준히 문학적 활동을 하고 국민 정부의 어용 단체인 '중국 작가협회'를 반대하던 중 지난 10월 19일 오전 5시 25분 상해 시고탑施高塔 자택에서 서거하였다. 향년 56세.

주요한 작품으로서는 〈아큐우 정전阿Q正傳〉〈눌함吶喊〉〈방황彷徨〉〈화개집華蓋集〉〈중국 소설 사략〉〈약藥〉〈공을기孔乙己〉 등이다.

1932년 6월 초 어느 토요일 아침이었다. 식관食館에서 나온 나와 M은 네거리의 담배 가게에서 조간 신문을 사서 들고 근육 신경이 떨리도록 굵은 활자를 한숨에 내려 읽은 것은 당시 중국 과학원 부주석이요, 민국民國 혁명의 원로이던 양행불楊杏佛이 남의사원藍衣社員에게 암살을 당하였다는 기사였다.

우리들은 거리마다 삼엄하게 늘어선 불란서 공무국工務局 순경들의 예리한 눈초리를 등으로 하나 가득 느끼면서 여반로侶伴路의 서국書局까지 올 동안은 침묵이 계속되었다.

문 안에 들어서자마자 편집원 R씨는 우리들에게 다음과 같은 말을 들려 주었다.

'중국 좌익 작가연맹'의 발안發案에 의하여 전세계의 진보적인 학자와 작가들이 상해에 모여서 중국의 문화를 옹호할 대회를 그 해 8월에 갖게 된다는 것과 이에 불안을 느끼는 국민당 통치자들이 먼저 진보적인 작가 진영의 중요 분자인 반재연(潘梓年 ; 현재 남경유폐南京幽廢)과 이제는 고인이 된 여류작가 정영丁玲을 체포하여 행방을 불명케 한 것이며, 여기 동정을 가지는 송경령宋慶齡 여사를 중심으로 한 일련의 자유주의자들과 작가 연맹이 맹렬한 구명 운동을 한 사실이며, 그것이 국민당 통치자들의 눈살에 거슬려서 양 행불이 희생된 것과, 그 외에도 송경령·채원배蔡元培·노신 등등 상해 안에서만 30명에 가까운 지명지사들이 남의사藍衣社의 블랙 리스트에 올라 있다는 것이었다.

그리고 그 뒤 3일이 지난 후 R씨와 내가 탄 자동차는 만국빈의사萬國殯儀社 앞에 닿았다. 간단한 소향燒香의 예禮가 끝나고 돌아설 때, 젊은 두 여자의 수원隨員과 함께 들어오는 송경령 여사의 일행과 같이 연회색 두루마기에 검은 '마괘아馬掛兒'를 입은 중년 늙은이가, 생화에 싸인 관棺을 붙들고 통곡을 하던 그를 나는 문득 노신인 것을 알았으며, 옆에 섰던 R씨도 그가 노신이란 것을 말하고 난 10분쯤 뒤에 R씨는 나를 노신에게 소개하여 주었다.

그 때 노신은 R씨로부터 내가 조선 청년이란 것과 늘 한 번 대면의 기회를 가지려고 했더란 말을 듣고, 외국의 선배 앞이며 처소가 처소인만큼 다만 근신과 공손할 뿐인 나의 손을 다시 잡아 줄 때는 그는 매우 익숙하고 친절한 친구이었다.

아! 그가 벌써 56세를 1기로 상해 시고탑施高塔 9호에서 영서永逝하였다는 부보訃報를 받을 때에 암연 한 줄기 눈물을 지우노니, 어찌 조선의 한 사람 후배로서 이 붓을 잡는 나뿐이랴.

중국 문학사상에 남긴 그의 위치, "〈아큐우 정전阿Q正傳〉을 다 읽고 났을 때 나는 아직까지 아쿠우의 운명이 걱정되어 못 견디겠다"고 한 로망롤랑의 말과 같이 현대 중국 문학의 아버지인 노신을 이해하기 위해서는 우리는 먼저 〈아큐우 정전〉을 이해하지 않으면 안 된다. 그러나 지금의 중국의 아큐우들은 벌써 로망 롤랑으로 하여금 그 운명을 걱정할 필요는 없이 되었다. 실로 수많은 아큐우들은 벌써 자신들의 운명을 열어 갈 길을 노신에게서 배웠다. 그래서 중국의 모든 노동층들은 남경로南京路의 아스팔트가 자신들의 발밑에 흔들리는 것을 느끼며 시고탑로施高塔路 신촌新邨의 9호로 그들이 가졌던 위대한 문호의 최후를 애도

하는 마음들은 황포탄黃浦灘의 붉은 파도와 같이 밀려 가고 있는 것이다.

그러므로 아큐우 시대를 고찰하여 보는 데 따라서 노신 정신의 3단적三段的 변천과 아울러 현대 중국 문학의 발전 과정을 알아보는 것도 그를 추억하는 의미에서 그다지 허무한 일은 아닐 것이다.

중국에는 고래로 소설이라는 오늘날 우리가 보는 것과 같은 완전한 예술적 형태는 존재하지 못했다. 《삼국연의三國演義》나 《수호지》가 아니면 《홍루몽》쯤이 있었고 다소의 전기가 있었을 뿐으로서, 일반 교양 있는 집 자제들은 과거 제도에 화禍를 받아 문어체文語體의 고문古文만 숭상하고 백화 소설白話小說 같은 것은 속인의 할 일이라 하여 낳지 않는 한편, 소위 문단은 당송 팔가唐宋八家와 팔고八股의 혼합체인 동성파桐城派와 사기당思綺堂과 원수원袁隨園의 유파를 따라가는 4·6연체문聯體文과 황산곡黃山谷을 본존本尊으로 하는 강서파江西派 등등이 당시 정통파의 문학으로서 과장과 허위와 아유阿諛로서 고전 문학을 모방한 데 지나지 못하였으며, 새로운 사회를 창생創生할 하등의 힘도 가지지 못한 것은 미루어 알기도 어렵지 않은 분위기 속에 중국 문학사상에 찬연한 봉화가 일어난 것은 1915년 잡지 《신청년》의 창간이 그것이다.

이것이 처음 발간되자 당시 아메리카에 있던 호적胡適 박사는 〈문학개량 추의芻議〉라는 '문학 혁명론' 을 1917년 신년호에 게재하여 진독수陳獨秀가 이에 찬의를 표하고 북경 대학을 중심으로 한 진보적인 교수들이 합류하게 되자, 종래의 고문가古文家들은 이 운동을 방해코자 갖은 야비한 정치적 수단을 써도 보았으나 1918년 4월호에 노신의 〈광인狂人 일기〉란 백화 소설이 발표되었을 때에는 문학 혁명 운동은 실천의 거대 보무巨大步武를 옮기게 되고 벌써 고문가古文家들은 그 추악한 꼬리를 감추지 않으면 안 되었다는 것은 그 후 얼마 뒤에 노신이 광동에 갔을 때에 어떤 흥분한 청년은 그를 맞이하는 문장 속에 〈광인 일기〉를 처음 읽었을 때 문학이란 것이 무엇인지 몰랐던 나는 차차 읽어 내려가면서 이상한 흥분을 느꼈다. 그래서 동무들을 만나기만 하면 곧 붓을 들고 말하기를— 중국의 문학은 이제 바야흐로 한 시대를 짓고 있다. 그대는 〈광인 일기〉를 읽어 보았는가, 또 거리를 걸어가면 길가는 사람이라도 붙들고 내 의견을 발표하리라고 생각한 적도 있었다⋯⋯(노신재 광동魯迅在廣東).

이 문제의 소설 〈광인 일기〉의 내용은 한 개의 망상광妄想狂의 일기체의 소설로서, 이 주인공은 실로 대담하게 또 명확하게 봉건적인 중국 구사회의 악폐를 통매痛罵한다. 자기의 이웃사람은 물론 말할 것도 없고 특히 자기 가정을 격렬히 공격하는 것이다. 가정—가족 제도라는 것이 중국 봉건 사회의 사회적 단위로서 일반에 얼마나한 해독을 끼쳐 왔는가. 봉건적 가족 제도는 고형화固型化한 유교류儒敎流의 종법宗法 사회 관념하에 당연히 붕괴되어야 할 것이면서 붕괴되지 못하고, 근대적 사회의 성장에 가장 근본적인 장애로 되어 있는 낡은 도덕과 인습을 여지없이 통매했다. 이에 〈광인 일기〉 중의 한 절을 초抄하면

나는 역사를 뒤적거려 보았다. 역사란 건 어느 시대에나 인의仁義 도덕이란 몇 줄로 치덕치덕 씌어져 있었다. 나는 밤잠도 안 자고 뒹굴뒹굴 굴러 가며 생각하여 보았으나 겨우 글자와 글자 사이에서 '사람을 먹는다'는 몇 자가 씌어 있었을 뿐이었다.

이같이 추악한 사회면을 폭로한 다음, 오는 시대의 건설은 젊은 사람들의 손에 맡겨야 한다는 것을 암시하면서 이 소설의 1편은 '어린이를 구하자' 는 말로써 끝을 맺었다. 실로 이 한 말은 당시의 '어린이' 인 중국 청년들에게는 사상적으로는 '폭탄 선언' 이상으로 충격을 주었으며, 이러한 작품이 백화白話로 씌어지는 데 따라 문학 혁명이 완전히 승리의 개가를 부르게 된 공적도 태반은 노신에 돌려야 하는 것이다.

〈광인 일기〉의 다음 연속해 나온 작품으로 〈공을기孔乙己〉〈약〉〈명일明日〉〈일개一個 소사건小事件〉〈두발적頭髮的 고사故事〉〈풍파〉〈고향〉 등은 모두 《신청년》을 통해서 세상에 물의를 일으켰으나, 그 후 1921년 《북경신보》 문학 부간副刊에 그 유명한 〈아큐우 정전〉이 연재되면서부터는 노신은 자타가 공인하는 문단 제일인적 작가였다.

그리고 이러한 대작은 모두 신해 혁명辛亥革命 전후의 봉건 사회의 생활을 그린 것으로 어떻게 필연적으로 붕괴하지 않으면 안 될 특징을 가졌는가를 묘사하고, 어떻게 새로운 사회를 살아갈까를 암시하고 있다. 뿐만 아니라 당시의 혁명과 혁명적 사조가 민중의 심리와 생활의 디테일에 어떻게 표현되는가를 가장 리얼하게 묘사한 것이다. 더구나 그는 농민 작가라고 할 만큼 농민 생활을 그리는 데 교묘하다는 것도 한 가지 조건이 되겠지마는, 그의 소설에는 주장이 개념에 흐른다거나 조금도 무리가 없는 것은 그의 작가적 수완이 탁월하다는 것을 말하지 않을 수 없다.

그리고 그의 작품은 늘 농민을 주인공으로 하는 것과 때로는 인텔리일지라도 예를 들면 〈공을기〉의 공을기나 〈아큐우 정전〉의 아큐우가 모두 일맥이 상통하는 성격을 가지는 것이니, 공을기는 구시대의 지식인으로 시대에 떨어져서 무슨 일에도 쓰여지지 못하고 기품만은 높았으나 생활력은 없고 걸인이 되어 선술집 술상 대臺에 1금 19조문의 주채酒債가 어느 때까지 씌어져 있는 대로 언제인지 행방이 불명된 채로 나중에 죽어졌던 것이라든지, 룸펜 농민인 일용 노동자日傭勞動者 아큐우가 또한 쑥스러운 녀석으로 "혁명, 혁명" 떠들어 놓고는 그것이 몹시 유쾌해서 반취半醉한 기분이 폭동대의 일군一群에 참가는 하려고 하였으나 결국 허풍만 치고 아무것도 못하다가 때마침 일어난 폭도의 약탈 사건에 도당徒黨으로 오해되어(그의 평소 삼가지 못한 언동에 의하여) 피살되는 아큐우의 성격은 그때 중국의 누구나가 전부 혹은 일부분씩은 소유하고 있었던 것이다. 다시 말하면, 아큐우나 공을기가 모두 사고와 행동이 루우즈하고 확고한 한 개의 정신도 없으며 우약愚弱하면서도 몹시 건방지고 남에게 한 개 쥐어질리면 아무런 반항도 못 하면서 남이 자신을 연민하면 제 도량이 커서 남이 못 덤비는 것이라고 제대로 도취되어 남을 되는 대로 해치는 무지하고 우스우면서도 가엾고 괴팍스러운 것을 노신은 그 리얼리스틱한 문장으로 폭로한 것이 특징이었으니, 당시 〈아큐우 정전〉이 발표될 때 평소 노신과 교분이 좋지 못한 사람들은 모두 자기를 모델로 고의로 쓴 것이라고들 떠드는 자가 있은 것을 보아도 알 수가 있는 것이다.

그래서 당시 중국은 시대적으로 '아큐우 시대' 이었으며, 노신의 〈아큐우 정전〉이 발표될 때 비평계를 비롯하여 일반 지식군들을 '아큐우상相' 이라거나 '아큐우 시대' 라는 말을 평상 대화에 사용하기를 항다반으로 하게 된 것은 중국 문학사상에 남겨 놓은 노신의 위치를 짐작하기에 좋은 한 개의 재료이거니와, 그의 작가로서의 태도를 통하여 일관하여 있는 노신 정신을 다시 한 번 음미해 보는 데 적지 않은 흥미를 갖게 된다는 것은 오늘날 우리의 조선 문단에는 누구나 할 것 없이 예술과 정치의 혼동이니 분립이니 하여 문제가 어찌 보면 결말이 난 듯도 하고 어찌 보면 미해결 그대로 있는 듯도 한 현상인데, 노신같이 자기 신념이 굳은 사람은 이 예술과 정치란 것을 어떻게 해결하였는가? 이 문제는 그의 작가로서의 출발점부터 구명해야 한다.

노신은 본래 의사가 되려고 하였다. 그것은 자기의 할 일이 무엇이라는 것을 알기 때문이었다. 물론 그 때의 자기의 할 일이란 것은 민족 개량이라는 신념이었던 모양이다. 그래서 그는 후년 〈눌함吶喊〉 서문에 다음과 같이 썼다.

나의 학적學籍은 일본 어느 지방의 의학 전문 학교에 두었다. 나의 꿈은 이것으로 매우 아름답고 만족했다. 졸업만 하고 고국에 돌아오면 아버지와 같이 치료 못 하는 병인을 살리고 전쟁이 나면 출정도 하려니와 국인國人의 유신維新에 대한 신앙까지 나아갈 것…….

이것은 물론 소년다운 노신의 로맨틱한 인도주의적 흥분이었겠지마는 이 꿈도 결국에는 깨어지고 말았다.

—의학은 결코 긴요하지 않다. 우약한 국민은 체격이 아무리 좋다고 해도 또 아무리 강장해도 무의미한 구경거리나 또는 구경꾼이 되는 밖에는 아무것도 아니다. (중략) 그러므로 긴요한 것은 그들을 정신적으로 잘 개조할 것은 무엇일까? 나는 그 때 당연히 문예라고 생각했다. 그리고 문예 운동을 제창하기로 했다. (〈눌함〉 서문)

이리하여 그가 당시 동경에 망명해 있는 중국 사람들의 기관지인 《절강조浙江潮》 《하남河南》 등에 쓰는 과학사나 진화론의 해설을 집어치우고 문학 서적을 번역한 것은 희랍의 독립 운동을 원조한 바이런과 파란波瀾의 복수 시인復讐詩人 아담 미키에비츠, 헝가리의 애국 시인 베트피 산더, 필리핀의 문인으로 서반아 정부에 사형받은 리셜 등의 작품이었다.

그리고 이것은 노신의 문학 행정行程에 있어서 가장 초기에 속하는 것이지마는 그러한 번역까지도 그의 일정한 목적, 즉 정치적 목적 아래 수행된 것을 엿볼 수 있는 것이며, 위에 말한 〈광인 일기〉의 '어린이를 구하자' 는 말도 순결한 청년들에 의하여 새로운 중국을 건설하자는 그의 이상을 단적으로 고백한 것으로서 이 말은 당시 일반 청년들에게 무거운 책임감을 깨닫게 한 것은 물론, 이래 몇천 년 동안의 봉건 사회로부터 청년을 해방하려는 슬로우건으로 널리 씌어졌고, 사실 그 뒤의 중국 청년 학생들은 모든 대중적 사회 운동의 최전선에서 활발 과감한 지도와 조직을 하였으며, 그 유명한 오사五四 운동이나 오주五州 운동이나 국민 혁명까지도 늘 최전선에 서서 대중을 지도한 것은 이들 청년 학생이었다.

그러므로 노신에 있어서는 예술은 정치의 노예가 아닐 뿐 아니라 적어도 예술이 정치의 선구자인 동시에 혼동도 분립도 아닌 즉 우수한 작품, 진보적인 작품을 산출하는 데만 문호 노신의 지위는 높아 갔고, 아큐우도 여기서 비로소 탄생하였으며 일세의 비평가들도 감히 그에게는 함부로 머리를 들지 못하였다.

그러나 여기에 한 가지 좋은 예가 있다. 1928년경 무한武漢을 쫓겨와서 상해에서 '태양사太陽社'를 조직한 청년 비평가 전행촌錢杏村이 때마침 프로 문학론이 드셀 때인 만큼 노신을 대담하게 공격을 시작해 보았다. 그 소론所論에 의하면 노신의 작품은 비계급적이다, 아큐우에게 어디 계급성階級性이 있느냐는 것이다.

물론 그것은 정당한 말이다. 노신의 작품에서 우리는 눈 닦고 보아도 프롤레타리아적 특성은 조금도 볼 수가 없는 것이 사실이다.

그러나 우리가 한 사람의 작품을 비평할 때는 그 시대적 배경을 고려하지 않을 수는 없는 것이니, 노신이 작가로 활동을 하고 있을 때는 중국에는 오늘날 우리가 정의를 내릴 수 있는 프롤레타리아는 없을 뿐 아니라, 그 때쯤은 부르조아 민주주의적인 정치 사조조차도 아직 계선界線이 분명하지 못하였다는 것은 부르조아 혁명이라는 소위 국민 혁명도 정직하게 말하자면 5·4운동을 전초전으로 한 것인 만큼 여기서 역시 중국의 비평가인 병丙신申은 재미있는 말을 하고 있다.

"그가 현재 중국 좌익 작가 연맹을 지지하고 있다 해서 그의 '오사五四' 전후의 작품을 프로 문학이라고 지목할 것은 아니다. 그러나 그를 우수한 농민 작가라고 하는 것은 타당타고……"

그렇다. 이 말은 어느 정도까지 정당에 가까운 말로서 그를 프로 작가가 아니고 농민 작가라고 해서 작가 노신의 명예를 더럽힐 조건은 되지 못하는 것이다. 다만 문제는 그가 얼마나 창작에 있어서 진실하고 명확하게 묘사하는 태도를 가지는가? 그가 한 말을 써보기로 하자.

현재 좌익 작가는 훌륭한 자신들의 문학을 쓸 수 있을까? 생각건대 이것은 매우 곤란하다. 현재의 이런 부류의 작가들은 모두 인텔리이다. 그들은 현실의 진실한 정형情形은 쓰려고 해도 용이치 않다. 어떤 사람이 일찍 이런 문제를 제출한 적이 있었다. '작가가 묘사하는 것은 반드시 자기가 경험한 것이라야만 될 것인가?' 그러나 그는 스스로 답하기를 '반드시 안 그래도 좋다. 왜 그러냐 하면 그들은 잘 추찰推察할 수가 있으므로 절도하는 장면을 묘사하려면 작가는 반드시 자신이 절도질할 필요도 없고, 간통하는 장면을 묘사할 필요를 느낄 때 작가 자신이 간통할 필요도 없다'고. 그러나 나는 생각한다. 그것은 작가가 구사회 속에서 생장해서 그 사회의 모든 일을 잘 알고 그 사회의 인간들에게 익숙해져 있기 때문에 추찰이 되는 것이다. 그러나 종래 아무런 관계도 없는 새 사회의 정형과 인물에 대해서는 작가가 무능하다면 아마 그릇된 묘사를 할 것이다. 그러므로 프로 문학가는 반드시 참된 현실과 생명을 같이 하고 혹은 보다 깊이 현실의 맥박을 감수하지 않으면 안 된다고 하면서 또다시 말을 계속하는 것이다.

그러나 구사회를 조그맣게 공격하는 작품일지라도 만약 그 결점을 분명히 모르고 그 병근病根을 투철히 파악치 못하면 그것은 유해할 뿐이다. 애석한 일이나마 현대의 프로 작가들은 비평까지도 왕왕 그것을 못 한다. 혹 사회를 정시正視해서 그 진상을 알려고도 않고, 그 중에는 상대자라고 생각하는 편의 실정도 알려고 하지 않는다.

비근한 예로는 얼마 전 모 지상에 중국 문학계를 비평한 문장을 한 편 보았는데, 중국 문학계를 3파三派에 나누어서 먼저 창조파를 들어 프로파

라 하여 매우 상세하게 논급하고, 다음 어사사語絲社를 소小부르파라고 조
그맣게 말한 후 신월사新月社를 부르 문학파라 해서 겨우 붓을 대다가 만
젊은 비평가가 있었다. 이것은 젊은 기질의 상대자라고 생각하는 파에 대
해서는 무엇 세밀하게 고구考究할 필요가 없다는 뜻을 표명한 것이다. 물
론 우리는 서적을 볼 때 상대자의 것을 보는 것은 동파同派의 것을 보는 안
심과 유쾌와 유익한 데 미치지 못하는 것은 사실이다. 그러나 만약 일개
전투자라면, 나는 생각건대 현실과 상대자를 이해하는 편의상 보다 많은
당면의 상대자에 대한 해부를 필요로 하지 않으면 안 될 것이다. 옛것을
분명히 알고 새로운 것에 간도看到하고 과거를 요해了解하여 장래를 추단推
斷하는 데서만 우리들의 문학적 발전은 희망이 있다. 생각건대 이것만은
현대와 같은 환경에 있는 작가들은 부단히 노력할 것이고, 그래야만 참된
작품이 나오는 것이다.

이 간단한 몇마디 말이 문호 노신의 창작에 대한 모럴인 것이다. 이
얼마나 우리의 뼈에 사무치고도 남을 만한 시사인가! 이리해서 현대 중
국 문단의 부父이며 비평가의 비평으로서 자타가 그 지위를 함께 긍정
하던 그의 작가로서의 생애는 너무나 짧은 것이었으니, 1926년 3월 〈이
혼〉이란 작품을 최후로 남긴 그는 교수로서 작가로서의 화려한 생애는
종언終焉을 고하지 않으면 안 될 때가 왔다. 그는 지금부터 손으로 쓰기
보다는 발로 달아나기에 더 바빴다.

1926년 북양北洋 군벌을 배경으로 한 안복파安福派의 수령 단기서段祺瑞
의 정부는 급진적인 좌파의 교수와 우수한 지식분자 50여 명에 체포령
을 내렸다. 우리 노신은 이 50명 중의 한 사람이었다. 그것은 1924년
국민당의 연아 용공책聯我容共策이 결정되어 그 익년 가을 보로딘 등이
고문으로 광동에 오고, '전국민적 공동 전선'이었던 국민 혁명의 제일
단계인 광동 시기에는 프롤레타리아의 동맹자는 농민·도시 빈민·소小

부르 지식 계급·국민적 부르조아지였다.

그래서 급진 교수들은 교육부 총장·군벌 정부를 육박하였으며, 이러한 신흥 세력에게 낭패와 공포를 느낀 군벌 정부는 이러한 교수들과 학생들에게 체포령을 내리고 학생들의 행렬은 정부 위병衛兵들의 발포로 인하여 남녀 수백여 명의 사상자가 났다. 그 때 노 신은 북경 동교민항東交民巷의 공사관 구역의 외국인 병원이나 공장 안으로 돌아다니며 찬물로 기아를 참아 가면서도 신문과 잡지에 기고를 하여 군벌 정부를 맹렬히 공격하였다. 그 중에도 '국민이래國民以來 최암흑일最暗黑日에 지誌'하였다는 명문은 단 기서段祺瑞로 하여금 의자에 내려앉게 했다.

붓으로 쓴 헛소리는 피로 쓴 사실을 만착瞞着하지 못한다. (중략) 붓으로 쓴 것이 무슨 힘이 있으랴, 실탄을 쏘는 것은 오직 청년의 피다(속화개집續華蓋集).

오늘날까지 중국 문단의 막심 고리키이던 그는 지금부터는 문화의 전사로서 앙리 바르뷔스보다 비장한 생애가 시작되는 것이었다.

그의 말과 같이 최암흑最暗黑한 50일이 지나고 그는 북경을 탈출했다. 하문夏門 대학에 초청을 받아 갔으나 대학 기입가들의 음흉 수단인 것을 안 그는 광동 중산 대학으로 갔다. 그러나 1926년 4월 15일 장개석의 쿠데타는 광동 일성—省에만 노동자·농민·급진 지식 분자 3천여 명을 검거하였으며, 한때는 '혁명의 전사'라는 간판을 지닌 노신도 상해로 달아나야만 되었다. 여기서 우리가 다시 한 번 그에게 흥미보다는 최대의 경의를 갖게 되는 것은 다음의 일문이다.

나의 일종 망상은 깨어졌다. 나는 지금까지 때때로 낙관을 가졌었다. 청년을 압박하고—하는 것은 대개 노인이다. 이들 노물老物들이 다 죽어지면 중국은 모두 더 생기있는 것이 되리라고. 그러나 지금의 나는 그렇지 않은 것을 알았다. 청년을—하는 것은 대개는 청년인 듯하다. 또 달리 재조할 수 없는 생명과 청춘에 대해서 한층 더 아낌이 없이…… (이기집而己集)

이 글은 그가 침묵하고 있는 것은 '공포' 때문이라고 조소한 사람에게 답한 통신문의 일절로서, 이 때까지 진화론자이던 그 자신의 사상적 입장을 양기揚棄하고 새로운 성장의 일단계로 보인 것이라고 해석해도 틀리지 않을 것이다.

그가 상해에 왔을 때는 국민당의 쿠데타로 혁명군에게 쫓겨 온 젊은 프로 문학자가 많았다. '혁명 문학론'이 효효囂囂히 불러지고 실제 정치 행동의 전선을 떠난 그들은 총칼 대신에 펜을 잡았다. 원기 왕성하게 실제 공작의 경험에서 매우 견실한 것도 있었으나, 때로는 자부적인 영웅주의가 화禍를 끼치고—에 실패한 분만憤瞞과 극좌적極左的인 기회주의자들은 노신을 공격했다. 그러나 그는 프로 문학이란 어떤 것인가? 또는 어찌 해야 될 것인가를 알리기 위하여 아버지 같은 애무로서 푸레하노프·루나차르스키 들의 문학론과 소비에트의 문예 정책을 번역 소개하여 중국 프로 문학을 건설하고 있는 동안에 '노신을 타도치 않으면 중국에 프로 문학은 생기지 못한다'는 문학 소아병자小兒病者들은 그 자신들이 먼저 넘어지고, 이제 그가 마저 가고 말았다.

이 위대한 중국 문학가의 영靈 앞에 고요히 머리를 숙이면서 나의 개인적으로 곤란한 타형惰形에 의하여 문호 노신의 윤곽을 뚜렷이 그리지 못함을 참괴慚愧히 알며 붓을 놓기로 한다.

—《조선일보》(1936. 10. 23~29).

자기심화의 길
—곤망崑茹의 《만가輓歌》를 읽고

　영원한 슬픔! 이것은 모든 사람에게 부여賦與된 과제였다. 세대가 바뀌면 바뀔수록 모든 인간성人間性은 서러운 제향祭響의 전물奠物로 바쳤었다. 우리의 온갖 자랑과 동경憧憬과 미지未知의 나라가 새로운 세대의 폭풍속에 쓰러지기를 마치 한 개의 별빛도 비춰보지 못하고 떨어진 들국화에 맺힌 이슬과도 같았다. 그것이 아무리 애처로운 사실이라고 해도 이것이 정영한 참일때는 누구나 반항할 수는 없었다.

　그러나 여기에 우리 시인 곤망은 값싼 눈물을 흘리고만 있을 수는 없었다. 그래서 그는 '대지大地'를 노래했다. 봄을 불러도 보고 꽃을 피워도 보고 때로는 '바다여 젊은이의 의지意志여!' 하고 아우성도 쳐보았다. 그 뒤 일년이 지나고 그의 제2의 시집으로 《만가》를 세상에 내 놓은 작자가 그 각서 속에 —시집 《만가》는 나의 시적 노정路程에 있어 제2기에 속하고 기간既刊 《대지》이후의 작품이라고 말하고 또 나의 생활 호흡의 기록이라고— 말하고 있다. 고운 책이라 첫장을 제쳐보면 '산노래를 읍게해준 그의 가슴속에 병든 이 노래의 꽃씨를 심그노라' 이 두 연聯의 서사序詞가 내 눈을 전편으로 끌고 간다.

코끼리처름 느린 거름으로
무거운 게으름에 업눌리어
삶의 벌판을 엉금엉금 기어가다가
빙점氷點의 정수배기우에
얼어부튼 몸둥아리다!

봄바람은 어대로 갓느냐!
꿈만흔 내덕두리를 불러일으킬
새벽녘 건들바람이 잠자는 배를 먼
하늘밋 바다우로 몰아치듯—

오!
쓰면서도 달고
달면서도 쓴
삶의 술잔아!

얼어부튼 지성地城의
야윈 형해形骸우에
마지막으로 부어줄 독주毒酒는 없느니?

　이런 노래를 불러 놓고 그는 지금 '올사람도 업고 기다릴사람도 업는 바다속가튼 방안 테업는 거울 그속에 비친 얼골을 뚜러지라 쏘아보고' 있다. 그러므로 이 시는 사상 그것이 아니라도 죄될 것이 없고 기교技巧가 모자란다면 차차로 배울 수가 있지 않은가. 곤망은 《대지》의 아들로서는 《대지》의 아버지가 되었을 때 보다는 《만가》를 부르는데서 밑천이 좀 늘었을 뿐 아니라 테없는 거울에 비친 제 얼굴을 뚫어져라고 쏘아보며 자기자신에 잔혹殘酷해 가는 거동이 내 눈에 비치면 눈물조차 날 듯하다. 더구나 밥도 되지 않는 이 시를 쓴다고 '하루' 동안 '얽매어 쪼들린 육체가 또한번 팽이처럼 빙빙─돌다가 톡─쓰러지는' 이 사람을 누가 진정으로 달래줄 사람은 없나? 이 주제넘지 못한 사람을! 반가이원판매소경성부제통정頒價二圓販賣所京城府齊洞町 동광당서점東光堂書店 진체경성일육이이振替京城一六二二.

─《조선일보》(1938. 8. 22).

모멸의 서

—조선 지식 여성의 두뇌와 생활

"내 이 나라의 여자를 좋아하지 않는다"는 말은 연인과 같이 있으면서도 몽상의 세계에서는 오히려 고독의 왕자처럼 마음 둘 곳 없는 적막을 느낀 보들레르가 한 말이라, 이 괴팍스러운 버릇을 일대—代에 자랑 삼아 가진 시인의 말을 내가 함부로 써서 거룩(?)하신 '현대 조선의 지식 여성'을 욕되게 할 마음이야 아예 있을 리가 없다.

그러나 이 땅에도 한때에는 젊은 세대를 대표하던 여성이 있었고, 그들에게는 또한 그들이 가질 자랑도 있었다. 하지만 지금은 그들의 말을 이 곳에서 할 것이 아니라 적어도 '조선의 지식 여성'이라면 그들의 생활 수준은 중류 이상이 절대 다수인 것은 틀림이 없고, 따라서 그 때쯤은 이들 지식 여성이란 축들은 특수한 사람들을 제쳐놓으면 대개는 뒤떨어진 무리들이라고 냉시冷視되어 왔다는 것은 뒤떨어진 무리가 대표하는 세대는 항상 진취적인 것이 아닌 때문이었다. 그러던 것이 한때의 행동의 세계를 떠나선 모든 지식인들이 반성이나 또는 사색이라는 보금자리로 들어가 생각해 낸 것 중에 무엇보다 중요한 것은 '지성'에 대한 요구이었다. 이것은 휴우머니즘을 고향으로 하고 내려온 심리적 경향인 것이다.

　　그러면 '조선의 지식 여성'들은 지성의 중요한 요소로서 사회와 시대와 문화에 얼마나한 감격과 정서와 관심들을 가지고 소극적이나마 이것을 아끼고 간직했다가 다음에 오는 세대에 물려주려는가? 만약 그렇다면 우리에게도 구라파의 사람들이 가지고 있는 전통이나 교양 또는 그와 유사한 것이라도 가지고 있었던가? 더욱이 '현대 조선의 지식 여성'들은 이것을 가졌던가.

　　그것은 물론 이 땅에도 오랜 동안 문화란 것이 있었고 현재에도 있는 것은 사실이다. 그러나 오늘날 우리가 받아 온 문화의 유산은 그 질에 있어서 구주인의 그것과 같이 평가되지 못할 것이 있는 것과 같이 그것에 대한 우리들의 전통과 교양이라는 것도 그 사람들과는 딴판의 것이 태반이며, 더욱이 조선의 여성들에 있어서는 매우 유감이면서도 할 수 없는 사실로는 아직 문제가 되지 않는다. 왜 그러냐 하면 조선에 새로운 교육이 들어온 것은 벌써 반세기가 가깝다고 하더라도 우리들은 새로운 교육이란 '명목'에 도취는 했을지언정 완전한 지적 교육을 받지는 못했다. 그것은 신문화가 이 땅에 들어온 후의 교육사가 증명하는 것이 아니었던가. 우리들이 받았다는 교육은 우리들의 부로父老들이 자의식을 갖고 지적 교육을 시킨 것도·아니었고 우리들 자신 역시 자의식을 가지고 배운 것도 아니었다.

　　하물며 조선 여성들이 받았다는 교육이야 그 교육 기관 자체가 벌써 종교면 종교를 위하여 일정한 목적 밑에 그 필요에만 적당하게 되어 왔으므로 여기서는 지적 고양高揚이란 것은 처음부터 무용의 장물이었었다.

　　요즘 구주歐洲 사람들이 진정한 '인간 정신의 저하'를 한탄하는 것은 지나간 때의 고매하던 인간의 정신이 자꾸만 비속해지는 것을 우려하는 데 틀림이 없다.

　　그리고 그것은 그 땅의 경제적 혼란이라든지 정치적 분열이라든지가 조건이려니와 대관절 '현대 조선의 지식 여성'이란 그 사람들에게 저

하될 정신의 척도를 알아보겠다는 나 자신의 정신 상태를 스스로 의심하여 마지않는다. 그것은 현재 우리가 생활의 십자 가두에 나선 그들의 취미나 교양이란 것을 본다 해도 알 수가 있다는 것은 퍼어머넌트 웨이브가 인간 생활의 전체가 아닌 것은 두말 할 것도 없거니와, 우리들이 다방이나 극장 같은 데서 오연傲然하게 걸어 들어오는 한 사람의 지식 여성을 만난다고 하자. 그 뒤에 따라 들어오는 남성, 그것은 반드시 비굴한 성격의 소유자로서 발바닥이라도 빨라면 평두저미平頭低尾하고 의령시행依令施行할 무리가 아닌 법이 없다. 그런데도 불구하고 그들은 곧잘 귓속말을 하고는 웃고 좋아하는 것은 그들의 취미가 서로 합치되고 공감된 결과이니, 그렇다면 우리는 그들에게 호매豪邁한 인간성을 찾아볼 수가 있단 말인가. 그야말로 모방이라도 아주 창피한 모방밖에는 아무것도 아니다. 기왕 모방이란 말이 나왔으니 한 말 더할 것은 모방도 잘 하면 문화에 유익한 바가 적지 않은 것이고 때로는 필요한 모방도 있는 것이지마는, 그것은 대체로 모방할 그것이 무엇인가를 알고 하여야만 될 것은 더 말할 것도 없다. 그런데 여기에 한 가지 말할 것은 모 신문사에서 무슨 좌담회를 개최했을 때에 제제 명사들이 모인 것은 물론 그 곳에는 그때 말로 하면 고등 여고 교유高等女高敎諭가 여러 분 오셨는데, 주최자측에서 홍차紅茶 대접을 하였더니 어떤 분이 찻잔을 드시는데 물론 오른편 손으로 찻잔의 손잡이를 든 것은 좋은 일이나, 다시 왼편 손을 찻잔 밑에 갖다 받쳤다는 것은 좀 어색하더란 말은 모씨가 그 다음 필자를 만나 한 말이다.

그야 지금 윈저 공이라는 간단한 신세로 남구南歐의 산자수명山紫水明한 곳에서 사랑의 꿈을 꾸는 전 영제英帝가 웰스 전하로서 파리에 갔을 때 어떤 다방에서 가배珈琲를 마시게 되었고, 그 차가 반드시 뜨거웠는지는 알 길이 없으나 그 때에 웰스는 그 찻잔을 들어 잔대盞臺에 부어서 마셨다는 것은 그것이 파격의 행동이면서도 그 품위가 높은 기상이 당시 그 곳의 젊은 사람들에게 찬양되었던 것이다. 그렇다면 위에 말한 모 고녀 선생님과는 그 결과가 완전히 달라진 것이다.

왜 그러냐 하면 이 여선생님이 차를 마실 때는 그 머리 속에 '다도茶道'를 생각한 것이니, 다도 그것은 물론 동양적인 정취도 있고 좋은 것이다. 그것은 다다미 위에서 차를 달일 때부터 마실 때까지 그 과정이 한 개의 도락적이면서도 시스템이 서 있는 것이고 홍차나 가배를 급사가 갖다줄 때 머리까지 푹 파묻히는 의자에 걸터앉아서 마실 때와는 아주 다른 것이언만, 이 얼마나 지나친 모방이며 불성실한 모방인가? 이 것이 결코 그 한 분만의 일이라고 생각되지 않는 것이며, 그들이 모두 '현대 조선의 지식 여성' 의 '제조원製造元' 이라면 옛말에 '한 개가 잘못 짖고 동리 개가 모두 짖는다' 는 비유를 누가 거짓말이라고 하겠는가.

이런 말은 아주 사소한 데 지나지 않는 것이지마는 벌써 신추新秋라고 완연히 지금의 경성은 결혼 시이즌이 돌아온 듯이 거리를 걸어가면 무슨 관館, 무슨 원園 할 것 없이 요리집 문전에는 거의 매일 한 곳도 빠짐 없이 모군 모양의 결혼 피로연회장이라는 간판을 보는 것이다. 인간 생활에 있어서 결혼이라는 것은 중요한 사실이고 결혼에 있어 중요한 것은 사랑이다. 서로서로 이해하고 사랑하고 그래서 결합된 것이 이상적 인 결혼일 것이다. 그런데 지금의 여성에게 있어서는 결혼에 중요한 것은 다이어 가락지와 결혼 의식인 것이다. 의식도 무슨 의식이 외국 사람의 결혼 등기소에서 등기할 수 있는 그런 기관은 아직 조선에 없으니 말할 바 아니나, 훨씬 간략한 의식으로 마친다 해도 될 것을 이것 좀 보라는 듯이 수백 수천의 돈을 들여가며 악을 쓰고 광고를 하는 것은 그 것을 '광고 결혼' 이라면 새로운 명칭은 될지 모르나 그 무슨 신화이며 우상화인가? 신랑 신부가 서로 사랑했고 사랑하고 사랑할 자신이 또는 그런 신념이 있다면 어떠한 형식이라도 알맞게 살면 그만일 것을 그와 같은 의식에 구속되어 신성해야 할 일생에 두 번 있지 못할 결혼을 우상화한다는 것은 아무 사랑도 없고 이해 없는 배우자들이 혹은 구도덕의 희생자로서나 또는 어떤 정책적인 결혼의 노예로서가 아니면 할 수 없는 인간 모독이 아니면 무엇이냐. 인류의 역사는 항상 더 나은 것을, 더 완전한 것을 완성키 위한 노력이라면, 이 결혼의 양식에도 우리는 우상적인 양식을 버리고 인간에로 돌아가지 않으면 안 될 것이다.

그러나 이 무슨 놀라운 사실일까. 재판소 창틈으로 들어오는 이혼 소송에 나타난 대다수 지식 여성들의 기소 이유를 살펴보면 거의는 남편의 사랑이 없다느니 이해가 없다느니 뿐이니, 그와 같은 엄청난 의식 밑에서 여봐란 듯이 광고를 하고 맺은 맹세가 이다지도 쉽게 파탄이 온다는 것은 그 죄의 전부를 여성에게만 돌리지 않더라도 대부분은 현대 여성의 허영에서 발원한 것이다. 그러면 그 허영이란 어디서 온 것이냐 하면 그는 물론 제 자신을 가지지 못한 까닭이다. 사람이 제 자신을 의식했을 때보다 더 강한 것은 없다. 그런데 우리가 거리에 나다니는 지식 여성들을 보면 그 열 사람이 모두 한 가지 표정이다. 모두 추종이고 모방밖에 없다. 어디 거기서 인간으로서의 높은 기개를 볼 수가 있는가. 교만이란 것은 어폐가 있을지는 모르나 인간으로서 부앙천지府仰天地에 부끄러운 곳이 없다면 교만해도 좋으련만, 현대 조선의 지식 여성이란 종족들에게는 교만할 수 있는 정신을 찾지는 못하겠다. 어디까지나 비겁하고 예속적인 것이다.

그 이유야 이에 간단히 말할 수 없다 해도 그릇된 이기주의 때문이란 것쯤은 말할 수가 있다. 한 사람의 영예와 이욕을 버리고라도 그는 전체의 질곡을 벗어나기 위한 경제 문제를 해결하고 독립하지 않으면 안 될 것이다. 그러나 당분간은 도저히 이것을 바랄 것 같지도 않고 2천 년 전의 교훈대로 현모양처라도 된다면 상승上乘이고 기여其餘는 '원칙 원遠則怨하고 근칙불손近則不遜'의 형이라고 하면 필자에게 항의할 여성이 있을는지도 모르나, 필자는 적이 그것을 현대 조선의 지식 여성들의

명예를 위하여 바라는 바이며, 그렇게 되면 내 이글이 모멸되어도 무감
無感이리라.

—《비판批判》(1938. 10).

조선문화는 세계문화의 일륜

　요즘 지성의 해설과 지성의 옹호의 논책論策에 이 땅의 많은 논객論客
이 동원되어 있다고 하지만 그 지성이란 한 개 심리적 경향은 휴머니즘
이 성하게 문제된 다음에 온 문제이고 그것이 이 땅에 소개된 것은 구
라파에서 문화옹호회의文化擁護會議가 있은 후 최재서崔載瑞 씨가 그것을
설명하고 주창한 다음 김우성金牛星 씨와 서인식徐寅植 씨가 다 같이 문제
를 취급取扱한 줄로 믿는데 주로 문학에 있어서 이것을 말한 이는 최 씨
였고 철학과 지성을 운운한 분이 그 다음 두 분이라고 생각됩니다.

　그런데 조선문화의 전통 속에는 지성을 가져보지 못했다고 하는데
좀 생각해볼 문제입니다. 가령 구라파의 교양이 우리네 교양과 다르다
는 그 이유를 르네상스에서 지적한다면 우리네의 교양은 르네상스와
같은 커다란 산업문화의 대과도기大過渡期를 경과하지 못했다는 것일 겁
니다. 그러나 우리도 어떤 형식이었든지 문화를 가지고 왔고 또 그것을
사랑하고 앞으로도 이 마음은 변할 리가 없을 것입니다. 그런데 이것이
요즘이라고 간단히 말은 해도 그것은 문화옹호회의 뒤에 사회적 표면
에 논의된 것이며 문화가 위기에 절박된 까닭인 것은 틀림이 없으나 그
것의 과승過乘으로 구라파 문화가 혼란된 것은 아니리라. 그것은 한 개
다른 이유입니다. 맛쉬 아놀드의 말에 따르면 교양의 근원이란 것은 한

개 완성의 지향이라고 하였으니 우리의 정신문화의 전통 속에 어떠한 형식이었든지 이런 것이 있었고 서구와 동양 사상을 애써 구별하려고 해 보아도 지금의 우리 머리 속은 순수한 동양적이란 것은 있을 수가 없다는 것은 여기에 별 말할 필요조차 없음으로 지성문제는 유구한 우리 정신문화의 전통 속에 그 기초가 있었고 우리가 흡수한 새 정신의 세련이 있는 만큼 당연히 문제되어야 할 것입니다. 다시 말하면 르네상스를 경과한 구주歐洲문화도 이제는 벌써 구주만의 문화는 아닌 것이며 그들의 정신의 위기도 그들만의 위기라고는 생각해지지 않는 까닭입니다.

—《비판批判》(1938. 11).

영화에 대한 문화적 촉망

오늘날 우리가 말하고 있는 문화란 것은 역사적으로는 우리의 선대로부터 계승하여 온 것이며 지리적으로는 지구의 표리表裏를 물론하고 선진 사회로부터 흡수하여 온 것이다.

그런데 이것을 계승 또는 흡수하는 데는 우리는 그 수단으로써 활자의 힘만을 전적으로 신뢰하여 왔다. 그래서 현재의 우리의 지식이란 건 실로 이 활자의 문화적 위치와 정비례의 것이었다. 하지만 금후로는 문화적 중임을 이 활자에 독담獨擔을 요구하지는 못할 것이란 것은 벌써 우리가 알고 있는 정도에서도 필름 라이브러리 같은 것이 얼마나 생겼다든지 이런 것은 말하지 않는다 해도 오늘날의 영화라는 것은 대중오락의 왕좌를 차지하였을 뿐만 아니라, 그 중에는 기다幾多의 예술이 나왔으며 보는 그대로가 우리의 지식이었다는 사실만은 누구나 부정하진 못하리라.

×

이러한 기운이 성장하는 여음餘蔭으로 조선에서도 이 방면에 선각한 인사들이 혹은 영화 제작소나 또 회사 같은 기관을 만들어 연래年來에 많은 공력을 들여온 것은 실로 감사도 하려니와 앞으로도 더욱 정진이 있기를 바라는 바이지마는, 우리가 여기에 한 가지 더 요구하고자 하는 바는 그들의 영화에 대한 문화적 임무의 수행이다.

우리들이 말로는 쉽게 문화 문화 하지마는 영화를 제작한다는 사실이 곧 문화란 것은 아니다. 훨씬 고급의 문화란 것은 보다 더 '문화적'인 작품을 창조하는 데 있는 것이다. 그런데 여기 있어서는 제각기 보는 바에 따라 이론이 분분하다. 어떤 자는 프로듀우서의 제도를 완성하라고 하고, 어떤 자는 시나리오 라이터의 출현을 대망하고 있는 것이 작년 1년간의 대표적인 이론의 주조主潮인 동시에 다소는 실천에 들어선 경향도 없지는 않은 것이나, 이것도 한 번 새로운 검토가 있어야 할 것이라는 것은 이 프로듀우서의 제도를 확립키 위해서는 영화 자본의 고도한 조직이 필요한 것이며, 고도의 영화 자본을 필요로 하는 데는 배급 시장을 확대 강화하지 못하고는 가망할 수 없는 것이니, 이렇게 되자면 외국 시장에의 수출이란 것도 고려하지 않으면 안 될 것이다. 그러나 문제가 너무 호한浩瀚해지므로 훨씬 그 초점을 줄여 말하자면 조선에서 영화 자본을 그나마 조직화한 곳은 우선 조선 영화 주식 회사가 있고 그 회사에서 작품으로 두 개째 제작 중이라고 하나, 유감으로는 이 원고를 쓰는 때까지는 개봉이 되지 않았으니 말할 만한 재료도 되지 않으므로 다음 기회에 미루거니와, 다음 시나리오 작가는 아니라도 천일 영화天一映畵에서 극작가 유柳 씨의 《노생록露生錄》을 영화화한 것은 그 결과의 성불성成不成은 고사하고 영화가 문단과 교섭을 가져 보려 한 첫 단계인 줄로 보아서 한 가지 의의가 있었다고 치더라도 그 의의란 마침내 의의대로만 마쳤다.

×

그러면 또 각사各社의 제작 태도는 어떠한가. 조영朝映에서는 앞에 말한 바와 같이 한 개도 개봉을 않았으니 미지수에 속하기는 하지마는, 《무정》을 영화로 만드는 데는 기획자로는 영리상 관계에서 한 개의 궁지일지 모르나 화면은 보증할 만한 것을 지금같이 못했으며, 고려 영화사에서 《복지만리福地萬里》를 촬영 중이라 완성은 시일이 남았으니 다음에 보아야 알겠지마는 만영滿映과 공동기획이란 말이 있는데 그렇다면 이 영화는 무엇을 말하여 줄 것인가를 전연 모를 바는 아니다. 그렇더라도 영화가 영화로서 성공한다면 그 기획과 그 연출을 촉망해 두어도 조선 영화를 키우자는 마음으로 후일을 기다려 볼 것이며, 천일天一은 말한 바와 같이 《도생록》은 그러했고 《국경》을 문예작품이라고 선전을 하는데 그도 성과는 알 수가 없다. 다음으로 극광極光이 《어화漁火》를 낸 후로 그 조직을 주식 회사로 변경을 한다고 활동 중인 모양인데, 제2회 작품이 어떤 게 나올지 모르나 《한강》 그것은 동同 영화사를 사랑하는 마음으로라도 상승上乘이라고는 할 수가 없었다. 그 외 반도·한양 등 각 사各社가 모두 제작에 있으므로 다 말하지 못함은 유감이나 다음 몇 작품이라도 내놓은 후에라야 알 것이다.

×

　한 말로 말하자면 조선 영화란 아직 나이가 어리다고 하겠지마는, 그래도 벌써 10여 성상을 두고 그 길에 일한 분들이 정신적으로나 물질적으로나 희생을 거듭해 온 결과라 현상보다는 좀더 진전이 있어야 할 것이언만, 현재의 범위를 졸연히 벗어나지 못함은 자본의 빈곤이나 기술의 미련보다도 두뇌의 편협에 기인하는 바도 적지 않으리라. 물론 무대 위에서나 카메라 앞에서 10년 가까운 세월들을 보낸 분들도 있으니까 개인으로는 한 가지 자랑도 되겠지마는, 한 개의 위대한 예술품을 창조하는 데는 그까짓 건 아무것도 아니란 것은 10년 동안 무대에 자라난 우리의 로파-드·도-날을 아직 한 사람도 찾아 내지 못한 것이다. 그것은 제 자신을 아는 데서만, 다시 말하면 제 전통을 아는 데서만 기술가는 기술가대로, 연출가는 연출가대로, 출연가는 출연가대로 제각기 무게 있고 값비싼 스타일을 화면에 나타낼 수 있을 것이다. 기사와 사무라이와 선비들은 걸음걸이조차 제 모습이 다 달랐다. 돈은 돈이고 기술은 기술이지 만 가지 돈에 천 가지 기술을 가해도 결국 예술은 산출되지 않는 것이다. 문화를 사랑하는 양심적인 기획가와 숙련한 기술자, 사도斯道에 정진한 분들이라도 좀더 널리 안목을 들어 문화 전반에 긍亘하여 양지良知의 인사들을 구해서 그 지식 전체를 종합하고 처리할 만한 창조적 정신과 수법을 가져야 비로소 조선 영화가 영화로서 완성될 것이며 문화로서의 사명도 수행할 것이다. 물론 이 밖에도 영화 이론의 전반에 긍해서 또는 시나리오는 시나리오대로 감독론·배우론 등등 될수만 있으면 졸렬하나마 한 번 언급코자 했으나 지정된 지면도 다 하였기에 다음 기회에 미루고 그치기로 한다.

—《비판》(1939. 2).

'씨나리오' 문학의 특징
—예술형식의 변천과 영화의 집단성

　'씨나리오'를 우리들이 남다른 관심을 가지고 생각해 온 것은 하루 이틀에 시작된 것이 아니다. 물론 씨나리오라면 '스크린'에 영사될 영화의 대본이므로('컨티뉴이티'와는 다르다) 영화를 촬영한다는 현실적 조건의 제약을 받아 왔던 조선에서 '씨나리오'를 연구한다는 것은 마치 건축할 힘이 없는 설계도를 꾸미는 것과 같으므로 모두 자동하여 외부에 발표하지 않았을 뿐이나 요즘같이 영화회사나 혹은 개인의 제작소가 자꾸 생겨지는 현상에는 이 문제도 당연히 토의되어야 할 것이며 그렇지 않아도 '씨나리오'가 연극에서의 희곡이나 음악에서의 악보의 위치를 차지한다는 데는 우선 이론異論이 없으려니와 남은 문제는 예술적 장르로서 형식을 운운하는 사람이 있다고 하더라도 그것은 무엇보다 먼저 우수한 작품을 생산하면 스스로 해결될 문제이며, 일부 인사들이 백안시白眼視하는 경향이 있다고 하더라도 역사란 항상 앞서가는 자만이 짓는 것이며 이것은 예술사회에 있어서도 또한 같은 것이다.

　그러면 여기에서 '씨나리오'의 문학적 특징을 말하기 위하여 영화에 대한 형식의 변천과정을 먼저 말할 필요가 있다. 영화에 있어서도 표현형식은 소설과 같이 처음은 설화체說話體로부터 시작되었다. 그래서 점차 추이해온 것은 특히 최근의 예술장르 전체를 통해서 표현되어 있다. 즉 다시 말하면 모든 예술부문이 기록적 형식을 취하고 있다는데 주의하지 않으면 안 된다. 19세기의 방대한 소설문학의 위치도 결국 일언으로 말한다면 그것이 인간생활의 진실한 기록이었던 때문이 아니던가.

처음부터 소설은 '픽션'에서 발달해 왔고 또 장래에도 소설은 설화형식을 아주 저버리지는 못할 것이다. 그러나 근대 소설문자의 역사는 차라리 이 설화체에 대한 반항일런지도 모른다는 것은 오늘날 우리가 한 말로 근대소설이라고 하더라도 그 중에서 두 개의 방법을 간취할 수 있었으니, 그 한 개의 방법은 '성격性格'에 또 한 개의 방법은 '행동行動'에 이렇게 제각기 다른 길을 걸어갔다. 그렇게 하여 후자의 '액션' 소설은 필연적으로 소설 본래의 영토인 설화형식에서 현재의 대중소설로 발전하는 일방一方에 '캐릭터' 소설은 인간의 개성을 내면으로 성찰하면서 심리소설로 향해 갔으니 불란서에 있어서 '룻소-'의 참회록이 근대문학에 개인주의 문학의 기초인 자아란 것을 발현시키면서 소설은 점점, 자서전적 고백으로 접근했다. 그러나 또 다른 한 개의 중요한 사실은 자연주의 '리얼리즘'의 발생이다. 이것이 이때까지의 모든 '로-맨스'를 파괴하면서 현실에 충실한 기록으로 소설을 변모시키고 말았다.

이때에 소설문학이 기록적 경향을 취하면서 특정한 개인의 생애를 기록한 것은 무리가 아니었다. 개인주의 사상의 발달에 따라서 부인婦人의 해방운동이 이 시기에 절규되던 때인 만큼 여성의 운명이 주요한 '테-마'로 된 것은 주의할 사실인 동시에 《보바리 부인》이나 《여자의 일생》이 창작되었고 사회소설의 선구자인 '졸라'까지도 생물학적 진화론의 영향을 받아 일가의 몇 대에 긍亘한 운명을 '테-마'로 취급한 것은 말할 필요도 없이 우리는 문학이 시간적인 역사가 취급된다는 것을 알 수가 있다. 그러면 영화에서는 어떠한가? 영화는 그 자신의 시간적 제약 때문에 불가능한 것이다. 그러면 영화는 어떠한 점에서 '휴먼 다큐멘트'일 수 있느냐.

그것은 두 말할 것 없이 영화에 있어서는 개인의 운명보다는 집단의 운명이 주요한 '테-마'인 것이다. 수직적으로 역사를 말하는 대신 수수선적水手線的으로 지리地理를 말하고 개인을 묘사하는 대신에 집단을 묘사하는 것이다. 그리하여 그 집단의 심리와 성격과 운명이 묘출되어야 한다. 그 한 개의 적절한 예로서 영화 〈아랑〉을 본 사람이면 종래의 극이나 소설에서 보지 못하던 새로운 문학을 느끼지는 않았을까? '아랑' 도島를 휩쓸어오는 호장한 파도! 바위 사이에 씨를 뿌리는 주민들! 이것을 단순한 '엑소티즘'으로만 볼 수는 없는 것이다. 그것은 인간 생활의 '리얼리티'를 조그마한 과장도 없이 보여준 것밖에 무엇이었던가!

그러면 문학하는 사람이 편시片時라도 잊지 못할 인간생활의 '리얼리티'를 '발작크'에서 다시 한번 검토하여 보자.

'발작크'의 그 유명한 '샤뮤엘' 지방의 풍물묘사를 생각만 하여도 넉넉하다. 한 사람의 얼굴을 그려내기 위하여 수십행을 써내리고 '싸롱'의 내부 하나를 그리기 위해서 삼사 '페이지'를 허비한 것은 완전히 기록인 것이다. 그래서 붓끝은 차차로 대물 '렌즈'가 할 일까지 다 하였고 자연주의의 묘사란 것은 붓끝에 의한 사실이 되었다. 그렇기 때문에 책상 위에 떨어진 머리칼 한 개나 사람의 코 등에 솟은 사마귀의 빛까지 그리려고 고심을 한 것이다. 지금 와서 본다면 그것은 보고기록이 사무적으로 요구하는 정확에의 노력이었을지도 모른다. 그리고 그 노력은 설화의 흥미와는 별개로 생겨진 것인 때문에 설화의 전개보다도 상상이 사실과 같이 정확하게 기록된다는데 목적이 옮겨졌다.

이럴 때에 우리가 보고 있는 것은 문필文筆이란 수공업적 형식에 의한 사진인 것이다. 내계內界와 외계外界를 그냥 그대로 묘사하여 내려는 표현수법은 그것이 넉넉히 존재할 수 있던 그 사회의 산업과학의 방법에 의해서만 가능하였던 것이다. 그리고 그 표현의 원리가 사진을 목표로 했을 때 그 원리를 규정한 과학은 사진을 부여하였고 따라서 사진은 자연주의의 원리의 가장 간단한 구체화이었다.

사진의 발명에 따라 외계의 묘사에 관한 한 문필적인 수단에 의한 그 수공업적인 기록의 단계를 관통할 수가 있었고 사진은 자연주의의 소설이 그 설화 속에서 가지고 나온 표현원리를 경공업적으로까지 해결하였다.

이렇게 과학적 기술이 자연주의의(혹은 회화繪畫까지도) 노력을 간단히 해결한 다음에 소설과 회화는 벌써 외계의 정밀한 묘사만으로는 안 되게 되었다. 그래서 어느 점에서는 사진에서 영화에의 그 과학기술적인 자연주의의 원리에 반대까지도 해 보았다. 이런 반대의식反對意識이 '졸라' 나 '세잔느' 의 뒤에까지 성장해 갔을 때는 마침 19세기의 화려하던 자유주의가 종언을 고하던 때였다. 과학은 융융한 발달을 하였으나 그것은 외계를 옛날과 같이 지배하지는 못하였다. 그래서 대전이 일어났을 때는 과학은 아주 다른 의미에서 존재하였다. 한때는 19세기 구라파의 생산력을 그만치 팽창시켰건만 다음은 20세기 구라파를 완전히 황무지荒撫地로 만들었다. 이런 커다란 변화 위에서 사연주의는 일방一方에서 사진이나 영화에 의한 너무나 간단한 외계묘사의 발달로 말미암아 자신의 영지領地를 빼앗기고 타방他方에서는 외계의 관찰기록이라는 과학적 자신까지 상실하기 시작했다. 과학적 자신을 읽은 자연주의는 전전전후戰前戰後에 긍ㅌ하여 가장 혼란한 예술운동을 통해서 고찰해 보는 것도 재미로운 것이다. 초현실주의나, 표현주의의 앞에는 외계는 옛날 그대로의 매력을 잃었을 뿐 아니라 점점 회색灰色의 세계로 몰락하고 말았다. 그럴때 대물 '렌즈' 는 세계의 곳곳마다, 그 촉수를 뻗치면서 인간을 질식케 하는 포연탄우중砲煙彈雨中에도 극히 냉정하게 관찰과 모사를 계속하면서 그 발밑에서 자연주의의 소설과 회화와 무대극舞臺劇 등이 전면적으로 해체 하는 것을 보았다. 이것은 과연 자연주의만의 해체이었을까. 지금에 그때를 회고하면 그것은 예술의 수공업적 표현형식의 해체이었던 것은 틀림없는 사실이었다.

영화가 단시간에 이만큼 대중화한 배후에는 다른 모든 예술수단도 변천하고 있었던 것이다. 전부터 고도로 발달되어있던 생산과학의 영향을 받아서 예술의 표현형식도 차츰차츰 기술공학적技術工學的으로 되어졌다. 문학에 있어서도 이러한 변화는 벌써 현저現著한 것이니 현실적으로는 역시 대전의 영향으로 지금까지의 예술형식 위에 변화가 온 것이다. 이렇게 하여 소설에 미치는 형식상의 변화와 전후의 영화예술의 급격한 발달과는 밀접한 관계를 가지고 있는 것이다. 문학이 전쟁 속에서 상상적인 설화형식을 버렸을 때 영화 속에서는 전쟁의 묘사에 반伴한 일종의 '멜로드라마' 가 늘 성장하고 있었으니 이 곳에서 처음 '씨나리오' 문학은 다상多祥한 첫 길을 떠났다.

대전大戰은 모든 지식을 기술가적技術家的이고 조직적인 것으로 만들었다. 전쟁에 의한 지식층의 이공적훈련理工的訓練이 곧 예술의 형식에까지 반영한 것은 괴이할 게 없거니와 이러한 세례를 받고 난 자유주의의 소설은 그 수공업적 난관이 부정되었다는 것은 과학정신에서 출발한 자연주의가 바라고 있던 극점에 온 것이다. 신즉물주의新卽物主義에 통한 보고기록의 형식은 자유주의의 양기揚棄하고 생각하는 까닭이다. 벌써 상상想像에서 설화형식을 끌어내는 케케묵은 작법은 완전히 매력을 잃었다. 전쟁은 이 점에서도 강력强力이었다는 것은, 사실이란 것은 항상 인간의 상상을 초월해서 살도殺到함으로써 이다. 다시 말하면 전쟁과 같은 강도의 현실은 어떠한 공상적인 서술보다도 차라리 설화체일 수가 있는 까닭이다.

이 때에 있어서 같이 현재란 것이 귀중할 때는 없었다. '레마르크' 나

'렌' 등의 소설 가운데는 이 때문에 묘사가 부지중不知中 현재의 연속으로 되어 있지 않은가? 그 가장 '현실'적인 장면에 사실의 살도殺到를 감당하지 못할 만큼 현재의 살도殺到하는 연속이 있을 뿐이다. 이렇게 하여 전쟁소설에서 뜻밖에도 보고기록의 형식이 생겼다는 것은 어디로 보든지 필연적이었으며 그 곳에는 개성의 성격보다 집단의 운명이 그려지고 한 사람의 심리보다는 군중의 상모相貌가 표현되어서 그것은 완전히 서사시를 방불케 한 신경지新境地는 '씨나리오'의 장래를 암시한 것이지만은 소설이 문학을 사실의 시간적인 기복에 종속시키려할 때 여기서 나온 것은 영화와 치사한 신즉물적新卽物的인 행위이었다. 그것은 극히 시각적이며 청각적이었다. 오늘의 영화에서 심리적 묘사를 결缺했다고 하는 문화인의 대다수는 문학 속에서 벌써 개성의 서술적 형식이 여하如何히 변천되어 가는가를 자각하지 못한 것 뿐이다. 그나마 영화의 심리묘사를 19세기의 자연주의소설의 예에 비하는 것은 시대착오時代錯誤도 심甚한 것이다.

여기서 우리는 영국시인 'C. D 루이스'의 재미로운 말을 들어보자.

위대한 문학이란 것은 항상 '리얼리티'를 서사시의 '핏취'에까지 끌어올리는 것입니다. (중략) 장래에 있어서 서사시는 아마도 인간과 자연과의 사이에 일어나는 투쟁을 보다 더 명확하게 묘사해 낼 것이겠지요. 말하자면 〈지상〉이나 〈털키쉽〉같은 위대한 영화를 보신 분들은 영화는 이 이상의 아무 것도 손을 대일 데가 없으리라고도 생각하겠지요. 그렇게 되면 소설이 앞으로 백 년이나 혹은 그 이상 생명을 보장하리라고는 조금 더 생각해볼 문제입니다.

이것은 결국 자서전 내지는 성격소설에서 출발한 근대문학이 도달한 결과는 현대문명의 모든 착잡상錯雜相이 일개인의 내부에 철저적으로

침투되어 분석되고 비판된 결과 개성적인 아무 것도 남김이 없이 전인
간성적全人間性的 문제 다시 말하면 서사시에까지 발전되어온 것이란 견
해는 정당한 것이다.

그러면 서사시와 소설에는 어떠한 구별이 있어야 하느냐 하면 그것
은 물론 후자가 얻은 특정한 개인을 추구하고 개성을 묘사하는데 반해
서 전자는 집단적인 제재題材를 취급하는데 특징이 있는 것이다. 이에
《문예대사전文藝大辭典》의 기록을 잠깐 빌어보면

서사문학은 무엇보다도 먼저 비개성적 문학인 것이다. 그것은 서정시
나 성격소설이나 성격극같이 개성을 중심으로 하는 일 없이 집단·민족
·국민·계급을 중심으로 하고 개인의 의식이 아니고 집단의 의식에 따라서
귀통貴通된다. 서사문학은 그 때문에 그 내용은 보다 위대한 문학이고 개
물個物이 아니고 전체에 속하며 고립이나 분열이 아니고 종합에 향向한다.
그래서 서사문학의 동기 혹은 흥미는 개인의 슬픔이나 기쁨이 아니고 집
단의 운명이며 이것을 지배하는 것은 개인의식이 아니고 집단의식인 때
문에 서사문학은 개성 속에 몰입하거나 탐닉하는 일이 없이 가장 건전한
기욕嗜慾으로써 외계의 집단생활에로 나아간다. 즉 그것은 내면적인 혹은
외향적인 문학이 아니고 외면적 혹은 외향적인 문학인 것이다.

　　운운云云

이 설명은 그 자체가 최근의 우수한 영화에 적용適用되지 않는가 이러
한 집단 전체가 힘을 합하여 건설적인 목적을 향해서 투쟁하는 서사시
적 '테—마'가 영화에서 발전하였다는 것은 당연한 일인 동시에 이러한
영화의 기록적 성질이나 서사시적인 표현기술은 최근 각국의 영화에서
현저하게 볼 수가 있게 되었다. 바로 얼마 전에 우리가 본 영화 「대지」
같은 것은 가장 적절한 예의 한 개다.

펄 벅의 소설 《대지》는 말할 것도 없이 '아란阿蘭'이란 일—여성이 주요한 '테—마'로 되어있는 것이고 영화 〈대지〉는 그것을 각색촬영한 것이지만은 '아란'의 운명을 그려내는데 있어서는 소설같은 것은 이 영화에 멀리 미치지도 못하는 것이다. 왕룡王龍의 일가가 부침浮沈하는 그 운명은 소설에 있어서는 결국 소설적 내용인 것이었고, 영화에서와 같이 울어지지는 않는 것이었다. 나 자신이 다년간 중국에 있으면서 흉년도 보았고 약탈도 보았지만은 울지는 않았다. 물론 중국에는 사억만의 민중 속에 그 반수가 왕룡이라면 나머지 반수가 아란이다. 그리고 모두 그 동양적 아니 중국적인 인종忍從의 운명에 얽매어 어쩔 수 없이 살아있는 것이다. 그리고 '스크린'을 통하여 내 머리에 들어온 '아란'의 기억은 내 종생終生에 사라지지 않을 것만 같다.

그런데 영화 〈대지〉에 있어서 가장 생생한 '리얼리티'를 느끼게 한 장면은 무엇보다도 기근饑饉의 대군大群이 기차를 향하여 살도殺到하는 장면과 약탈때문에 군대가 내동內動하는 곳과 황충蝗虫의 대군이 글자 그대로 운하雲霞 같이 습래襲來하는 곳이었다. 그런 장면에는 왕룡 일가의 운명 보다도 중국 민중 전체의 운명이 놀랄만한 '리얼리티'를 가지고 보는 사람들을 육박肉迫하는 것이다. 그 중에도 황충의 대군과 필사적으로 싸우고 있는 민중의 웅자雄姿 이러한 자연의 폭위와 싸우는 때에 개인간의 사소些少한 감정적 투쟁 같은 것은 전체를 위하여 소멸되고 사람들은 모두 일치단합—致團合하여 당면의 적을 퇴치하는 것이다. 여기에 인간과 자연과 투쟁하는 장대한 서사시가 있고 영화예술의 기록적 우월성이 있는 것이다.

그러면 여기서 다 같이 중국을 '테—마'로 하여 '정복자征服者'를 세상에 보내준 불란서의 작가 '앙드레 말로'의 말을 들어보는 것도 좋다.

소설가는 인간의 심리적 숙명宿命을 창조했으나, 보고문학은 인간의 두

상두上頭에 더욱 무겁게 덮여 쓰인 숙명을 폭로暴露하고 정리整理하고 파악하
지 않으면 안 된다

그는 〈보고문학의 필요〉에 이렇게 말했다. 그러나 이것은 말로 자신
의 문학이 벌써 수행한 것이 아닌가. 영화예술에 있어서는 이 숙명과
사死에 직면하여 투쟁하는 의지와 힘의 표현이 필요한 것이다. 그러기
에 영화 〈아랑〉이나 〈대지〉 같은 것은 가장 대담하게 우리들을 힘찬 흥
분으로 끌고 가는 것은 자연과 생사의 일록一錄에서 투쟁하는 인간의
생존본능의 강열한 표현 외에 다름이 없다.
　여기에 서사시가 가지는 건설적인 명랑성과 유유한 '괴테'의 '산상
의 정적靜寂'보다도 '드라마틱'하고 긴장한 의지와 행동의 '리즘'이 표
현된다. 그것은 한편으로는 현대와 같은 가열苛烈한 현상이 필연적으로
요구하는 것일지도 모르나 여하간 영화의 본질이 여기에 가로놓여 있
는 것은 틀림이 없다. 따라서 이러한 모든 점은 이상에 소개한 영화를
산출한 '씨나리오'가 문학적으로 수행한 것임을 알아두는 것은 한갓
기도期道를 담당한 자만의 광영光榮은 아니다.
　그러면 다시 여기 한번 언급해 둘 필요가 있는 것은 소설에 있어서의
작중의 인물과 독자와의 친밀관계는 이상에서 일단 자명自明되었다 하
더라도 영화에 있어서는 어떠하냐. 이것은 말할 것도 없이 소설 이상으
로 보는 사람들을 화중의 인물과 접근시킨다. 이것은 내가 말하기 전에
'쟝 에프스타'는 이렇게 말한다.

　고뇌苦惱는 손이 닿는 곳에 있다. 만약 내가 손을 버리면 내심內心이여
너는 나에게 만져질 수 있다. 나는 이 고뇌의 속눈썹을 헤아려보마, 그러
면 나는 너의 눈물을 맛볼 수도 있다. 한 때에 사람의 얼굴이 내 얼굴에
이다지도 가까이 와본 적은 없었다.

이때부터 화중畫中의 인물과 객관과의 친밀관계는 시작되었다. 아무리 값싼 작품이라고 해도 우리가 일순간이라도 도취한 적이 있었다면 영화의 독특한 비밀은 뜻밖에도 이 곳에 있는 것이다. 그리고 영화의 '리얼리즘'의 마병도 여기에 잠복하고 있는 것이니 우리들의 이성과 판단을 마비시키는 감각적 표상이며 육체적인 어필도 된다. 그뿐 아니라 소설에서는 작중인물은 일종 상징적인 작용을 가지지 않은 영화에서는 특정한 이름을 가진 개인은 소멸되고 만다. 다만 그림 속에 사람과 접근하면 접근할수록 그것은 인간일선人間一船에 환원되는 것이다. 그래서 우리들은 화중의 인물과 공간지각空間知覺을 공유하게 되는 것이다. 미개인들에게 영화를 보이면 정면으로 돌진해오는 물체를 피해서 달아난다고 한다. 그야 우리들 문화인도 기차가 정면으로 맥진驀進해오면 그다지 좋은 기분을 갖지는 않는 것이다. 비행기의 날개에 '카메라'를 장치하고 곡예비행을 하면 우리들은 비행사와 함께 현감眩感을 느끼기도 한다.

그러면 극劇과는 어떤 관계에 있느냐 하는 것도 생각해 볼 수가 있다. "극劇은 항상 인간의 의지의 투쟁을 주제로서 취급해 왔다"고 말한 '브륀티에르'의 이론은 너무도 유명하지만 극에 있어서는 인간의 상극相剋의 '모-멘트'가 어느 정도까지 높아가면 거기서는 그만 막이 내려지고 관객들은 모두 '스모킹룸'으로 들어간다. 그러나 영화에서는 연극보다도 투쟁은 격렬하고 일층 심각하다. 그러한 예로는 '쟉크페데'의 《미모자관館》을 보자. 그곳에는 어머니가 아들을 때리는 장면이 있다. 매우 연극적이면서도 거기에 막은 내리지 않는다. 이뿐 아니라 '깽' 영화나 개인과 개인의 투쟁 뿐 아니고 집단과 집단의 투쟁하는 장면 장열한 '스펙타클'이 전개된다. 이러한 수없는 영화의 특성에 관한 기술은 무엇을 의미하는 것인가. 그것은 매우 본능적인 표현에 영화가 우수하면서도 소설보다 개인 개인에 접근하기 용이하고 연극보다 집단적인 강력을 가지고 있는 영화의 형식적 특징을 말하려는데 지나지 않는다. 그리고 이 형식적 특징은 인간 본능적인 '센세이셔널리즘'에의 도취나 '파나치시즘'에로 구사驅使할 가능성은 없는 것일까?

개인주의가 붕괴하고 집단이해가 대립 격화해오면 이 영화적 특징은 흔히는 선전 매개체로서 유력하게 쓰여지는 때가 있으므로 교양있는 사람의 일부에서는 영화의 예술성까지를 부정하는 경향도 있으나 그것은 아직 외국의 얘기이고, 인간과 자연의 사이에 투쟁을 묘출描出하는 한 진실로 위대한 예술영화 양심적인 영화를 제작하려는 데는 이런 것은 기우杞憂에 지나지 않는 것이며 자연의 폭력 앞에서 전인류의 생존 본능은 강력한 의지로 전화하여 '히로이즘'은 곧 '휴머니즘'으로 승화하고 마는 것이다. 그리고 이 일은 가장 양심있는 이 땅의 젊은 '씨나리오' 작가의 출현을 기다려 완성될 것이며, 기성문예旣成文藝의 각색脚色이나 '오리지널 씨나리오'거나 무엇이나 관계없고 적어도 '씨나리오' 문학을 건설하는 데는 '씨나리오'라는 영화예술의 문학에의 접근이 아니고 문학의 '씨나리오'에의 접근이라야 하며 씨나리오 문학은 아무 데로 구애될 것 없이 예술적으로 독립해야 할 것이다. 그리고 개개의 문제는 기회있는 대로 논의되어야 할 것이다.

—《청색지靑色紙》(1939. 5).

윤곤강 시집 《빙화》 기타

북레뷰우를 쓰는 풍습이 어느 때 어느 곳에서 시작되었는지는 몰라도 대관절 써야 한다는 의무를 느낄 때에는 여간 거북스러운 것이 아니라는 것은 그 간행된 책자가 시詩일 때 더욱 그러하다. 그 시가 한 편씩 잡지 기타 정기 간물刊物에 게재되었을 때 벌써 한 편의 작품으로서 현명한 비평가들에 의하여 제대로 금새를 따져서 공문서처럼 처리가 된 것이 대부분인 까닭이다.

그러고 보면 이제 내가 써야 할 부분은 결국 책의 장정은 어떻고 체제는 어떻다는 출판 문화 그것에 관해서 내 비위에 알맞고 예의에 어긋나지 않는 몇 마디 말을 나열하면 족할 것 같으나, 막상 쓰려고 붓을 들고 보면 역시 내용을 보살피는 게 무난한 모양 같다.

그런데 기왕 나에게 이런 평을 쓰라고 하면 할 말 꼭 해야 할 것은 여름에 이찬李燦 씨로부터 그의 제3시집 《망양茫洋》이 간행된 월여에 시집과 사신私信을 정중히 보내고 잡지에 신간평을 쓰라는 것이었으나 그때 벌써 누가 어느 신문에 쓴 것을 본 듯이 생각되었고, 또 그 때는 잡지가 시인에 그런 봉사를 하는 것도 별로 없을 뿐 아니라, 내가 쓴댔자 벌써 신간평이 아니라서 마침내 침묵했다는 것이다.

이에 윤곤강 형의 제4시집인 《빙화氷華》가 출판된 뒤에 만나는 친우마다 한결같이 말하는 감상을 들어 보면 시체詩體가 몹시 변했다는 것이다.

그러나 나 자신은 그 말에는 별로이 경탄하지 않았을 뿐 아니라, 도리어 당연한 결과로서 3년 전 그의 제2시집 《만가輓歌》의 신간평을 쓰면서 《대지》의 작자로 알려진 그의 《만가》의 반반분半半分의 시풍은 그의 제3·제4시집이 나온 오늘의 시체를 약속하는 것이라고 예언한 바 있었다. 그렇다고 내 예언이 적중한 것을 신기하게 여기는 게 아니라, 이 시인의 시 경지가 시체에 응결되어 감과 한 가지로 더욱 원숙해 간 자취를 더듬어 볼 때 한층 더 감격이 느껴지는 것이다. 왜 그러냐 하면 《대지》나 《만가》 상반분에서는 시인 자신의 영혼이 도처에서 직접으로 넋두리하고 있는 반면에 이 《빙화》는 처음 책장을 펼치면 Memory ― 〈황혼〉에

구름은 감자밭 고랑에
그림자를 놓고 가는것이었다.
가마귀는 숲넘어로
울며 울며 잠기는 것이었다.
마슬은 노을빛을 덤고
저녁자리에 눕는것이었다.
나는 슬픈 생각에 젖어
어둠이 무든 풀섶을 지나는 것이었다.

고 '것이었다'를 연발하면서 시와 자신과에 일정한 거리를 두면서 '생각' 하는 여유를 갖고 고요히 읊어 본 것이다. 〈호수〉나 〈마을〉에서도 같은 수법으로 되었고, 〈언덕〉은 그와는 달라도 애송하고싶은 한 편이

며, 〈폐국〉의 끝 절에

외로운 사람만이 안다
외로운 사람만이 알어……
슬픔의 빈터를 찾어
쪽제비처름 숨이는 마음

이렇게 절절이 호소하는 마음을 충분히 이해해 주지 않을 수 없는 것이다. 그러나 〈빙화〉의 끝 연 한 줄에 '용이 솟어 난단다' 는 것이 있는데, 이런 것은 이 시인 뿐 아니라 우리 시인의 대부분을 정복하는 이미지로서 나의 뜻 같아서는 용은커녕 미꾸라지 한 마리도 안 나와도 무가내하無可奈何이고 실은 이 경지를 깨끗이 떠나는 데 조선 시의 한 단계가 갱신되는 것이다.

이 밖에 김남인金嵐人, 김해강金海剛 공저로 《청색마靑色馬》가 나오고 이기열李基列 저의 《낙서》가 있다 하나 필자의 안두案頭에 없으며, 《청색마》는 앙드레 말로의 예술적 조건의 분류에 따르면 그의 운운한 제일 단계에 속하는 것 같다. 대방가大方家의 곡진曲盡한 평에 사양해 둔다. (한성도서주식회사 발행, 정가 1원 30전)

—《인문평론人文評論》(1940. 11).

중국 현대시의 일단면

이런 문제를 우리가 생각해 볼 때 무엇보다도 먼저 머리 속에 떠오르는 것은 중국의 현대 문학이란 전면적 문제를 우선 염두에 두고서 고찰해 보지 않으면 안 된다는 것은 '문학 혁명'에서 '혁명 문학'이란 중국 현대 문학의 일대 전환이었던 때문이다. 다시 말하면 민국民國 40년의 '오주 사건五洲事件'이 일어나기까지는 소위 '문학 건설'의 시기이었으므로 자연히 기교 방면만을 중시하게 되었지만, 이 때부터는 문학이란 그 자체의 내용이 요구되지 않을 수 없었다. 그래서 이 때까지는 로맨티시즘의 단꿈을 그리며 상아탑 속에 들어 앉아 한일월閒日月을 보내던 문학인들도 이 시대적 격류에 휩쓸려서 십자 가두로 걸어 나오지 않을 수 없었다. 그러면 여기서 다시 신문학 건설의 시대로 올라가서 현대시의 발전 과정을 더듬어 보는 것이 현대 중국 시단을 이해하는 삭경素徑일 듯하다.

그러면 현대 중국시는 그 발전 과정에 있어 어떠한 길을 밟아 왔느냐 하면 먼저 시체詩體를 파괴하는 데 중요한 의의가 있었다. 그것은 일체의 산문이 4·6연체聯體를 무시한 것과 같이 현대시는 이 때까지의 중국시가 가지고 온 생명이며 전통인 5언 7율의 형식을 완전히 말살하는 데 있었다. 따라서 시체의 해방이란 중국의 신문학 건설의 초기에 있어서 주요한 문제의 한 개이었던 만큼 신문단에서 그 생장도 소설이나 희곡에 비하면 훨씬 더 빨랐다. 그러나 그 당시의 신시新詩, 즉 백화시白話詩는 한 개의 작품으로 볼 때에는 어느 것이나 유치한 것이었으니, 그 예를 백화시의 수창자首唱者인 호적胡適 박사의 《상시집嘗試集》에서 보거나 그 뒤에 나온 호회심胡懷深의 《대강집大江集》이나 유대백劉大白·유복劉復 등의 작품에 이르기까지 모두 어찌 어색한 것이 마치 청조淸朝 관리가 대례복大禮服을 입고 여송연을 피우듯 어울리지 않는 것이었다. 그러나 이 공전무후空前無後한 태동기를 지나서 오면 강백정康白情·유평백劉平伯·왕정지汪靜之·곽말약郭沫若 등의 무운시無韻詩라거나 사완영謝婉瑩·송백화宋白華·양종대梁宗岱 등의 소설 형식이 이 시대의 대표적 작품이었고, 또 시체 해방 후의 가장 성공한 작품들인 데도 불구하고 비록 5언 7율의 시체는 파괴했다고는 할망정 옛날부터 내려오던 사詞에 대한 취미를 완전히 탈각하지 못한 혐의는 사람마다 지적한 것이었다.

그러나 호씨胡氏의 《상시집嘗試集》은 백화白話로 씌어진 최초의 시집인 만큼 현대 중국 시의 남본藍本인 것이고, 이와 거의 동시에 시단에 등장한 것이 호회심의 《대강집大江集》이었는데 이것은 백화로 씌어진 구체시舊體詩라 문제가 되지 않으며, 유대백은 《구몽舊夢》이란 처녀 시집이 있고 그 뒤 〈풍운風雲〉〈화간花間〉〈홍색〉을 써서 4부작으로 되었으며, 그 외에도 《중국 문학사》가 있고 그 후 복차 대학復旦大學 문과 주임을 거쳐 국민 정부 교육차장이 되고는 시詩와는 인연이 멀어졌으며, 유복은 《양경집楊鞭集》《와부집瓦釜集》 등의 작품이 있으나 원래가 파리 대학의 문학 박사인 만큼 국립 북경 대학, 중법 대학中法大學의 교수·주임·원장 등에 영달하였고, 본시 그 작품보다도 그는 음성학의 전문가인 만큼 그 방면의 공헌이 더 큰 것이다.

그러면 지금부터 보다 더 현대시를 진보시킨 무운파無韻派를 찾아보면 대표적인 사람들로는 강백정康白情·유평백劉平伯으로 강康은 〈초아艸兒〉를

유愈는 〈동야冬夜〉를 내놓은 것이 이 파의 최초의 간물刊物이고 또 시단
에서 상당히 중시되었다.

  그리고 이들 중에도 왕정지와 곽말약은 서정시로서 유명했는데, 이
두 시인은 어느 점으로나 대차적인 처지에서 볼 때 흥미를 느낄 수 있
는 것은 곽말약의 〈여신女神〉이 전체의 운명을 위하여 모든 정열을 기
울이는 데 비해서 왕정지의 〈총적풍蔥的風〉은 대담하게도 한 개인의 청
춘이 정화情火를 분출하는 것이었는데, 이 두 시인의 성공 불성공은 차
치하고 여하간에 당당한 시대의 폭로자였다는 점에서 볼 때 어느 때나
공통된 하아트의 소유자였다는 것은 부인하지 못하는 것이다.

  기왕 무운시無韻詩라는 말이 났으니 한 말 더하여 둘 것은 심윤묵沈尹默
(1882)의 존재인 것이다. 그는 절강성浙江省 오흥현吳興縣 사람으로 나중
에 북대北大 교수 및 평대 학교장平大學校長까지 지냈지마는 그의 작품이
민국 6년에 《월야月夜》로 출판되었을 때, 신체시로서 상당히 평가될 조
건이 구비된 것이었으며 실로 무운시의 최초의 출판물이었다. 그리고
지금이야 유명한 주작인周作人도 그 시대는 시를 써서 〈소하小河〉라는 당
대의 명작을 발표하였고, 시집으로 《과거적 생명》이 있는 것을 기억해
둘 바이나 그는 역시 유우머러스한 소품문小品文에 장서長書가 있는 것
이며 일본 문학 연구가로서 생명이 더 긴 것이다.

  그 당시에 소시小詩를 쓰던 사람으로는 누구보다도 규수 시인 사빙심
謝冰心을 찾아야 한다. 그는 1903년에 복건성福建省 민후閩候에 나서 연경
대학을 마치고 아메리카의 웨일즈 대학인가 다닐 때 《신보부간晨報副刊》
에 〈기소독자寄小讀者〉라는 아동 통신문을 써서 유명해졌고, 시집 《춘수
春水》《번성繁星》이 있으며, 때로는 소설도 쓴다고 하나 본 일이 없고, 그
의 고백을 들으면 자신은 인도 시성詩聖 타고르의 영향을 받은 바 크다
는 것이다.

  시인으로 다른 시인의 영향을 받는 것이 옳고 그른 것은 그 자신이

아닌 이상에 말할 바 아니나, 기왕 영향의 이야기가 났으니 말이지 바로 이 파派에 속하는 종백화宗白華야말로 그 자신의 고백과 같이 그 시집 《유운流雲》에도 괴테의 냄새가 적지 않게 발산하는 것이다. 그런 만큼 시경詩境의 청신함을 높이 헤아리는 수 있으나 격조가 왕왕 진부함은 이 시인이 얻는 것도 적지 않은 대신 잃은 것도 컸었다. 그 다음 《훼멸毁滅》과 《종적踪跡》을 세상에 보내서 알려진 주자청朱自清이 있다는 것은 잊어서 안 될 것이다……(이 시인을 위해서는 후일 구체적인 것을 써 볼까 한다).

　이 시기에 누가 중요하니 어떠니 해도 중국의 현대시를 시로서 완벽에 가깝도록 쓴 사람은 서지마(徐志摩, 1899~1931)라고 한다. 이 때에 신시를 쓴 사람이 모두들 신인新人인 데 비해서 선배 작가로서의 서지마는 절강성 해령현海寧縣에서 태어났고, 일찍 영국 검교 대학劍橋大學을 마치고 국립 중앙대학과 북경대학에서 교수를 역임했고, 작품으로서는 《지마적 시비志摩的詩翡》《취랭적 일야翠冷的一夜》《맹호집猛虎集》《운유집雲遊集》 외에 산문집으로 《낙락落落》《자부自剖》《파리적 인조巴里的麟爪》가 있으며, 기부幾部 희곡과 번역이 있고 민국 20년 가을 상해서 북경으로 오는 도중 제남濟南서 비행기의 고장으로 떨어져 죽자 전국 문단으로부터 비상히 애석해 하지 않았다. 뿐만 아니라 그의 생전에 있어 남들이 지목하기를 지마는 한 손으로 중국 시단을 전정奠定한 '시철詩哲'이라고 했고 현대시의 동량棟樑이라고 한 것은 비록 과분한 평가였는지는 모르나, 그의 현대 중국 시단에의 위치는 누구나 부인치 못할 것이다. 따라서 그가 중국의 현대 시단에 남긴 것도 그 내용 방면 보다는 또한 형식과 기교 방면에 있는 것이니, 용운用韻이나 배열排列에 있어 신규율新規律을 창조한 헌獻만이라도 중국 시단 전체로 볼 때에는 실로 역사적 공헌이라고 아니할 수 없는 것이다. 그러나 사상 방면으로 보면 마침내 흉간凶間 시인을 면치 못했다는 것은 그의 생활 환경과 사회적 지위가 그로 하여금 한 걸음도 실제 사회의 진실면에 부닥치게 못 하고 개인주의의 고성孤城 속에 흉간凶間시키고 만 것이었다. 그러나 그의 작품을 보면 현실의 세대細大에 말리는 사람들을 위하여 왕왕 동정과 연민을 볼 수 있다는 것은 단순히 이 시인의 환각만이 아니고 중국 사회의 그 시대적 성격과 문단 전체의 동향을 짐작해 볼 때 이 시인의 휴우머니티를 재어 볼 수 있는 것이다.

배헌拜獻

산아, 네 웅장함을 찬미해서 무엇하며바다 네 광활함을 노래한들 무엇하랴 풍파 네 끝없는 위력도 높이 보진 않으리라

길가에 버려지면 말할곳도 없는 고아과수孤兒寡守 눈속에도 간신히 피려는 적은 풀 꽃들과 사막에선 돌아가길 생각해 타죽은 어린제비

그를! 우주宇宙의 온갖 이름못할 불행不幸을 어엽비해 나는 바치리 내 가슴속 뜨거운 피를 바치련다

힘줄에 흐르는 피와 영대靈臺에 어린 광명光明을 바처 나의 시詩—노래가락도 요량嘹喨한 그동안 만이라도 하늘 밖에 구름은 그를위해 질기운 비단을 짜리

길—다란 무지개 다리가 이러나고 그 들로 끝끝내 소요逍遙할수 있다면야

요량嘹喨한 노래가락에 끝없는 괴롬을 실어지게하리.

재별강교再別康橋

호젓이 호젓이 나는 돌아가리
호젓이 호젓이 내가 온거나같이

호졌이 호졌이 내손을 들어서
서西쪽 하늘가 구름과 흐치리라.
시내ㅅ가 느러진 금빛 실버들은
볕에 비껴서 신부新婦마냥 부끄러워
물결속으로 드리운 고흔 그림자
내맘속을 삿삿치 흔들어 놓네
복사 위에는 보드란 풋 나문잎새
야들야들 물밑에서 손질 곧하고
차라리 '강교康橋' 잔잔한 물결속에
나는 한오리 그만 물풀이 될가
느름나무 그늘아래 맑은 못이야
바루 하늘에서 나린 무지갤러라
부평초浮萍草 잎 사이 고히 새나려와
채색도 영롱玲瓏한 꿈이 잠들었네
꿈을 찾으랴 높은 돋대나 메고
물풀 푸른곳 따라 올나서 가면
한배 가득히 어진 별들을 실어
별들과 함께 아롱진 노래 부르리
그래도 나는 노래좇아 못 부르리
서러운 이별의 젓대소리 나면은
여름은 버레도 나에게 고요할뿐
내 가는 이밤은 '강교' 도 말없네
서럽듸 서럽게 나는 가고마리
서럽듸 서럽게 내가 온거나같이
나의 옷소맨 바람에 날여 날리며
한쪽 구름마저 짝없이 가리라

(년年 십일월十日月 육일六日 중국해상中國海上)

  이 이상 더 지마를 역譯해 본댔자 그것은 나의 정력의 허비 외에 아무 것도 아니란 것은 원래에 이 시인의 묘미가 백화白話를 구라파의 언어 사용법과 같이 부단히 단어를 전도했었는 데 있고, 백화로 읽을 때에 운율과 격조를 우리말로 이식하기는 여간 곤란한 것이 아니다. 이만 하여 두기로 하며, 본의本意로는 좀더 많은 작품을 역譯해서 한 사람의 시를 완전히 이해토록 하고자 했으나, 필자의 시간과 생활이 그다지 여유가 없는 것과 재능이 부족함을 심사深謝해 두며, 이 외에도 주상朱湘·변지림卞之琳·왕독청王獨淸 등 유수한 시인들의 중국 현대 시단에 남겨 준 공적과 작품에 대하여 대개나마 소개해 보려던 것이 뜻대로 되지 못했으나 다음 기회에 미루기로 하고 이 고稿를 끝내지 않는 것이다. —4월 25일 야어원산夜於元山 임해장臨海莊

—《춘추春秋》(1941. 6).

수상

창공에 그리는 마음

벌써 데파-트의 쇼윈드는 홍엽紅葉으로 장식되었다. 철도 안내계가 금강산 소요산 등등 탑승객들에게 특별할인으로 가을의 써비스를 한다고들 떠드니 돌미륵같이 둔감인 나에게도 어쩌면 가을인가? 싶은 생각도 난다.

외국의 지배를 주사침 끝처럼 날카롭게 감수하는 선량한 행운아들이 감벽紺碧의 창공을 쳐다볼 때 그들은 매연에 잠긴 도시가 싫다기보다 값싼 향락에 지친 권태의 위치를 바꾸기 위해서는 제비새끼같이 경쾌한 장속裝束에 제각기 시골의 순박한 처녀들을 머릿속에 그리며 항구를 떠나는 갑판위의 젊은 마도로스들과도 같이 분주히들 시골로, 시골로 떠나고 만다. 그래서 도시의 창공은 나와 같이 올데갈데없이 밤낮으로 잉크칠이나 하고 있는 사람들에게 매겨진 사유재산인 것도 같다.

그래서 나는 이 천재일시千載一時로 얻은 기회를 놓치지 않겠다고 나의 기나긴 생활의 고뇌 속에서 실로 짧은 일순간을 비수匕首의 섬광처럼 맑고 깨끗이 개인 창공에 나의 마음을 그리나니 일망무제一望無際! 오직 공空이며 허虛! 이것은 우주의 첫 날인 듯도 하며 나의 생의 요람인 것도 같아라.

신은 아무것도 없는 공과 허에서 우주만물을 창조하였다고 그리고 자기의 뜻대로 만들었다고 사람들은 말하거니 나도 이 공과 허에서 나의 세계를 나의 의사대로 바둑이나 장기를 두는 것처럼 손쉽게 창조한들 어떠랴. 그래서 이 지상의 모든 용납될 수 없는 존재를 그 곳에 그려본다 해도 그것은 나의 자유이어라.

그러나 나는 사람이어니 일하는 사람이어니 한 사람을 그리나 억천만 사람을 그려도 그것은 모두 일하는 사람뿐이어라. 집속에서도 일을 하고 벌판에서도 일을 하고 산에서도 일을 하고 바다에서도 일을 하나 그것은 창공을 그리는 나의 마음에 수고로움이 없는 것처럼 그들의 하는 일은 수고로움이 없어라. 그리고 유쾌만 있나니 그것은 생활의 원리와 양식에 갈등이 없거늘 나의 현실은 어찌 이다지도 착종錯綜이 심한고? 마음은 창공을 그리면서 몸은 대지를 옮겨 디뎌보지 못하는가?

가을은 반성의 계절이라고 하니 창공을 그리는 마음아 대지로 돌아가자. 그래서 토지의 견문을 창공에 그려 보듯이 다시 대지에 너의 마음을 마음대로 그려보자.

—《신조선新朝鮮》(1934. 10).

질투의 반군성

형! 부탁하신 원고는 이제 겨우 붓을 들게 되어 편집의 기일에 다행히 맞아질는지 모릅니다.

그러나 늦게라도 이 붓을 드는 나에게는 다음과 같은 몇 가지의 이유가 있는 것이며, 그 이유를 말하는 데서 이 적은 글이 가져야 할 골자가 밝아질까 합니다.

그 첫째는 형의 몇 차례나 하신 간곡한 부탁에 같아지려는 나의 미충微衷이며, 둘째는 형의 부탁에 갚아질 만한 재료가 없다는 것을 고백합니다.

그것은 다시 말하면, 나는 생활을 갖지 못하였다는 것입니다. 적어도 '신세리티'가 없는 곳에는 참다운 생활은 있을 수 없다고 생각하는 현금의 나에게 어찌 보고할 만한 재료가 있으리까? 만약 이 말을 믿지 못하신다면, 나는 여기에 재미스런 한가지 사실을 들어 이상의 말을 증명할까 합니다.

그것은 지나간 7월입니다. 나는 매우 쇠약해진 몸을 나의 시골에서 그다지 멀지 않은 동해 송도원松濤園으로 요양의 길을 떠났습니다. 그후 날이 거듭하는 동안 나는 그래도 서울이 그립고 서울 일이 알고 싶었습니다. 그럴 때마다 서울 있는 동무들이 보내 주는 편지는 그야말로 내 건강을 도울 만큼 내 마음을 유쾌하게 하였던 것입니다.

그런데 일전(그것은 형이 나에게 원고를 부탁하시던 날) 어느 친우를 방문하고 오는 길에 어느 책사冊肆에 들렀다가 때마침 《조선 문인 서간집》이란 신간서가 놓였기에 그 내용을 펼쳐 보았더니, 그 속에는 내가 여름 동안 해수욕장에서 받은 편지 중에 가장 주의했던 편지 한 장이 전문 그대로 발표되어 있었습니다.

그런데 그 편지의 주인공은 내가 해변으로 가기 전 꼭 나와는 일거 일동을 같이한 룸펜 (이것은 시인의 명예를 손상치 않습니다)이던 나의 친애하는 이병각李秉표 군이었습니다. 그러므로 그는 나의 생활을 누구보다도 이해하는 정도가 깊었으리라는 것은 다시 말할 여지가 없는 데도 불구하고 그는 다음과 같은 말을 했습니다.

—전략, 형의 말에 의하면 급한 볼 일이 있어 갔다고 하더라도 여름에 해변에 용무가 생긴다는 것부터 형은 우리 따위가 아니란 것을 새삼스레 알았습니다.—

운운하고 평소부터 나에게 입버릇같이 자네는 너무 뻐기니까 하던 예의 독설(?)을 한참 늘어놓은 다음 그는 또 문장을 계속하였습니다.

—건강이야 묻는 것이 어리석지요. 적동색赤銅色 얼굴에 '포리타민' 광고에 그린 그림 쪽—

이 되라느니 하여 놓고는

—한 채 집이 다 타도 빈대 죽는 맛은 있더라고, 장림長霖이 지루하니 형의 해수욕 풍경이 만화의 소재밖에는 되지 않을 것을 생각하고 고소합니다—

고 끝을 맺은 간단한 문장이었습니다.

풍자시를 쓰는 우리 이 군의 나에 대한, 또는 나의 생활에 대한 견해가 그 역설에 있어서 정당했다고 하더라도 나는 이군에게 불만을 가지지 않을 수가 없다는 것은 기왕 벌인 춤이면 왜 좀더 풍자하지 못하였을까 하는 것입니다.

대저 위에서도 한 말이나 '뻐긴다'는 말은 사실이 없는 것을 허장성세虛張聲勢한다는 말일 것인데, 허장성세하는 사람에게 무슨 '신세리티'가 있겠습니까. 또 무슨 생활이 있겠습니까.

그러나 '생활이 없다'는 순간이 오래오래 연속되는 동안 그것이 생활이라면 그것은 구태여 부정하고 싶지도 않습니다. 뿐만 아니라, 거기에서 한 걸음 나아가 남이 긍정하는 바를 내가 긍정해서 남의 위치를 침범하는 것보다는 차라리 내가 부정할 바를 부정한다는 것은 마치 남이 향락할 바를 내가 향락해서 충돌이 생기고 질투가 생기는 것보다는 다른 어떤 사람도 분배를 요구치 않는 고민을 나 혼자 무한히 고민한다는 것과 같이 적어도 오늘의 나에게는 그보다 더 큰 향락이 없을는지도 모르는 것입니다.

마치 이 길은 내가 경험한 가장 짧은 한 순간과도 같을는지 모릅니다. 태풍이 몹시 불던 날 밤, 온 시가는 창세기의 첫날밤같이 암흑에 흔들리고 폭우가 화살같이 퍼붓는 들판을 걸어 바닷가로 뛰어 나갔습니다. 가시 넝쿨에 엎어지락 자빠지락. 문학의 길도 그럴는지는 모르지마는 손에 든 전등도 내 양심과 같이 겨우 내 발 끝 밖에는 못 비치더군요.

그러나 바닷가에 거의 닿았을 때는 파도 소리는 반군叛軍의 성이 무너지는 듯하고, 하얀 포말泡沫에 번개가 푸르게 비칠 때만은 영롱하게 빛나는 바다의 일면! 나는 아직도 꿈이 아닌 그날 밤의 바닷가로 태풍의 속을 가고 있을지도 모릅니다.

11월 5일 밤.

—《풍림風林》 제6집(1937. 3).

문외한의 수첩

R이란 사람은 나와는 매우 친한 동무였다. 그럼으로 우리 두 사람 사이에는 결코 무슨 비밀이란 것은 있을 터수가 아니었다. 그러나 지금은 나의 교우록交友錄 속에 씌어져 있는 그의 '호패號牌'에 붉은 줄을 그은 지도 벌써 한달이 다 되었다.

이러한 간단한 사실이 모르는 사람으로 본다면 가렵지도 아프지도 않을지 모르겠으나 남달리 상처相處해 오던 벗을 한사람 잃어버린 나의 호젓한 마음은 어디에도 비길 수 없이 서러운 것이다.

그 뿐만 아니라 이 글을 쓰려는 오늘 아침에 이제는 고인인 R의 동생으로부터 나에게 간단한 편지 한 장과 《문외한門外漢의 수첩手帖》이란 유고遺稿 한 권이 보내여 왔다.

그 유고는 이래십년爾來十年에 쓴 고인의 일기인 모양인데 그도 축일逐日해서 쓴 것도 아니고 때때로 마음이 내킬 때마다 써 둔 것이며 그 맨 끝 페이지에 'ㅇㅇ형에게'라는 이 세상 사람으로서의 절필인 듯한 글씨가 묵흔墨痕이 임리淋漓한 것은 소리없는 내 눈물을 더욱 짜내는 것이었다. 그리고 이 글 내용은 일기는 일기면서도 대부분은 나에게 보내는 편지이었다. 그 편지 가운데서 지금이라도 흥미있게 생각나는 부분만을 써서 보기로 한다면 그도 처음에는 문학청년文學靑年이었던 사실이 있었다. 그러나 그는 자기가 하고자 한 문학을 끝끝내 완성할 수 있는 행복된 사람은 아니었다. 그러나 그 사람은 죽는 날까지도 문학을 단념하지는 않았다는 것은 어느 해 겨울 그와 나는 우연히도 어느 온천에서 만났다. 그때는 바로 동경에서들 풍자문학론諷刺文學論이 한참 대두擡頭할 때이었음으로 그도 또한 예에 빠지지 않고 이것이 조선에 있어서 가능하다는 설교를 하는 것이었다. 그때 좀 더 생각해볼 여지가 있다고 한 나의 말에 그는 말하기를 조선 사람은 생활 그 자체가 풍자적으로 되어 있다고 떠들어대기에 나는 그에게 더 진지한 태도로 사물을 대할 필요가 있다는 것을 말하였고 그 다음날 우리는 서로 갈린 채 영원히 보지 못할 사람이 되었다.

이 글은 그때 나와 갈려서 며칠 동안에 쓴 것이라고 생각난다.

　　일구삼×년 ×월 ×일

　—O형! S역에서 형과 갈려서 나는 O동까지 오십리나 되는 산길을 걸어왔소. 동리洞里거리에 피곤한 다리를 쉬이면서 생각하기를 아무데나 큼직한 집 초당草堂방을 찾아 들어가면 이 밤을 뜨뜻한 아랫목에서 지낼 수도 있겠거니와 그들과 함께 살을 맞대이고 지내며 그들의 생활을 체득할 수가 있다면……얼마나 유쾌한 일이겠습니까?

　나는 여기서 형이 일찍이 하던 말을 생각해보았소. 상해 어디선가? 목욕을 갔을 때 불란서 사람과 서반아西班牙 사람과 같은 욕조에 들어갔을 때의 감정을 얘기한 것을 기억이나 하시는지요. 그때는 적나라한 몸뚱이들이 모두 꼭 같은 온도를 느낄 수 있더라고. 세계는 모름지기 목간통같이 되어야 한다고.

　그러나 오늘의 나의 심경은 그와는 정반대로 어디까지나 육친애肉親愛를 느껴볼 결심이었소. 그래서 세계는 차라리 초당방같이 되라고까지 생각해도 보았소. 이러한 생각을 하노라면 또 다른 한 생각이 꼬리를 물고 나오는 동안에 나는 가졌던 담배를 모조리 다 태워 버렸소. 담배라도 피우지 않으면 첫 겨울의 눈우바람(눈비바람)이 몹시도 옷깃을 새어 들고 발끝이 저리기도 해서 담배도 살 겸 주막집 있는 데로 가까이 찾아갔소. 그곳에는 마침 담배 가게가 있고 젊은 농부인 듯한 사람이 있기에 오전五錢짜리 한푼을 던지고 '마코' 한 갑을 달라고 하였더니만 나는 여기서 뜻하지 못한 실패를 하였소. 그것은 내 행동이 몸차림과 어울리지 않는 데가 있었든지 또는 언어에 무의식적인 불손不遜이 있었든지 그 젊은 농부는 내 얼굴을 자세히 보더니만 ……"문안에 들어와서 담배를 가져가오"……하며 코웃음을 픽하며 '마코' 한 갑을 내 앞으로 툭 던지는 것이었소.

　나는 처음 이 농부의 말을 듣고 한참동안 어름어름 하였소. 그것은 담배 가게라고 하는 것이 우리가 도회에서 보는 담배 가게와 같이 백색 '타일' 타로 대臺를 싸 올리고 '네온' 등을 달고 유리창을 단 것이 아니고 처마 끝에다 석유궤로 목판을 짜서 장수연長壽煙, 난연蘭煙, '마코', 주풍舟風 이런 것들을 몇 갑씩 넣어 둔 것이었소. 그래 내가 들어갈 문이란 어디 있겠소.

　그 날은 그곳에서 멀지 않은 곳에 장날이었나 보오. 장꾼들이 들신들신하고 그집으로 들어오기에 나는 그만 그곳을 떠나 돌아 나오라니까 바로 내 머리 뒤에서 "건방진 녀석 눈에 유리창을 붙이고"……하면서 별러대는 것이었소. 그때 나는 모든 것을 다 알았소.

　시골 산촌에선 유리라는 것은 들창에나 붙이는 것인데 네 눈에 붙인 등창을 열고 다시 말하면 문안에 들어와서(안경을 벗고) 담배를 가져가란 말이었소.

　내가 안경을 쓰게 된 것은 시력이 부족한 탓이었고 그 젊은 농부가 내 안경 쓴 것을 못마땅히 여기는 것은 고루한 인습의 소치라고 하더라도 그 표현방법이 얼마나 내 뼈를 저리도록 쑤시는 풍자이었겠소. 과연 여기에 남과 나라는 투명한 장벽이 서서 있다는 것을 나는 안 듯하였소.

　그리고 내 발길은 무겁게 옮겨졌소. 아주 몇 해를 두고 어느 사막이라도 걸어온 듯한 피로를 깨달았소. 하늘은 점점 어두워 오고 눈조차 함박으로 퍼붓는 듯 하였으나 나는 다시 옷깃을 단속하지는 않았소. 될 수 있으면 차디찬 눈보라가 내 보드러운 목덜미살을 여미듯이 얼어붙으라고 하여 본 것은 일종의 자기잔학일는지도 모르겠소.

두 시간이나 지났을까. 나는 과연 어느 집 초당방에 손이 되었소. 방안에는 작말醋抹냄새가 코를 찌를망정 모이는 사람은 대략 육칠명이나 되었고, 연령은 최저 십팔로 최고 삼십이, 인품은 모두 순후하고 황소같이 질박한 놈도 있으며 암사슴같이 외로운 녀석도 있었소. 그날밤은 나라는 존재가 그들로 보면 낯설은 손이어서 일동일정一動一靜을 주의는 하면서도 조금도 악의는 갖지 않았던 모양이었소. 그러기에 나더러 세상의 재미있는 얘기를 들려달라는 것이오.

이때 나는 어떠한 얘기를 들려줄까 하고 망설이는 판에 그들 중에도 연령과 지식의 정도가 있어서 삼십에 가까운 사람들은 《화용도華容道》를 들려 달라하고 그 중 한 사람은 《춘향전》을 얘기하라 하였소만은 여기도 또한 의견은 일치되지 않았소. 그 중에도 제일 얼굴이 말쑥하고 나이가 이십 오세쯤 되어 보이는 농부 한 사람 말을 들으면 보통학교를 중도 퇴학은 하였어도 그들 가운데서는 식자연識者然하고 내노라는 듯이 뽐내면서 '서양' 얘기를 무에나 들리라는 것이오. 그래서 결국은 '춘향전' 파와 '서양' 파가 절충한 결과 나는 이 진귀한 《서양춘향전》을 친절하게도 강좌를 담임하게 되었으며, 그는 득의만면하여 내 담배갑에서 '마코' 한 개를 빼어 물고 인조견 옥색관사 홑조끼에서 성냥을 꺼내어 담배를 피우는 것이었소. 이 방에서는 모두들 이 사람을 '하이카라상'이라고 부르는데 그 '상' 짜가 나에게는 조금 귀익지 못하나 아마 이것을 도시말로 번역하면 '모— 던 보이'란 말과 같소.

그러나 이 《서양춘향전》이란 진본서珍本書는 가난한 나의 문헌학지식으로는 도저히 알아낼 자신도 없고 그렇다고 그들에게 '린드벅'이 대서양을

어떻게 횡단하였다든지 ‘크레오파트라’의 국적이 어느 나라냐고 설왕설
래를 하여 보았자 ‘하이카라상’이라는 이 방의 ‘쏘크라테스’도 그까지는
흥미를 느끼지 못할 것 같았소.

그래서 나는 생각다 못해 ‘세익스피어’의 《로미오와 줄리엣》을 얘기하
기로 하고 우선 그 주인공의 이름을 그들이 알아듣기 쉽게 ‘노미’와 ‘준’
이가 이렇게 얘기를 하니 그래도 모두 그것이 재미가 있었던지 ‘준’이가
추방당하던 날 새벽에 ‘노미’를 찾아가 이별을 하는 판인데 이곳에다 ‘나
이팅게일’을 이을 수가 있을리도 없겠고 생각다 못해 속담에 꿩값에 닭이
라니 닭을 올리고 ‘준’이를 떠나보냈구려! 그래도 이 때는 모두들 감탄해
서 흥흥 콧소리를 치며 신 삼고 가만히 쳐든 손을 쉬이는구려!

밤은 벌써 천전千前 두 시나 되었는데 바깥에서는 눈보라가 쉬지 않고
내렸소. 사람들은 차차 긴 하품을 하다가는 제대로 팔을 베고 자는 이도
있고 또 그 자는 이의 다리를 베고 자는 사람도 있으며 나중에는 ‘하이카
라상’과 나만이 남아서 나는 이 동리의 서러운 전설을 듣는 것이오. 옛날
에 이 동리와 건너 마을이 편을 갈라서 정초이면 ‘줄댕기’가 시작되었고,
그때는 사람들이 수백명씩 모여서 그 중에도 젊은 사람들은 처녀나 총각
이 제각기 마음있는 사람들과 사랑을 속삭이면서 영원히 그 자손들은 변
함없이 이 동리를 지켜왔건만은 지금은 어쩐 일인지 그 사람들은 누가 오
란 말도 없고 가란 말도 없건마는 다들 어디인지 한 집씩 두 집씩 동리를
떠나고 그럴 때마다 젊은이들의 싹트기 시작한 사랑은 그 봄은 다 가기도
전에 덧없이 흘러가고 만다는 말을 다 마치지도 못하여 이 사람은 창졸간
에 미친 듯이 쓰러져 흑흑 느껴가며 우는 것이었소. 나는 이것을 왜 우느
냐 물어볼 힘도 없고 울지 말라고 위안을 줄 수도 없었으며 다만 나 혼자
생각하기를 너도 또한 불쌍한 미완성 초련初戀의 순정자로구나 하고 동정
을 살피노라니 이 사람도 그냥 잠이 들고 먼데 닭이 잦은 홰치는 소리가
들리며 눈은 그쳤는지 바깥은 바람이 몹시 불었소.

나는 몇 시간 남지 않은 이 밤을 도저히 잘 수는 없소. 내 머리는 해저와 같이 아득하고 내 가슴은 운모雲母와 같이 무거웠소. 돌아누울래야 돌아누울 수도 없으려니와 옆의 사람들의 코 고는 소리는 검은 시체를 실은 마차의 수레바퀴를 갈고가는 듯 하오. 그럴수록 방안의 정숙은 무거워져서 자꾸만 지구의 중심으로 침전되는 듯 하였소. 나는 참다 못해 눈을 감고 두 손으로 얼굴을 가리웠소. 바로 그때였소. 누구인지 내 머리맡에서 말하는 사람이 있었소. 그 사람이 누구인지는 기억할 수 없으나 혹은 저녁 전에 담배가게에서 본 농부일런지도 모르겠소. 그가 나에게 한 말은 분명코 "문 안에 들어와서……"였소. 나는 여기서 눈을 번쩍 뜨고 가만히 생각해 보았소.

"오! 그렇다. 나는 문외한이다." 아무리 하여도 인생의 문안에 들어서지 못할 나이라면 차라리 영원한 문외한으로 이 세상을 수박 겉 핥듯이 지나갈 일이지. 그 좁은 문을 들어가려고 애를 쓸 필요가 어디 있겠오. 문밖에서 살아가면 책임과 부담도 가벼우려니와 그 문안에 우리가 지켜야 할 보물이 있다면 사람들은 그것을 모두 문안에서 지킬 때에 나 혼자만 문밖에서 그 모든 것을 파수 본다면 그것도 나의 한가지 임무가 아니겠소. 그렇다면 나는 달게 인생의 문외한이 되겠소.

그래서 남들이 모두 문안에서 보는 세상을 나는 문밖에서 보겠오. 남들은 깊이 보는 세상을 나는 널리 보면 또 그만한 자긍이 있을 것 같소. 오늘은 고기압이 어디 있는지 풍속은 육십사미리요, 이 동리를 떠나 아무도 발을 대지 않은 대설원을 걸어 가겠소. 전인미도前人未到의 원시경을 가는 느낌이오. 누가 나를 따라 이 길을 올 사람이 있을른지? 없어도 나는 이 길을 영원히 가겠소.

×

나는 이까지 보고 우선 이 유고遺稿를 덮었다. 그리고 생각해 보았다. 이것은 한 사람이 인생의 문안에 들어오지 못하고 영원히 걸어간 기록이다. 오! 그러면 나도 역시 문외한門外漢인가?

정축丁丑 칠七, 이구二九

— 《조선일보朝鮮日報》(1937. 8. 3~6).

전조기

　누구나 버릇이란 쉽사리 고쳐지는 것은 아니다. 그러므로 세 살 적 버릇이 여든까지 간다는 말도 있지 않은가? 그런데도 흔히 다른 사람의 한 가지 버릇을 새로이 발견했을 때는 아— 저 사람은 저런 버릇이 있구나 하고 속으로 비웃어 보거나 그 버릇이 좋지 못한 종류의 것이면 대개는 업신여기는 수도 있는가 봐!

　그렇건만 나에게는 아무리 고쳐 보려 해도 고쳐지지 않는 버릇이란 손톱을 깎고 줄로 으르고 수건으로 닦고 하는 것이다. 그것도 때와 곳을 가릴 것도 없이 욕조나 다방이나는 말할 것도 없고 기차나 배를 타고 멀리 여행이라도 하면 심심풀이도 되고 봄날 도서관 같은데서 서너 시간 앉아 배기면 제아무리 게으름뱅이는 아닐지라도 윗눈썹이 기전기 起電機처럼 아랫눈썹을 끌어당길 때도 있는 것이고, 그럴 때에 손톱을 자르고 줄로 살살 으르면 자릿자릿한 재미에 온몸의 게으름이 다 풀리는 것이다.

　그야 내 나이 어릴 때는 아침 일찍이 손톱을 자르면 어른들은 질색을 하시며 말리기도 하였다.

　그리고 말릴 때에 누구인지 지금 기억되지는 않아도 우리집에 자주 오는 손이 말하기를 아침에 손톱 깎고 밤에 머리 빗는 것은 몸에 해롭

다고 하는 것이었고, 내 생각에도 그런 방문은 《동의보감東醫寶鑑》에라
도 씌어 있는 줄 알았기에 그 뒤로는 힘써 시간이 한나절 지난 뒤 손톱
을 닦곤 하였지만, 나도 나대로 세상맛을 보게 된 뒤로는 쓴맛, 단맛 다
보고 시고 떫은 구석과 후추, 고추 같은 광경에 부대낄 때가 시작이 되
고는 손톱 치레를 할 만한 여가도 없었고, 어느 사이에 손톱은 제대로
자라 긴 놈, 짧은 놈, 삐뚤어진 놈, 꼬부라진 놈, 벌떡 자빠진 놈, 앙당
마스러진 놈, 이렇게 되어 내 손이란 그 꼴이 마치 오징어를 뒤집어 삶
아 놓은 것 같이 되었다.

그럴 때에 나는 또다시 손톱을 자를 것은 자르고 으를 것은 으르곤
하였으며 이른 아침이라도 가리지는 않았다. 그것은 밤으로 머리를 깎
아 보아도 몸에 해로운 것도 없으니까 아침에 손톱을 깎는 것조차 위생
과는 관계없는 것을 안 까닭이다.

그런데 내가 이 손톱을 자르는 버릇은 언제부터 시작되었는가를 생
각해보면 그도 벌써 30년이 더 지났다. 내가 난 지 백 일이나 되었겠
지, 이란 저고리 밖에 빨간 내 손이 나와서 내 얼굴을 후벼 뜯고는 나는
자지러질 듯이 울었다. 어머니가 놀라서 가위로 내 손톱을 잘라 주신
것이 처음이고, 그것이 늘 거듭하여지는 동안에 봄철이 오면 어머니는
우리 형제를 차례로 불러 툇마루 양지쪽에 앉히고 손톱을 잘라 주시고
머리도 빗기고 귀도 후벼 부셨으며, 이것도 내 나이 여섯 살 때 소학을
배우고는 이런 일의 한 반半은 할아버님께 이관移管이 되었다. 옛날 내
고장 우리 집에는 그다지 크지는 못해도 허무히 작지 않은 화단이 있었
다. 그리고 그 화단은 이 때쯤 되면 일이 바빴다. 깍지로 긁고 호미로
매고 씨가지를 뿌리고 총생이를 옮겨 심고 적당한 거름도 주었다.

요즘같이 시클라멘이나 카아네이션이나 튜울립 같은 것은 없어도 옥
매화, 분홍 매화, 홍도紅桃, 벽도碧桃, 해당화, 장미화, 촉규화蜀葵花, 백일
홍 등등 빛도 보고 향내도 맡고 꽃도 보고 잎도 볼, 말하자면 일 년을

다 즐길 수가 있는 것이었는데 내 할아버지 생각은 이제 헤아려 보면 우리들에게 글 읽고 글씨 쓰인 사이로 노력을 몸소 맛보이는 것도 되려니와 그것이 정서 교육도 될 겸 당신의 노래老來를 화려하게 꾸밀 수도 있었던 모양이었다. 그럴 때마다 우리들은 이다지 가볍고 고운 노동이 끝나면 할아버지는 우리들에게 손을 씻을 것과 손톱에 끼인 흙을 끌어내도록 손톱을 닦으라 하셨다. 이러던 내 손톱이기에 나는 손톱을 소중히 하고 자르고 으르고 닦고 하는 동안에 한 가지 방편을 얻었다. 그것은 나에게 거북한 일을 말하는 사람 앞에서 손톱을 닦는 것이다. 빤히 얼굴을 맞대이고 배알에 거슬리거나 듣기 싫은 말을 듣고 억지로 참을 수도 없고 그렇다고 언짢은 표정을 할 수도 없어 손톱을 닦노라면 시골 계신 어머니도 그려보고 돌아가신 할아버지의 모습을 우러러 뵈일 수도 있다. 내 고장의 푸른 하늘 아래에도 봄이 왔을 것도 같으니.

—《조선일보》(1938. 3. 2).

계절의 오행

　눈물을 흘리지 않는 사람이 되리라고 배워 온 것이 세 살 때부터 버릇이었나이다. 그렇다고 이 버릇을 80까지 지킨다고야 아예 말하지도 않습니다. 그야 지금 내 눈앞에 얼마나 기쁘고 훌륭하고 착한 것이 있을지도 모르면서 그대로 자꾸만 살아가는 판이니 어쩌면 눈이 아슬아슬하고 몸서리나고 악한 일인들 없다고 하겠습니까? 차라리 그것은 그 악한 맛에 또는 빌에 매력을 느끼고 도취되어 갈는지도 모르는 것입니다. 그래서도 눈물을 흘리지 않는 사람이 된다면 그 또한 어머님의 가르침을 저버리지 않은 방편이라고 하오리까? 딴은 내 일찍이 눈물을 흘리지 않는 사람이 되려고 마음먹어 본 열 다섯 애기 시절은 '수신제가 치국평천하修身齊家治國平天下'의 도를 배웠다고 스스로 달떠서 남의 입으로부터 '교동驕童'이란 기롱譏弄까지도 면치 못하였건마는 어쩐지 이 시절이 되면 마음의 한편이 허전하고 무엇이 모자라는 것만 같아 발길은 저절로 내동리 강가로만 가는 것이었습니다. 이렇게 말하면 누구나 그 곳에 무슨 약속한 사람이라도 있었구나 하고 생각을 하면 그것은 여간 잘못된 생각이 아닙니다. 본래 내동리란 곳은 겨우 한 백여 호나 될락말락한 곳, 모두가 내 집안이 대대로 지켜 온 이 땅에는 말도 아니고 글도 아닌 무서운 규모가 우리들을 키워 주었습니다.

　지금 내가 생각해 보아도 우습기도 하나 그 때쯤은 으레 그런 것이라고 생각한 것은 내동리 동편에 왕모성王母城이라고 고려 공민왕이 그 모후母后를 모시고 몽진蒙塵하신 옛 성터로서 아직도 성지가 있지마는 대개 우리 동리에 해가 뜰 때에는 이 성 위에서 뜨는 것이었고, 해가 지는 곳은 쌍봉雙峰이라는 전혀 수정암으로 된 두 봉이 있어서 그 사이로 해가 넘어가는 것이었는데, 그렇게 해가 지면 우리가 자랄 때는 집안 어른을 뵈오러 가도 떳떳이 '등롱燈籠'에 황촉불을 켜서 용이나 분이粉伊들을 들리고 다닌 것입니다. 그러나 내가 홀로 강가에 나갔을 때에는 그 곳에는 어화漁火조차 사라진 것을 보아도 내가 만날 만한 사람이 없었다는 것을 변명할 것도 없거니와 해가 떠서 넘어간 그 바로 밑에는 낙동강이 흘러가는 것이었습니다. 낙동강이라면 모두들 오— 네 고장은 그 무서운 홍수로 이름난 거기냐 하고 경멸하면 그것은 낙동강을 모르는 말이로소이다. 낙동강이라면 태백산 속에도 황지천천潢池穿泉에서 멍석말이처럼 솟아나는 그 샘물의 이상을 모른대도 고이할 바 아니오나 김해·구포까지 칠백 리를 흘러가는 동안에 이 골물이 졸졸 저 골물이 콸콸 열에 열 두 골 물이 한데로 합수쳐 천방져 지방져 건너 병풍석 꽝꽝 마주쳐 흐르다가 그 위에 여름 장마가 지면 하류에 큰물이 나나, 그에 따르는 폐단쯤은 있을 법도 한 일이오매 문죄를 한다면 여름 장마를 할 일이지 애꿎은 낙동강이 무슨 죄오리까? 하나 이것도 죄라면 나는 죄와 함께 자라난 게오리까? 그래서 눈물지우지 않는 사람이 되었다면 그 또한 내 회오悔悟할 바 없으랴. 하지만 내 고장이란 낙동강 가에는 그 하이얀 조각돌들이 일면으로 깔리고, 그 곳에서 나는 홀로 앉아 내일 아침 화단에 갖다 놓을 차디찬 괴석들을 주우면서 그 강물 소리를 듣는 것이었습니다. 봄날 새벽에 홍수를 섞어서 쩡쩡 소리를 내며 흐르는 소리가 청렬淸冽한 품도 좋고 여름 큰물이 내릴 때 왕양汪洋한 기상도 그럴 듯하지만 무엇이 어떻다 해도 하늘보다 푸른 물이 심연을 지날 때는 빙—빙 맴을 돌고 여울을 지나자면 소나기를 모는 소리나고 다시 경사가 낮은 곳을 지날 때는 서늘한 가을부터 내 옷깃을 날리고 저 아래로 내려가면서는 큰 바위를 때려 천병만마를 달리는 형세로 자꾸만 갔습니다. 흘러흘러서…… 그때 나는 그 물소리를 따라 어디든지 가고 싶은 마음을 참을 수 없어 동해를 건넜고, 어느 사이 《플루타아크 영웅전》도 읽고, 《시이저》나 《나폴레옹》을 다 읽은 때는 모두 가을이었습니다마는 눈물이 무엇입니까, 얼마 안 있어 국화가 만발한 화단도 나는 잃었고 내 요람도 고목에 걸린 거미줄처럼 날려 보냈나이다.

그리고 나는 지주蜘蛛가 되었나이다. 누가 지주를 천재라고 하였습니까? 그놈은 사람이 보지 않는 동안 그 작은 날파리나 부드러운 나비 나래를 말아 올리고도 모른 척하고 창공을 쳐다보는 것은 위선자입니다. 그놈을 제법 황혼의 셰스토프라는 말은 더욱 빈말입니다. 그 주제에 사색을 통일하려는 듯한 얼굴은 멀쩡한 배덕자입니다. 두고 보시오. 그놈은 제 들어갈 구멍을 보살피는 게 아마 바람결을 꺼리는 겝니다. 하늘이 푸르지 않습니까.

그래서 어느 암혈巖穴에라도 들어가면 한겨울 동안을 두고 무엇을 생각하리라고 믿어집니까? 거미라도 방안에 사는 거미들은 아침 일찍이 기어나오면 그 집에서는 그날 반가운 소식을 듣는다고 기뻐한 것은 우리 고장의 풍속이었나이다. 그래서 나의 어머니께서는 우리 형제들 가운데 누가 여행을 갔을 때나 객지에 있을 때면 으레 이 아침 거미가 기어나오기를 기다렸다고 하신 말씀을 우리가 제법 장성한 때에 알았습니다마는, 지금은 우리집 안사랑에 아침 거미가 기어나온다 해도 나의 늙으신 어머니께서는 당연히 믿지 않으셔야 옳을 것을 아시면서도 그래도 마음 한편에 행여나 어느 자식이 편지를 부칠는지 하고 바라실 것을 아는 나는 아무 말 없이 담배를 피워 무는 버릇이 늘었나이다. 담배도 이전에는 궐련을 피우는 것이 버릇이었으나, 요즘은 일을 할 때 반드시 손에 빼드는 것이 성가시고 해서 어느 날 길가에서 사 가지고 온 골통대를 피우는 것입니다. 그것을 피워 물면 그놈의 연기가 아주 천간산淺間山의 분연噴煙에다 비한단 말이겠습니까? 그야 나에게는 '폼베이 최후의 날' 같이도 생각이 되옵니다.

그것은 과연 그러하오리다. 나에게는 진정코 최후를 맞이할 세계가 머리의 한편에 있는 것입니다. 그것이 타오르는 순간 나는 얼마나 기쁘고 몸이 가벼우리까? 그러나 이 웃음의 표정은 여기에다 쓰지는 않겠나이다. 다만 나 혼자 옅은 미소를 하였다고 생각을 해 두십시오. 그러나 이럴 때는 벌써 나 자신은 로마에 불을 지르고 가만히 앉아서 그 타오르는 광경을 보는 폭군 네로인지도 모릅니다. 그 거미줄같이 정교한 시가市街! 대리석 원주! 극장! 또는 벽화! 이 모든 것들이 타오르는 것을 보는 네로의 마음은 얼마나 통쾌하오리까? 로마가 일어난 것은 하루 아침 일이 아니라한 말을 들으면 망하기 위하여 헐고 부릇나고 한 로마에 불을 지르고 그 찬란한 문화를 검은 오동마차에 실어 장지葬地로 보내면서 호곡하는 인민들을 보는 네로! 초가삼간이 다 타도 그놈 빈대 죽는 맛이 좋다고 하는 사람의 마음과 같이 통쾌하지 않았을까요!

지금 내 머리 속에 타고 있는 내 집은 그 속에 은촉대도 있고 훌륭한 현액顯額도 있기는 하나 너무도 고가古家이라 빈대가 많기로 유명한 집이었나이다.

이 집은 그나마 한쪽이 기울어서 어느 때 어떻게 쓰러질는지도 모르는 것입니다. 나폴레옹이 우리 집을 쳐들어오면 나는 그것을 모스코같이 불을 지를 집이어늘, 그놈의 빈대란 흡혈귀를 전멸한다면 나는 내 집에 불을 싸지르고 로마를 태워 버린 네로가 되오리다.

이렇게 생각하는 동안 그 골통대의 담배가 모두 싸늘한 재로 화하고, 찬바람이 옷소매에 기어들 때 나는 거리로 나옵니다. 거리에는 사람들도 한산하여지고 차차로 가로등이 켜지는 까닭입니다. 까짓것 가로등이라면 전기 회사에서 하는 장난에 틀림이 없으나 그것은 살아 있는 거리의 비애입니다. 그 내력을 들어 보시오. 그도 벌써 5년 전 옛일입니다. C라는 젊은 친구와 내가 바로 이 시절에 이 등불이 켜질 때면 이 거리를 걸어다녔습니다. 그러다가 어느 날 밤에 그를 시골로 보낸 것도 이 거리의 등불 밑이 아니겠습니까. 그후 몇 달을 지내고 나에게 온 그의 편지에서 일절을 써 보겠나이다.

— 내려와서 한 달 동안은 집안을 망친 놈이란 죄명을 쓰고 하루 한시도 지낼 수가 없었소. 우리 구사廐舍에 매여 있는 종모우種牡牛와 같이 아무리 생각해도 살 수는 없었소. 그래서 나는 선영先塋이 있는 산중에 들어온 것이오. 이 산중에는 나무가 많아서 이것을 체벌하면 나는 지금 이 곳에서 숯(목탄木炭)을 굽겠소. 그러나 내가 숯을 굽는다고 돈을 번다는 생각은 조금도 없소. 다만 내 홀로 이 산 속에서 숯가마에 불을 싸지르고 그놈이 타오르는 것을 보기만 해도 이 때까지 아무에게나 호소할 곳 없던 내 가슴 속 앙앙한 울분이 한 반은 풀리는 듯하고, 복수를 한 때와도 같고—하던 친구가 마침내 그 아내와 사이가 둥글지 못하고 다시 서울로 와서 그 숯가마에 불을 지르고 타오를 때 통쾌하던 얘기를 몇 번이나 이 거리를 다니며 되풀이를 할 때면 해뜻 없는 가을 날씨에 거리의 등불이 켜지곤 하였건만 지금엔 그조차 불에 살아서 그 조그마한 오동합梧桐盒에 뼈만 담아 고산故山으로 보낸 것도 3년이 넘고 나 홀로 이 거리를 가면서 가을 바람에 옷깃을 날리건마는 그래도 눈물지지 않는 건 장자長者의 풍도일까?

거리의 상공에는 별이 빛나는 밤이었소. 밤이라도 캄캄한 한밤중은 별들의 날수가 훨씬 더 많이 보이는 것이지마는 우리 서울 하늘에는, 더구나 가을밤 서울 하늘에는 너무나 깨끗이 개인 하늘이라 별조차 날수가 그다지 많지는 않아서 하이네가 본다면 황금 사복(?)을 흩어 놓은 듯하다고 감탄할는지도 모르겠소. 그러나 하이네는 하이네고 나는 나이지 사람마다 제대로 한가지의 긍지가 있는 것을 왜 우리 서울의 가을 하늘 밑에서 울거나 웃거나, 슬픈 일이 있거나 기쁜 일이 있거나 우리는 모두 이 하늘만을 쳐다보고 부르짖은 것이 아니겠소. 그 모든 것이 내 지나간 시절의 자랑이었으니 이제 새삼스레 뉘우칠 바도 없소.

하기야 서울도 예전 같으면 아라비아의 전설에나 나올 듯한 도시이었기에 해외에서 다른 나라 사람들을 만나면 서울의 자랑을 무척도 하였겠지마는 오늘의 서울은 아주 그 모습을 볼 수가 없는 것이오. 거리를 나서면 어느 집이라도 으레 지금地金을 판다거나 산다거나 금광을 어쩐다는 간판들이 쭉 내리붙어서 이것은 세계를 처음 여행하는 사람에게는 우리의 서울과 알래스카의 위치를 의심쩍게 할는지 모르겠소. 그래서 사실인즉 내 마음에 간직해 온 서울의 자랑도 이제는 그 밑천을 잃어버린 셈이오. 그러나 아직 얼마 동안 저 하늘만은 잃어버릴 염려는 없는 것이오. 그러기에 나는 서울의 하늘을 사랑하고 그 밑에서 일어났다가 사라지는 일들을 모두 기억해 두었다가는 때로는 그 기억에 먼지를 덮어 두는 일이 있소.

앞날을 생각하는 것은 그 일이 대수롭지 않아도 어딘가 마음 한구석에 바라는 것이나 있겠지마는 무엇 사람의 마음을 쓸쓸케 하려는 것도 아니라오. 누구나 20이란 시절엔 가을밤 깊도록 금시禁書를 읽던 밤이 있으리다. 그러나 나는 그 때에 무슨 까닭에 야금술冶金術에 관한 서적을 읽어 본 일이 있었나이다.

그 때 나를 담당한 Y교수는 동경에서 문학을 공부한 사람으로 그의 작품에 〈안작贋作〉이란 것이 있었습니다. 그 내용이란 건 글씨의 안품贋品을 능구렁이 같은 상인들이 시골 놈팡이 졸부猝富를 붙들어 놓고 능청맞게 팔아 먹는 것인데, 그 독후감을 이야기했더니 그는 좋아라고 나를 붙들고 자기의 의견을 말한 뒤 고도古都의 가을 바람이 한층 낙막落寞한 자금성紫金城을 끼고 돌면서 고서와 골동품에 대한 이야기와 역대 중국의 비명碑銘에 대한 지식을 가르쳐 준 것이 인연이 되어 나는 그의 연구실을 자주 드나들게 되었나이다. 그 뒤에도 나는 Y교수를 만나면 내가 잘 알아듣지도 못하고 사실은 알고 싶지도 않는 고고학에 관한 이야기까지도 들려 주는 것이었습니다. 그러나 그러한 높은 지식은 내가 애써 배우려고 하지 않는 것이라 지금에 기억되지 않는 것은 죄될 바도 없지마는 그가 문학을 닦았고 문학을 가르치면서도 야금학에 깊은 조예造詣가 있었다는 것은 지금 생각해 보아도 끔찍한 일입니다. 그러나 그가 그 야금학에 통한 이야기는 나에게 들려주지 않았으므로 일부러 묻는 것도 쑥스럽고 해서 자제하던 차에 나와 한반에 있는 B에게 물어 보았더니 B는 한참 말이 없이 빙그레 웃다가 말하는 것이었습니다.

Y교수는 야금학을 학술상으로만 연구하는 것이 아니라 정말 그 집에는 대장간보다도 더 복잡한 연장이 갖추어져 있다는 것이었습니다. 그리고 그것은 해서 무엇하는 거냐고 물으면 안금贋金을 만든다고 말을 하고는 쓸쓸히 웃기에 안금은 만들어 무엇을 하느냐고 물으면 돼지 목에 진주를 걸어 주는 것을 네가 아느냐고 하고는 화를 버럭 내기에 무슨 말인지도 모르고 겁도 나고 해서 그만 아무 말도 못했다는 것이었습니다. 그래서 나는 그 가을부터 여가만 있으면 턱없이 야금학冶金學에 관한 책을 읽는 버릇을 가졌던 것입니다.

그러나 애닯은 일로는 속담에 칼은 10년을 갈면 바늘이 된다고 하지 않습니까? 그래서 그 바늘로 문구멍을 뚫어 놓았던들 그놈의 코끼리란 놈이 내 방으로 기어 들어오는 것을 보기나 할 게 아닙니까? 사람이 야금에 관한 책을 봐서 안금을 만들어 보지 못하고, 칼을 갈아서 바늘을 만들지 못한 내 생애? 시골 촌 접장을 불러 물으면 '서검공허 40년書劍空虛四十年' 운운하고 풍자를 할지도 모르는 것입니다.

그래서 이 가을에도 저녁으로 책사冊肆에 돌아다니면서 묵은 책을 뒤져 보고 했으나 언지(언제지) 그 Y교수의 애교도 없는 큰 얼굴이 앞을 가려서 종시 책도 보지 못하고, 다듬이 소리만 요란한 동리 어구를 돌아오면 진주들은 먼 바다 속에서 꿈을 꾸는지 별들이 내 머리 위에서 그것을 지킬 때 나는 침실로 들어가기로 하는 것입니다.

그래서 그 별들을 쳐다보고서 잠이 들면 나는 꿈을 보는 것입니다. 내가 아주 어렸을 때 그것은 어느 해 가을이었나이다. 그해 가을 우리 동리에는 무슨 큰 변이 났다고 해서 모두들 산중으로 자기 집 선영先塋이 있는 곳이나 또는 농장農庄이 있는 곳으로 피난을 가는 것이었고, 그 때 나도 업혀서 피난을 갔었는데 그것이 아마 지금 생각하면 평생에 처음되는 여행이었습니다. 그러나 그것이 피난가는 길이었던 만큼 포스럽지는 못하였고 나의 기억에 어렴풋이 남아 있는 것이라야 우리가 간 그 집 뒤에 감나무가 있어서 감이 조롱조롱 열리고 첫서리를 기다리느라고 탐스럽게 붉었던 것입니다. 누구나 다 시골에 있어 본 사람이면 한 번씩은 경험한 일이리다마는 요즘 서리가 오려고 하면 처마끝으로 왕벌들이 날아들지 않습니까? 그러나 그 벌들 중에도 어떤 놈은 높다랗게 날아와서는 감나무 제일 높은 가지 끝에 병든 잎사귀를 그 예리한 바늘 끝으로 꼭꼭 찔러 보고는 멀리 금선金線을 죽 그으며 날아가는 것입니다.

그 때 나는 그 벌을 잡아 달라고 나를 업고 다니던 돌이를 조르고 악을 악을 쓰고 울기만 하면 그래도 악이 풀리고 속이 시원하여졌으며 어른들이 나를 달래려고 온갖 유밀과油蜜果가 나의 미끼로 나왔겠지마는, 지금이야 울 수도 없고 악을 쓸 곳도 없고 하니 그저 꿈속에나 쏘로우의 삼림 속을 헤매는 것이었나이다.

그러던 것이 일전 내가 집을 얻은 곳은 산 위의 조그마한, 잘 말하면 양관洋館이 온통 소나무 숲 속에 싸여 있는 곳입니다. 집을 찾아오던 그 날 석양에 어디서 날아온 놈인지 굵다란 왕벌이란 놈이 어디서 날아왔는지 윙 소리를 내면서 처마 끝에 왔다가는 바로 정문 앞에 앉아 있는 활엽수를 한 번 돌아서 잎사귀 하나를 애처롭게 건드려 놓고는 기다란 줄을 그리며 날아가는 것이었습니다. 그래서 나는 다소 과분한 집인 것을 알면서도 그 집에 있기로 하였습니다. 그래 들어 놓고 보니 전후좌우가 모두 삼림이고 고요하기 짝이 없으며, 바람이 불어 솔 소리 파도가 이는 듯하고 그러면 집안은 더욱 고요해지는 것입니다. 그나마 바람 뿐이오리까?

지난 밤에사 말고 비가 오는 것이고 빗소리 솔잎 사이를 새서 듣는 것이란 무슨 바늘과 같이 마음 속을 기어드는 것이었나이다. 괴테가 말한 산상의 정적靜寂이란 이런 것이 아닐지도 모르는 것이지요. 베개 속을 들어가면 어느덧 바람이 비조차 몰고 가고 적은 시냇물이 흐르는 소리가 들리고, 벌레들이 제각기 딴 해음諧音으로 읊조리면 벌써 밤도 무던히 깊었는가 봐. 멀리서 달려가며 나던 포—키 차의 궤도를 가는 소음도 다 끊어지고 얼마 되지 않아서 다시 아침이 오고 나는 거리로 나오기를 마치 먼 길을 떠나듯 합니다. 그리고 해가 져서 다시 집으로 돌아오면 행길에서 내 집이 8백 미터의 거리밖에는 되지 않고 걸어 15분에 닿을 수 있다 셈쳐도 그 동안이 그다지 가까운 것도 아니고 까마득한 것만은 그래도 나에게는 그것이 멀다고는 생각지 않습니다. 물론 다 같은 동안이라도 활엽수가 울창할 때는 그 곳이 가깝다가도 낙엽이 떨어지고 앙상한 가지만 남았을 때는 훨씬 더 멀어지는 것이 보통이고 서운한 마음도 생기련만, 항상 푸를 수 있는 소나무가 빽빽이 둘러선 내 집은 정말 그렇지 않다손 치더라도 별달리 나에게 가까운 것이 한 개의 방편도 되옵니다. 그야 만산홍엽滿山紅葉이 잦아지는 것도 곱기야 하다한들 어느 때나 푸를 수만 있는 소나무의 고집쟁이를 흉볼 리는 없으리라. 오렌지와 같은 열매가 없다는 게나 야래향夜來香 같은 꽃이 없다고 해도 기쁨도 맛볼 때가 있을지 모릅니다.

　이런 생각을 되풀이하며 걷는 15분 동안에 내 손 한 쪽은 포켓 속에서 쇳대를 만지작거려 봅니다. 이놈만 있으면 나는 무슨 큰 비밀을 찾아 낼 듯한 믿음이 있는 까닭이었나이다. 그러나 지금은 나는 그 쇳대를 내 집에 있는 동무에게 맡겼나이다. 그것은 내 지금에 별다른 믿음을 갖지 못한다 해도 소나무가 우거진 그 속에서 가을 기운을 마셔 보고 머리 속을 서늘케만 하면 내 염원을 다 채워 줄 수가 있는 까닭입니다. 행여 어느 밤에 이 삼림의 요정들이 찾아와서 나에게 놀기를 청하면 나는 즐겨서 그들에게 얘기를 할 것이고, 그들은 내 얘기를 슬픈 꿈같이 듣고는 새벽이 되면 별과 함께 하나씩 하나씩 사라질 것입니다.

　그리하는 동안에 사실은 나의 꿈도 깨어지고 내 사랑하는 푸른 지평선도 잃어지는 것입니다. 나의 잃어진 지평선이란 게야 무엇 쌍글리라와 같은 허망한 것은 아닙니다.

　그것은 바로 금년 봄 일입니다. 내가 남방의 어느 화전민 부락을 찾아갔던 것입니다. 해발 3천 피이트, 태양과 매우 가까운 곳이었나이다. 돌과 돌이 쌓여 오르고 바위와 바위가 거듭 놓여 칡과 등藤이 겨우 얽어매놓은 그 위에 이 재에도 한 집, 저 등에도 한 집 건너다 보고 부르던 대답할 곳을 찾아가려면 그 긴 골짜구니를 내려가서 다시 10리나 올라가는 길! 그 곳에서 차조·메조를 짓고 감자를 심고, 묏돌과 싸워 가며 살아가는 생명이 바람 속에 흔들리는 등불과 같던 것을 나는 다시 회억回憶해 보는 것입니다.

　지구가 생겨서 몇 억만 년 사이 모진 풍상에 겨우 풍화 작용으로 모래가 되고 그 위에 푸른 매태와 이끼가 덮인 이 척토瘠土에 '생명의 기원'의 원형原型 같은 그 곳의 노주민老住民들과 한데 살면서 태양과 친히 회화를 하는 것으로 심심풀이를 하고 살아가며 온갖 고독이나 비애를 맛볼지라도, '시 한 편'만 부끄럽지 않게 쓰면 될 것을 그래 이것이 무어겠소. 날에 날마다 거리를 나가는 내 눈동자는 사람들의 얼굴을 향하여 고양이 눈깔처럼 하루에 몇 번씩 변해지는 것이오. 아무리 거슬리는 꼴을 보아도 얼굴에 드러내지 않는다는 것이 군자의 도량이라고 해서 사랑하는 것은 아니오. 그 군자란 말 속에 얼마나한 무책임과 무관심이 반죽이 되어 있는 것을 알고는 있는 것이오.

그러나 시인의 감정이란 얼마나 빠르고 복잡하다는 것을 세상치들이 모르는 것뿐이오. 내가 들개에게 길을 비켜 줄 수 있는 겸양을 보는 사람이 없다고 해도 정면으로 달려드는 표범을 겁내서는 한 발자국이라도 물러서지 않으려는 내 길을 사랑할 뿐이오. 그렇소이다. 내 길을 사랑하는 마음, 그것은 나 자신에 희생을 요구하는 노력이오. 이래서 나는 내 기백氣魄을 키우고 길러서 금강심金剛心에서 나오는 내 시를 쓸지언정 유언은 쓰지 않겠소. 그래서 쓰지 못하면 죽어 화석이 되어 내가 묻힌 척토瘠土를 향기롭게 못한다곤들 누가 말하리오. 무릇 유언이라는 것을 쓴다는 것은 80을 살고도 가을을 경험하지 못한 속배俗輩들이 하는 일이오. 그래서 나는 이 가을에도 아예 유언을 쓰려고는 하지 않소. 다만 나에게는 행동의 연속만이 있을 따름이오. 행동은 말이 아니고, 나에게는 시를 생각한다는 것도 행동이 되는 까닭이오. 그런데 이 행동이란 것이 있기 위해서는 나에게 무한히 너른 공간이 필요로 되어야 하련마는 숫벼룩이 꿇어앉을 만한 땅도 가지지 못한 나라 그런 화려한 팔자를 가지지 못한 덕에 나는 방안에서 혼자 곰처럼 뒹굴어 보는 것이오. 이래서 내 가을은 다 지나가고 뒤뜰에 황화黃花 한 포기가 피어 있으니 어느 동무가 술 한 병 들고 오면 그 꽃을 따서 저 술 한 잔에도 흩어 주고 나도 한잔 마셔 보겠소.

—《조선일보》(1938. 12. 24~28).

횡액

약속하지마는 불유쾌한 결과가 누구나 그 신변에 일어났을 때에 사람들은 이것을 횡액橫厄이라고 하여 될 수만 있으면 이것을 피하려고 무진 애를 쓰는 것이 보통이지마는, 어떤 의미에서는 인간이란 한 사람도 예외 없이 이러한 횡액의 연속연連續緣을 저도 모르게 방황하는 것이 사실은 한평생의 역사일는지도 모른다.

그래서 어떤 사람은 사랑하는 사람과 함께 배를 타다가 물에 빠져서 죽었는가 하면, 소나기를 피하여 빈 집을 찾아들었다가 압사를 한 걸인도 있었다. 그러는 동안에 이 축들은 대개 사람들의 기억에서 희미해지는 것이며, 심하면 제 집 사람에게까지 대수롭지 않게 어겨질 때엔 무슨 수를 꾸며서라도 그 주위의 사람들의 기억 속에 자기 존재를 살리려는 노력이 시작된다.

그러나 이러한 노력도 꼭 알맞은 정도의 결과를 가져온다면 여러 말할 배 아니로되, 때로는 그 효과가 너무 미약하여 이렇다 할 만큼 나타나지 않을 때도 있고, 어떤 땐 너무나 중대한 결과가 실로 횡액이 되고 말 때가 많다.

그런데 여기서 가장 간편한 효용을 생각해 낸 것이 연전年前에 작고한 중국 문호 노신魯迅이었다. 그가 이 세상을 떠나던 전전해 여름에 쓴 수

필집에서 〈병후 일기病後日記〉 같은 말이 씌어 있다.

　—(약略) 나는 지금 국가나 사회로부터 그다지 중요하게 보여지지 않는
모양이다. 그뿐만 아니라, 친척·지구知舊들까지도 차츰차츰 사이가 멀어
져 가는 모양이었다. —(약略)—그러나 요즘 나는 병으로 해서 이 사람들
의 주의를 갑자기 끌게 되었다. 이렇게 생각하면 병이란 것도 그다지 나
쁜 것만은 아닌 듯도 하다. 그러나 기왕 병을 앓는다 하면 중병이나 급병
은 대번에 생명에 관계가 되니 재미가 적어도 다병多病이란 것은 세상의
모든 귀골들이 하는 것이니, 나 자신도 매우 포스라운 사람들 틈에 끼일
수가 있게 되나 보다. —(약略)

　이러한 노신 씨의 말을 따른다면 병도 때로는 그 효용이 적지 않은
모양이나, 나라는 사람은 실로 천대받을 만큼 건강한 몸이라 365일에
한 번도 누워 본 기록이 없으니 이러한 행복조차도 누릴 길이 없었다.
그러나 여기 하늘이 돌봄이었는지, 나는 마침내 뜻하지 않은 횡액에 걸
려들었다. 어느 날 아침 전차를 타고 종로로 들어오는 길에 황금정黃金
町에서 동대문에 다다르자, 우리가 탄 전차보다 앞의 전차가 아직 떠나
지 않고 있으므로 우리가 탄 전차도 속력을 줄이고 정거를 하려던 것
이, 앞의 차의 출발과 함께 새로운 속력으로 급한 커어브를 도는 바람
에 차 안의 사람들은 모두 일시 안정되었던 자세를 가눌 여지도 없이
몸을 흔들고 넘어가는 것이었고, 나는 아차 할 사이에 넘어지며 머리가
유리창에 닿으려는 순간, 오른손으로 막은 것만은 문자 그대로 민완敏
腕이었으나, 그 다음 내 팔목에는 전치 2주일의 열상을 내었고, 유리창
은 산산이 깨뜨려졌다.
　내 지금도 그 사람의 직함을 알 바 없으나, 차장 감독이라고 부를 듯
한 장신 거구의 40쯤 되어 보이는 헬멧을 쓴 사람이 나에게 와서 친절

정녕叮嚀히 미안케 되었다는 인사말을 하고 운전수와 차장의 번호를 적은 뒤에 먼저 사고의 전말顚末을 보고한 다음, 나를 의무실이라는 데로 인도하는 것이었다. 내 마음으로는 종로로 빨리 와서 친한 의원을 찾아 신세를 질까 하였으나, 이 사람의 친절을 무시하기도 거북해서 따라가는 것이었지마는, 사람들이 오해를 하려면 혹 전차표라도 속이려다가 감독에게 발로라도 되어 붙잡혀 가는 것이나 아닌가고 하면 사태는 자못 난처한 것이었다.

그래 우선 의무실이란 곳을 들어서니 간호양이 황망히 피투성이가 된 내 손을 옥시플로 깨끗이 닦은 뒤에 닥터 씨가 매우 냉정한 태도로 핀셋을 잡고 나타났다. 그리고는 가위 소리와 내 살이 베어지는 싸각싸각하는 소리가 위품 좋게 돌아가는 전선 소리와 함께 분명히 내 귀에 들려왔다.

붕대를 하얗게 감았을 때, 비로소 너무도 조잡한 의무실이구나 하고 생각하며 나오려 할 때, 직업과 성명을 묻기에 그것은 알아 무엇하느냐고 했더니 규칙이라기에 써 주고 말았다.

그래도 또 전차를 타야 했다. 전차 속은 여전히 덥고 복잡하건마는, 싸각싸각하는 살 베어지는 소리는 좀처럼 귓가에서 사라지지 않았다. 바로 올해 봄이었다. K란 동무가 맹장염으로 수술을 했다기에 문병을 갔더니, 제 귀로 제 창자를 싸각싸각 끊는 소리를 들었다고 신기해서 이야기하던 생각을 하고 자위를 해 보아도 기분이 그다지 명랑해지지 않기에 다시 붕대를 감은 내 팔목을 들여다보고 아픈 정도를 헤아려 보아도 중병도, 급병도, 다병多病도 될 수는 없었다.

그래서 R이란 동무와 한강 쪽에 나가서 배라도 타고 화풀이를 할까 하고 가던 도중, R군의 말이 "자네 팔목은 수술을 했으니 낫겠지마는 양복 소매는 어쩔 텐가"하기에 벗어 보았더니, 연전年前보다 배액倍額이나 들여 만든 새 옷이 영원히 고치지 못할 흠집을 내고 말았다. 세상에

전화위복轉禍爲福하는 사람도 있다고 하건마는, 나의 횡액은 무엇으로
보충할 수 있는가? 이것을 적어 D형의 우의에 갚을밖에 없는가 한다.
　(기묘己卯 7월 27일)

—《문장文章》(1939. 10).

청란몽

거리에 마로니에가 활짝 피기는 아직도 한참 있어야 할 것 같다. 저 구름 사이로 기다란 한 줄 빛깔이 흘러 내려온 것은 마치 바이얼린의 한 줄같이 부드럽고도 날카롭게 내 심금의 어느 한 줄에라도 닿기만 하면 그만 곧 신묘한 멜로디가 흘러 나올 것만 같다.

정녕 봄이 온 것이다. 이 가벼운 게으름을 어째서 꼭 이겨야만 될 턱이 있느냐.

대웅성좌大熊星座가 보이는 내 침대는 바다 속보다도 고요할 수 있는 것이 남 모르는 자랑이었다. 나는 여기서부터 표류기漂流記를 쓸 수도 있는 것이다. 날씬한 놈, 몽탕한 놈, 뛰는 놈, 나는 놈, 기는 놈, 달리는 놈, 수없이 많은 어족魚族들의 세상을 찾았는가 하면, 어느때는 불에 타는 열사熱砂의 나라 철수화鐵樹化나 선인장들이 가시성城같이 무성한 위에 황금 사복같이 젖혀 붙인 작은 꽃들, 그것은 죽음에의 유혹같이 사람의 영혼을 할퀴곤 하였다.

소낙비가 지나가고 무지개가 서는 곳엔 맑은 시냇물이 흘렀다. 계류溪流를 따라 올라가면 자운영 꽃이 들로 하나 다복이 핀 두렁길로 하늘에 닿을 듯한 전나무 숲 사이로 들어가면 살짐맥이들은 잇풀을 뜯어 먹다간 벗말을 불러 소리치곤 뛰어가는 곳, 하이얀 목책이 죽 들린 너머로 수정궁같이 깨끗한 집들이 즐비한 곳에 화강암으로 깎아 박은 돌 계단이 기다랗게 하양夏陽의 열한 햇살을 받아 진주가루라도 휘뿌리듯 눈이 부시다.

　마치 어느 나라의 왕궁인 듯 호화스럽다. 그렇다면 왕은 수렵이라도 가고 궁전만은 비어 있는 것일까 하고 돌축을 하나하나 밟아 가면 또다시 기다란 줄 행랑이 있는 것이고 그것을 오른편으로 돌아들어 왼편으로 보이는 별실은 서재인 듯 조용한 목에 뜰 앞에는 조롱鳥籠들 속에서 빛깔 다른 새들이 시스마금 낯설은 손님을 맞아 알은 체하고 재재거리고, 그 아래로 화단에는 저마다 다른 제 고향의 향기를 뽑아 멀리서 온 '에뜨랑제'는 취하면 흔흔하게 잠이 들 수도 있는 것이다.

　가벼운 바람과 함께 앞 창이 슬적이 열리고는 공주보다 교만해 보이는 젊은 여자 손에는 새파란 줄기에 양호필羊毫筆같이 하얀 봉오리가 달린 난화蘭花를 한 다발 안고 와서는 뒤를 돌아보며 시비侍婢를 물리치곤 내 책상 위에 은으로 만든 화병에다 한 대를 골라 꽂아 두곤 무슨 말을 할 듯 할 듯 하다가는 그만 부끄러운 듯이 아무런 말도 하지 못하고 조심조심 물러가고 만 것이었다.

　달빛이 창백하게 흐르면 유리창을 넘어서 내 방안을 채워 주었다. 병든 마음이었고 피곤한 몸이었다. 십년이나 되는 긴 세월을 나는 모든 것을 나 혼자 병들어 본다. 병도 나에게는 한 개의 향락일 수도 있는 때문이었다. 아무도 없는 무덤 같은 방안에서 혼자서 꿈을 꿀 수가 있지 않는가. 잠이 깨면 또 달이 밝지 않는가. 그 꿈만은 아니었다. 그 여자가 화병에 꽂아 주고 간 난꽃이 그냥 남아 있는 것이 아닌가. 그 복욱馥郁하고 청렬한 향기가 몇 천만 개의 단어보다도 더 힘차게 더 따사롭게 내 영혼에 속삭이는 말 아닌 말이 보다 더 큰, 더 행복된 위안이 어디 있으므로 이것을 꿈이라 헛되다고 누가 말하리요. 진정 헛된 꿈이라고 말하면 꿈 그대로 살아 보는 것도 또한 쾌快하지 않은가.

　나는 때로 거리를 걸어 보기도 하나 그 꿈 속에 걸어 본 거리와 그 여자의 모습은 영영 볼 수는 없는 것이었다. 때로 화창花廠을 들러도 보고 난꽃을 찾아도 보았으나 내 머리 속에 태워 버린 그것처럼 사라질 줄 모르는 향기는 찾아 볼 수 없었다. 꿈은 유쾌한 것, 영원한 것이기도 하다.

—《문장》 9월호 (1940).

은하수

지나간 일을 낱낱이 생각하면 오늘 하루는 몰라도 내일부터는 내남 할 것 없이 살아갈 수가 없을 것이다. 왜 그러냐하면 다가올 날보다는 누구나 지나간 날에 자랑이 더 많았던 까닭이다. 그것도 물질로는 바꾸지 못할 깨끗한 자랑이었다면 그럴수록 오늘의 악착한 잡념이 머릿속에 떠돌 때마다 저도 모르게 슬퍼지는 수도 있는 것이다.

가령 말하자면 내 나이가 칠팔세쯤 되었을 때 여름이 되면 낮으로 어느 날이나 오전午前 열시쯤이나 열 한시 경엔 집안 소년들과 함께 모여서 글을 짓는 것이 일과였다. 물론 글을 짓는다해도 그것이 제법 경국문학經國文學도 아니고 오언고풍五言古風이나 줌도듬을 해보는 것이었지마는 그래도 그때는 그것만 잘하면 하는 생각에 당당히 열심을 가졌던 모양이었다.

그래서 글을 지으면 오후 세시쯤이 되어서 어른들이 모여 노시는 정자나무 밑이나 공청公廳에 가서 골이고 거기서 장원을 얻어 하면 요즘 시 한편이나 소설 한편을 써서 발표한 뒤에 비평가의 월평 등류에서 이러니 저러니하는 것과는 달라서 그곳에서 좌상座上에 모인 분들이 불언중不言中 모두 비평위원들이 되는 것이고 글을 등분等分을 따라서 좋은 것은 상지상上之上 그만 못한 것은 상지중上之中 또 그만 못한 것은 상지하上之下로 급수를 매기는 것인데 거기 특출한 것이 있으면 가상지상加上之上이란 급이 있고 거기도 벌써 철이 난 사람들이 칠언대고풍七言大古風을 지어 골이는데 점수를 그다지 후하게 주는 것이었다.

그런데 문제는 항상 가상지상이란 것이었다. 이 등급을 얻어 한 사람은 장원壯元을 했는 만큼 장원례壯元禮를 한턱내는 것이었다.

장원례란 것은 내는 방법이 여러 가지인데 사람에 따라서는 술 한동이에 북어 한떼도 좋고 참외 한접에 담배 한발쯤을 사오면 담배는 어른들이 갈라 피우고 참외는 아이들의 차지였다. 그뿐만 아니라 장원을 하면 백지 한권(이십매)의 상품을 받는 수도 있었다. 그것은 유명 선조의 유산의 일부를 장학기금으로 한 자원이 있는 것이었다. 이것이 우리네가 받은 학교교육 이전의 조선의 교육사의 일부이었기도 했다.

그러나 한여름동안 글을 짓는데도 오언, 칠언을 짓고 그것이 능하면 제법 운韻을 달아서 과문科文을 짓고 그 지경이 넘으면 논문을 짓고 하는데 이 여름 한철 동안은 경서는 읽지 않고 주장 외집外集을 보는 것이다. 그 중에도 《고문진보古文眞寶》나 《팔대가八大家》를 읽는 사람도 있고 《동인東人》이나 《사초詞抄》를 외이기도 했다. 그런데 글을 짓고 골이고 장원례를 내고 하면 강가에 가서 목욕을 하고 석양에는 말을 타고 달리고 해서 요즘 같이 '스포츠'란 이름이 없을 뿐이었지 체육에도 절대로 등한히 한 것은 아니었다. 그리고 저녁 먹은 뒤에는 거리로 다니며 고시古詩같은 것을 고성낭독高聲朗讀을 해도 풍속에 괴이할 바 없었다. 그뿐만 아니라 명랑한 목소리로 잘만 외이면 큰사랑 마루에서 손들과 바둑이나 두시던 할아버지께선 "저놈은 맹랑한 놈이야"하시면서 좋아하시는 눈치였다.

그리고 밤이 이슥하고 깨끗이 개인 날이면 할아버지께서는 우리들을 불러 앉히고 별들의 이름을 가르쳐주시는 것이었다. 저 별은 문창성文昌星이고 저 별은 남극노인성南極老人星이고 또 저 별은 삼태성三台星이고 이렇게 가르치시는데 삼태성이 우리 화단花壇의 동편옥매화東便玉梅花 나무 위에 비칠 때는 여름밤이 뜻이 없어 첫닭이 울고 별의 전설에 대한 강의도 끝이나는 것이었다.

그런데 한계 없이 넓은 창공에 어느 별이 어떻다해도 처음에는 어느 별이 무슨 별인지 짐작할 수 없기에 항상 은하수를 중심으로 이편의 몇째 별은 무슨 별이고 저 편의 몇째 별은 무슨 별이란 말씀을 하셨다. 그런데 그때도 신기하게 들은 것은 남강으로 가로질러 있는 은하수가 유월 유두절流頭節을 지나면 차츰 차츰 머리를 돌려서 팔월 추석을 지나고 나면 완전히 동서로 위치를 바꾸는 것이었다.

이때가 되면 어느 사이에 들에는 오곡이 익고 동리집 지붕마다, 고지박이 드렁드렁 굵어가는 사이로 늦게 핀 박꽃이 한결 더 희게 보이는 것이었다. 그러면 우리들은 오언고풍五言古風을 짓던 것을 파접을 한다고 온 동리가 모여서 잔치를 하며 야단법석을 하는 것이었다. 그래서 칠월칠석에는 견우성과 직녀성이 일년에 한 번 만나는 날인데 은하수가 가로 막혀서 만날 수가 없기에 옥황상제가 인간 세상에 있는 까마귀와 까치를 불러서 다리를 놓게 하는 것이며, 그래서 만나는 견우직녀는 서로 붙잡고 가진 소회를 다하기도 전에 첫닭소리를 들으면 울고 잡은 소매를 놓고 갈라서야만 한다는 것. 까마귀와 까치들은 다리를 놓기 위하여 돌을 이고 은하수를 올라갔기에 칠석을 지나고 나면 모두 머리가 빨갛게 벗어진다는 것. 이러한 얘기를 듣는 것은 잊혀지지 않는 재미였었다. 그래서 나는 어린 마음에도 지상에는 낙동강이 제일 좋은 강이었고 창공에는 아름다운 은하수가 있거니 하면 형상할 수 없는 한 개의 자랑을 느끼곤 했다.

그러나 숲 사이로 무수한 유성같이 흘러 다니던 그 고운 반딧불이 차츰 없어질 때에 가을 벌레의 찬소리가 뜰로 하나 가득 차고 우리의 일과日課도 달라지는 것이었다. 여태까지 읽던 외집外集을 덮어 치우고 등

잔불 밑에서 또다시 경서를 읽기 시작하는 것이었고, 그 경서는 읽는 대로 연송連誦을 해야만 시월 중순부터 매월 초하루 보름으로 있는 강講을 낙제치 않는 것이었다. 그런데 이 강講이란 것도 벌써 경서를 읽는 처지면 중용中庸이나 대학大學이면 단권책單卷册이니까 그다지 힘들지 않으나마 논어論語나 자子나 시전詩傳 서전書傳을 읽는 선비라면 어느 권卷에 무슨 장章이 날는지 모르니까, 전질을 다 외우지 않으면 안되므로 여간 힘드는 일이 아니었다. 그래서 십여 세 남짓 했을 때 이런 고역苦役을 하느라고 장장추야長長秋夜에 책과 씨름을 하고 밤이 한 시나 넘게 되어 영창을 열고 보면 하늘에는 무서리가 나리고 삼태성이 은하수를 막 건너선 때 먼데 닭 우는 소리가 어즈러히 들리곤 했다. 이렇게 나의 소년 시절에 정 들인 그 은하수였건마는 오늘날 내 슬픔만이 헛되이 장성長成하는 동안에 나는 그만 그 사랑하는 나의 은하수를 잃어 버렸다. 딴이야 내 잃어버린 게 어찌 은하수뿐이리요. 동패어초東敗於楚하고 서패어재西敗於薺하고서상지어주칠백리西喪地於奏七百里를 할 처지는 본래에 아이었던 것을 오히려 다행이라고나 할까? 그러나 영원한 내 마음의 녹야綠野! 이것만은 어데로 찾을 수가 없는 것 같고 누구에게도 말할 곳조차 없다. 그래서 요즘은 때때로 고요해 잠 못 이루는 밤 호올로 허튼 성접城堞 위를 걸으면서 맑게 개인 날이면 혹 은히수를 쳐다 보기도 하고 그 은하수를 중심으로 한 성좌의 명칭이라든지 그 별 한 개 한 개에 대한 전설들을 동년童年의 기억을 더듬어 가며, 지나간 날을 회상해보나 그다지 선명치는 못한 것이며 오늘날 내 자신 아무런 성취한 바 없으나 옛날 어른들의 너무나 엄한 교육방법에도 천문에 대한 초보의 기초지식이라든지 그나마 별의 전설같은 것으로서 정서방면情緒方面을 매우 소중히 여기신 것을 생각하면 나의 동년童年은 너무나 행복스러웠던 만큼 지금의 나의 은하수는 왕발王勃의 슬왕각시滕王閣詩의 일연一聯인 '특환성이도기추特換星移度幾秋' 오하는 명문名文으로도 넉넉히는 해설되지 않

는 이유가 있는 것이다. 누가 있어 나를 고이하다 하리요. (료7)

—《농업조선農業朝鮮》(1940. 10).

나의 대용품 현주·냉광

대용품을 얘기하기보다는 우선 적용품適用品의 내력을 말해 보겠소. 장신구로 말하면 양복이나 오우버가 모두 연전年前에 장만한 것이 되어서 속俗 소위 '스무'란 한 올도 섞이지 않았소.

그런데 첫여름에 교피鮫皮 구두를 한 켤레 신어 본 일이 있었는데, 그 덕에 여름비가 그다지 많이 왔는가 싶어 그만 벗어 버리고 지금은 없소. 식용품에는 가배珈琲에 다분히 딴놈을 넣는 모양이나 넣을 때 보지 않는 만큼 그냥 마십니다마는 그도 심하면 아침에 삼월三越에 가서 진짜를 한 잔 합니다. 버터는 요즘 대개는 고놈 '헷드'니 '라아드'니 하는 것을 주는데 아무런 고소한 맛이 없더군요. 그래서 잼이나 마마레드는 먹고 그놈은 그냥 버려 둡니다.

그런데 대용품이라면 요즘은 모두 시국과 불가분의 관계로 생각하는 모양인데, 사실은 옛날부터 이 대용품이 있었습니다. 《사례편람四禮便覽》에 보면 대부大夫의 제祭에는 오탕五湯을 쓰는 법이었는데, 그 오탕 중에는 생치탕生雉湯이 한몫 끼이는 법이나, 제사가 여름이면 생치탕이 없으므로 계탕鷄湯을 대용하는 것이며, 술도 옛날에 자가용自家用을 빚을 수 있을 때는 맨 처음 노란 청주淸酒를 떠서 제주祭酒를 봉하고 난 뒤에

손을 대접하곤 했으나, 자가용 주酒가 없어진 뒤는 술을 사온 것은 부
정不精하다고 예설禮設에 있는 대로 냉수를 청주 대신 '현주玄酒'라고 쓰
는 법이 있었는데, 이것은 신을 속이기 쉽다는 것보다 그들의 신에 대
한 관념이 '양양히 그위에 계신 듯' 하다는 말로 보면, 나도 술 대신 현
주를 마시고 혼연히 취한 듯하다고 생각해 볼까 하오.

그리고 옛날 어떤 선비는 청빈한 집이라 등잔을 켤 형세가 못 돼서
여름이면 반딧불을 잡아서 글을 읽었고, 때로는 달빛을 따라 지붕 위에
서 글을 읽은 이도 있었다 하니, 이도 말하자면 대용품인 것은 틀림없
으나 그럴 듯 풍류風流이기도 하지 않소. 요즘은 과학자들이 이 반딧불
과 월광을 화열火熱·전열電熱 등 모든 열광의 대용품으로 자자孜孜히들
연구하는 모양인데, 이러한 냉광冷光이 비록 완성되지 않는다 하더라도
나는 벌써부터 애용하고 있는 터이오. 지금도 나는 휘황찬란한 전열 밑
에서보다는 무엇을 사색할 필요가 있을 때는 월광月光을 따라 성 밑이
나 산마루턱을 혼자 거닐기도 하오. 그것도 한겨울 눈이 하얗게 쌓인
위를 밤 깊이 걸어다니면 그야말로 냉광은 질식된 내 영혼을 불어 살리
는 때가 있는 것이오.

—《여성女性》(1940. 12).

연인기

옛날 글에 '인자仁者는 요산樂山하고 지자智者는 요수樂水' 라 하였으나, 내 일찍이 인자도 못 되고 지자도 못 되었으니 어찌 산수를 즐길 수 있는 풍격을 갖추었으리요만, 무릇 사람이란 제각기 분수에 따라 기호나 애완愛玩하는 바 다르니 나 또한 어찌 애완하는 바 없으리요. 그러나 연기年紀 장자丈者에 이르지 못하고 덕이 고인古人에 미치지 못함에 항상 신변쇄사身邊鎖事를 들어 사람에게 말하길 삼갔더니, 이에 외람되게 내가 인印을 사랑하는 이유를 말하면 거기엔 남과 다른 한 가지 곡절이 있는 것이다.

그것은 인印이라고 해도 요즘 사람들이 관청이니 회사엘 다닐 때 아침 시간을 맞춰서 현관에 썩 들어서면 수위장 앞에서 꼭 찍고 들어가는 목각 도장이나, 그렇지 않고 그보다는 한길 행세깨나 한다는 친구들이 약속 수형約束手形에나 소절수小切手쯤에 찍어 내는 상아나 수정에 새긴 도장도 아니다. 그렇다고 해서 옛날 사람들같이 제법 수령방백守令方伯을 다녀서 통인 놈을 데리고 다니던 인궤印櫃 쪽이 나에게 있을 리도 만무한 것이라 적지 않게 고이하기도 하나, 그보다도 이놈 인印이란데 대한 풍속 습관도 또한 여러 가지가 있었으니 우선 먼데 사람들을 쳐 보면 서양 사람들은 사인이란 것이 진작부터 유행이 되었는 모양인데, 그

"

것이 심하게 발달된 결과는 소위 사인 마니어가 생겨서 유수한 음악가·무용가·배우·운동 선수까지도 거리에 나서면 완전히 한 개 우상이 되는 것이지마는, 내가 말하려는 본의가 처음부터 그런 난폭한 아희兒戲가 아니라 그렇다고 중국 사람들처럼 국제간에 조약을 맺고 '첨자簽字'를 한다는 과도히 정중한 것도 역시 아니다.

일찍이 이 땅에는 '수결手結'이란 형식으로 왼편손에 먹을 묻혀서 찍은 일도 있고, '착함着艦'이라는 그보다는 매우 발전된 양식으로 성자姓字 밑에 자기 이름자를 대개는 어조魚鳥의 모양으로 상형화象形化해서 그리는 법이 있었는데, 이것은 가장 보편적으로 쓰였고 장구하게 쓰였으니 이것보다도 앞에 쓰여지고 또는 문한文翰하는 사람들에게만 쓰여진 것중에 '도서圖書'란 것이 있었으니, 그것은 글씨나 그림이나 쓰고 그리면 그 밑에 아호雅號를 쓰고 찍었고 친우간에 시를 지어 보낼 때도 찍는 것이며 때로는 장서표藏書表로도 찍는 것이었다.

그런데 이 도서는 각수刻手나 도장장이에게 돈을 주고 새기는 게 아니라 시서화詩書畵를 잘 하는 사람들이면 자기 자신이 조각을 한 개의 여기餘技로 하는 것이었으며, 사람에 따라서는 매우 정교한 조탁彫琢을 하는 이도 있었고 또 이런 것이라야 진품이라고 하는 것인데, 그 시대에는 이런 풍습이 유행하기를 마치 구주歐洲의 시인들이 한 가지 여기餘技로써 데상 같은 것을 그리는 거나 다름이 없었다.

그런데 이런 풍습이 성행하게 되면 될 수록 인재印材의 선택이 매우 까다로왔다. 흔히는 박옥璞玉이라는 것이 많이 쓰였으나 상아나 수정도 좋은 것이고 아주 사치를 하려면 비취나 계혈석鷄血石이나 분황석芬皇石 같은 것이 제일 좋은 것인데, 이것들 중에도 분황석은 가장 귀한 것으로 조선에서는 잘 얻지 못하는 것이다.

그런데 우리가 시골 살던 때 우리 집 사랑 문갑 속에는 항상 몇 봉의 인재가 들어 있었다. 그래서 나와 나의 아우 수산水山군과 여천黎泉군은 그것을 제각기 제 호號를 새겨서 제 것을 만들 욕심을 가지고 한 바탕씩 법석을 치면 할아버지께서는 웃으시며 "장래에 어느 놈이나 글 잘하고 서화 잘 하는 놈에게 준다"고 하셔서 놀고 싶은 마음은 불현듯 하면서도 뻔히 아는 글을 한 번 더 읽고 글씨도 써 보곤 했으나, 나와 여천은 글씨를 쓰면 수산을 당치 못했고 인재印材는 장래에 수산에게 돌아갈 것이 뻔한 일이었다. 그래서 나는 글씨 쓰길 단념하고 화가가 되려고 장방에 있는 당화唐畫를 모조리 내놓고 실로 열심히 그림을 배워 본 일도 있었다. 그러나 세월은 12세의 소년으로 하여금 그 인재에 대한 연연한 마음을 팽개치게 하였으니 내가 배우던 중용·대학은 물리니 화학이니 하는 것으로 바뀌고 하는 동안 그야말로 살풍경의 10년이 지나갔었다.

그 때 봄비 잘 오기로 유명한 남경南京의 여관살이란 쓸쓸하기 짝이 없는 것이라, 나는 도서관을 가지 않으면 고책사古冊肆나 골동점에 드나드는 것으로 일을 삼았다. 그래서 그 곳에서 얻은 것이 비취 인장 한 개였다. 그다지 크지도 않았건만 거기다가 모시 7월장毛時七月章 한 편을 새겼으니 상당히 섬세하면서도 자획字劃이 매우 아담스럽고 해서 일견 명장名匠의 수법임을 알 수 있었다. 나는 얼마나 그것이 사랑스럽던지 밤에 잘 때도 그것을 손에 들고 자기도 했고, 그 뒤 어느 지방을 여행할 때도 꼭 그것만은 몸에 지니고 다녔다. 대개는 여행을 다니면 그 때는 간 곳마다 말썽을 부리는 게 세관리稅關吏들인데, 모든 서적과 하다못해 그림 엽서 한 장도 그냥 보지 않는 녀석들이건만 이 나의 귀여운 인장만은 말썽을 부리지 않았다. 그랬기에 나는 내 고향이 그리울 때나 부모 형제를 보고 싶을 때는 이 인장을 들고 보고 7월장을 한 번 외워도 보면 속이 시원하였다. 아마도 그 비취인에는 내 향수와 혈맥이 통해 있으리라.

그 뒤 나는 상해上海를 떠나서 조선으로 돌아오게 되었고, 언제 다시 만날는지도 모르는 길이라 그 곳의 몇몇 문우들과 특별히 친한 관계에 있는 몇 사람이 모여 그야말로 최후의 만찬을 같이 하게 되었는데, 그 중 S에게는 나로부터 무엇이나 기념품을 주고 와야 할 처지였다. 금품을 준다 해도 받지도 않으려니와 진정을 고백하면 그 때 나에게 금품의 여유란 별로 없었고, 꼭 목숨 이외에 사랑하는 물품이라야만 예의에 어그러지지 않을 경우이라, 나는 하는 수 없이 그 귀여운 비취인 한 면에다 '증贈 S, 1933. 9. 10. 육사陸史'라고 새겨서 내 평생에 잊지 못할 하루를 기념하고 이 땅으로 돌아왔다.

　몇 해 전 시골을 가서 어릴 때 문갑 속에 있던 인재를 찾으니 내 사백舍伯께서 하시는 말씀이 "그것은 할아버지께서 일찍이 말씀하시길 너들 중에 누구나 시서화를 잘 하는 놈에게 주라 하셨으나 너들이 모두 유촉遺嘱을 저버렸기에 할 수 없이 장서인藏書印을 새겨서 할아버지가 끼쳐 주신 서적을 정리해 두었다"는 것이다. 그리고 내 아우 수산水山은 그 동안 늘 서도에 게으르지 않아 '도서圖書'를 여러 봉 장만했는데, 그 중에는 자신이 조각한 것도 있고 인면印面도 '산고수장山高水長'이라고 새긴 것과 '오거서일로향五車書一爐香'이라고 새긴 큰 인은 거의 진품에 가까운 것이 있으나, 여천黎泉이 가졌다는 몇 개 안 되는 인은 보잘것없어 때로 내형乃兄의 것을 흠선은 해도 여간해서는 제 소유로 만들 가망은 없는 것이고, 나는 아무것을 흠선도 않으려니와 여간한 도서개圖書個쯤은 사실로 내 눈에 띄지 않는 것이나, 화가 H군이 가지고 있는 계혈석에 반야경般若經을 새긴 것은 여간 탐스러운 바 아니었지마는, H군으로 보면 그것은 세전지보世傳之寶라 나에게 줄 수도 없는 것이고, 나는 상해에서 S에게 주고 온 비취인을 S가 생각날 때마다 생각해 보는 것이다. 지금 S가 어디 있는지 십 년이 가깝도록 소식조차 없건마는, 그래도 S는 그 나의 귀여운 인을 제 몸에 간직하고 천태산天台山 한 모퉁이를 돌아 많은 사람들 틈에 끼어서 강으로 강으로 흘러가고만 있는 것같이 생각된다.

나는 오늘밤도 이불 속에서 모시毛詩 7월장이나 한편 외워 보리라. 나
의 비취인과 S의 무강을 빌면서.

—《조광朝光》(1941. 1).

연륜

　C여! 그대의 글월은 받아 보았다. 그리고 그 말단에 '혼자서 적막하여 못 견딜 지경' 운운한 것도 그것이 어느 의미에서든지 그 의미를 읽을 수가 있었다.

　그러나 C여! '진정한 동무란 모두 고독한 사람들'이란 것을 우리는 알베르 보나아르의 말을 기다릴 것도 없이 몸으로써 겪은 바가 아닌가? "거대한 궁륭穹窿을 세워 올리는 데 두어 개의 기둥이 있으면 족한 것과 같이 우리들이 인간에 대해서 우리들의 생각하는 바를 관철하기 위해서는 두어 사람의 동무가 있으면 충분한 것이다." 그러면서도 괜히 마음의 한 옆이 헛헛하고 더구나 나그네가 되었을 때 한층 더 절절한 바가 있는 것이지마는 이러할 때면 나는 힘써 지나간 일들을 생각키로 하는 것이다. 그대도 아는 바와 같이 내 나이가 열 살쯤 되었을 때는 그 환경이 그대와는 달랐다는 것은 그대는 쓸쓸할 때면 할머니께서 무명을 잣는 물레 마루 끝 장독대를 혼자서 어슬렁어슬렁 돌아다니다가 봉선화 송이를 되는 대로 똑똑 따서는 슬슬 비벼 던지고, 줄 포플라가 선 신작로를 달음질치면 우선 마차가 지나가고, 소 구루마가 지나가고, 기차가 지나가고, 봇짐 장수가 지나가고, 미역 뜯어 가는 할머니가 지나가고, 멸치 덤장이 지나가고, 채전밭가에 널린 그물이 지나가고, 솔밭이 지나가고, 포도밭이 지나가고, 산 모퉁이가 지나가고, 모랫벌이 지나가고, 소금 냄새 나는 바람이 지나가고, 그러면 너는 들숨도 날숨도 막혀서 바닷가에 매여 있는 배에 가 누워서 하늘 위에 유유히 떠 가는 흰구름 쪽을 바라보는 것이 아니었나? 그러다가 팔에 힘이 돌면 목숨 한정껏 배를 저어 거친 물결을 넘어가지 않았나? 그렇지마는 나는 그 풋된 시절을 너와는 아주 다른 세상에서 살고 있었던 것이었다. 마치 지금 생각하면 남양 토인들이 고도의 문명인들과 사귀는 폭도 됨직하리라. 물론 그 때도 나 혼자 지나는 시간이 없는 것은 아니나 그것은 대부분 독서나 습자의 시간이었고, 그 외의 하루의 태반은 어른 밑에서 거처·음식·기거를 해야 하는 것이었다. 그러므로 잠자는 동안을 빼놓고는 거의는 이야기를 듣는 데 허비되었다. 그런데 그 이야기란 것이 채장 없이 긴 것이라 지금쯤 뚜렷한 기억은 남지 않았으나 말씀을 해주신 어른분들의 연세에 따라서는 내용이 모두 다른 것이었다. 대개 예를 들면 노인들은 제례祭禮는 이러이러한 것이라 하셨고, 중년 어른들은 접빈객接賓客하는 절차는 어떻다든지, 또 그보다 매우 젊은 어른들은 청년 예기銳氣로써 나는 어떠한 곤란을 당했을 때 어떻게 처사를 했다든지, 무서운 일을 보고도 눈 한 번 깜짝할 일이 없다거나, 아무리 슬픈 일에도 눈물은 사내 자식이 흘리는 법이 아니라는 등등이었다.

  C여! 나는 그것을 처음 들을 때 그것이 무슨 말인지는 몰랐고 예사 어린 아이들은 누구나 저런 말을 듣는 것인가 보다 하고 들을 뿐이었다. 그러나 그것은 멀지 않아 나 자신이 예외 없이 당해 보는 것이 아니겠나? 그 무서운, 또 맵고 짜고 쓰고 졸도라도 할 수 있는 광경들을!

  그래서 나는 내 아우나 조카들에게라도 될 수 있으면 내가 지나 온 이 얘기는 하지 않기로 하였더란다. 그랬더니만 그것이 버릇이 되어서인지 집안에 들면 말썽이 적어지고, 그렇게 되니 어머니께서도 "왜 어릴 때는 재미있고 그렇던 애가 저다지 말이 없느냐"고 걱정을 하시는 것이며, 나 자신도 다소는 말이 좀 둔해진 편인데, 옛날 성현이 말하기를 '민어행이눌어언敏於行而訥於言' 하라고 하였지마는 지금 나와 같아서는 민어행敏於行도 못 하고 눌어언訥於言만 한댔자 군자가 될 성싶지도 않고, 또 군자를 원치도 않는 만큼 그것은 당분간 걱정이 없으나 결국 내 몸을 둘곳이 어디이랴. 그래서 나는 요즘 '생각한다' 는 데 머물러 보기로 한다. 생각도 그야 여러 가지겠지마는 이것은 나로서 공리적이 아닐 수 없다.

왜 그러냐면 미래라는 것은 주착없이 함부로 생각하면 도대체 말썽이 많은 때문이다. 그러니 잠깐 책장을 덮어 두고 현재를 생각하는 것도 너무 속되다는 것은 원래 연륜이 묵지 않은 것은 신비성이 조금도 없는 까닭이다. 이렇게 되고 보면 만만한 것이 과거過去인데 C여! 나는 또 어째서 그 아픈 상처를 낱낱이 호집어 내지 않으면 안 되겠느냐.

차라리 말썽 없는 산수에 뜻을 붙여 표연히 갔던 길에 뜻밖에도 만고의 명승을 얻은 내력을 들어나 보라. 가을 밤, 가는 빗발이 바늘 끝같이 찬 날씨였다. 열 한시에 서울을 떠나는 동해 북부선을 탄 지 일곱 시간 만에 사냥을 간다는 L과 K를 안변에서 작별하고 K와 H와 나는 T읍에 있는 K의 집으로 가는 것이었다. 연선沿線의 새벽에 눈을 뜨는 호수! 또 호수! 쟁반에 물을 담은 듯한 내해內海에 아침 천렵을 마치고 돌아오는 어범漁帆들, 이것이 모두 지방이 달라지면 풍속도 다르게 시시각각에 형형색색으로 처음 가는 손님을 흘리는 것이 아니겠나? 때로는 산을 돌고 때로는 평원을 지나 솔밭 속을 지나는데 푸른 솔가지 사이로 보이는 양관洋館들이 모모의 별장이라 하고 해수욕장이 있다 하나 너무나 대중 문학적이고 그 곳에서 얼마 안 가면 T읍, K의 집에서 조반을 마치고 난 나는 K의 분에 넘치는 환대를 받아 자동차로 해안선을 십 리 남짓 달렸다. 천연으로 된 방파제를 돌아서 바다 속으로 돌진한 육지의 마지막이 거의는 층암절벽層巖絕壁으로 된 데다가 동편은 석주들이 죽

늘어선 것이 마치 아테네의 폐허를 그 해상에 옮겨 세운 듯하며, 그렇게 생각하면 할수록 서편의 만灣은 이오니아의 바다와 같이 맑고 푸르고 깨끗하고 조용한 것이었다. 그러나 바람이 한 번 불면 파도는 동편 석주를 마주쳐 부서지는 강한 음향과 서편 백사白沙의 만灣을 쓸어 오는 부드럽고 고운 음향들이 산 위의 솔바람과 한데 합치면 그는 내가 이때까지 들은 어떠한 대교향악도 그에 미칠 수는 없는 것이었다. 또다시 눈을 들어 멀리 안계眼界가 자라는 데까지 사방을 살피면 금란도金蘭島니 무슨 도島니 하는 섬들이 저마다 성격을 갖추어 있으면서도 이쪽을 싸주는 풍경이란 그럴 듯한 것이지만 그 많은 물새들의 깃 치는 소리도 때로는 멀리서, 때로는 가까이서, 그러나 끊일 새 없이 들려 오는 것이었다. 그 때 나는 속마음으로 K가 몇 해 전부터 이 고적한 지방에 혼자 와서 살고 있었다는 것은 남이 보기에 외면으로 고적한 것이지 정신상으로는 몇 배나 행복한 것이었을가 하고 생각할 때 해안의 조그만 뒷집에서 연기가 나는 것을 보았다. 그만하면 나에게는 베니스의 궁전에도 비할 수 있는 것이며, 로마의 흥망사라도 그 곳이면 조용히 볼 수가 있겠다고 생각되었다.

　C여! 이 곳이 바로 내가 보고 온 해금강海金剛 총석정叢石亭의 꿈이었지마는 꿈은 꿈으로 두고라도 고적孤寂을 한할 바 무엇이라? 여기에 모든 사람들을 떠날 수가 있다고 하면 나는 그대를 찾아낼 것이고, 그대는 나에게 용기를 주겠지. 그러면 고독은 사랑할 수 있는 것이다.

— 《조광》 (1941. 6).

산사기

　S군! 나는 지금 그대가 일찍이 와서 본 일이 있는 S사寺에 와서 있는 것이다.

　그 때 이 사찰 부근의 지리라든지 경치에 대해서는 그대가 나보다 잘 알고 있으므로 여기에 더 쓰지는 않겠다. 그러나 지금 내가 앉아 있는 이 숙사宿舍는 근년에 새로이 된 건축이라서 아마도 그대가 보지 못한 것이리라. 하지만 그 청렬淸冽한 시냇물을 향해서 사면의 침엽수 해중海中에서 오직 이 집안은 울창한 활엽수가 우거져 있기 때문에 문 앞에 손이 닿을 만한 곳에 꾀꼬리란 놈이 와 앉아서 한시도 쉴새없이 노래를 불러 주는 것이다. 내 본래 저를 해칠 마음이 없는지라, 저도 그런 눈치를 챘는지 아주 안심하고 아랫가지에서 윗가지로, 윗가지서 아랫가지로 오르락내리락 매끄러운 목청이란 귀엽기도 하려니와 그 노란 놈이 꼬리를 까부는 것이 재롱스러워 나에게 날아오라고 손을 내밀면 먼 가지로 날아가고 어디선가 깊은 산골에서 뻐꾹새 소리가 들려 오곤 하는데, 돌 틈을 새어 흘러가는 시냇물이 흰 돌 위에 부서지는 음향이란 또한 정들일 수 있는 풍경의 하나이다.

　S군! 그대와 우리들의 친한 동무들이 이 글을 읽을 때는 아마 나도 이 산사山寺를 떠나서 어느 해변이나 또는 아무도 일찍이 가 본 일이 없는 도서島嶼 속에서 있을지도 모르고, 내가 지금 붓을 들고 앉아 있는 책상

앞에는 도회로부터 새로운 선남선녀(?)들이 모여 앉아 화투를 치거나 마작을 하는 따위의 다른 풍속이 벌어지리라.

그러므로 이런 생각을 하면 모처럼 얻은 오늘의 유쾌한 기억을 더럽힐까 소름이 끼칠 것만 같다.

S군! 그러면 내가 금번 이 곳에 온 이유가 어디 있는가도 생각해 보리라. 그러나 이유란 것이 별로이 없다는 것은 내가 서울을 떠날 때 그대에게 부친 엽서와 같은 것이다. 다시 말하면 여행이란 이유가 필요하다면 그것은 여행이 아니고 사무인 까닭이다. 그러므로 내가 여행을 한다는 것은 여정旅情을 느낄 수 있으면 그만이다. 그래서 날씨가 개이면 개였다고, 흐리면 흐렸다고, 바람이 불면 바람이 분다고, 봄이면 봄이라고, 여름은 여름이라고, 가을은 가을이라고…… 이렇게 나는 여정을 느껴 보고 산으로 가고자 하면 산으로, 바다로 가고자 하면 바다로 가는 것이다. 그도 계획을 한다거나 결의를 한다면 벌써 여정은 사라지고 마는 것이니깐, 한 번 척 느꼈을 때는 출발이다. 누구에게 알려야 한다든지 또 여장을 차려야 한다면 그는 벌써 뜻대로 되지 못하는 것이다.

그러나 나의 경우에 출발시를 앞두고 그대에게 엽서 한 장을 쓴다거나 내 아우에게 전화를 걸어서 "지금 가는데 어디 언제 서울에 온다"고 하면, 그것도 나에겐 일종의 여정이시 결코 의무의 수행은 아니다. 그러므로 내가 속마음으로 어딜 좀 가 보았으면 하는 생각을 했을 때 나는 벌써 여행 중에 있는 것이다.

그런데 짚신도 제 짝이 있는 법이라. 나와 같이 이런 사람도 뜻이 비슷한 사람이 있어 마침 만나게 되자 그 C라는 동무가 바다로 가자는 말을 하였고, 나도 그러자고 의논이 일치하자 간다는 것이 도시로도 미완성이고 항구로도 설익은 곳이라, 먼 데서 오신 손님을 대접하는 데는 아직 몰풍정沒風情하기 짝이 없었다. 그래서 하룻밤을 지나고 표연히 차에 오르니 웬만하면 서울로 바로 가는 것이 보통이겠는데, 여기에 나라는 사람의 서울에 대한 감정이란 또한 남달리 델리킷한 것이 있어, 그다지 수월한 것이 아니란 것은 마치 명가집 자식이 성격에 못 맞는 결혼을 하고 별거를 하다가 부득이한 사정이라도 있어 때때로 본가로 돌아오지 않으면 안 될 그 때의 심경과 방불한 것이다.

그래서 될 수만 있으면 술집에도 들어서 얼근하게 한잔 하고 오듯이, 나 역시 서울이 가까워지면 슬쩍 옆길로 들어서서 한참 동안이라도 딴청을 떼 보는 것인데, 금번 이 산사를 찾아온 것도 그 본의가 명산대천名山大川에 불공을 드리고 타관 객지에서 괄시를 받지 않으련 게 아니라, 한 잔 들고 흥청대 보려는 수작이었는데, 웬걸 와서 보니 동천洞天에 들어서면서부터 낙락장송이 우거진 사이 '오줌' 냄새가 물씬 나는 산협을 물소리 들으며 찾아 들면, 천 년 고찰古刹의 태고연한 가람伽藍이 즐비하고 북소리 둥둥 나면, 가사 입은 늙은 중들은 읍하고 인사하는 풍습도 오랫동안 못보던 거라, 새롭고 정중한 것이었다.

S군! 나라는 사람이 이 순간 이 곳에서 무엇을 느꼈으리라고 그대는 생각하는가? 속담에 절에 오면 중이 되고 싶다는 말이야 있지마는, 설마한들 내가 세상의 모든 사물과 일시에 인연을 끊고 공산 나월空山蘿月에 두견을 벗을 삼아 염불 공부로 일 년을 덧없이 보낼 리야 있으랴마는, 그래도 생각해 볼 것은 인간의 '운명'이라는 것이다. 영원히 남에게 연민은커녕 동정 그것까지도 완전히 거부할 수 있는 비극의 히어로우에 대해서 말이다. 그러므로 사람놈들은 결국 되는대로 살아지는 것이 가장 풍자적이고, 그러므로 최대의 비극은 최대의 풍자와 혈연을 가지는 동시에 아주 허탈한 맛이 있는 것이다.

바로 이 때이다. 나와 동행한 C는 산비탈을 내려오며 목가를 부르는 것이었다.

아마도 티롤 알프스를 오르내리는 양치는 노인을 생각해 낸 모양이었다. 석양도 재를 넘고 시냇물도 찬 기운이 점점 더해 오면 올수록 사하촌下村의 뜻뜻한 산채국이 여간한 유혹이 아닌 것이다. S군! 우리가 평소 도시에 살면 생활의 태반은 관능의 지배를 받는 것이지마는 이런 산간 벽지로 찾아오면 거의는 본능의 지배를 만족히 알면 그만이다.

S군! 이런 말은 이제 새삼스레 늘어놔 보았자 그대가 그다지 흥미를 느낄 것은 아니라 그만두거니와, 내가 여기 와서 진정 생각해 보는 것은 해당화다. 옛날 우리 향장鄕莊에는 화단에 해당화가 많이 심겨 있었는데 내가 어릴 때 그 꽃을 꺾어서 유리병에 꽂아 놓으면 내 어린 아우들이 와서 그것을 제 책상 위에 가져다 놓는 것이고, 나는 다시 내 책상 위로 찾아오면 그것이 그만 싸움이 되고 했는데, 지금쯤 생각하면 어릴 때 일이라 도리어 우습기도 하나, 오늘 이 곳에서 해당화가 만발한 것을 보니 내 동년童年이 무척 그립고저워라.

S군! 그런데 이 곳 사람들을 보아하니 산간 사람이라 어디나 할 것 없이 순박한 맛은 그리 없는 바 아니나, 기왕 해당화를 심으려면 그 맑은 시냇물 가로 심었으면, 나중 피는 놈은 푸른 잎 사이에 타는 듯한 정열을 찍어 붙여서 얕은 그늘 사이로 으수이 조화되는 계절을 자랑도 하려니와 먼저 지는 놈은 흰 돌 위에 부서지는 물결 위에 붉은 조수를 띄워 가면 얼마나 아름다운 풍경이겠나? 하물며 화판花瓣이 산 밖으로 흘러가서 산외山外에 어자漁子가 알고 오면 어썰까 하는 공구恐懼하는 마음이 이 곳 사람들에게도 있을 수 있다면, 아마 나까지 이 글을 써서 산외에 있는 그대에게 알리는 것을 혀의스리 하리라. 그러나 S군! 역시 산맹山氓들이라 밉기도 하려니와 사랑할 수도 있는 사람들이다. 그러면 오늘은 이만 하고 뒷산 숲 사이에 부엉이가 밤을 울어 샐 동안, 나는 이 곳에서 꿈을 맺어 볼까 한다. 그러나 다음 내 글이 그대에게 닿을때는 벌써 나는 다른 산간이나 또는 해상海上에 별과 별 사이의 거리를 헤아려 보면서 지금과는 다른 생각을 하고 있는 줄 알아라.

— 《조광》(1941. 8).

계절의 표정

한여름 내 모든 것이 싫었다. 말하자면 속옷을 갈아입고 넥타이를 반듯하게 잡아 매고 그 위에 양복을 말쑥하게 솔질을 해 입는 것이 귀찮을 뿐 아니라 밥을 먹어야 한다는 것도 기실 큰 짐이었다. 어쩌면 국이 덤덤하고 장맛이 소태같이 쓰고 해서 될 수 있는 대로 사렸다. 그러자니 혹 전차 안에서나 다방 같은 데서 친한 동무를 만나서도 꼭 않아서 안 될 인사말밖에 건네지 않았다. 속마음으로는 미안한 줄도 아는 것이지마는 하는 수 없었다. 대관절 사람이 모두 귀찮은 데는 하는 수 없었다. 그래서 금년 여름 동안은 아주 사무적인 이외에 겨우 몇 사람의 동무와 만나면 바둑을 두거나 때로는 빌리어드를 쳐 봐도 손들이 많이 오는 데 보다는 될 수 있으면 한산한 곳을 찾았다. 그다지 좋아하던 맥주조차 있으면 마시고 없으면 그만이었다. 그다지 자주는 못 만나도 그리울 때면 더러는 찾아가 보고자 한 적도 있었건만 도무지 몸이 듣지 않는다. 대개는 제대로 만들어진 기회에 길손처럼 만나서는 흩어지고 잠자리에 누워서 뉘우쳐 보는 것이어서 이제야 비로소 뉘우친다는 버릇이 생겼다.

그래서 여름 동안은 책 한 권 책답게 읽어 보지 못했다. 전과 같으면 하늘이 점점 맑고 높아 오는 때면 아무런 말도 없이 내 가고저운 곳으로 여행이라도 갔으련만 어쩐지 여정旅情조차 느껴지지 않고 몸도 마음도 착 까라지는 것이었다. 그러나 짐짓 가을에 뺨을 부비며 항분亢奮해 보고 울어라도 보고자 한 내 관습이 아직 살아 있었다는 것은 계절을 누구보다도 먼저 느낄 만한 외로움이 나에게 있었다. 그래서 나는 밤에 안두案頭에 쌓여 있는 시집들 중에서 가을에 읊은 시들을 한두 차례 읽어 봤다. 그 중에서 대표적이고 세상의 문학인들에게 한 번씩은 으례 외워지는 것으로 포올 베를렌의 〈가을의 노래〉를 비롯하여 르미이 드 구르몽의 〈낙엽시〉와 〈가을의 노래〉는 너무도 유명한 것이지마는, 이 불란서의 시단을 잠깐 떠나서 도우버 해협을 건너면 존 키이츠의 〈가을에 부치는 시〉도 좋거나와, 윌리엄 버틀러 예이츠의 〈낙엽시〉도 읽으면 어딘가 전설의 도취와 청춘의 범람汎濫과 영원에서의 사모에서 출발한 이 시인의 심각해 가는 심경을 볼 수 있어 좋으려니와, 다시 대륙으로 건너오면 레나우의〈추사秋思〉〈만추晩秋〉는 읊으면 읊을수록 너무나 암담하고 비창해서 눈이 감겨지는 것이나 다시 리리엔 크론의 〈가을〉 같은 것은 인상적이고 눈부신 즉흥을 느낄 수 있는 가을이언마는 철인 니이체의 〈가을〉은 그 애매愛妹의 능변으로도 수정할 수 없을 만큼 가슴을 찢어 놓는 〈가을〉이다.

여기서 다시 북구北歐로 눈을 돌리면 이 곳은 지리적인 까닭일까, 가을이 원체 짧은 까닭일까, 가을을 읊은 시가 다른 지역보다 매우 적은 것만은 틀림이 없다. 그러나 노서아의 몇 날 안되는 전원의 가을을 읊은 세르게이 에세닌의 〈나는 아끼지 않는다〉라든지, 〈잎 떨어진 단풍〉과 〈겨울의 예감〉 등등은 농민들의 시인으로서 그가 얼마나 망해가는 농촌의 구각舊殼을 애상해 한 데 천부의 재질을 경주했는가 엿볼 수 있어 거듭거듭 외어 보거니와 여기서 나의 가을시의 순례는 마침내 아시아로 돌아오고 마는 것이다.

그 중에도 시문학의 세계적 고전이며 그 광휘가 황황遑遑한 3천 년 전

의 가을을 읊은 시전詩傳《국풍겸가장國風兼葭章』을 찾아 보고는 곧 번역
해 보고 싶은 충동을 느끼지 않을 수는 없었다.   제 것이나 남의 것을
가릴 것 없이 고전을 번역해 본다는 데는 망령되이 붓을 댈 것이 아니
라 신중한 태도를 가질 것은 두말 할바 아니나, 그것이 막상 문학인 데
야 번역 안 될 문학이 어디 있겠느냐는 철없는 생각에 나는 그만 그 일
장을 번역해 보고 말았다.

갈대 우거진 가을 물가에

찬 이슬 맺어 무서리 치도다.

알뜰히 못 잊을 그 님이시고

이 강 한가 번연히 계시련만.

물따라 찾아 오르려 하면

길은 아득해 멀기도 멀세라.

물따라 찾아 내리자 하면

그 얼굴 그냥 물 속에 보여라.

겸가창창兼葭蒼蒼, 백로위상白露爲霜, 소위이인所謂伊人, 재수일방在水一方,
역회종지逆廻從之, 도조차장道阻且長, 소유종지遡游從之, 완재수중앙宛在水
中央.
　—《국풍겸가장國風兼葭章》에서

이렇게 겨우 3장에서 1장만을 역했을 때다. 홀연히 사지가 뒤틀리는
듯하고 오슬오슬 추우면서 입술이 메마르곤 하였다. 목 안이 갈하고 눈
치가 틀리기도 하였지마는 그냥 쓰러진 채 어떻게 되었는지도 모른다.
그 다음날 아침에 자리에 일어났을 때는 머리가 무거운 것이 지난밤
일이 마치 몇천 년 전에도 꿈속에서나 지난 듯 기억에 어렴풋할 뿐이

었다.

  그 때야 비로소 나는 병이란 것을 깨달았다. 다만 가을에 대한 감상만 같으면 심경에 나오지 육체에 올 것이 아니라고 생각했다. 그러나 딴은 때가 늦었다. 원체 나라는 사람이 황소같이 튼튼하지는 못해도 20년 내에 물에 씻은 듯 감기 고뿔 한 번 시다이 못 해 보고 병없이 지내온 터이라 병에 대한 두려워하는 마음이 없고 때로 혹 으스스하면 좋은 양방(가미청주계란탕加味淸酒鷄卵湯이란 것이 있어 주훈酒薰들은 국적을 물을 것도 없이 대개 짐작을 한다)이 있어 요번에도 그것이면 무려無慮할 줄 알았다. 하지만 내가 병이라고 생각한 때는 병이 벌써 뿌리를 단단히 박은 때요, 사실 병이 시작된 때는 첫여름이었던 모양이다. 그래서 모든 것이 귀찮고 거북하고 말조차 여러 번 하기 싫었던 모양인데, 미련한 게 인생이고 미련한 덕분에 멋모르고 가을까지 살아 왔다는 것은 아무런 기적이 아니라 고열에 시달리면 매약점에 들어가 해열제를 한 봉 사고 아무 데나 다방에 들어가면 더운 가배珈琲와 함께 마시면 등골에 땀이 촉촉하게 젖으며 그날 볼 잡무를 다 볼 수 있는 게 신통한 일이기도 했다. 그러나 권태만은 어찌 할 도리가 없었다. 여기서 나는 또 한 가지 묘책을 얻었다는 것은 요놈 쉴새없이 나를 습격해 오는 권태를 피하려고 하지 않고 권태를 될 수 있는 대로 친절하게 달래어서 항락하려고 했다. 그래서 흉보지 않을 만하면 사무실·응접실·살롱 할 것 없이 귀가 묻힐 만큼 의자에 반은 누운 듯 지내 왔다. 담배를 피우면 입술을 조붓하게 오므리고 연기를 천장으로 곱게 불어 올리는 것이었다. 거기에 나는 개인 날의 무지개를 그리는 것이었다. 그 뿐만 아니라 나와 마주앉은 벗들에게 무료를 느끼지 않도록 체면을 차리자면 S는 희랍이나 로마의 신화를 이야기하는 것이고, 나도 열이 내린 틈을 타서 서반아의 종교 재판이나 《아라비언나이트》의 어느 대못을 되풀이하면 그 자리는 가벼운 흥분이 스쳐갔다.

　그 때는 벌써 처마끝에 제법 굵은 왕벌들이 날아들었다간 다시 먼 곳으로 날아가고, 들길 가에 보랏빛 들국화가 멀지 못한 서릿발에 다투어 고운 날을 자랑하는 것이었다. 나는 또 들길을 걷기에 재미를 붙여 보려고도 했다. 혼자 아침 이슬이 아직 마르기도 전에 시외의 나만 가는 (나는 3,4년 동안 나 혼자 거닐어 보는 숲이 있다) 그 숲 속으로 갔다. 거기도 들국화는 피어 햇살을 기울게 받아들일 때란 숲 속에서만 볼 수 있는 운치와 어울려 마치 보랏빛 연기가 피어 오르는 듯 그윽해지는 것이었다. 그러나 나는 이 곳을 오래 방황할 수는 없다는 것은 으슬으슬 추워지는 까닭이며 따라 내 몸이 앓고 있다는 표적이라 짜증이 나고, 그래서 짚고 간 지팡이로 무자비하게도 꽃송이를 톡톡 치면 퉁겨진 꽃송이들은 낙화처럼 공중을 날아 내 머리와 어깨 위에 지는 것이고, 나는 그만 지쳐서 가쁜 숨을 돌리려고 미친 사람처럼 길을 찾아 나오곤 했다. 길 옆 잔디밭에 앉아 숨을 돌리며 생각해 본다. 아무리 해도 올 곳은 마음은 아니었다 하지마는 길 가는 놈은 어째서 나를 비웃고 지나는 거냐? 대체 제놈이 무엇인데 내가 보기엔 제가 미친놈이 아니냐? 그 꼴에 양복이 무슨 양복이냐? 괘씸한 녀석 하고 붙잡아 쌈이라도 한판 하지 않으면 내 화는 풀릴 것 같지 않아서 보면 벌써 그 녀석은 어딘지 가고 없다. 이 분을 어디다 푸느냐? 곰곰이 생각하면 그놈 한 놈뿐만 아니라 인간 놈이란 모두가 괘씸하다. 어째서 나를 비웃고 업수이 여기는거냐, 내가 누군 줄 알고. 나는 아직 이 세상에 네까짓 놈들하고 나서 있지 않다. 또 언제 이 세상에 태어날는지도 모르고 현현玄玄한 존재이다. 아니꼬운 놈들이로군 하고 별러댈 때에는 책상에 엎어진 채로 열이 40도를 오르락내리락할 때였다.

　벗들이 나를 달랬다. 전지 요양을 하란 것이다. 솔깃한 말이라 시골로 떠나기로 결정을 했지만 막상 떠나려고 하니 갈 곳이 어디냐? 한 번 더 생각해 보지 않을 수 없었다. 조건을 들면 공기란 건 문제 밖이다.

어느 시골이 공기 나쁜 데야 있을라구. 얼마를 있어도 싫증이 안 날 데라야 한다. 그러면 경주로 간다고 해서 떠난 것은 박물관을 한 달쯤 봐도 금관, 옥적玉笛, 봉덕종奉德鐘, 사사자砂獅子를 아무리 보아도 싫증이 날 까닭은 원체 없다. 그뿐인가, 어디 일초 일목一草一木과 일토 일석一土一石을 버릴 배 없지마는 임해전臨海殿 지초支礎 들만 남은 옛 궁터에 서서 가을 석양에 머리칼을 날리며 동남으로 첨성대를 굽어보면 아테네의 원주圓柱보다도, 로마의 원형 극장보다도 동양적인 그 주란 화각朱欄畵閣에 금대 옥패金帶玉佩의 쟁쟁한 옛날 소리가 들리지 않는가? 거기서 나의 정신에 끼쳐 온 자랑이 시작되지 않았느냐? 그 곳에서 고열로 인해 죽는다고 하자. 그래서 내 자랑 속에서 죽는 것이 무엇이 부끄러운 일이냐? 이렇게 단단히 먹고 간 마음이지만, 내가 나의 아테네를 버리고 서울로 다시 온 이유는 시골 계신 의사 선생이 약이 없다고 서울을 짐짓 가란 것이다. 서울을 오니 할 수 없어 이 곳에 떼를 쓰고 올 밖에 없었다

— 《조광》(1942. 1).

고란

벌써 사년전 가을일이다. 그때도 가을 날씨이고 여행하기 좋은 계절
이었다.

석초형石草兄이 시골서 오라고 하였고 가면 백제고도百濟古都인 부여
구경을 시켜준다는 것이었다. 그래서 먼저 서천舒川으로 가서 석초집에
서 이삼일을 지난 후 부여로 가게 되었다.

첫날 박물관을 보고 숙사宿舍로 돌아와서 그 집의 명물인 이어요리鯉
魚料理를 시키고 술을 덥혔으니 석초가 황국黃菊을 따다가 술잔에 띄워
주며 남쪽으로 있는 창문을 열고 달빛을 마저 드리는 것이 아닌가? 어
느 사이 술잔이 오거니 가거니 하는 판에 두 사람이 모두 거나하게 취
하게 되자 거리로 나와 무엇인가 하는 요정料亭을 찾아서 밤 깊어 돌아
올 때는 술이 짓게 취하였던 것이다.

그 다음날 백마강을 따라 올라 낙화암을 보고 고란사皇蘭寺를 왔을 때
샘물을 마시게 되었고 그 절 중은 고란 이파리를 따서 물잔에 띄워주며
고란에 대하여 전설을 얘기하는 것이었다.

의자왕이 고란사 샘물을 궁녀들에게 떠오라 명령하면 궁녀들은 왕에
게 보다 더 총애를 받기 위하여 일분동안 이라도 빨리 떠 오는 것이고
시간이 거리에 비하여 너무 빠르면 왕은 궁녀들을 의심하는 것이었다.

그래서 반드시 고란사의 석벽속에서 새어 나오는 물을 떠오게 하고는 그 물에 고란 이파리를 띄워 오라 명령하였다는 것이다.

그때 나는 그 고란과 왕과 궁녀와 사이에 얽힌 로맨스를 생각하느라고 그만 고란의 식물학적 지식을 고구할 겨를도 없이 부여를 떠나고 말았으나 그 뒤에도 항상 나의 회상속에는 낙화암보다도 자온대自溫臺보다도 평제탑平濟塔보다도 삼천궁녀보다도 이러한 모든 흥망성쇠를 떠나서 바위틈에 한 이파리씩 솟아나서는 아름다운 궁녀들의 고운 손에 입사히 뜯겨지고 남은 고란의 조으는 듯 꿈꾸는 듯한 푸른 이파리는 좀처럼 내 머리에서 사라지지 않았던 것이다.

금년 여름 경주옥룡암慶州玉龍菴에서 돌아와서는 그만 절로 가지 않고 우이동牛耳洞 가는 중로에 소유리小踰里라고 하는 동리가 있는데 그곳에 나의 위택渭宅이 우거寓居하게 되어 새로 지은 집도 깨끗하려니와 공기가 맑고 정양하기 알맞다고 외숙모가 간절히 권하심에 감사도 하지만 때로는 외숙께 한시에 대한 경위도 듣고 하면 요양에도 정신적인 양식이 되리라고 생각하면 마음이 솔깃하였다.

처음 이 마을에 나와 있을 때는 다소 숙조肅條한 느낌이 없는 바도 아니였으나 연내에는 건강의 관계로 될 수 있으면 술과 계집과 회합을 피하고 보매 자연 생활이 전과 같이 화려하고 임리淋漓하지는 못하여도 그 반면에 고담하고 청정하여 전날의 생활을 극채화極彩畫라고 한다면 오늘의 생활은 수묵화水墨畫라고나 할까?

생활이 이렇게 정적으로 되고 보니 자연에 깃드는 마음이 자라고 저절로 천석泉石을 지나 보지 않게 됨에 기화요초奇花瑤草가 모두 헛되이 바랄 것이 없으나 그래도 ‘나아르’ 와 같이 산중일기山中日記를 쓸 바 없고 ‘소로우’ 처럼 삼림의 철학을 설파하지도 못함은 나의 관찰이 그들에 비하여 거리가 다른 것을 모르는 바도 아니건만 아직도 자연에 뺨을 비빌 정도로 친하여지지 못함은 역사의 관계가 더 큰 것도 같다. 다시 말하면 공간적인 것보다는 시간적인 것이 보다 더 나에게 중요한 것만 같다.

그러나 내가 있는 집 동편에는 석벽 속에서 새어나는 샘물이 있고 그물맛이 또 청렬淸冽하지 않은가? 그 뿐만 아니라 그 물을 마시면 소화가 잘 되는 것은 또 무슨 까닭인지 과학적으로 그 성분을 분석하지 않으면 모를 것이나 나의 생각 같아서는 분석이니 무엇이니 할 것 없이 그대로 또 몇 천년이고 두고 신비롭게 지났으면 하여 보기도 하지만은 그보다도 나로 하여금 이곳에 마음을 붙이게 하는 것은 이 샘물위에 석벽 사이에 고란이 난다는 사실이다.

백제 의자왕이 고란사에만 난다는 이 고란을 한 잎씩 물 항아리에 따 넣어 오게 한 것은 다른 곳 물을 마시지 않겠다는 의도 외에도 다른 한 가지 사실을 알 수가 있다. 의자왕이 위병이 있었다는 것도 헛된 추측만은 아니라는 것은 한약방의 당재唐材라는 것은 중국서 조선에 올 때에 백제에 먼저 왔다는 사실이 '도서번합圖書樊合'('樊' 자는 원전자료만으로 완전한 판독 불가능. 가장 유사한 한자로 추정 기록함)에 기록되어 있는데 고란이 중국서 한약의 당재唐材로 백제에 이식되어 온 것인지는 알 수 없으나 어찌 되었든지 이곳에 고란이 난다는 것은 식물분포학적인 흥미를 떠나서 고란이 위장병에 좋다는 사실을 나는 또 한 번 들었다.

그것은 내가 이곳에 와서 아직 몇 날이 되지 못한 여름날 오후이었다. 이곳은 말하자면 시내와 같이 인가人家가 연결하여 사는 것도 아니고 그 위에 신개지新開地가 되어서 찾아오는 빈객賓客도 별로 드물고 나 자신을 찾아오는 사람은 없을 뿐만 아니라 편지도 보내는 사람이 드문 형편인지라 대하는 사람도 일정한 것인데 내 외숙을 방문하는 노시인老詩人 몇 분이 있어 그 샘물가 반석 위에 자리를 펴고 시회詩會를 열거나 시담詩談에 해를 보내는 때도 있었는데 그때 창경궁전작昌慶宮典爵('爵' 는 원전자료만으로 완전한 판독 불가능. 가장 유사한 한자로 추정 기록함)인 홍취암洪翠岩 선생이 이곳의 고란을 보고 이것은 속명이 일엽초一葉草인데

위장병에 특효가 있는 것이라고 한 말을 종합해 본다면 내 아직 본초강목本草綱目을 상고해 볼 기회는 없었으나 고란은 일엽초이고 일엽초가 고란인 바에야 백제 의자왕의 궁중생활이 주지육림酒池肉林이었는지는 몰라도 적어도 일국一國의 왕자로서 화사한 생활에 때때로 조마운동調馬運動이나 수렵 이외에는 구중궁궐 안에 가만히 앉으신 귀한 몸이시라 소화가 불량하실 때도 있을 것이라. 우연인지 필연인지 고란 이파리를 물 항아리에 따 넣어오게 하신 것은 다만 궁녀들과 심심파적을 하기위한 가여운 작란만으로 해석할 수는 없는 듯하다.

그래서 나는 이 샘물에 몇 차례나 고란 이파리를 따 넣어서 마셔도 보고 백제 마지막 임금님의 심경! 그 당일의 비극의 왕자로서의 델리킷한 운명의 왕자를 대신하여 몇 번이나 비분悲憤도 하여 보았으나 나 자신은 위만은 너무 건강하고 강철도 녹을 만하여 심리적인 것보다는 차라리 생리적으로 불가능하다는 것을 알 때 연극이란 진실로 어려운 것이려니와 참다운 사실은 얼마나 어려운 것인가?

그러므로 나는 요즈음 의자왕이기를 그만두고 그 샘물을 떠다가 차를 다려 먹어도 보려니 하였으나 이런 시절이라 차인들 전일前日같이 맞나는 것을 얻을 수 있어야 말이지. 그런데 얼마전 정말 중국산의 채리향차茉莉香茶가 조금 생겨서 다려서 맛을 보았더니 그것은 이십년전 북경생활에서 맛보던 그 맛이 그냥 남아있지 않은가? 우리가 다 같은 감각기관이면서도 눈이나 귀나 피부는 어릴 때에 감각하던 그것보다 연치年齒가 차차 노성老成하여지면 그에 따라 변천이 생기건만 미각만이 변함없음은 무슨 까닭일까? 그것은 강남의 생활에서 얻은 잊지 못할 기억이 일시에 이 채리화茉莉花의 향내를 통하여 그 시時에 재생되는 것이 아닐런지. 나는 지금 가을에도 단풍들지 않은 고란皐蘭 이파리를 바라보며 채리화차를 마시면서 강남의 봄을 그려 본다.

—《매일신보사진순보每日新報寫眞旬報》제305호(1942. 12. 1).

소설 및 번역물

황엽전黃葉箋
고향
골목 안(소항小巷)
중국문학中國文學 오십년사五十年史

황엽전

　사람들은 어름알보다 더 냉담하고 주사침注射針같이 촉발라도 그래도 제대로는 인정도 있고 눈물도 있어 친한 사람들 사이에는 못 보면 보고 저 하고 보면 빨아 먹을듯이도 형형색색의 표정을 빚어내며 계절에 따라서는 눈물겨울만큼 간절한 모양이나 '나'라는 위인은 자질도 소박하고 교양도 고매하지 못한데 요즘은 어쩐지 신경이 차돌보다 단단해져서 아프고 슬픈 것도 못 견디게 느껴지지도 안커니와 보지 못해 못 견딜 사람도 없고 소식이라도 못 알려 탈이 될, 더 친하고 덜 친한 이가 없다. 그러나 행여 이 세상에 나를 사랑하는 사람이 있다고 하면 나는 의무로라도 그대에게 나의 소식을 알려야하지만은 지금의 나에게는 그러한 미덕을 수행할 야망조차 없다. 다만 야망을 용서한 사람이 있거든 가을바람에 무한히 흘러가는 황엽黃葉의 조각조각이 모두 나의 편지라고 생각을 해라 그리고 그 어느 한 조각이라도 주어다가 그대들의 책상 위에 꽂아두고 그 황엽이 바람에 나부끼며 울며 부르짖는 서러운 전기傳記를 들어보아라⋯⋯.

　⋯⋯그놈의 거리를 말할 것도 없고 저는 하여튼 가로수에서 떨어져 왔습니다. 그래서 거리에 서 있는 동안 형형색색의 인간들을 다 보았습니다. 그러나 대개는 모두 비슷비슷한 인간들이었고 별다른 놈은 못 보

았습니다. 그것은 십년전 일이라고 생각됩니다. 어느 날 오후 내 발밑을 지나가는 소년이 있었습니다. 미친 놈 같이 중얼대는 말을 가만히 듣자니 '루나-ㄹ'의 일기를 외이는겐지 "불쌍한 놈! 불쌍한 놈!"하고 거짓말하였습니다. 그 뒤로는 매일같이 아침에도 내 발밑을 지나고 저녁에도 내 발밑을 지나는 동안에 나는 어느 사이에 그만 그 녀석하고 친해졌습니다. 그래서 그 녀석의 정체를 알 수가 있었습니다.

그 녀석은 어느 시골에서 출가를 해서 서울을 왔다는데 그 출가한 이유가 어린 녀석하고는 맹랑했습니다. 그 녀석의 집은 어느 해안이던가 봐요. 아침으로 조수潮水가 밀려나가면 끝없이 널려 있는 백모래같이 너무도 허무해서 오기는 왔으나 섬들을 건너간 갈매기가 몹시 그립다고 하는 것을 보면 그래도 어린 향수가 머리를 긁어가는 모양이겠지요.

그후 나는 우리들이 늘 만나는 시간이 되면 그 녀석이 하마나 오나하고 기다리기도 했습니다. 그럴 때 멀리에 발자국 소리가 나고 그 녀석이 '하이네'니 '괴테'니의 시를 외우고 올 때도 있었습니다. 그리고 몇 해가 지난 어느 해 봄날 내가 긴 동면冬眠으로부터 영롱한 첫 눈을 떴을 때 또 그 녀석을 만났습니다. 그때는 벌써 그 녀석은 십부게볼 소년이 아니라 의례히 그 상대자를 데리고 어둑어둑한 황혼에 내 옆에 와서 간지러울 만큼 종알대며 행복의 '메뉴―'를 전람회의 '프로그램'보다 화려하게 꾸미는 것이었습니다.

이것이 한여름을 지나며 비가 오나 바람이 부나 계속繼續이 되었습니다. 그러나 인간들에게 있어서는 행복의 절정은 최대의 비극과 서로 통해 있나봐요. 그 해의 첫가을 어느 으스름한 달밤에 나는 이 비극을 바로 내 눈앞에서 보는 것입니다.

"여보! 우리 두 사람이 서로 사랑하면 그만이지 사랑을 부모에 대한 효행으로 하는 데가 어디 있소."

이렇게 그 녀석은 말하는 것이었습니다.

그것도 고이치 않게 그때쯤은 그 녀석의 기분이란 불꽃이 타오를듯도 하였거니와 제 애비말을 안 듣기로 유명하여 집을 나선 놈이니까.

"그렇지만은 어쩔 수가 있어야지요."

이것이 그 녀석의 말에 갚아진 보수이었습니다. 그 뒤 나는 십년이란 긴 동안 이 사람들의 속삭임을 들을 수는 없었습니다.

아마 그것이 그들의 비극의 시초인 동시에 나의 '로-맨티시즘'도 종언終焉이었던 것입니다. 나는 그날부터 새로운 생활을 경험하지 않으면 안 되었습니다. 이때까지는 그들 가운데에 어떤 한두사람의 생활을 말로서 들었으나 이제는 어느 특정한 사람의 사랑이라든지 그런 달착지근한 것이 아니라 그저 그놈도 그놈 같고 그놈도 그놈 같은 뭇사람의 생활전체가 내풋잎새의 거울보다 반드라운 조각조각에 비치는 것이었습니다. 이전 같으면 멀리서 사뿐사뿐 발자국 소리가 들려오고 그 발자국 소리가 가까워지는데 따라 쟁반에 구슬을 굴리는 듯한 목소리도 들었건만 또 그럴 때면 나도 잎사귀를 흔들어서 입김같이 부드러운 바람을 불어도 주었건만은 이때는 내가 바람을 불기는커녕 그들이 지나가는 위풍에 나는 전율하지 않을 수 없었습니다. 구슬을 굴리는 듯한 목소린들 어디가 듣겠습니까? 뭇 사람의 포효하는 소리란 아주 바다에서 일어나는 노도의 교향악 같았습니다.

그래서 나는 알기를 인간이란 위대한 작란作亂군이라고 하였습니다. 어떻게든 그들의 얼굴이 크게 보이고 힘차게 느껴졌던 것인가 지금은 생각만 하여도 온몸이 으슬으슬합니다. 그러는 중에 그들의 행렬은 대강같이 흘러가고 나는 또다시 노랗게 단풍이 들어 한잎 두잎 떨어지는 것입니다. 얼마나 소조하고 적막한 거리겠습니까? 내 옆에는 괴수같이 늘어선 빌딩들의 검은 그림자가 '아스팔트'에 얼어붙은 거지들의 싸늘한 꿈을 주검같이 덮어놓은 때문입니다. 밤도 삼경三更은 지난 때이지요. 더벅더벅 걸어오는 무거운 발자국 소리와 함께 나는 고요한 '그림자'하나를 발견했습니다. 안개에 촉촉히 젖은 차림차리와 힘없이 옮겨지는 발자국이 아주 무슨 패잔병의 유령이었을지도 모릅니다. 나는 지금 그 유령을 따라 굴러갑니다. 그러나 그 유령은 내가 미행을 한다는 것은 모르고 또는 알앗다해도 아무 저항도 할 필요가 없다는 듯이 방향도 없이 걷는 것이었습니다. 때로는 시내도 건너고 들판도 지나 힘이 지치고 밤이 깊으면 산기슭 나무등걸 밑에 누워서 하늘에 수없이 많은 별들을 헤아려도 보는 것이겠지요. 그러나 그 어느 별도 그에게 행운을 점지한 별은 없었나봐요. 그러다간 그는 그만 흑흑 느끼고 울며 울다가는 자는 것이었습니다. 아마도 기적을 잊은 순간이 그에게는 가장 행복한 순간이든가봐요. 산속은 찬 기운만 가득하고 벌레소리는 정적을 삼림같이 무성茂盛하게 하는 것이었습니다.

그 다음날도 아침 햇발이 속새입을 흔들면 그는 일어나 걷는 것이었습니다. 이러는 동안에 나는 이 유령에게서 무엇을 보았으리라고 생각하십니까? 어느 큰 강가였습니다. 여울이 목놓아 울고 가는 강가였습니다. 그는 이 강가에 앉아서 무엇을 생각하였는지 눈을 감은 채로 하늘을 쳐다보는 것이었고 초생달을 교만한 계집의 눈자위처럼 그를 흘겨보는 것은 한층 더 창백한 비웃음같았습니다. 그렇지만은 그는 그 광망光芒을 피하려고도 않았습니다. 아마도 그것은 내 생각에 따른다면 그래도 못 잊혀지는 낡은 기억을 모조리 물소리에 씻어흘려보내려는 노력이었을지도 모릅니다.

그때 먼데 마을에는 개짖는 소리가 어즈러히 들려오고 새바람도 유달리 옷깃을 새여드는데 그는 일어서 한발한발 물가으로 걸어가는 것입니다. 이때 나는 그의 운명을 거의 들여다 보는 것이었습니다.

자살이란 광경이 내 머리 속에 번개같이 일어났습니다. 그리고 그는 물가의 널직한 반석 위에 올라앉아서 물속에 비친 자기의 얼굴을 자세히 들여다보는 것이었습니다. 그러나 그 물속에는 자기의 얼굴은 찾아

볼 수가 없었던 것이겠지요. 증오를 참지 못하는 그는 그만 뼈만 남은 두 손으로 물결을 훗치고는 돌위에 엎어져 우는 것이었습니다.

그는 또다시 일어나 모든 것을 잊어버린 듯이 걸어가는 것이었습니다. 일기는 점점 흐려지고 원색으로 물들인 천공天空은 그의 최후의 희망까지라도 뺏어버릴 듯이 싸늘한 압박을 더하는 것이었습니다. 그렇다고해서 그에게는 아무런 격정도 반발도 있는 것같지는 않았습니다만은 주먹을 쥐여서는 주머니 속에 넣은 채로 간간히 머리를 흔드는 것은 과거에 대한 회한이라든지 그런 것들이 머리 속을 할터가는 것이겠지요?

그것은 어느 동리앞이었습니다. 많은 사람들이 모였다가는 다들 돌아가고 큰 버드나무에 '사지오리'를 붙인 색기를 걸처 맨밑에는 기름종지에 빤─한 심지불이 타고 있었으며 아이들 몇 사람이 그것을 지키고 있었습니다. 그는 아이들에게 무엇을 하는 것이냐고 물었습니다.

아이들의 대답이란 너무도 묘한 것이 아니겠습니까? 그 동리에는 십년만에 한번씩은 유령이 난다는 전설이 있었습니다. 그래서 그날은 동리 사람들이 정성을 다해 한데 모여서 기도를 올리고 고사를 지내는 것이있는데 그날이 마침 십년이 해당한 날이며 방금 의식을 마친 때라고 말을 마친 아이들은 그를 한참동안 자세히 보다가는 그만 인가人家를 향하여 달아나는 것이었습니다. 아마도 그것은 참으로 이 동리에 유령이 나타났다는 것을 알리기 때문일런지도 모릅니다.

그는 한번 크게 웃었습니다. 나는 그가 웃는 것을 보는 것은 처음이었습니다. 그러나 그 웃음이란 곧 변해져서 무슨 쓰디쓴 약물을 먹은 뒤의 입모습같이 변해지며 얼굴 전체가 커다란 환상에 사로잡히는 것같았습니다. 그러다가 그는 그 언덕 밑에서 잠이 들어 자면서 꿈을 꾸는 것이었습니다. 그 꿈이란 이러했습니다. 몹시 더운 여름날 며칠을 두고 비가 따루었습니다. 그래서 큰물이 나고 하루밤 사이에 온 동리가 물에 쓸려 갔습니다. 온 여름 피땀을 흘려 지은 농사도 한포기 없이 사람마다 두 주먹과 한 개의 목숨 밖에는 남지 않았습니다. 주림과 추위가 매운 채찍같이 그들을 휘갈겼습니다. 그래서 동리 사람들은 제각기 이 고향을 떠나지 않으면 안 되었습니다. 물론 옛날에야 부모의 품속같이 포근하고 사랑스런 땅이었지만은 지금은 참담과 고통의 회억 이외에 아무것도 그들의 애착을 붙잡아 두지는 못하였습니다. 그들은 지금 한 개 촌락에서 다른 촌락으로 한 성시城市에서 또다른 성시에 표백의 길을 가는 것이었지만은 그 어느 한곳도 그들이 발을 붙일 곳은 없었습니다. 모든 집들이 그들 앞에는 문들을 잠것습니다. 그리고 오직 그들에게는 한오리 끝없는 길이었습니다. 어느 때나 걸어갈 수 있는 길이었습니다. 하루에 또 하루 한달에 또 한달 꼭같이 그들은 하늘을 치여다보고 길을 갔습니다. 벌써 초목도 다 단풍이 들고 낙엽이 나리나 그들이 발길을 머무를수는 없었습니다. 어느 마을이나 성시에서 그들에게 일주일이나 유할 수가 있고 한오리의 희망을 주었다면 다시 그 순간이 지나면 그들에게는 설움 이외에 아무 것도 남는 것은 없었습니다. 그러나 이 설움과 주림과 추위는 그들 늙은이와 어린이와 남자 여자를 모두한 마음에 얽어맬 수가 있었습니다. 바람과 비에 바래인 그들의 마음에 한 개의 희망이란 오직 일거리와 생활이었습니다. 이것이 그들을 고무하고 추진하는 힘이었습니다.

마치 한 떼의 표류하는 '집시' 와 같이 마을을 지나나 산을 넘으나 마른 풀을 뜯어 그것을 덥고 깔고 혹은 낙엽을 쓸어다가 욕褥과 이불을 삼어 한랭을 지나는 하루밤 더욱이 비오는 밤…… 밤은 영원히 차운 것이며 뜨신 것은 다만 그들의 '마음' 뿐이었습니다.

날과 밤은 그넷줄처럼 바뀌었습니다. 해도 점점 짧아지고 물들이 얼어붙으며 첫눈이 내린 것도 벌써 열흘전이었습니다.

그들은 아직까지도 발붙일 땅과 한 가지의 일거리도 갖지 못하였으며 끝간데를 모를 길만을 보고 걸어가는 것입니다.

"여기라도 좀 쉬어갔으면."

모두들 이렇게 마음으로 부르짖었습니다. 그러나 또 몇 사람은 말하는 것이었습니다.

"가자 앞으로 더 가보자."

이것도 모든 사람의 말이었습니다.

그들은 여전히 경사진 산비탈을 걸어가며 길다란 곡선의 행렬이 계속되는 것입니다. 그때는 바람도 조금 잔잔해지고 햇발도 구름밖을 나와 엷은 광선이 뭇사람의 얼굴을 다소 명랑하게 하였으나 일행이 바로 산마루턱에 올라 닿았을 때는 정세는 너무도 급히 변하여 눈이 퍼붓기 시작했습니다.

"눈이 또 내린다."

이렇게 부르짖고는 모두들 놀라는 것이었습니다. 눈송이는 목화를 뜯어뿌리는 듯이 온 공중에 미만彌漫하여 지척을 가릴 수가 없었습니다. 바람에 몰려오는 눈송이가 얼굴에 부딪히면 낮살을 에이는 듯 하고 손이 빠질 듯이 스린 것입니다. 시력조차 모호하여 발아래길도 알아보기는 어려웠습니다. 재를 오를 때에 비하면 산을 내려오는 것은 조금 용이하였으니 길이 질데로 질어서 엎어지락 자빠지락하는 사람들도 있으며 등에 업힌 어린애들은 배가 몹시 고프다고 우는 것이며 그럴 때면 아버지와 어머니는 모두들 산밑에 동리집에 내려가서 뜨신 밥을 준다고 달래는 것이었습니다. 그러나 산밑에 동리집은 모두 제각기 제마음에 그려보는 집들이었습니다.

"가자 조금이라도 빨리 가자. 불빛을 볼 때까지."

그들 중에서 한 사람이 굵은 목소리로 외치는 것입니다.

"암 그래야지." 또 몇 사람의 대답이 끝나면 모두들 침묵은 하면서 마음속으로는 역시 "가자"고 대답하는 것입니다.

사람들은 이빨을 물고 있는 힘을 다해 전진합니다. 지나온 길이 얼마이며 가야할 길이 얼마인지도 모르면서 죽으나 사나 가야한다는 것밖에는 그들은 한 사람도 자기만을 생각하는 사람은 없었습니다. 그들의 동반자의 발소리와 호흡이 그들과 같은 운명을 결정한다는 것은 이 잔혹한 자연과 싸워가는 무리들의 금과옥조金科玉條이었습니다.

눈보라는 그쳤습니다. 그러나 아직도 그들에게는 조그마한 희망도 보이지는 않았습니다. 앞도 캄캄하고 뒤도 그랬습니다. 아득한 삼림속을 허우적이는 암담은 영원한 흑야黑夜가 새이지도 않고 영원한 미로도 끝막지도 못할 것 같았습니다.

피로는 그들의 몸을 풀솜같이 만들었습니다. 참다가 못 참는 몇 사람이 땅이라도 꺼지란 듯이 한숨을 쉬는 것이었습니다. 그리고는 부르짖는 사람도 없고 중얼대는 사람도 없으며 눈물도 마르고 공포도 사라진 그들은 발목에 있는 힘을 다해서 눈과 진흙 위를 쉼없이 이동하는 것입니다.

유령은 그들 가운데서 제일 나이 많은 노인을 발견했습니다. 그리고 그것은 십년전 그가 고향을 떠나올 때 아직도 그다지 늙지 않은 그의 아버지인 것도 알았습니다. 그리고 모든 사람은 그의 어린 시절의 동무였습니다. 그는 참다못해 "아버지"하고 소리를 쳤습니다. 그러나 그들은 어느 한 사람도 그를 상대로 반겨 맞아주는 사람은 없었습니다.

모두 제각기 제 갈길을 가고만 있었습니다.

유령도 그때야 잠이 깨었습니다. 그리고 몸서리를 치는 것입니다. 얼마나 지리支離한 꿈이며 괴로운 꿈이겠습니까? 유령은 다시 일어나 걷는 것입니다. 캄캄한 암흑 속을 영원히 차고 영원히 새지 못할듯한 밤을 제 혼자 가는 것입니다. 십년전 내 발밑을 지나다니며 사랑을 속삭이던 소년은 지금도 밤길을 제혼자 가고 있겠지요. 낙엽은 그래서 서러운 일생을 울고만 있습니다.

정축십일丁丑十一, 일一

―《조선일보朝鮮日報》(1937. 10. 31.~11. 5).

고향

노신魯迅 원작

이육사 번역

나는 그 모진 추위에도 아무런 일도 없이 이천 리나 되는 먼 길을 이십 년 만에 고향에 돌아왔다.

겨울도 아주 짙어져서 겨우 고향의 땅에 가까이 왔을 때부터 날씨는 갑자기 음산하여지고 싸늘한 바람은 선실 안까지 스며들어 윙윙 소리를 치는 것이었다. 선창으로 바깥을 내다보면 나직한 하늘 밑에 여기저기 널려 있는 것은 너무나 보잘것없이 한산한 마을들이었다. 사람들이 살고 있는 듯한 활기라고는 조금도 없었다. 내 마음은 참을 수 없이 슬픔이 치밀어 올라왔다.

아 — 이십 년 이날 이때까지 한시도 잊을 수 없던 고향은 이런 것이었던가.

내 마음에 남아 있던 고향은 본래 이런 것은 아니었다. 고향에는 훌륭한 곳이 무척 많았을 것이다. 그러나 그 아름답던 기억을 생각해 보고 그것을 말로써 해 보려 하면 나의 공상은 사라지고 무엇이라고 말로는 할 수 없이 눈앞에 보이는 것과 같이 쓸쓸하여질 뿐. 이에 나는 내 자신에 말하기를 고향이란 원래 이런 것이다.—옛날보다 모든 것이 진보했다고는 할 수 없으나 그렇다고 반드시 내가 느끼는 것같이 쓸쓸한 곳도 아니다. 이것은 다만 내 기분이 변해졌을 뿐이다. 그것은 내가 이번 고향에 돌아왔다는 것이 그다지 호화로운 길은 아닌 까닭이다.

나는 이번 고향을 이별하러 온 것이다. 우리가 몇 대를 내려오는 동안 한 집안이 모여 살고 있던 옛집은 벌써 다른 사람들의 손에 팔려 넘어가고 비워 줄 기한도 금년이 한끝. 내년 정월 초하루 안으로 우리들이 정들어 살던 옛집과는 갈리고 낯익은 고향의 땅도 떠나서 내가 몸붙이고 있는 그 곳으로 식구를 끌고 가지 않으면 안 되는 것이다.

그 다음날 아침 나는 우리 집 사랍문까지 왔다. 지붕에는 기왓장 사이에 마른 풀들이 줄기가 엉킨 대로 바람에 날려 그것이 이 옛집의 주인을 가려내지 않으면 안 될 원인을 설명하는 듯하였다. 이 방 저 방에 살고 있던 친척들은 벌써 이사가 끝이 났는지 적적하였다. 내가 있던 방 앞에 가자 어머니가 쫓아 나오셨다. 그에 따라 뛰어나온 것은 겨우 여덟 살이 되는 질녀 굉아宏見였다(다음에 쓰는 사람의 이름은 모두 조선 음으로 쓰는 게 독자들에게 좀더 친절할까 하여 중국 음은 쓰지 않는다).

어머니는 매우 기뻐하셨으나 어딘지 마음 한편에 적막한 기색을 볼 수가 있었다. 나를 앉게 하고 차를 부어 주시면서도 한참 동안은 집 일에 대해서는 아무 말씀도 안 하셨다. 굉아는 아직 한 번도 나를 본 일이 없으므로 곁에 가까이 오지는 않았다. 그저 머리만 숙이고 앉았다가 때때로 내 얼굴을 쳐다보곤 하였다.

그러나 우리들은 결국 이사갈 얘기를 하게 되었다. 나는 벌써 집은 얻어 두었고 변변치는 못할망정 가구도 다소 사 두었으나 그 밖에는 집에 있는 살림 중에 나무 연장 같은 것만 팔아서 그 돈으로 가서 사면 된다고 말했다. 어머니 말씀도 그게 좋다고 하셨다. 그리고 짐을 묶는 것도 거의 다 되었으니까 나무 연장 중에 가지고 가기 불편한 것은 거의 다 팔았다. 그러나 아직 돈을 다 찾지 못했다고 하시며,

"너 한 이틀 몸을 쉬며 가까운 친척들도 한 번씩 찾아보고 그리고 떠나자꾸나."
하고 말씀하셨다.
"네."
"그리고 윤토 말이야. 그게 집에 오기만 하면 언제든지 네 말을 묻는구나. 퍽 너를 보고 싶어하지 않겠니. 내가 너 온다는 날짜를 알려 주었으니 또 지금 곧 올 게다."

이 때 나의 머리에는 문득 한 폭 화면이 생각되어 떠올랐다. 새파랗게 개인 하늘에 금빛으로 둥근 달이 둥실 떠오르고 그 밑은 해안의 하얀 모래밭에 일면으로 시선이 자라는 데까지 싱싱한 수박들이 주렁주렁 열려 있는 것이다. 그 가운데 한 열 두어 살 되는 소년이 목에는 은銀목도리를 걸고 손에는 한 자루 작살(동차銅杈)를 들고 한 마리의 고슴도치(선猯)를 보자마자 눈에 불이 나게 그것을 찌르려고 하나 고슴도치는 그의 다리 밑으로 튀어나가서 달아나는 것이었다.

이 소년이 윤토였다. 내가 처음 그를 알았을 때는 아직 열 살인가 그쯤이었었다. 지금은 벌써 삼십 년이나 지나간 일이다. 이 때는 나의 아버지도 살아 계시고 집도 지금보다는 형편이 훨씬 나았으며 나도 귀여운 아기 시절이었다. 그 해는 우리 집에서는 우리 일족의 선조가 되는 어른의 큰 제사를 지내는 해였다. 이 제사는 삼십 년 만이나 한 번씩 지내는 큰 제사이므로 따라서 매우 정중히 거행되는 것이었으며, 정월달에 선조의 영정影幀 앞에서 거행되는 것이었다. 제물도 매우 많고 제기 같은 것도 아주 깨끗이 해야 되었다. 참례하러 오는 이도 많은 만큼 제기 같은 것을 도적맞지 않도록 잘 주의할 필요도 있었다. 우리 집에는 한 사람의 망월忙月이 있었다(우리 고향에는 남의 집에 드난사는 사람이 세 종류가 있다. 일 년을 일정한 집에서 드난사는 것을 장년長年이라 하고 그날그날 사는 것을 단공短工이라 하여 자신이 농사하는 한편, 과세할 때나 다른 명절이나 또 조租 받을 때 일정한 집에 드난사는 것을 망월忙月이라고 한다). 너무나 바쁘다고 해서 이 망월이 우리 아버지를 보고 제 아들 윤토를 불러서 제기를 맡아 보도록 하자고 간청을 한 것이었다.

우리 아버지도 찬성을 하였으므로 나는 매우 기뻐했다. 그것은 내가 일찍이 윤토의 이름은 듣고 있었기 때문이다. 나이도 나와 거의 같다고 생각하고 있었다. 윤閏달에 난 때문에 오행五行 가운데 토土기가 없다고 해서 그의 아버지가 윤토라고 이름을 지은 것이었다. 그는 덫을 놓아서 작은 새들을 잡는 것이 일쑤였다.

나는 이날부터 날마다 새해가 오기를 손꼽아 기다렸다. 새해가 오면 윤토도 곧 올 것인 때문이었다. 그러는 동안 섣달 그믐이 왔다. 어느 날인지 어머니는 나에게 윤토가 왔다고 말씀하셨다. 나는 곧 쫓아 나가 보았다. 볼그레한 뺨, 둥근 머리에 엷은 천으로 만든 모자를 쓰고 목에는 빤짝빤짝하는 은목테를 하고 있었다. 이것만 보아도 그가 얼마나 그의 아버지에게 사랑을 받고 있는가를 알 수가 있는 것이지마는, 그가 수명이 길도록 하기 위하여 부처님께 발원하고 이 목테를 끼워 주어서 그를(죽지 않도록) 붙들고 있는 것이었다. 그는 낯가림이 매우 심하였다. 그러나 나에게만은 아무런 꺼림도 없이 옆에 사람이 없을 때는 곧 말을 붙이고는 하였다. 그리고 한나절도 못 되는 동안 우리들은 아주 썩 친해지고 말았다.

우리들은 그 때 어떤 얘기를 하였는지 지금에는 아득하나 다만 생각에 아련한 것은, 윤토가 장터에 와서 아직까지 본 일이 없는 여러 가지 구경을 하였다고 종알대던 것이다.

다음날 나는 그에게 새를 잡아 달라고 말한즉 그가 말하기를,

"그것은 틀렸다. 큰 눈이 왔을 때가 아니면 안 된다. 우리 곳에서는 모래밭에 눈이 오면 나는 눈을 쓸어 젖히고 빠끔한 땅을 만든 뒤에 커다란 대발을 갖다 펴고 한편을 작은 막대기로 괴어 놓은 뒤에 그 밑에

겨와 당가루를 뿌려 두는 것이다. 그러면 작은 새들은 그것을 먹으러 오는 것이다. 이것을 조금 떨어진 곳에서 기다리고 있다가 대발을 괴어 둔 막대기에 매어 두었던 노끈을 잡아당기면 새들은 대발 밑에 치이지 않겠니. 거기는 여러 가지 새가 있단다. 메추리두 있구, 콩새두 있구, 녹두새두!"

그 때 나는 눈이 오면 좋겠다고 생각해 보았다.

윤토는 나에게 또 말하는 것이었다.

"지금은 춥지마는 너 여름에 우리 곳에 오면 좋지. 우리들은 낮에 바닷가에 가서 조개 껍질을 줍지 않겠니. 붉은 놈두 있고 푸른 놈두 있구. 아주 가지각색 놈이 다 있다. 누비조개란 놈두 있고 비단조개란 놈두 있단다. 밤이 되면 아빠를 따라서 수박 원두막을 지키러두 가겠지. 너두 가자꾸나, 응."

"도적을 지키는 거냐?"

"응, 그래두 길가던 사람이 목이 말라서 수박 한 개쯤 따서 먹는 것은 우리는 도적놈으로 치지는 않는 거야. 정신차려 지키지 않으면 안 될 것은 오소리나 족제비나 고슴도치다. 달 밝은 때엔 싸각싸각 소리가 귀에 들리기만 하면 그것은 고슴도치 놈이 수박을 도적해 먹는 것이거든. 그 때문이 곧 작살을 해 들고 가만가만 가서……."

나는 이 때 얘기한 고슴도치란 것이 어떤 짐승이란 것은 몰랐다―그것은 지금도 모른다―다만 조그마한 개 같은 것으로 매우 영악한 짐승이란 것은 생각했지만.

"그것은 사람에게 물고 달려드니?"

"작살을 가지고 있는데 무엇 겁나니. 쫓아가서 대번에 찌를 것인데. 고놈이 참 영리하거든. 사람에게 달려들어서는 그만 다리 밑으로 빠져 도망질을 치거든, 고놈 참 날쌔기란 아주 말할 수 없거든……."

그날까지 나는 세상에 이같이 보기 드문 일이 많으리라고는 한 번도 생각해 보지 못했다. 바닷가에는 그렇게 고운 오색 조개 껍질이 있다는 것이라거나 수박에 그다지 무서운 경력이 있다는 것을. 나는 이전까지 수박을 다만 가게 앞에 팔려고 내 놓았을 뿐이라고 생각하고 있었다.

"우리 곳의 모랫벌에는 조수가 밀려오면 비어飛魚가 잔뜩 올라오겠지. 모두 개구리 모양으로 발이 둘씩이나 달린 것이."

아 — 윤토의 마음 속에는 얼마든지 무한한 신기한 일이 있는 듯했다. 그리고 그것은 나나 나의 동무들 가운데는 한 사람도 알지 못하는 것 뿐이었다. 우리들은 겨우 아무짝에도 쓸데없는 것만 아는 것이다. 윤토는 바닷가에 살고 있건마는 나의 동무들은 모두 나와 같이 집 안에만 살고 있으면서 높은 담 위의 네모난 하늘만 바라볼 뿐이다.

안타깝게도 정월달은 빨리 지나가고 윤토는 저희 집으로 돌아가지 않으면 안 되게 되었을 때 나는 너무나 슬퍼서 울었다. 그도 부엌으로 들어가 숨어서 나오지 않고 울면서 우리 집을 떠나려고 하지 않았다. 그러나 끝판은 그의 아버지를 따라가고 말았다. 그는 집에 돌아간 뒤 그 아버지가 내 집에 오는 편에 전갈을 하고 조개 껍질 한 봉지와 매우 아름다운 새깃을 몇 낱인가 나에게 보내 주었다. 그럴 때면 나도 그에게 선물을 한두 번 보낸 일이 있다. 그것이 마지막으로 우리들은 두 번도 다시 얼굴을 대하지 못했던 것이다.

이제 어머니가 그의 말을 하셨으므로 나는 어릴 때의 기억이 번갯불 같이 내 머리 속에 떠올라 왔다. 그리고 고향도 옛날 그대로의 아름다운 것이 되어졌다. 그리고 어머니께 대답을 하는 것이었다.

"아! 그래서요, 그 애는 그 뒤 어떻게 되었습니까?"

"그게? 그것도 모두 생리가 좋지 못해서……." 어머니는 이렇게 말씀을 하시다 말고 문밖을 내다보시며,

"누가 온 것 같구나. 연장을 사려고 왔는지도 모르지마는 잘못하면 훔쳐 갈는지도 몰라. 내가 나가보고 오자꾸나."

어머니는 일어나 가셨다. 바깥에는 몇 사람의 여자 목소리가 들렸다. 나는 꿩아를 불러서 내 앞으로 오게 하고 심심풀이의 적수를 삼았다. "너 글자를 쓸 줄 아니?" 하고 물어 보았다. "타향에 가는 것이 기쁘냐?"고도 물어보았다.

"기차 타고 가요?"

"암— 기차 타고 가지."

"배도 타고요?"

"먼저 배를 타고……."

"에그, 이렇게 훌륭하게 되셨구먼. 수염도 아주 이렇게 기르시고……" 이상하게 쇠를 끊는 듯한 목소리로 떠드는 사람이 있었다.

나는 깜짝 놀라 돌아보니까 내 곁에 한 노파가 와 서 있었다. 그는 광대뼈가 툭 솟고 입술이 엷은 오십 전후의 여자였다. 그는 두 손으로 허리를 짚고 치마도 입지 않은 채로 두 발을 버티고 서 있는 것이 마치 원圓을 그리려고 펴놓은 콤파스와 같이 가느다란 다리를 가지고 있다.

나는 놀란 채로 서 있었다.

"나를 모르시우? 나는 어리셨을 때 늘 안아 주곤 하였었는데."

나는 더욱 놀랐다. 그 때 마침 어머니가 와서 열적음을 풀어 주었다.

"이 애는 오랫동안 나가 있었기 때문에 동네 일은 모두 잊어버렸다네. 너 생각나지 않니?" 하고 나에게 묻는 것이었다. "아따, 저 앞골목에 사는 양씨楊氏 마누라다. 두부 장사하던……."

나는 언뜻 기억이 났다. 아주 어렸을 때 문밖 저편 골목에 두붓집 가에서 온종일 앉아 있는 양씨 마누라라는 이가 분명 있었다. 사람들은 그녀를 두붓집 서시西施라고 불렀던 것이다. 그렇지만 그 때는 분을 바르고 광대뼈도 이처럼 드러나지 않았고 입술도 이처럼 엷지는 않았다. 그리고 온종일 앉아만 있었기 때문에 나는 이런 콤파스와 같은 모양은 보지 못하였었다. 그때 동네 사람들은 모두 이 두붓집이 번창하는 것은 이 여자 때문이라고들 말하였었다. 그런데 나이가 층이 나서 그렇겠지만 나는 그 여자로부터 아무런 영향도 받지 않았기 때문에 전혀 기억에서 사라진 것과 같다. 그러나 콤파스는 대단 불평인 모양으로 경멸하는 표정을 지었다. 말하자면 프랑스 사람이면서 나폴레옹을 모르고 아메리카 사람이면서도 워싱턴을 모르는 것을 조소하는 것과 같이 농담하듯 말하였다.

"잊어버렸수? 참 훌륭한 양반들은 달라. 눈이 더 좋으신 모양이지……."

"무얼 그런 게 아니라…… 나는……"하고 나는 어색하게 일어나서 말하였다.

"그럼 할 말씀이 있수, 서방님? 서방님은 아주 훌륭하게 되셨다니까 짐 옮기는 것도 불편하겠지. 허섭쓰레기 세간은 다 어떻게 하시오. 나를 주고 가시구려. 우리와 같은 가난뱅이들에게는 이모저모 모두 쓸 데가 있으니까."

"나는 훌륭히 된 것도 없소이다. 나는 이런 물건이나마 팔지 않으면 안 될 지경이오. 그리고……."

"아이고 말 마시오. 도대道臺(대신大臣)로까지 되셨으면서 훌륭하게 되지도 못하였다고…… 지금 서방님은 첩네를 세 분이나 두시고 밖에 나가려면 팔인교八人轎나 타야 나가실 테고 나는 다 알아요. 훌륭하게도 못 되었다고 나를 속이려고 그러시우?"

나는 할 말이 없어서 그냥 입을 다물고 묵묵히 서 있었다.

"참말 요새는 부자가 되면 될 수록 한푼이라도 없애려고는 하지 않는단 말이야. 한푼이라도 여금하게 여기니까 자꾸 부자만 되는 게지……."

콤파스는 아니꼽다는 듯이 휙 돌아서서 무어라 중얼중얼하면서 머뭇머뭇 밖으로 나갔는데 그 때 내 어머니의 장갑을 팬티 속에 훔쳐 넣고 간 것이었다.

뒤를 이어서 또 근처에서 사는 가까운 친척이 찾아왔다. 나는 그 사람들을 대접하면서 틈틈이 짐을 묶었다. 이러한 일로 삼사 일은 지나갔다.

어떤 날 몹시 춥던 오후이었는데 나는 막 점심밥을 마치고 그 곳에 앉아서 차를 마시고 있노라니까 누구인가 밖에서 집으로 들어오는 기색이 나길래 돌아다 보았다. 그리고 얼결에 반가움과 놀람으로 황황히 일어나서 맞으러 나갔다.

그 때 온 사람이 바로 윤토閏土였다. 나는 한 번 보고서 얼른 알아보기는 하였지만 내 기억에 남아 있던 윤토와는 아주 틀려 보였다. 그는 키가 배나 더 자라고 이전에 볼그레하던 통통한 뺨은 벌써 재 끼인 황색으로 변하여서 거기에다 퍽이나 깊은 주름살이 잡혀 있었다. 눈맵시는 꼭 그의 아버지를 닮았고, 눈가가 부숙부숙하고 붉은 빛이 돌고 있었다. 이것은 해변에서 농사하는 사람들은 종일 조수 바람을 쏘이므로 대개 모두 이렇게 된다는 것을 나도 알고 있다. 그는 아주 더러워진 펠트 모자를 쓰고 몸에는 아주 얇다란 솜옷을 한 벌만 입어서 매우 몸이 움츠러져 있었다. 손에는 무슨 종이 꾸러미와 긴 담뱃재를 들고 있다. 그 손은 내가 기억하기로서는 혈색이 좋고 포동포동하게 살이 쪄 있던 것인데, 지금은 거칠어지고 터지고 해서 소나무 껍데기와 같이 되어 있었다.

나는 그 때 퍽 흥분하여서 무어라고 말하였으면 좋을지 몰라서 다만 이렇게 말하였다.

"야, 윤토인가 — 참으로 오랜만일세……."

나에게는 계속하여서 할말이 많이 있었다. 생각은 마치 구슬더미와 같이 자꾸자꾸 풀려 나온다. 메추리라든지, 비어라든지, 조개라든지, 고슴도치라든지…… 그러나 무엇인가 말문을 막는 것이 있는 것 같아서 머리 속에는 돌고 있으면서도 좀처럼 입 밖으로 내어서 말할 수는 없었다.

그는 그 곳에 선 채로 있었다. 얼굴에는 기꺼움에 섞이어 풀지 못하는 표정이 있었다. 입술은 움직이면서도 말소리는 없었다. 그의 태도는 퍽도 어색한 모양을 하고 있으면서 이윽고 뚜렷하게 말하였다.

"서방님."

나는 몸서리가 쳐졌다. 나는 곧 우리 둘 사이에 어느덧 헐기 어려운 슬픈 장벽이 서게 되고 만 것을 깨달았다. 나는 아무 말도 하지 못하였다.

그는 돌아보며 말하였다.

"수생水生아, 너 서방님한테 인사하지 않니?"

그러고는 뒤에 숨어 있는 어린애를 끌어내었다. 이것은 아주 이십 년 전의 윤토인데, 다만 조금 얼굴빛이 나쁘고 여위었으며 목에는 은목테가 없을 뿐이었다.

"이것은 다섯째 자식놈인데요, 사람 앞에 나온 일이 없기 때문에 이렇게 어색하고 어름어름한답니다……."

어머니와 굉아宏兒가 이층에서 내려왔다. 아마 우리가 하는 말소리를 듣고 내려온 것이겠지.

"노老마나님, 일부러 기별해 주셔서 고맙습니다. 저는 너무 기쁘기만 해서 어쩔 줄 모릅니다. 서방님이 오셨다는 말씀을 듣고서요"하고 윤토가 말하였다.

"애, 무얼 그렇게 딴 남 같은 말을 하니. 너희들은 이전에는 형제와 같이 말하지 않았니. 이전같이 이름을 불러 말하려무나."

어머니는 좋은 낯으로 이렇게 말하였다.

"어흠, 노마나님, 그 원 천만에 말씀을…… 어찌 그럴 수가 있겠습니까. 그 때는 하도 철이 나지 않아서 아무 분간도 못하였을 때였읍지요마는……."

윤토는 이렇게 말하고 수생을 불러서 나에게 인사를 하라고 가르쳤으나 그 어린 것은 부끄러워만 하고 그의 등에 꼭 붙어 있었다.

"아, 수생이냐, 그 애가 다섯째랬지. 모두 낯설은 사람뿐이거든. 부끄러워하는 것도 고이치는 않아. 야, 굉아야, 저 애 데리고 바깥에 나가 놀아!"하고 어머니가 말했다.

시키는 대로 굉아는 수생을 데리고 바깥으로 나가려고 일어서고 수생도 아무 말 없이 따라 나갔다. 어머니는 윤토에게 앉을 자리를 권하셨으나, 그는 황송해서 어름어름하다가 겨우 앉아서 기다란 담뱃대를 한 옆에 세우고 종이에 싼 뭉치를 내놓으면서 말하기를,

"겨울에는 이런 것밖에 무엇이 있어야지요. 이양대(그린피스의 일종) 말린 것은 저들이 농사지은 겝죠. 부디 서방님께……."

나는 그에게 어떻게들 살아가는가 물어 보았다. 그는 다만 머리를 흔들 뿐이었다.

"아주 무어 맹랑합죠. 여섯째 젖먹이까지도 일을 거들어 주지만 그래도 먹고 살아갈 도리라곤 없습니다. 그나마 세상이 하도 기막히는 것…… 사방 돈만 떼이고 해도 신원할 곳도 없고 추수는 없죠. 농사라곤 지어도 그것을 팔려고 나가면 몇 차례나 세금을 제키고 그렇다고 팔지 않으면 썩힐……."

그는 또 한번 머리를 흔들었다. 얼굴에는 깊은 주름살이 이리저리 잡혀서 조금도 움직이지 않고 꼭 무슨 석상石像을 보는 듯했다.

그는 정녕코 괴롬을 그지없이 느끼는 듯하였으나 그래도 그것을 말로는 못 하는지 한참 동안 입을 다물고 있었다. 그리고 담뱃재를 들어서 뻑뻑 피우며 연기만 뿜었다.

어머니가 묻는 말에 그는 집에 일이 많아서 내일은 돌아간다고 한다. 아직 점심을 먹지 않았다고 해서 그에게 부엌으로 내려가 밥을 지어 먹으라고 말했다.

그가 나간 뒤 어머니와 나는 그의 생활에 대한 애기를 하고 탄식하지 않을 수 없었다. 어린것들은 많고 흉년은 거듭되고 세금은 고되고 군인·도적놈·관리·양반 서방님네 모두가 모여서 장승같이 삐쩍 마른 사내

아이를 괴롭게 한다는 것이다. 어머니는 나에게 말하기를, 가지고 가기에 만만치 않은 살림부스러기는 그를 주는 것이 좋으니 그에게 마음대로 고르도록 하라고 하셨다.

오후, 그는 제 마음에 맞는 몇 가지를 골라내었다. 긴 테이블 두 개, 의자 네 개, 한 벌의 향로香爐와 촉대, 짐 지는 멜채 한 개, 그는 또 잿더미를 가지고 싶다고 말하였다(우리 고향에서는 짚을 때는 까닭에 이 잿더미는 모래땅에 훌륭한 비료가 된다). 우리들이 출발할 때가 되면 그는 배를 타고 와서 실어 간다고 말했다.

밤에 우리들은 여러 가지 얘기를 했으나 그것은 별로 긴한 말은 아니었고, 그 이튿날 이른 아침에 그는 수생을 들쳐업고 돌아갔다.

또 아흐레쯤 지났다. 이날은 우리들이 출발하는 날짜였다. 윤토는 아침 일찍이 왔다. 그 대신 다섯 살쯤 되는 계집아이를 데리고 와서 배를 지키도록 하였다. 우리들은 하루 종일 바빠서 아무런 얘기도 할 여가가 없었다.

찾아오는 손님도 적지 않았고 전송하는 사람도 많았으며 물건 가지러 오는 사람도 있었다. 또 물건도 찾고 전송도 하고 두 가지를 겹쳐 온 사람도 있었다. 저녁때가 되어서 우리들이 배를 타게 되면 이 옛집에 있던 모든 물건은 쓸 거나 못 쓸 거나 하나도 남김없이 깨끗이 치워질 것이었다.

우리가 탄 배는 떠나갔다. 양쪽 산들은 저녁 어둠 속에서 검푸르게 나타나서는 차차로 뒤로 사라지고 마는 것이었다.

굉아는 나와 같이 선창에 기대서서 바깥의 아득한 풍경을 바라보다가 문득 나에게 묻는 것이었다.

"아저씨, 우리들 이제 가면 언제나 또 돌아와요?"

"돌아온다고? 너 어째서 가기도 전에 돌아오는 것을 생각하니?"

"그래두 수생이한테 집에 와서 놀자고 했는데, 무어!"

그리고 그는 커다란 검은 눈동자를 반짝하면서 또 무엇을 생각하는 모양이었다.

어머니와 나는 매우 피곤해서 아무 말 없이 앉았었으나 그것을 듣고는 또 윤토의 일이 생각에 떠오르는 것이었다. 어머니의 말씀에는 그 두붓집 서시西施 양씨 아주머니는 우리 집에서 짐을 꾸리기 시작한 뒤부터는 하루도 안 오는 날이 없었고, 그저께는 잿더미 있는 데서 사발과 접시 등속을 여남은 개나 꺼내어 가지고 와서 말 끝에 이것은 윤토가 묻어둔 게라고. 그래서 잿더미를 파 갈 때 함께 집으로 가져가려던 것이 틀림없다고 말했다. 두붓집 서시는 이것을 발견한 것이 자기의 훌륭한 솜씨라고. 그 대신 닭의 둥우리를 떼어가지고 갔다.

"불티같이 날라 갔으나 아무리 해도 그 작은 발에 뒷굽 높은 구두를 신은 것도 생각지 않고 되는 대로 뛰어서 가는구나, 글쎄."

옛집은 우리로부터 점점 멀어졌다. 고향의 산수는 차츰차츰 나의 뒤로 물러서는 것이었다. 그런데 나 자신은 그것을 그다지 안타깝게도 생각지 않는다. 나는 다만 내 주위를 둘러싼 눈에 보이지 않는 담牆, 그것이 나 자신을 외롭게 하였다는 데 생각이 미칠 때 적지 않게 괴로와지는 것이었다. 그 수박 원두막에 은목테를 하고 있던 조그만 영웅의 얼굴은 나에게는 십분이나 분명한 게 있건마는 지금에는 급속도로 그것이 희미하여지는 것이었다.

어머니와 굉아는 벌써 잠이 들었다.

나는 누워서 뱃바닥에 찰싹찰싹 들이치는 물소리를 들으면서 나 혼자 내가 가야 할 길을 가고 있다는 것을 느꼈다. 나는 생각했다. 나와 윤토와는 필경 이렇게 멀리 떨어지고 말았던 것이다. 그러나 우리들의 후배들로서도 역시 우리와 같이 현재에 내 눈앞에 보이는 굉아와 수생의 일도 생각해 보는 것이지마는 나는 두 번 다시 그들이 나와 같이 또 서로 사이에 아무런 간격도 없기를 희망하는 것이다.

　그렇지만 나는 또 그들이 똑같이 된다 하더라도 결코 나와 같은 괴롬과 방랑의 생활을 하도록 되는 것을 원하지 않을 뿐 아니라, 또 결코 윤토와 같은 괴롬과 마비된 생활을 하게 되는 것을 원하지 않는다. 또 다른 사람들과 같은 괴롬과 제멋대로 하는 생활을 하면 좋다고도 바라지 않는다. 그들은 우리가 아직 보지도 못하고 알지도 못하는 새로운 생활을 하지 않으면 안 되리라고 생각하는 것이다.

　나는 생각하면서 희망에 이르렀다가는 다시 곧 무서워졌다. 윤토가 향로와 촉대를 달라고 말하였을 때에 그는 언제나 우상만을 숭배하여서 한때라도 잊어버리지 못하는 것이라고 나는 속으로 조소하였을 것이지만, 지금 내가 희망이라고 말하는 것도 이것도 내 멋대로 만드는 우상이 아닐까. 다만 그의 것은 비근한 것이고 나의 것은 고원하여서 걷잡을 수 없는 것일 뿐이다.

　이렇게 어지러이 생각하고 있을 때에 눈앞에 보이는 것은 해변에 푸른 모랫벌의 한쪽이었다. 위에는 감청색의 하늘에 금빛으로 빛나는 둥근 달이 떠 있었다. 생각하면 희망이라는 것은 대체 '있다' 고도 말할 수 없고 또는 '없다' 고도 말할 수 없는 것이다. 그것은 마치 지상의 길과 같은 것이다. 길은 본래부터 지상에 있는 것은 아니다. 왕래하는 사람이 많아지면 그 때 길은 스스로 나게 되는 것이다.

—(終종)—

—《조광朝光》(1936. 12).

골목 안(소항)

고정古丁 작作
육사陸史 역譯

소개紹介

이 작가의 경력에 대해서는 역자譯者도 잘 알지 못한다. 다만 〈평사平沙〉를 써서 강덕육년도康德六年度에 민생부대신상民生部大臣賞을 획득하자 일세一世에 훤전喧傳된 것을 아는 사람은 아나 사실은 그전에도 주의할 몇 개 작품을 썼다는 것은 〈평사平沙〉 전에 나온 이 작가의 작품을 읽어 보아서 알 수 있는 것이다. 그리고 이 사람의 작품집으로는 《구비舊飛》 외에 《일지반해집一知半解集》이란 잡문집雜文集이 있고 《부항浮沆》이라는 시집도 있는 줄 안다. 작품의 맨도리는 만주라는 특수한 풍토속에서 주제를 고르는데도 그러려니와 작품을 처리해 나가는데 묘를 얻은 것은 그 작품을 읽으면 어딘지 개천용지개芥川龍之介의 작품을 읽는 듯한 느낌이 있는 것이다. 작가의 반생을 잘 알지는 못해도 지금은 신경新京서 발행되는 《예문지藝文志》의 기획계사무주임企劃系司務主任이라는 분주한 일을 보는 모양인데 창작생활에 영향이 없기를 독자와 함께 빌어 둔다.

사람이 그 처음 성품은 본대 착한 것이었나니라(삼자경三字經)

1

"종달새는 어디 가나? 보금자린 여기 두고."

금화金華는 서른이 가까운 창부였다. 담벼락 밑에 서서 유령처럼 힘 하나 없이 지나가는 사람을 보고는 불러들이는 것이었고 어두운 골목 안은 제 손가락 사이에 끼운 담뱃불만 빠작빠작 타서 새빨갛게 빛나는 것이었다.

밤바람은 사람이 구역증이 날만치 악취를 불어오고 거기다 거칠은 아귀성과 음탕한 욕질까지 섞여서 아편 모히바늘 노름 사창 이런 것들 에 지친 인간들을 이골목 안으로 모여들게 하는 것이었다.

금화는 담배를 피우면서도 어리둥절하였다. 모히침자리가 쑤시고 중 독된 아랫도리가 바늘로 찌르는 듯 따가웠다. 손은 무엇을 잡으려고 하 였지만 떨리기만 하였다. 누군진 모르나 제 몸을 부딪히자 그때야 모진 꿈속에서 깨여난 것처럼 힘없이

"종달새는 어디 가나! 보금자린 여기 두고."

그 사내는 성냥을 죽 그려서 쌍하패雙鶴牌 권연을 한개 피어물고는 짐 짓 금화의 앞에 어르대 보는 것이었다. 머리는 촉새집 같은데다가 조그 만 살짝을 꼽고 홀쪼그라진 얼굴에 세치나 분을 발라 쑥 들어간 눈자위 에 둥그런 눈알만이 튀어져 나올 듯한데 좁은 이마에는 주름살이 잡힌 것이었다.

"파—짜!"

그 사내는 금화의 얼굴에 대고 이렇게 말했다. 거기에는 독한 소주냄 새가 풍기었다.

"도령님 들어와요……."

금화는 사내의 손을 꺼당기며 집안으로 호려드려는 것이었다.

"싫어, 놓으라니까."

그 사내는 금화의 손을 뿌리치고 휘적휘적 유령처럼 보이는 뭇사람들 쪽으로 걸어갔다.

2

가을이 샘물같이 차운 어느날 밤이었다. 골목안의 하늘에는 검은 포장을 친 듯 왼갖 추악을 덥고 있고 그 아래 금화는 무거운 발길로 걸어가는 것이었다. 무엇인지 발길에 채이었다. 금화는 내려다보았다. 그것은 아주 발가숭이가 된 모히중독자의 시체가 그대로 길가에 둥그레진 것이었다. 금화는 되는 대로

"헤, 뻐드러졌어."

이렇게 욕질을 하고 제 상관할 바 아니란 듯이 걸어갔다. 가다 사람을 만나면 서서 입으로는 무엇인지 중얼댔다. 뱃속에서는 쪼록쪼록 소리가 나는데 밤은 길고 골목안은 한층 더 긴 것이었다.

"애, 오늘밤은 얼마야?"

거칠고 잡아뜯는 듯한 목소리에 금화도 깜짝 놀랐다.

"한 푼도 없다니 그래 나는 여태 암껏도 먹지도 못했는데 돈부터 받으러오고 염치까진 녀석!"

금화는 말대꾸를 총총하고는 홱 돌아섰다.

"요 망할 계집. 또 모히침이나 맞고."

금화의 남편은 벌겋게 충혈된 눈으로 노려보며 손바닥에 불이 나게 휘갈기는 것이었다.

"계집만 부려먹고 뻔뻔히 자빠져 노는 주제에……."

이 말을 다 하기도 전에 누군지 옆을 스치며 지나갔다. 금화는 홱 돌아서며 힘없이

"……어디 가나? 보금자린 여기 두고."

그 사내는 입을 삐죽하고는 그냥 가버렸다.

"임자는 빈둥빈둥 놀구 술만 들이키면서 나는 그다지 쉽게 돈이 벌릴 듯해? 그래두 난 등이나 어깨뼈를 깍아가면서 돈을 벌려고 애를 쓰는데."

하며 금화는 하품을 하고는

"못 미덥거든 찾아보라니 한푼도 없다니까."

"왜 이리 종알종알 대는 거야! 내가 놀고만 있어? 난 그래도 매일 아침 일터를 찾아다니지 않는가 말이다. 흠? 오년 전만 해도 내 몸이 튼튼할 땐 무엇 네 힘을 빌지 않아도 넉넉했단다."

그리고 금화의 남편은 손아귀에 힘이 있는 대로 금화의 뺨을 휘갈기는 것이었다. 금화는 눈시울에 불이 번쩍 났다. 비틀비틀 쓰러지면서 엉엉 울었다. 눈물과 콧물이 흘러 나왔다. 그래도 사내는 미칠 듯 부르짖었다.

"흠, 요 망할 년의 계집이 왜 앙앙 쳐 울어?"

또 달려들어 두어차례 갈겨댔다.

"저런 쫄쫄 울지말고 어디나 가면 되지 않어?"

뒤에서 어떤 뚱뚱보 한 사람이 금화의 등을 떼밀었다. 그러자 한떼 사람들이 아주 조수처럼 밀려와서 부딪히고 지절대고 부르짖는 소리 욕질하는 소리 매질하는 소리 살려달라고 구원을 청하는 소리에 어느 사이 골목안은 야단법석이었다. 금화는 눈물을 씻을 여가도 없이 사람들의 틈을 빠져나와 길 한옆으로 달음질쳤다. 몸둥이는 누구한테 얻어맞았는지 얼얼 쑤시고 다 해진 무명옷이 한곳 쭉 찢어졌었다.

길가로는 가로등이 켜졌고 붉고 푸른 네온이 제대로 다른 빛깔을 빛내고 있었다. 금화는 이 눈부시는 빛깔을 차마 볼 수가 없어 눈을 지그시 감고 한참 있다가 겨우 눈을 들었을 때 차와 말과 사람들이 보여지는 것이었다. 가슴은 사뭇 펄렁 대고 숨이 가빠 가슴을 두 손으로 부둥켜 안고 있었다. 무슨 무서운 꿈속에서 개에게라도 물린 듯 싶은 것이었다.

"구운 강냉이(옥촉서玉蜀黍)사오! 구운 강냉이."

길 어귀에서 구운 강냉이를 팔며 목쉰 소리로 외치는 것이었다. 노랗게 구운 강냉이를 커다란 질옹배기에다 보기 좋게 담아놓았고 신선한 강냉이 구운 냄새가 코끝을 스친다. 금화는 저도 모르게 침을 삼켰다. 넋 빠진 것처럼 어릴 때 집에서 부엌 아궁이에서 강냉이를 굽던 제 모양이 머리 속을 스쳐 가는 것이었다.

"강냉이 한 개에 얼마요?"

"이 전이요. 방금 구어낸 것이요."

금화는 품속에서 빈 담배갑을 찾아냈다. 알맹이를 찾아봐도 담배가루가 으러질 뿐 맨끝에 동전 한푼이 나왔다.

"일전에 팔려우."

"그건 무슨 말이요."

강냉이 장수는 강냉이 한개를 집어들고

"이좀 보라우요. 이렇게 알이 총총 박혔잖소. 아주 싱싱하고 냄새조차 구수하거든요, 이전을 받아야 겨우 본전이라니요."

금화는 차마 못 잊겠다는 듯이 커다란 강냉이를 건너다보고는 또 한번 침을 삼켰다. 길다란 골목안은 가로등이 그대로 밝고 붉고 푸른 네온이 휘황하게 빛나는데 금화는 눈을 번적 들어 거리에 다니는 차와 말과 사람들을 자세히 바라보았다. 한참동안 몸 한번 옴즉 하지 않았다.
홀지에 눈앞이 캄캄하고 자칫하면 강냉이가 담겨 있는 커다란 질옹배
기 전에 넘어질 뻔하였다.

4

"문 열어. 문 열어."

금화는 그것이 제 사내의 목소리인 것을 알았다. 어쩌면 저다지 황급
해할까? 목소리도 좀 떨리고.

금화는 옷을 몸에 걸치며 문 앞으로 나가서 한 손으로 문고리를 벗기
고 문을 열었다. 사내는 아무 말도 없이 단 걸음에 뛰어들어 금화를 밀
어 제칠 듯 하였다. 그리고 사내는 겨드랑이에 꼈던 무거운 보따리를
금화의 가슴에 내밀고는 다시 돌아서서 문을 닫았다. 그러나 떨리는 손
이라 문고리는 걸리지 않았다.

"어서 네 손으로 문을 걸어!"

"무얼 어쨌단 말요."

금화는 이렇게 말하고 문을 닫고 보따리를 든 채로 방 안으로 들어
왔다.

"대체 무얼 어떻게 했소. 글쎄."

금화는 잠 오는 눈을 한번 비볐다.

"여보 당신 무얼 어쨌소. 대체 왈왈 떨면서."

사내는 주머니에서 성냥을 꺼내서 등잔에 불을 켰다. 불꽃이 컸다 적
어졌다 하고 사내의 얼굴은 창백하고 입술조차 새하얗게 질려 있었다.

"내일부터 너는 그 골목 안을 안 가도 된다."

사내는 헐떡거리며 이렇게 말하고는 한참 있다가

"로오(老五)…… (로오란 저편의 형제가 다섯 사람이면 노老라는 경어를 붙여
로일老一, 로이老二 등등 이렇게 부른다)가 내게 좋은 수를 가르켜 줬거든!"

"그럼 당신 도적질을……."

금화는 그만 가슴이 덜덜 떨리고 그 이상 더 말하지 못했다.

"큰 소리는 왜 내는 거야?"

사내 목소리는 금화보다 더 컸다.

"큰 소리는 당신이 냈지 누가 냈단 말요……."

"이웃에는 아직 사람들이 자지도 않는데 그런 죄를 짓고도 나중에 탈이 나면 겁이 안 나요?"

금화는 귀를 기울이고 이웃집 숨소리를 엿들어 보았다. 사내의 손은 여전히 떨리고 있었다. 사내는 나직한 목소리로

"오늘 나는 너무나 배가 고팠단다. 나는 '로오'가 그런 일을 하는 것을 벌써부터 알구 있었단다. 오랫동안 찾아다니다가 오늘이야 겨우 날가게 옆에 있는 작은 밥집에서 찾아냈단다. 그 녀석 거기서 술을 마시는데 아주 관운장처럼 뻐기는게 아닌가? 내가 들어가니까 씩 웃고는 함부로 술을 권하는 것이었단다."

나는 배가 너무 고팠기에 먼저 군떡을 몇 개 집어먹고는 마음놓고 그 녀석과 술을 마셨다.

나는 '로오'에게 "형님" 이렇게 말했다. 그 녀석도 내 말에 눈치를 채이고는 아무 말없이 "오늘밤 날 따라오렴"하고 말했을 뿐이었고 나도 "응응"하고 고개를 끄덕였다.

한 시쯤이나 되었을까 그 녀석은 술값을 치르고 그 집에서 나왔다. 캄캄한 샛골목을 한참 돌아가자니까 사람놈의 그림자도 볼 수 없었다. 그 녀석은 허리춤에서 칼 한 자루를 꺼냈다.

"돈벌이 연장을 주마!"고 하는 것이었다.

나는 그것을 받아 들었다. 몸이 부들부들 떨려서 하마터면 떨어뜨릴 뻔하였건만 그 녀석은 헤헤 웃을 뿐이었다.

어느 커다란 이층집으로 가까이 갔다.

‘로오’는 밖에서 망을 보면서 나를 기다리고 있었다. 나는 내 발소리에도 겁이 나서 소름이 끼칠 뻔하였다. 나는 어떻게 들어갔고 어떻게 나왔는지도 모른다.

“나는 살아가지 않으면 안 되니까…….”

사내의 말은 끝났다. 죽은 사람같은 창백한 얼굴 죽은 사람 같은 창백한 입술이었다.

“살아가지 않으면 안 된다지만 그런 짓까지 하고 살아 가는게…….”

금화는 몸서리를 쳤다.

“너는 뭐냐? 너같이 살아가는 것은 그래 좋단 말이냐?”

사내는 주머니에서 담배를 꺼내서 피어물었다.

담 밑에서 귀뚜라미가 울고 있을 뿐 사방이 고요하고 어디선가 뉘집 개가 짖었다. 그리고는 또 고요해졌다.

5

밤비가 보슬보슬 내렸다. 좀처럼 그칠 모양도 아니었다. 방안은 어둡고 고요하기 무덤같다.

금화는 자리위에 누워서 때때로 몸을 뒤틀어도 보고 되는 대로 침을 탁탁 뱉기도 했다. 문소리가 찌걱찌걱 났다. 금화는 쫓아가서 문 앞에서 “누구요?”하고 소리를 질렀다. 그러나 아무런 대답도 없었다. 금화는 또다시 큰 소리로

“누구요?”

역시 아무런 대답도 없었다. 집모퉁이에서 무엇인지 벼락치는 소리가 났다. 금화는 가슴이 덜컹 내려앉는 듯이 겨우 자리위에 왔을 때 거기서 “야옹”하는 소리가 들렸다. 아마 뉘집 고양이가 먹을 것을 찾아다니는 것이었다. 금화는 그제야 마음을 가라앉히고 혼자말로 중얼거

렸다.

"밤고양이가 집에 들어오면 아무 일도 없는 법이야 아아!"……(만주의 미신……역자주)

금화는 다시 자리위에 누웠다. 조금전의 따뜻한 기운이 금화의 기분을 얼마쯤은 다사롭게 할 수가 있었다.

"벌써 밤이 깊었는데 인제는 돌아올 때도 됐건만……"

금화의 마음은 의심과 초조로 조바심을 쳤다. 어쩌면 모든 것이 탄로된 것이나 아닐까하고 생각하면 자리발이 붙지 않았다.

고양이가 또 문 앞에 와서 "야옹" 소리를 쳤다. 금화는 가슴이 덜컥 내려앉는 듯 하였다. 화를 내며 자리를 일어나서 문 앞에 왔을 때는 발을 구르며 입으로는 "망할 년의 짐승"하는 소리가 그쳐지지 않았다.

좀처럼 마음이 가라앉지는 않았다. 그대로 왔다갔다 하면서 들창 앞에 가서는 창틈을 새여드는 아침 햇빛을 몸에 하나 가득 받고는 하품을 한번 하였다.

6

무서운 밤은 연달아 왔다. 금화는 쌀부대를 열어보았다. 부대에는 바닥에 여기저기 몇 알의 쌀이 흩어져있었다. 금화는 손을 넣어 부대 바닥의 몇 낱알을 모아보고 또 흐트렸다. 맨 나중 몇 낱알을 집어 입안에 털어넣고서 뽀작뽀작 깨물어도 보았다. 마치 제 이빨을 갈아부치는 듯도 한 것이었다.

"펫!"

금화는 씹었던 쌀알을 뱉어버리고 그리고 힘없이 네모난 테이블 앞에 가서 동그란 작은 거울 앞에 앉았다.

걱정과 공포와 잠 못 자는 밤들이 금화의 그나마 얼마 남지못한 자태까지 좀먹어 버렸다. 두 뺨이 홀쪼그러지고 턱밑이 마른 가죽쪽같이 되었다. 눈자위조차 쑥 들어간 것은 두 개의 동그란 눈알을 더욱 튀여나 보이게 하였다.

테이블에는 분과 크림병들이 되는대로 흩어져 있고 그 위에 먼지가 켜켜이 앉아있었다.

금화는 그것을 전날같이 하나하나 주어서 바르기 시작했다. 바르면 바를수록 두꺼워져서 눈썹조차 안 보일 지경이었다. 그리고 금화는 성냥을 켜서 크림병에다 태워서 까맣게 탄 놈으로 눈썹을 그렸다. 검은 눈썹 붉은 입술. 금화는 거울에다 눈썹을 찡그려서 한번 비춰보고 그리고 다시 한번 깔깔 웃어보고 그 다음 거울을 테이블 위에다 부서지라고 내던지고 방금 빗질한 머리칼을 되는 대로 집어 뜯어서 새중두리처럼 하고서는 골목안으로 내려가는 것이었다.

골목 안의 밤은 어둡기도 하였다. 아편·모히바늘 노름 사창 이런 것들이 지친 인간들을 모아들이고 모든 것은 전날과 꼭같은 것이었다. 금화도 지금 네거리에 서서 힘없이

"종달새는 어디 가나? 보금자리 여기 두고."

하고 부르는 것이었다.

가을밤은 길고 찼다. 금화는 추워서 이빨을 달달 떨면서 제 손으로 제 어깨를 꼭 잡았다. 모히침의 자리가 기려운 것이었다. 금화는 반쯤 눈을 감고 한 동무로부터 담배를 얻어피우려 했다. 그러나 손이 덜덜 떨려서 하마터면 제 손을 태울 뻔 하였다.

"왜 그래?"

금화에게 담배를 준 동무가 물었다.

금화는 점점 더 떨려오는 것이었다. 서서 있기 조차 어려웠다. 그래서 전봇대를 붙들었을 때는 동무의 말조차 안 들리는 것이었다. 그 옆을 지나는 사람을 보면 힘없이 띄엄띄엄 부르는 것이었다.

"……어디 가나? 보금자리 여기……."

　이러고는 담벼락에 쓰러졌다. 지나가는 사람은 금화의 발에 발목이 걸리곤 하였다. 그러나 내려다 보았을 때는

"떠드러졌구만 그래."

하고 간단히 한마디 던질 뿐이었다.

　사월이십육일 어원산덕수장_{於元山 聽濤莊}

—《조광_{朝光}》(1941. 6).

중국문학 50년사

호적胡適 원저

이육사 번역

1

중국 문학사상에서 이 50년이란 세월은 매우 중요한 시기이었으니 이 50년 동안의 몇 가지 중요한 사건을 종합해 보건대,

㈀ 이 50년 전은 《신보申報》가 창간되던 해이며(1872) 또한 증 국번曾國藩이 죽은 것도 바로 이 해이었으니, 증국번은 동성파桐城派의 고문古文을 중흥시킨 제일 맹징이었다. 그러나 그의 중흥 사업은 비록 광영光榮 찬란한 바 있었다 해도, 가석한 것은 전연 온고한 기초를 갖지 못하였으므로 한 가지도 장구한 수명이 없었다는 것은 청조淸朝의 운명이 태평천국太平天國의 동란으로 말미암아 일체의 병상病狀과 일체의 약점을 노출했을 때 증국번 등 일련의 사람들이 태평 천국을 타도하여 각지의 비란匪亂을 평정하고 그들의 중흥 사업을 달성하였다. 그것은 다만 증파增派의 중흥 사업이 5,60년간의 만청滿淸 국운을 연장한 것은 될지라도 마침내 만청 제국의 부패를 구하지 못하고 만청 제실帝室의 멸망을 구하지 못한 것 같이 그들의 문학의 중흥 사업도 또한 이 같은 것이었

다. 고문古文이 '도광道光'·'함풍咸豊' 시대에 이르러 공소空疎한 방요파方
姚派와 괴벽한 공자진파龔自珍派 등이 일시에 세상에 나와서 증국번 등
일련의 동성桐城 고문파古文派에게는 은연한 일부대一部隊의 생력군生力軍
으로 홀연히 중흥적 지위를 차지했으나 다만 '동성'·'상향파湘鄕派' 중
흥도 역시 잠시적이었고 결코 지구적이지는 못했으며, 증국번의 정신
과 경험만은 확실히 동성파 고문古文을 재건한 중심 인물이라고 할 수
있었다. 그러나 증국번이 죽은 뒤 고문의 운명도 점점 미약해 갔으니
증파曾派의 문인 곽숭수郭嵩燾·설복성薛福成·여서창黎序昌·유월俞樾·오여윤
吳汝綸 등이 한 사람도 그 중흥 사업을 계속해 가지 못했을 뿐 아니라 다
시 한 대를 내려가면 실로 '강노말지强弩末之' 밖에 아무것도 아니었다.
그 때의 고문의 중흥이란 겨우 병들어 죽은 사람에게 '회광반조回光返
照'는 되었을지언정 여구如舊히 고문의 쇠망을 구하지 못했으며, 이 고
문의 쇠망사의 일단이 50년 동안의 아주 명현明顯한 추세였었다.

  (ㄴ) 고문학古文學의 말기는 시대의 핍박을 받으면서도 한 번도 그 양식
을 번복하지 못하였다는 것이다. 50년간의 하반이 무릇 고문학의 축점
逐漸 변화한 역사인데 이 계단의 고문학의 변화사를 다음 몇 개의 소단
락으로 나누어 본다면,

　일一. 엄복嚴復, 임서林紓의 번역문장翻譯文章
　이二. 담사동譚嗣同, 양계초梁啓超의 의론문장議論文章
　삼三. 장병린章炳麟의 술학문장述學文章
　사四. 장사쇠章士釗 일파一派의 정론문장政論文章

　이 네 가지 운동이 20여 년의 문학사상에서 모두 한 개의 중요한 위
치를 점령하는 것이다. 그들의 연원淵源이나 주장은 비록 매우 다른 곳
이 많다고 하더라도, 다만 우리가 역사상 안목으로 관찰해 볼 때는 이

4파는 모두 응용 방면의 고문이었다. 이러한 위급한 과도 시기에 있어서 여러 가지 수요가 언어와 문자로 하여금 부득불 '응용'이란 방면으로 변해 가지 않으면 안 되게 되었으므로 이 4파를 지목해서 '고문 범위 이내의 혁신 운동'이라고 할 수는 있었다. 그러나 그들이 모두 자발적으로 근본적 개혁을 할 여가도 없었고 고문이란 것이 단순한 일종의 사치품이고 일종의 장식품이었기에 도리어 응용할 공구가 되지 못한다는 것을 그들의 한 사람도 인식치 못했었다. 그래서 장병린章炳麟의 고문이 이 파 중에서 가장 고아古雅하면서도 겨우 자기 한 대에서 끝을 막고 다시 전하는 사람이 없었으며, 엄복嚴復·임서林紓의 번역 문학이 당시에는 겨우 일시적이나마 수요에 공급할 수가 있었으되 마침내 길게 가지 못했고, 주작인周作人 형제의 《역외 소설집域外小說集》이 이 일파의 최고 작품이었으나 그것도 다만 일방면에만 사용되었기 때문에 그들이 모두 실패는 하였으나, 실패한 뒤에 그들은 다시 백화 문학白話文學의 건장健將이 되었다. 담사동譚嗣同·양계초梁啓超 일파의 문장이 응용한다는 정도에서는 비교적 나은 편이었고 사회적으로 미치는 영향도 적지 않았으나, 그것도 그 일파의 말류末流에 와서는 천박한 부연과 무용의 퇴적堆積을 면치 못해서 한갓 사람으로 하여금 염증이 나게 하였을 뿐이었다. 장사교章士釗 일파는 본래 엄복과 장병린章炳麟 양등파兩等派에서 변화해 나온 것으로 그들은 논리와 문법을 중시해 왔기에 매우 근엄하고 또 위완委婉한 데가 있어 양파梁派의 결점을 다소 보충을 했으나 갑인파甲寅派의 정론政論 문장이 민국民國 초년에는 거의 한 개의 중요한 문파文派를 형성했던 것이다. 다만 이 일파의 문자가 저술에 용이치 못하고 통속적이 아니어서 실재에 있어서는 역시 실패에 돌아가지 않을 수 없었다. 그래서 이 일파의 건장健將 중에도 고일함高一涵·이대교李大釗·이검농李劍農 같은 이는 뒤에 모두 백화白話 산문의 작자가 되었다. 이렇게 고문이 겨우 응용이라는 길을 따라간 일단의 역사는 역시 신구 문학이

교체하는 과도 시대에 면치 못할 한 개의 계단이었고, 그러면서도 고문학이 이 시기에 있어서 2,30년의 운명으로 지지해 간 것은 또한 사실이었다.

㈐ 이 50년 동안에 가장 세력이 컸고 가장 유행이 광범하게 된 것은 이상하게도 양계초의 문장도 아니었고 임서의 소설도 역시 아니었으며, 그것은 정히 허다한 백화 소설이었다. 《칠사오의七俠五義》《아녀영웅전兒女英雄傳》 등은 모두 이 시대의 작품이었으며, 《칠사오의》 뒤에 《소오의小五義》 등의 속편이 나온 것도 모두 이 30년래의 작품이니 이러한 소설이 진실로 대표적인 북방의 평민 문학이었다. 그리고 전청前淸 만년에 와서는 남방의 문인들도 역시 허다한 소설을 산출하였으니 유악劉鶚의 《노잔유기老殘遊記》, 이백원李伯元의 《관장현형기官場現形記》《여명소사女明小史》, 오옥요吳沃堯의 《20년간 목도지 괴현상目睹之怪現狀》《한회恨悔》《구명음원九命奇寃》 등등인데 모두 의의 있는 작품으로서 구상과 견해에 있어서도 한갓 북방의 순수한 민간 오락에만 공급되는 작품들과는 달라서 이 남방의 백화 소설은 50년 중국 문학의 최고 작품인 것이고 가장 문학적으로 가치 있는 작품인만큼 이 일단의 소설 발달사는 즉 중국의 '산문학'의 한 개 자연스러운 추세이었다. 그러므로 그 중요함이란 전면에 재차 말한 고문학사보다도 한층 더 한바 있는 것이다.

㈑ 50년래 백화 소설사가 의연히 1년래의 백화 문학과 다른 한 개의 큰 결점도 가졌다는 것은 백화 채용이 다시 말하면 무감각했다는 것, 즉 되는 대로 해서 아무런 비판적이 아니었다. 그러나 민국 6년 이래의 문학 혁신은 그야말로 일종 의의 있는 주장으로서 무의미한 연진演進이 너무나 오랬고 또한 불경제적이었다.

근 50년래의 혁신 운동으로만 보더라도 의식적인 주장이 있고 계획적인 혁신인 때문에 가장 짧은 기간 중에서도 능히 최후의 승리를 얻을 수 있었던 것이다. 문자상의 혁신도 또한 이러한 것이다. 1천 년래에 백화 문학이 일선 상전相傳하여 한 번도 단절되어 본 일이 없으면서도 그 중 어떠한, 그야 물론 당시唐詩거나 송사宋詞거나 원곡元曲이거나 또 는 명청明淸의 소설이거나 한 가지도 의의 있는 고취를 하여 본 일이 없 었다. 한 번도 명백하게 고문을 공격한 적도 없었고, 한 번도 명백하게 백화 문학을 주장한 일도 없었다. 그러나 근 5년의 문학 혁신이란 그와 는 다른 것이니 그들은 해명하게도 고문은 벌써 '죽은 문학' 이란 것을 선언했었고, 또 그들은 '죽은 문자' 는 '산 문학' 을 산생産生치 못한다고 선언한 다음 현재와 장래의 문학은 백화가 아니면 안 된다고 완강히 주 장하였다. 이러한 의의 있는 주장이 그야말로 문학 혁신의 특점이며, 그야말로 50년래에 이러한 운동이 능히 성공할 수 있는 최대의 원인이 었다. 이상의 4항은 말하자면 50년간 중국 문학이 변천해 온 대세이었 는만큼 다음은 이러한 몇 개의 추세를 보다 더 상세하게 설명해 보기로 하는 것이다.

2

증국번이 한 번 죽은 뒤의 '동성 상향파' 는 사실상 한 번도 정채 동 인精彩動人할 그런 문장이 없었다. 왕선겸王先謙이 편집한 《속 고문류찬續 古文類纂》(광서光緖 8년, 1882)에 보면 용계서龍啓瑞·노일동魯 同·오민수吳敏 樹 등의 문장을 실어서 겨우 이 일파의 노장들을 대표한 것인데, 왕선 겸의 자서自序를 보건대,

석포惜抱(요내姚鼐)가 절학絶學을 진흥하니 해내海內가 미연靡然히 따라 배우 더니, 그 후 모든 사람들이 제각기 사승師承하기에만 자랑으로 여겨서 유 부謬附가 없지 않았다…… 매씨(매회량梅會亮)는 고풍에 침음浸淫해서 짓는 것 이 심원하기는 하나…… 증 문정공曾文正公(국번國藩)만은 웅직雄直한 기풍과 굉통宏通한 식견으로써 문장에 발로함이 고금에 관절冠絶한 것이라…… 배

우는 사람들이 기로에서 나갈 바를 모를 때 궤도를 바로잡아 따르게 하였
으니 요씨姚氏를 내놓고는 그 법을 매씨와 증씨에 취하면 족하니라.

"요씨를 내놓고는 그 법을 매씨와 증씨에 취하면 족하니라"한 이것
이 증국번 사후의 고문가들의 전법傳法하는 첩경이니만큼 우리들이 이
이상 그들의 문장을 끌어다가 편폭篇幅을 채울 것이 없이 이에 증국번
의 《구양생 문집歐陽生文集》 서序를 들면 이 서문이야말로 동성파桐城派의
연원전파淵源傳播가 씌어진 것인만큼 문학사적으로도 매우 가치가 있는
것이다.

건륭乾隆 말년에 동성에 요희전姚姬傳(내甫) 선생이 고문사古文辭를 가장
잘 하였는데, 그 향중鄕中 선배인 방망계方望溪 시랑侍郎(시랑은 식함識卿,
편집자 주)의 하던 바를 본받고 유군대괴劉君大槐와 그의 백부伯父 편수編修
(편수는 식함, 편집자 주) 군범君範에게 법을 내렸는데 이 삼자가 모두 사
도斯道에 명망이 높았으되 요姚 선생이 가장 수법이 정어精禦하였으므로
역성歷城의 주영년周永年(서창書昌)이 말하기를 '천하의 문장이 그 동성에
있을 진저' 라고 해서 이로부터 학자들이 동성에 귀향하는 자 많았으니
동성파라고 부르기는 마치 전세前世에 강서시파江西詩派라고 일컬은 것
과 같으니라.

요 선생이 만년 종산 서원鍾山書院에서 강석講席을 주재하실새 그 문하
저명한 자로 상원上元의 관동管同(이지異之)과 매증량(백언伯言)과 동성의
방동수方東樹(식지植之)·요영姚瑩(석보石甫) 등 네 사람이 가장 고등 제자로
서 제각기 그 능한 바를 교우 간에 전수해서 그치지 않았고, 동성에는
대균형戴鈞衡 존장存莊이 있어 식지植之를 사사師事하기 오래하였었고, 매
우 정력이 절인하여 스스로 그 고을 선배의 규모를 지켰을 뿐 아니라
후진을 계발해서 그 의기가 비길 데 없었으며, 직접 그 제자의 열에 서
지는 않아도 그 기풍에 감복한 이로는 신성新城의 노사기魯仕驥(혈비絜非)

와 의흥宜興의 오덕선吳德旋(중륜仲倫)과 혈비絜非의 생질 진용광陳用光(석사 碩士) 등이 있었는데 석사만은 그 외숙을 사사하였고, 또 직접 요 선생의 문하에 수업을 해서 향인이 모두 감화되었을 뿐 아니라 문장도 매우 빛나니라. 석사의 군종群從 형제 중에는 진학수陳學受(예숙藝叔)와 진부陳溥(광격廣敷)가 있었고 남풍南豐에는 오가빈吳嘉賓(자서子序)이 있어 모두 혈비絜非의 풍을 받고 요 선생을 사숙하였기에 이 때부터 강서영창江西永昌에도 동성학桐城學이란 게 생겼는데 중륜이 영복永福의 여황呂璜(월창月滄)과 더불어 교우이었고 월창이 임계臨桂의 주기朱琦(백한伯韓)와 용계서龍啓瑞(한신翰臣)와 마평馬平의 왕증王拯(정보定甫)과 함께 오 씨와 여 씨를 가까이 하면서 더욱 그 기법을 매백언梅伯言에게 추구하였으므로 이 때에는 동성 종파가 광서廣西에도 유행되었었다.

일찍이 국번國藩이 괴이히 여긴 것은 요 선생이 호남에 시관試官이 되었을 때 오향吾鄕의 그 문하에 나온 이들이 학문으로 업을 삼는 자 있다는 것을 못 들었더니 파릉巴陵에 오민수吳敏樹(남병南屛)가 있어서 그 기술하는 바 독호篤好하여 싫지 않고, 무릉武陵의 양이진楊彝珍(성농性農)과 선화善化의 손정신孫鼎臣(지방芝芳)과 상음湘陰의 곽숭도郭嵩燾(백침伯琛)와 서포漵浦의 서도舒燾(백노伯魯)가 모두 요씨의 문가정궤文家正軌로서 이 사람들을 두고는 누구를 찾을고 하면 최후로는 상담湘潭의 구양생歐陽生(훈勳)을 들 수 있나니, 파릉巴陵의 오군吾君과 상음湘陰의 곽군郭君에게서 법을 나려오고 신성新城의 두 진씨陳氏를 사사하니만큼 그 색채 농후하여 지취志趣와 기호가 천하미天下美를 모았다고는 하겠으나 동성桐城 요씨로서 바꿀 수는 없나니라.

홍양洪楊(홍수전洪秀全·양수청楊秀淸; 역자 주)의 창란倡亂으로 동남 지방이 도탄에 빠지니 종산鍾山·석성石城 등지는 옛날 요 선생의 강학하시던 곳이나 지금은 견양犬羊의 소굴이 되어 다시 만회할 수가 없을 뿐 아니라 동성桐城이 윤락倫落해서 이역이 됨이 또한 극도에 달하였으니, 대균형戴

鈞衡은 전가全家가 순난殉難하고 자신도 피를 토하고 죽었나니라.

내 건창建昌에 와서 들으니 신성新城·남풍南豊은 병선兵燹으로 인하여 백가百家가 탕진蕩盡하고 전황田荒이 불야不冶하여 봉숭蓬蒿이 무성茂盛하며 한두 문사가 전도轉徙할 곳조차 없다고 하며, 광서廣西는 9년간이나 용병을 했는데도 군도群盜가 더욱 흉흉하여 수습할 바 없을 뿐 아니라 용군한신龍君翰臣이 또한 작고하였고, 겨우 우리 고을이 조금 안온하여 두세 군자가 오히려 문학에 우유優遊할 수 있어 간신히 동성의 전철前轍에 영합은 한다 해도 서도舒燾가 이미 죽고 구양생歐陽生이 또한 죽은지라, 노자老者는 인사에 얽매이거나 혹은 난을 만나 마침내 내 학문을 끝까지 하지 못하고, 소자少者는 혹 중도에 요절하거나 백방으로 지장이 많으니 만약 요 선생과 같은 총명 조달早達한 이가 있어 태평고수太平高壽를 하면 넉넉히 옛날 작자들과 어깨를 같이 할 수 있건마는 마침내 얻을 수 없고……

이 일편으로 말하면 비단 동성파의 전통을 말한 것 뿐만 아니라, 우리들로서 이 일파의 최고 목표가 ‘간신히 동성의 전철에 영합한다’ 는 것과 ‘천하의 미를 모았다고는 하겠으나 동성 요씨로서 바꿀 수는 없나니라’ 고 하는 데 있는 것을 알 수 있는 것이다.

증국번이 당시에 있어 속으로는 동성파의 중흥 공신인 것을 자처하였으며 남들도 그렇게 추숭推崇한 것이 사실인데(왕선겸자서王先謙自序 참조), 그가 《성철화상기聖哲畵像記》를 쓸 때 32인의 성철 중에 요내姚鼐를 32인의 수위로 한 것만으로도 넉넉히 그의 심리를 상상할 수 있는 것이며, 원래에 그의 막부幕府 속에는 무수한 인재를 나열하여 두었으니, 우리가 설복성薛福成이 쓴 《증문정공 막부빈료曾文正公幕府賓僚》(용암문편庸菴文編) 일 편을 읽어 보면 가히 알 수 있는 것은 당시 학자에도 전태길錢泰吉·유육숭劉毓崧·이선란李善蘭(산학가算學家)·화충방華蘅芳(산학가)·손의언孫衣言·유월俞樾·막우지莫友芝·대망戴望·성용경成蓉鏡·이원도李元度 같은 이라든지, 문인으로는 오민수吳敏樹·장유교張裕釗·진학수陳學受·방종성方鍾誠·오여윤吳汝綸·여서창黎庶昌·왕사탁汪士鐸·왕개운王闓運 같은 이가 모두 그의 막부 속에 있었는만큼 증 국번의 세력이 몇십 년 동안 중국에 영향한 것도 그다지 고이할 바는 아니나, 그러나 이 일련의 사람들이 문학사상에 있어서는 한 사람도 예외없이 아무런 공헌도 없었던 것이다. 그저 연수가 최고하고 명예가 최대하기로는 유월·왕개운·오여윤 등 세 사람만한 이가 없었으나, 유월의 시나 문이 아무런 가치도 없는 것이고, 왕개운은 말로는 일대의 대사大師라고 했으나 그의 고문이란 설복성만도 못 한 것이며(시詩는 논외論外), 오여윤만이 사상이 조금 새로운데가 있었으므로 그의 영향은 비교적 크다고는 하겠으나 그도 그 자신의 문장에 있는 것이 아니고, 그가 조성해온 후진 인재에 있었으니 엄복이나 임서가 모두 그의 문하에서 나와서 그들의 영향이 그 자신보다 훨씬 더 큰 것이었다.

이에 평심서기平心叙氣하고 말하면 고문학古文學 중에는 자연 '고문'이란 것(한유韓愈로부터 증국번曾國藩 이하에 이르기까지의 고문)이 가장 정당하고 가장 유용한 문체인데, 연려문聯麗文의 병폐는 말할 것도 없거니와 되지 못한 당송 8가唐宋八家 이하의 고문하는 사람들은 주진한위周秦漢魏로 돌아가기를 망상하여 만들면 만들수록 통하지 못하고, 고체古體를 뜨면 뜰수록 용처用處가 없이 되어 다만 문학계에서 '사통비통似通非通'의 가짜 골동품을 보태 놓았을 뿐이었다. 당송 8가의 고문과 동성파의 고문의 장점은 그들이 통할 수 있는 청담한 문장을 지어 내는 데 있고 가假 골동품을 만들려고 망상치 않았는데 동성파를 배운 고문하는 사람들은 대다수가 그래도 '통'한다는 데까지는 되었고, 한 발 더 나가면 '응용'할 수 있는 문자를 만들었다. 그러므로 동성파의 중흥이 비록 아무런 공헌은 없었다고 하더라도 또한 아무런 해로운 것도 없었던 것이다. 그러나 그들이 때로는 '위도衛道'의 성현으로 자처하여 방동수 같은 이는 한학漢學을 공격하고 임서 같은 이는 신사조를 공격했으되, 그런 것쯤은 소위 '재도 문학載道文學'이런 데 중독이 되어서 분수도 모르고 떠돈 것이고, 동성파의 영향이 고문으로 하여금 '통'한다는 데 힘쓴 것과 그 후 2, 30년 동안 겨우 '응용'한다는 데 예비한 그 한 가지 공로만은 매몰할 수 없는 것이었다.

3

태평천국의 동란이란 것이 명말유구明末流寇의 난후에는 최대의 참겁惨怯이니만치 응당히 조금 더 비애강개悲哀慷慨한 문학이 나와야 할 것이다. 그런데 당시 귀주貴州에 정진鄭珍(자字는 자윤子尹이고 준의인遵義人인데 1806~1846)이란 대시인이 있었는데 함풍咸豊 4년 귀주난에 국부적이나마 영향을 받아서 그의 만년晚年의 시 즉 소경소시초후집巢經巢詩鈔後集에 무수한 비통한 시료詩料를 볼 수 있으나 정씨의 사死가 58년 전의 일인 만큼 이것은 이 소사의 범위에 속하지 않는 것이다. 그러나 고이한 것은 동남각성東南各省이 가장 그 해독을 받은 바 크건마는 마침내 아무런 위대심후深厚한 시가 나오지 못한 것이다. 왕개운王闓運으로 말하면 일대의 시인이라고 하고 이 시대에 살아있었지만 그의 《상기루湘綺樓시집》 1권으로부터 6권까지는 바로 태평천국시대(1849~1864)에 나왔으니만큼 우리가 끝까지 읽어보아야 겨우 포명원鮑明遠을 본뜬 것이나 전현마傳玄麻를 흉내내는 것이 아니면 왕원장 조자건曹子建을 핥아보는 등류의 가짜 골동품이고 우연히 한두 구句씩 눈에 띠는 게라야 '세월유다난歲月猶多難, 간과파원유干戈罷遠遊'라는 아프지도 가렵지도 않은 시일뿐 결국 아무런 이 시대를 기념할만한 비통한 시가 나오지 못한 것이다. 그러면 이것이 무슨 까닭이냐 하면 내가 생각하건대, 이 시인들의 대다수는 모두 모방시를 쓰기에 급급했다는 것은 그들이 사는 세계, 더구나 포명원, 조자건의 세계가 전연, 홍수전洪秀全, 양수청楊秀淸의 세계가 아니란 것이다. 하물며 포명원, 조자건의 시체詩體가 이렇다는 해방解放을 경과치도 못하고 홍수전, 양수청의 시대적 참겁을 묘사한다는 것은 결코 불가능한 것이다. 왕개운 시집 중 1872년작에 속하는 독행요삼십장獨行謠三十章(권구卷九)이 있는데 그중에 20년간의 시사時事를 묘사한 것이 있고 때때로 대담한 기평譏評이 있기도 하나 대관절 문장이 통하지 않고 서술이 명백치 않은 데가 있어서 말하자면 조졸粗拙한 30편의 가요라고는 하겠으나 시라고는 할 수 없어서 생각다못해 겨우 찾아낸 것이 그의 "동관행銅官行, 기장수린제구감도寄章壽麟題舊感圖"란 1편을 들어 이 대명정정大明鼎鼎한 대시인을 대표하렸더니 그도 문장이 태반은 불통하므로 이에 약略하는 것이다.

　　그러나 이 시대에도 당연코 한 사람의 시인만은 이 시대를 대표할 수 있는 시인이 있었다. 그는 바로 상원上元의 김화金和로서 자字를 아포亞匏라 하고(1818~1885) 《추혜음관시초秋蟪吟館詩鈔》라는 7권의 저작이 있는데 1853년 남경성이 함락당할 때 김화가 그때 성중에 있어서 장발적長髮賊의 군중 사람들과 왕래해가며 점점 많은 사람들과 결합해가지고 관병들과 내응內應할 계획을 하였던 것이다. 그때 향영向榮의 대본영大本營이 성밖에 있었으므로 김화가 가만히 성밖으로 벗어져나와서 내응할 계획을 관병에게 고하였으나 향영이 처음에 믿지 않으므로 그 자신이 스스로 인질이 되어 대본영에 있기로 보증한 뒤 성내의 동훈과 관병이 약정한 기일에 성을 쳤으나 관병이 오지 않으므로 다시 기일을 정했는데도 관병은 오지 않고 성내의 동훈에 희생당한 이만 많았던 것이다. 그래서 김화가 친히 위성圍城 중의 생활을 경험하고 또 당시 관군의 부패무능함을 통한하였으므로 그의 기사시紀事詩는 사람을 감동케할 뿐만 아니라 또한 역사적으로도 매우 가치있는 것이며 그의 《통정편痛定篇》(권2, 20~21혈頁)은 일기체로 쓴 시인데 남경南京의 낙성落城하는 상황과

성중의 정형情形을 그린 것으로 그 일절을 예를 들면

이월도 이십삼일 대군이 처온다 한번 들이자
도적은 황황해서 왼종일 세네번 북을 울리는데
남방南方백성 서로들 같은 마음에 또다시 재생의 빛이 불타고
늠늠한 향장군向將軍의 위엄, 하늘처럼 거룩히 우러를제
도적의 각角소리 또한번 불이면 장군의 말굽소리 들릴세라
맛난 안주도 향그런 술도 장군이 오실세라 받들어두고
끼니마다 장군의 식사랑 밤이면 잠자리 걱정이 올때
일곱난 어린애 뜰아래 놀다 무심코 길사람에 장군이 오신다니
큰누의 놀라서 잿빛 얼굴 부즈럽다 말말나 뺨을 치는데
이제야 행차 마저 얼굴은 열흘에 아흐래 수척함도 애무쉐라
그중도 젊은 연석들은 한밤중에 충의를 맹서하고
원컨대 장군님 명대로 물샘틈도 없는 일을 꾀하올 때
도적의 휘하 한놈을 잡어도 저도 모르게 하옵자 하니
심상한 드나드리 가는곳도 허리우 단검短釖은 날카롭더니
하루는 팔성八城한단 그날에 제각기 병정들은 횃불을 들어
이제뵙는 장군얼굴, 불상타 모다들 놓아주라 일읍시데
뉘라서 장군님 바뿌신줄 알았으리 손에 넘는 공사도 있으리

　그의 6월 초2일 기사시 백수白首에는 전면에 향영의 각일 출병한다는
장형을 묘사하는데 먼저 사졸士卒에게 대향연을 베풀고 장군이 직접으
로 술을 처주고 선서를 한 뒤에 명일 새벽에는 단연코 출전을 준비한다
는 90여구를 쓴 뒤에 편말에 와서 겨우 말하기를

　북치고 가볍게 뛰면 기旗빨은 흰깃들이 나부끼는데

이제야 오랜 음우陰雨도 끝나고 찬란한 무지개 보이네
밤조차 수선수선 잠못일고 아침 햇발 눈에 부시더니
한낮은 벌서되고 성난 말들이 코부는 소리도 들리네
그러나 하루종일 둥둥 떠가던 해오래비 보히면
칼엔 피안묻고 몸에 흙칠도 못한 전군은 돌아서 오네.

이것이 벌써 단순한 풍자만이 아니고 일종 독설인 것이다. 그런데 이러한 조풍적嘲諷的인 회해詼諧가 역시 김화의 특별한 장처長處인데 여기서 우리가 더욱 흥미를 느끼는 것은 그가 전초全椒 오씨가의 외종이라는 것과 《유림외사儒林外史》와 및 《유림외사》의 저자라든지 《유림외사》중에 나타나는 몇 개 중요한 인물들과 모두 조금씩은 관계가 있는 것이며 그 자신이 《유림외사》에 나오는 한 사람인 만큼 그의 시가 《유림외사》의 조풍적 본령에서 득력을 한 것도 사실일 것이다.

그러므로 뜻있는 사람의 풍자는 그냥 매도罵倒하는 것만이 아니고 통곡인 것이며 경박이 아니라 지한극통至恨極痛이 어쩔 수 없이 터져 나오는 것이다. 그러므로 이 사람의 이런 기술에는 확실히 두보나 백거역白居易 보다 별다른 일면에서 문제시를 쓴 것이 수없이 많으나 여기서 일일이 예를 들 수 없으되 김화의 시에 혁신직 정신이 풍부하다는 것은 그가 자기의 《초우집椒雨集》에 쓴 것을 보면

이 한 권 책자는 시라고는 말하지 않는다. 만약 시라고 할 것 같으면 군중軍中에서 쓴 모든 작품이 말은 비록 통쾌한 것이나 벌써 옛 사람들의 돈후敦厚한 풍격을 버렸고 더욱 요즘 선배들의 배조排調하는 법이 아니라. 그러므로 오늘날 제공諸公들이 이러니저러니 하던 바요 또 이러한 오배吾輩에 한묵翰墨이 있다는 것이 휴지와 맞잽이나 그러나 그도 또한 기수氣數가 그렇게 만드는 데야 어찌 하리요.

이러한 의미에서 50년의 시단 이면에서 그를 한개 중요한 지위에 둔다는 것은 절대로 고이할 바 없는 것이다.

그러면 이 50년간의 사詞는 어떠한 것이냐 하면 모두 몽창夢窓(오문영吳文英)파에 중독되어서 아무런 가치도 없는 것이므로 여기서 토론하지 않기로 하는 것이다.

4

1840년 아편전쟁 이래로 중간에 1860년의 영불연합군이 천진天津을 돌파하고 북경에 들어와 원명원圓明園을 불태워버린 전사戰事를 경과한 뒤 중흥의 전쟁에는 서양인의 조력을 얻은바 많았으므로 사리에 현명한 사람들은 차차 서양 각국이라는 것을 중요시하게 되었으니 1861년 청정淸廷은 '총리각국사무아문總理各國事務衙門'이란 것을 설치하였고 다시 1867년에는 '동문관同文舘'을 설치하였으며 학생을 외국에 파견하여서 그들의 정책들을 배워오게 하였는데 당시의 완고한 사회에서는 차종此種 정책에 극력으로 반대했으므로 동문관은 좋은 학생을 얻지도 못하고 외국에 파견한 학생들 중에는 더욱 사람을 얻지 못하였으나 그러나 19세기 말년부터 번역사업이 점점 발달하게 되었으니 전교사들 중에도 '이제마태李提摩太' 같은 이는 중국문사들의 조력을 얻어서 불소不少한 서적을 번역하였고 태평천국의 문사 왕도王韜 같은 이도 이 사업에는 중요한 한 사람의 선봉이 되었었다.

그러나 당시의 번역사업이란 그 범위가 그다지 광범하지는 못하였으니 제1종은 종교서적으로서 그 중에도 가장 중요한 것은 신구약전서의 각종 번역본이었고 제2종은 과학서적이나 또는 응용과학서적으로 당시에는 '격치格致'의 서적이라고 말하던 것이며 제3종은 역사, 정치, 법제, 등류의 서적인데 《태서신사요람泰西新史要覽》이나 《만국공법萬國公法》 등 서적이 번역되어 나온 것은 매우 자연스러운 일이었다. 종교서적은 전교사들의 자동적 사업이었고 과학서적으로 따지면 당시에 모두 쟁포병선鎗鉋兵船의 기초적 학문이란 것을 알기 때문이었으며 역사법제 등 서적은 당시 중국인으로써 서양사정을 이해하도록 하기 위한 것이었으나 이밖에 서적 즉 문학서적이나 철학서적 같은 것은 당시 어떠한 사람들에게도 주의를 끌지 못하였으니 그 역시 필연의 사세事勢였다는 것은 그때의 중국의 학자라는 사람들의 거의 전부가 생각하기를 서양의 쟁포라는 것은 무섭지 않은 바 아니나 문예, 철리哲理에 있어서는 저들이 아무리 해도 오천년 문명 고국인 우리들에게 멀리 미치지 못하리라고 생각하고 있었던 것이다.

그런데 엄복과 임서의 큰 공로는 이러한 양대 결함缺陷을 포교한데 있는 것이니 엄복으로 말하면 《서양근세사상》을 소개한 제일인이었고 임서로 말하면 《서양근세문학》을 소개한 제일인이었다.

엄복이 번역한 '헉슬리' 의 《천연론天演論》(진화론—역자 주)은 광서병신光緒丙申(1896)이었는 만큼 일청전쟁의 직후이고 무술변법戊戌變法의 직전인데 그의 《천연론》이 출판된 이후(1898) 중국의 학자들도 서양에 쟁포병선 이외에 정치한 철학사상이 우리들이 채용하기에 넉넉한 바 있다는 것을 점차로 깨닫게 되었다. 그러나 이것은 사상사思想史상의 것인 만큼 여기는 말하지 않는 것이다.

우리들이 여기서 응당히 한번 토론해 볼 것은 엄복의 번역하는 문체일 것이다. 《천연론》의 '예언例言'에서 그 자신이 말한 바도 있기는 하지만 당시로 보면 자연히 백화를 사용하기는 곤란하였고 그렇다고 팔고식적八股式的 문장을 쓰기에는 더욱 불편하였으므로 그의 번역하는 문체는 당시로 보면 부득이한 방법이라 실로 전청관료前淸官僚가 《홍모자紅帽子》를 쓰고 연설하는 격이나마 그의 역서의 가치는 매우 높은 것이므로 당시의 고문대가로 자타가 공인하는 오여윤 같은 이도 《천연론》의 서문에 '침침여만주제자상상하駸駸與晩周諸子相上下'라고 까지 격찬케

한 것이다.

엄복 자신 역시 그의 번역방법을 말하기를 "십법사유운什法師有云·'학아자병學我者病'래유방다來有方多·행물이시서위구실야幸勿以是書爲口實也"(천연론 예언)라고 한 것은 고이치 않은 것이니 엄복으로 말하면 영문이나 고중문의 정도가 매우 높은데도 불구하고 그가 항상 주의하고 구차苟且로이 하지 않았으므로 비록 일종의 '사문자死文字'를 사용해서도 완전히 '달達' 한다는데까지 성공을 하였던 것이다. 그의 역서할 때의 정중한 용의라든지 태도에는 정히 감패感佩할 바 있어 우리들의 모범이 되기에 넉넉한 바 있으려니와 그 자신이 일찍이 말하기를 '도언導言'이란 일개 각서를 쓰기 위해서는 그는 처음 '호언扈言'이라고 번역을 하였던 바 하회우夏會佑가 '현언懸言'이라고 고친 일이 있었는데 오여윤이 또 찬성치 않아서 최후에 자기가 '도언'이라고 고쳤다고 또 말하기를 "일명지입一名之立, 순월지주旬月踟蹰, 아죄아지我罪我知, 시존명철是存明哲"이란 엄복의 번역이 능히 성공하는 까닭의 대부분은 '일명지입순월지주'라는 이 정신 때문이다. 이 정신이 있고서야 '고문이나 백화'를 물론하고 거의 성공하는 법인데 후인들은 그와 같은 노력도 없고 그와 같은 정신도 없이 반통불통半通不通의 고문을 사용해서 일지반해一知半解의 양서를 번역한다는 무리들이야 자연히 실패하지 않은 예가 없었다.

그리고 엄복이 번역한 서적의 종류도 여러 가지가 있는데 《천연론》, 《군기권계론群己權界論》, 《군학예언群學肄言》 같은 것은 원문에 자못 문학적 가치가 있는 것이지만 그의 역문 그것도 고문학사에 역시 중요한 지위를 차지하는 것이며 그래서 그의 서풍이 20년 동안이나 성행한 것이다.

임서가 번역한 소小 '듀마'의 《차화녀茶花女》(춘희椿姬—역자 주)도 역시 고문으로 연애소설을 번역한 것인 만큼 한개 시험으로서 의의가 있을 뿐만 아니라 자고 이래로 고문이 생긴 뒤에 이러한 장편연애소설을 쓴 문장이 없었으니 만큼 《차화녀》의 성과는 그로 하여금 고문 개벽에 한 개 새로운 식민지를 만들게 한 것이다. 임서가 초년에 번역한 《차화녀》, 《흑노유천록黑奴籲天錄》, 《이비금전혈여성기利俾瑟戰血餘醒記》 등 서가 마침 손에 없어서 일일이 예를 들지는 못하나 능히 원서를 읽는 사람에게는 다소 역법에 있어서나 문장에 있어서나 완전한 만족을 느낄 수는 없다 하더라도 평심하고 볼 것 같으면 임서의 소설에는 그 자신의 풍격이 생생히 나타나나니 그가 원서의 심각한 회해취미詼諧趣味를 이해하는 경지가 높음으로써 그러한 곳에 다다르면 한층 더 힘을 쓰므로 더욱 더 정계精系가 나는 것이다. 그저 그의 결점을 말하자면 원서를 능독能讀치 못했다는 것이겠으나 그래도 그가 문학적으로는 천재였던 만큼 만약 그에게 총명한 조수가 있어 그로서 원문을 죽죽 읽는 사람들보다는 좀 더 높은 경지에서 그 일을 하였으리란 것은 지금에 원서를 읽는다는 사람들이 완전히 원문을 요해了解하는 이가 없고 또 그들의 백화를 쓴다는 정도가 임서가 백화를 사용하는 능력에 멀리 미치지 못하면서 함부로 임서의 번역소설을 비평한다는 것은 임서로 하여금 너무나 원왕寃枉케 하는 것이다. 그러므로 공평한 말로 하면 임서가 고문을 써서 소설을 번역했다는 시험은 말하자면 큰 성과를 얻었다는 것은 고문으로는 일찌기 한번도 장편소설을 쓴 일이 없는데 임서는 남이 못한 고문을 써서 백여편의 장편소설을 번역해 냈고 그를 배우는 수많은 사람들이 역시 고문을 써서 허다한 장편소설을 번역했으며 고문에는 골계성이 부족한데 불구하고 임서는 고문으로 '디킨스' 의 《이도애화二都哀話》를 번역했으며 고문으로는 연애소설을 쓰기에는 부적당하다는데도 임서는 고문으로 《차화녀》와 《가인소전迦茵小傳》을 번역하여 고문의 응용에 있어서는 사마천司馬遷 이래로 어떤 사람도 이러한 성과를 거둔 이는 없을 것이다.

 그러나 이러한 성과도 마침내 실패로 돌아갔다는 것은 그 이유가 임서 자신에 있는 것이 아니고 고문 그 자체에 탈이 있는 것이다. "고문도 소설을 번역할 수 있다"고 우리의 많은 소설을 번역한 사람들은 감히 말하리라. 그러나 고문이란 구경究竟 '죽은 문자' 라 어떠한 형식으로 만든다 하더라도 그것은 결국은 소수인의 '상완賞玩' 에 제공할 뿐이지 이 이상 더 생명이 있는 것도 아니고 이 이상 더 보급이 될 것도 아닌 것은 여기 한 개 명현明顯한 예를 들면 주작인이 그 형 노신과 초기에 고문으로서 소설을 번역했는데 그들의 고문 공부가 매우 높은 경지에 있었고 또 모두 직접으로 원문을 요해한 만큼 그들이 번역한 《역외소설집域外小說集》은 임서가 번역한 소설에 비하면 그 내용이 훨씬 높은 작품인데도 불구하고 주씨 형제가 신신고고辛辛苦苦해서 번역한 이 소설이 십년간에 겨우 21책이 팔렸다는 이 옛 애기로도 우리가 한 개 각오할 것은 주씨 형제가 고문으로 써서 얻은 바가 잃은 바만 못하고 결국은 실패했다는 것이다. (이하 중단)

— 《문장文章》(1941년 1~4).

기타

신진작가 장혁주張赫宙 군 방문기
현상소설 예선당선자 근황
1934년에 임하야 문단에 대한 희망
무희無姬의 봄을 찾아서
농촌문화문제 특집 설문에 대한 답
최정희 여사에게
신석초에게 보낸 편지

신진작가 장혁주 군 방문기
—개조사改造社 입선 〈아귀도餓鬼道〉작가 —

(상략上略) 대구같이 작은 도시에 독서하는 사람은 비록 얼마되지 않을 것 같으나 사월호의 개조잡지가 각 서점에서 짐을 풀자마자 전화가 빗발치듯 하고 나는 듯이 팔려 그 다음날부터 절품이 된 것은 단순한 쩍—내리슴의 과장만은 결코 아니라는 것도 고이치 않은 말이다. 그의 서재(서재란 것보다 응접실 침실 겸용인 듯 하였다)에 봄날의 저녁 볏살이 맞은 편 책장의 유리쪽에 강렬히 반사하여 잘 보이지는 않았으나 사이 사이 책이 《도이치이데올로기》, '뿌리체'의 저작인 《예술사회힉藝術社會學》 등이었다.

"어째서 일본문으로 쓰시게 되셨나요?"

솔직하게 처음부터 묻는 기자 말에

"네. 두 가지 조건이 있습니다. 하나는 우리말로 쓰면 발표할 수 없는 것과 둘은 일본 문단에서 혹 조선을 배경하고 조선 사람의 생활을 취재하여 작품을 발표한 이가 더러 있으나 조선의 사정을 정말 우리같이 알리야 있겠습니까. 그래서 그 작품도 피상적인 혐의가 있었기에 이왕이면 좀더 아는 나로서 한번 소개해 볼까 한 것이 발표된 후에 보니 또 뜻에 맞지 않습니다. 그나마 복자覆字가 많아서"하며 책을 펴보인다.

"다음에는 어떤 작품을 쓰시렵니까?"

"역시 농민들의 생활을 그려볼까 합니다. 일전에도 경남 방면에 자료를 수집키 위해서 갔다 왔습니다."

할 때는 바로 작년 가을 모 대지주의 농장에 일어났던 대 쟁의사건의 역사적 광경이 눈 앞에 벌어지는 듯 하다.

"언제쯤 완성이 되겠습니까?"

"글쎄요. 오는 유월경에는 완성될 줄 압니다. 탈고되면 동경으로 가서 좀더 연구를 해볼까 합니다."

"수필을 하나 우리 신문에 써 주실 수가 없겠습니까? 금번 당선된 감상이든지……."

"감상이요. 감상이 무엇 별 것 있습니까. 오히려 여러분이 너무 과대하신 촉망을 가지는 모양입니다. 금후 더욱 힘써 보겠습니다"하며 수필을 써주기로 승낙하였다.

"조선 사회의 어느 방면이든지 제일 친한 분이 누구입니까?"

"별로 더 친한 사람이 있겠습니까마는 박로아朴露兒 군이 경주에서 같이 청년운동을 할 때 매우 사이가 좋았습니다"하며 성냥을 찾아서 담배를 피우려는 기자를 주며

"저는 술과 담배를 피울줄 모르므로 손님 접대조차 할 줄 모르지요"하며 웃는다. 그의 눈은 이지에 타는 듯이 빛났다. 일본의 어떤 '아나키스트' 가 호스기(대삼大杉)는 눈의 사람이라고 말한 바와 같이 우리 장군은 확실히 눈의 사람인 모양이다.

"제가 방향을 전환한 뒤에는 저를 잘 아는 동무가 없는 것 같습니다"하는 장군의 얼굴에는 조그만치도 절망의 비애가 떠오르지 않았다. 어디까지든지 그 눈이 새 힘을 방사할 뿐이었다. 검은 '써치' 양복에 자주빛 '넥타이' 에는 '컵' 에 붉은 술을 반쯤 부어놓은 그림이 그려 있는 것

은 군의 것으로는 확실히 경이였다. 그래서 어떤 유행의 인기 작가를 '인터뷰' 할 때와 같이 그 '넥타이' 의 그림은 무엇을 상징한 것이냐고 물었다.

"무엇 별 의미는 없지요!"

어떤 동무가 보냈기에 매었다고 대답하고 웃었다. 그리고 기념으로 사진을 박은 뒤 서로 헤어졌다. 앞으로 더욱 분투를 바란다.

—《조선일보》(1932. 3. 29).

현상소설 예선당선자 근황

배복拜復.

벌써 가을이 되었지요.

가을! 인심을 교외 자연으로 자연으로 유인하여 마지 않는 호시절好時節 가을은 또 다시 찾아 왔습니다, 이때에.

편집국 제선생님 건강하시오며 바쁘신 중 여러 가지로 기쁨을 가지십니까

기간 몸을 정양靜養하느라고 여행을 계속하였기 때문에 자연 집필치 못하였습니다. 이즈음 명랑한 가을 기분에 승乘하여 팔십회 가량 썼습니다. 정해주신 기일까지에는 완료 예정입니다.

이활李活

—《조선일보》(1933. 9. 20).

1934년에 임하야 문단에 대한 희망
―앙케에트에 대한 응답

　외국의 문학 유산의 검토도 유산이 없는 우리 문단에 필요한 일이겠지만 과거의 우리 나라의 문학에도 유산은 적지 아니합니다. 좀 찾아보십시오. ―그저 없다고만 개탄치 말고.

―《형상形象》 창간호(1934. 2).

무희의 봄을 찾아서
—박외선양 방문기

동경東京을 가거든 무용 조선의 어여쁜 기사騎士들을 만나 보아 달라는 것이 《창공蒼空》 편집인들의 간절한 부탁이었다.

그러나 내가 동경에 왔을 때는 정에 끌려 거절하지 못한 것을 얼마나 후회했는지 모른다. 그 이유로는 나같이 무용에 대해서 문외한인 사람이 그들을 만나서 무엇을 어떻게 인터뷰우를 할까 하는 것과, 동경에 있는 조선의 무용가가 몇 사람이나 되는가 하는 것이었다.

그래서 우선 내 기억에 있는 《무용 인명사전》을 뒤져 보아도 15만 불의 개런티를 받고 아메리카로 간다는 최승희催承喜 여사는 예例의 경도京都 공연 무대에서 불의의 기화奇禍를 당했을 때이므로 동경에 있지도 않았을 뿐 아니라, 그는 자신이 《나의 자서전》이란 것을 써서 세상이 다 아는 판이니 내가 새로이 붓을 들 것도 없고, 동대東大 미술과를 나온 박 씨는 구주歐洲로 무용 행각을 떠난 지 십여 일이 되었으며, 김 민자金敏子 양은 그 선생인 최 여사를 따라 순연 중에 있었으므로 만날 도리가 없고, 다만 남아 있는 한 분이 내가 이에 쓰려는 박계자朴桂子 양이다.

그러나 박 양을 만나는 일순 전까지도 나는 여간 불안을 느낀 것이 아니었다. 박 양은 고전 세이자 여사의 문하에서 수업한 지 만 5개 년인 금년 5월 5일에는 자기 자신이 당당한 일개 무용가로서 무용 조선의 처녀지를 개척할 무희라면 박 양에게 너무나 과대한 짐일는지는 모르나, 하여간 그 길을 걷고 있는 박 양은 봄의 시이즌을 앞두고 자기의 공연 준비와 그 선생인 고전高田 여사의 공연에도 없어서는 안 될 중요한 임무를 가지는 모양이었다.

내가 처음 만나던 전날 전화를 3,4차례나 걸었을 때 그 연구소 사무실의 대답에 의하면 일간 공연에 쓸 의상 준비로 외출하고 없다는 것이다. 그래서 나는 경성京城서 온 사람인데 전할 말이 있으니 박 양이 들어오는 대로 전화를 걸어 달라는 부탁을 하여 두었으나, 종시 아무런 통지도 그날은 받지 못했다.

그 다음날 아침 아홉 시, 박 양의 전화를 받은 나는 12시에 만날 것을 약속하고 정각 30분을 지난 후 명함을 받아 든 박 양은 나를 응접실로 맞아 들였다. 간단한 인사말이 끝나고 곧 내의來意를 말하니 어디까지 명랑한 박 양이면서도 "아직 무엇을 알아야지요" 하는 것은 처녀다운 겸양이었었다.

"처음 배우기는 17세! 글쎄, 거기 무슨 동기라든지 이유랄 게야 있나요. 소학교 시대부터 무용이 좋아서 시작했지요!"
하는 대답에 나는 '이 작은 아씨는 자기가 좋아하는 일을 끝까지 해 보는 행복된 아씨로구나' 하고 속으로 한번 생각해 보는 것이 유쾌하였다.

"제일 처음 무대에 선 시일은 5년 전 10월이고, 베토벤의 〈학대받는 자에게 영광 있으라〉와 〈가을〉이었지요."
하는 박양의 눈은 무슨 광영光榮을 꿈꾸는 듯도 했다.

"독자적으로 공연을 한 것은 어느 때쯤 됩니까?"

"그것이 아마 재작년 봄이라고 생각합니다. 그 때에 창작이라고 발표한 것이 〈사랑의 꿈〉입니다."
하고는 이어서

"글쎄요! 조선의 고전 무용이라고 해도 저는 생각하기를 어떤 의상이라든지 그런 형식에 제약되려고 하지는 않습니다. 가령 옷이야 어떤 것을 입었던지 새로운 발레를 춤추려는 노력뿐입니다. 내가 이태리 무용이 된다거나 러시아 무용이라고는 할 수 없지 않아요? 다만 소박한 조선의 고전 무용에 현대적인 감각을 담아서 신흥 무용을 완성한다는 것은 조선의 문화적 정신과 전통에서 자라난 사람들이니만큼 결국 그 이데올로기에 있으리라고밖에 아직은 더 생각지 못했읍니다."

하는 박양은 어디까지나 남국적인 정열의 주인공이었다.

"무용과 리얼리즘은?"

나는 이렇게 한 번 물어 보았다.

"선생님은 이론 방면은 무용 비평가에게 맡길 일이고 무용가는 실지에 숙련만 하라고 해요."

하면서 연막탄을 한 개 터뜨리고는

"무용이라고 리얼리즘을 전연 부정할 수야 있나요? 그렇다고 해서 로맨티시즘도 영영 부정하긴 싫어요."

이 때 하녀가 홍차와 케익을 가져왔다. "차가 식기전에……"하는 박양의 서어비스도 그만하면 만점에 가깝고, 따라서 말은 다른 길로 들어가는 것이었다.

"처음 발표한 〈사람의 꿈〉이란 어떤 무용이었던가요?"

"그건 무어 한개 환상의 세계를 그려 보았지요."

하고 웃어 버리면서도 자기의 첫작품인 만큼 상당한 애착을 가진 듯하였다.

"한 개 무용을 제일 많이 춘 것은?"

"글쎄요, 〈카프리스〉〈死의 도피〉 그런 것이에요. 그러나 선생과 같이 출연을 하게 되면 다른 동창들도 있고 때로는 제가 나갈 때도 있으나 대개 솔로는 선생이 나가지요. 처음 발표한 뒤의 감상이라고 하여도 제가 알 수가 있습니까? 그저 무용에만 열중했을 뿐이지요. 나중 혹 음악 신문 같은데서 비평을 보면 매우 명랑한 춤이라고 한 것을 볼 때마다 얼굴이 홧홧해요."

하며 겸손은 하나 상당한 자신은 가지는 모양! 창작은 연구소에 들어와 3년째 되는 해부터 전부 자기가 하게 되었다 하며, 무용 연구소의 시스템에 대해서 한참 동안 얘기가 계속되고 어떤 연구소는 소질만 있으면 막 뽑아 들이는 데도 있으나 고전高田 연구소는 5년이란 기한을 채워야 된다는 것과 박 양 자신이 5,6명의 개인 교수를 하고 있다는 것이었다.

"올해부터는 저절로 독립을 하여야 될 터인데 어트랙션을 가질 필요는?"

이렇게 속사포의 탄환 같은 질문을 해 보았는데, 박 양은 유유히 한참 웃고 나서

"결국은 조선에 가야지요. 그러나 아직 부족한 게 많으니 더 준비를 해야지요. 성공을 빨리 하려고 초조하지는 않으렵니다."

고 질문과는 아주 정반대로 착 까라지는 것이었다.

"조선에 와서 첫 공연을 언제 하느냐고요? 글쎄요, 금년 안으로 하겠지요마는 동경서 한 번 공언을 먼지 할 것 같습니다."

"지방 순연은 몇 번이나 다닙니까?"

"매년 춘추 2회이고 때로는 4,5회도 되나 그것은 특별한 경우입니다. 작년 여름엔 대만臺灣에 갔다 왔는데, 요전에 대만에서 공연해 달라는 교섭이 있었어요."

"그래, 대만은 가시나요?"

"글쎄요 될 수 있으면 조선 공연을 하고 갈까 해요. 음악은 무엇을 하느냐구요? 피아노 외에는……"

하고 한참 웃다가

“글쎄요, 무용과 일반 예술에서 제일 관계가 깊은 것은 시.”
라고 말하는 것이다. 그리고 박 양의 무용은 공간에 그리는 박 양의 깨
끗한 환상의 시인 것이다. 그리고 얘기가 극으로 옮겨 갔을 때

“참, 무용극을 한 번 한 일이 있어요. 그것은 물론 선생과 같이 출연
했는데 그 극은 〈전쟁〉이란 것이었어요. 공연날이 3일 남아서 전쟁보
다 더 바쁜 중에 할머니가 돌아가셨다는 문부聞訃를 하고 선생에게 집
으로 가겠다고 하였더니, 그것이 잘 되진 않고 전쟁하는 셈 치고 출연
을 하였더니 결과가 나쁘지 않고 재미도 있었어요.”
하는 박 양의 오늘이 있기 위해서는 이러한 눈물겨운 무용전武勇傳도 있
었던 것이었다.

“영화는 자주 구경을 다닙니다. 좋아는 하면서도 자주는 못 가요. 장
래에 영화 배우가 되고 싶은 생각은 없느냐고요? 그런 것을 생각한 일
은 없어요.”

“그래도 ‘오야게 아가하지’ 라는 유구琉球의 《토민의 영웅》을 동경 발
성發聲에서 영화화할 때 로케이션에 갔다 오지 않았겠어요.”

“글쎄요, 그것은 춤추는 장면이었는데 고전高田 무용 연구소에 교섭
이 있어서 선생이 저를 가라니 갔을 뿐이었어요.”

“문학에 대한 취미는?”

“시는 좋아해요. 괴테나……”
하는 것을 보면 〈들장미〉를 콧노래 삼아 부를 듯한 아가씨였다.

“일본 시인으로는?”

“생전 춘월生田春月의 시는 좋아요.”
하고 몇 번이나 ‘이꾸다’ 란 말을 거듭하였다.

“장래의 가정은?”
하고 묻고 어떤 대답이 나오나 하고 이 아가씨의 얼굴을 옆눈으로 잠깐
보았다. “역시 예술가 다운……”하며 말 끝은 웃음으로 흐리고 가벼운

부끄러움으로 얼굴을 붉히는 것이었다. 그리고 머리를 약간 앞으로 숙이는데 검은 드레스에 검향빛 목수건과 자줏빛 오우버의 품위 있는 장속裝束이었다(단, 그날의 응접실은 좀 추워서 나도 오우버를 입었다).

"유행에 대해서는?" 하니까

"직업 관계로 또는 젊은 마음에 화려한 것은 좋아요. 그러나 모우드라고 해서 빛깔이 조화되지 않는 것이나 상없는 첨단은 즐겨하지 않아요."

"숭배하는 예술가라고 특정한 것은 없어요. 말하자면 훌륭한 예술가는 모두 숭배하지요. 그러나 역시 무용을 하니까 크로이스베르크는 좋아요."

하며 독일이 낳은 이 세계적 무용가의 약전略傳과 그 무용에 대한 간단한 소개를 하는 박 양은 완전히 명랑한 정열을 발로하는 것이었다.

"위인으로는?" 하고 물어 보면 창졸간에 누구를 말할지 곤란한 듯이 "난 몰라요" 하며 웃어버렸다.

"독서는 많이 못합니다. 하루에도 3,4시간은 꼭 하려고 노력은 하나 공연에 바쁘면 뜻대론 안돼요."

"스포츠 말입니까? 전 이래두 학생 시대엔 발레 선수였답니다. 좋아하긴 럭비가 좋아요."

그러나 구경할 시간을 갖지 못한다는 것이 처녀다운 가벼운 한숨이었다. '이 명랑한 무희를 어떻게 한번 곤란케 할까' 하고 생각하다가 문득 한 수를 깨달았다. 그래서 눈으로는 보면서도 시침을 떼고

"연애에 대한 경험을 하나 들려 주시오."

"글쎄요, 동무들이 말하기를 저는 연애에는 저능하다고 해요."

하며 새빨간 흥분을 남의 말같이 싹 돌리고 말은 계속 되는 것이었다.

"조선에서 무용을 하는 사람이 몇이나 됩니까? 책임 있는 몸인 듯해서 경솔하게는 연애를 해보려는 생각도 않을뿐더러 아직은 그렇게 급

한 문제도 아니니까요."

하며 교묘하게 말끝을 돌리는 박양의 두 뺨에 홍조가 살그머니 돌고 맞은편 유리창 바깥을 지나 멀리 보이는 푸른 하늘을 바라보는 샘물 같은 그 눈동자는 조금도 우울을 모르는 듯하였다. 마치 그 푸른 하늘의 한없이 높고 깊어 보이는 거기에 그 예술의 인스피레이션이 생겨나는 것도 같이 ! 이 때 벌써 오후 두시 반! 세시부터는 그 다음날 일비곡日比谷 공회당에 공연이 있어 공부가 시작된다기에 그만 그 곳을 떠나기로 하고, 영화 배우로는 조엘 매크리나 프레더릭 마치도 좋으나 가르보의 신비적인 연기에는 말할 수 없는 애착을 갖는다는데 나는 그만 나와 버렸다.

12일 오후 7시 반, 봄비가 시름없이 내리는 데도 나는 일비곡으로 갔다. 벌써 박양의 출연 시간이었다. 〈포도〉는 거의 끝이 나고 〈카아네이션〉이 시작되려는 때였다.

그날은 고전高田 세이자子·석정 막石井漠·내전 영일內田瀁一·청수 정자清水靜子 등등 그 방면에 동경에서도 유수한 이들이 모두 공동 출연을 하였으며, 나는 그날 밤 열 한시 차로 동경을 떠나며 곱게 피어 오른 카아네이션의 맑은 향기를 머릿속에 그려 보았다.

—《창공》 창간호(1937).

—출전:《나라사랑》 제16집(1974).

농촌문화문제 특집 설문에 대한 답

설문說問

　일一. 귀고향貴故鄕에서는 어떤 것이 민중의 오락 또는 위안거리가 되어 있습니까?

　이二. 민중의 오락娛樂 또는 위안에 대하여 어떤 희망을 가지고 계십니까?

　삼三. 민중적民衆的 오락娛樂 또는 위안거리를 어떻게 지도指導해야 하겠습니까?(도착순到着順).

안동安東 이李 육陸 사史

　일一. 정초正初면 '차전車戰', '동아밟기', '척사擲柶' 등 단오端午면 '추천鞦韆' 등이 있으나 비대중적입니다.

　이二. 십 년 전 '짱치기' ＝골프의 원형이라고 생각합니다＝를 농민의 자제들에 장려해서 경남대회慶南大會를 열어 보았습니다.

　삼三. 순회영화巡廻映畵, 연극 〈라디오〉에 의한 음악 등 이것은 가능할 것 같습니다

―《조광朝光》(1941. 3).

최정희 여사에게

    지금은 석양이올시다. 그 옛날 화려하던 대각臺閣의 자취로 알려진 곳 깨어져 와전瓦磚을 비치고 가는 가냘픈 가을 빛살을 이곳 사람들은 무심히 보고 지나는 모양입니다. 그러나 이곳 무량사無量寺만은 오늘 저녁에도 쇠북소리가 그치지 않고 나겠지요. 여하간 백제란 나라는 어디까지나 산문적散文的이란 것을 말해 줍니다. 건강을 빌면서

육陸 사史 생生

―《문화세계文化世界》(1954. 1).

신석초에게 보낸 편지

　석초石艸 형! 내가 모든 의례와 형식을 떠나 먼저 붓을 들어 투병鬪病의 일단을 호소함은 얼마나 나의 생활이 고독한가를 형이 짐작하여 줄 줄 생각한다.

　석초石艸 형兄! 나는 지금 이 너르다는 천지에 진실로 나 하나만이 남아 있는 외로운 넋인 듯하다는 것도 형은 짐작하리라. 석초 형, 내가 지금 있는 곳은 경주읍에서 불국사佛國寺로 가는 도중의 십리허十里許에 있는 옛날 신라가 번성할 때 신인사神印寺의 고지古趾에 있는 조그마한 암자이다. 마침 접동새가 울고 가면 내 생활도 한층 화려해질 수도 있다. 그래서 군이 먼저 편지라도 한 장 하여 주리라고 바래기는 하면서도 형兄의 게으름(?)에 가망이 없어 내 먼저 주제넘게 호소치 않는가?

　석초 형, 혹 여름에 피서라도 가서 복락服藥이라도 하려면 이곳을 오려무나. 생활비가 저렴하고 사람들이 순박한 것이 천 년 전이나 같은 듯하다. 그리고 답하여라. 나는 삼개월이나 이곳에 있겠고 또 웬만하면 영영 이 산밖을 나지 않고 승僧이 될지도 모른다. 그것이 곧 부럽고 편한 듯하다. 서울은 언제 갔던가? 아무튼 경주 구경을 한번 더 하여 보려무나. 몇번이나 시를 써보려고 애를 썼으나 아직 머리 정리되지 않아 못하였다. 시편 있거든 보내 주기 바라면서 일체의 문후問候는 궐厥하며 이만 끝. (칠월七月 십일十日).

　이李 육陸 사士

　　　—출전:《광야曠野에서 부르리라》(문학세계사文學世界社, 1981).

행동으로서의 시와 초월의 미학

1. 서론

육사 이원록이라는 이름을 거명하면 우리는 보통 독립운동가로서의 그의 삶을 떠올리게 되고, 그 고단하고 치열했던 생의 내력과 함께 그의 대표 시 〈절정〉〈광야〉〈청포도〉〈꽃〉 정도를 떠올리게 된다. 독립운동가로서 그가 우리의 기억 속에 더욱 뚜렷하게 각인되어 있는 까닭은 이처럼 그의 생의 내력과 함께 그의 글들이 남아 있기 때문이다. 그러므로 그는 또 저항시인으로 각인되어 있는 것이 사실이다.

육사는 그의 나이 30이 넘어 시를 쓰기 시작해서 시인으로서의 경력이 10년에 지나지 않지만 그동안 36편의 시를 남겼다. 총 작품 수는 적은 편이지만 시를 쓴 기간이나 그가 문학에 관계된 일에 전념한 사람이 아니라는 것을 생각한다면 그가 남긴 작품 수가 석나고 할 수도 없다. 또한 그 개개의 작품들이 일정한 깊이와 수준을 지니고 있기 때문에 앞서 말한 대표작들 외에도 그의 시들을 전체적으로 검토할 필요가 있다. 그리고 충분히 검토했을 때 그의 시가 단지 저항시로서만 씌어진 것은 아니라는 것을 알 수 있으며 한국 시사에서의 그의 독특한 위치를 이해할 수 있다.

육사의 시를 전체적으로 살펴보면 섬세한 서정성과 낭만적 성향을 지니고 있다는 것을 알 수 있다. 그렇지만 결코 여성적이지 않으며 남성적 강인함과 대륙적 기상을 보여준다. 그리고 그는 시의 완성도나 기교면에도 상당히 치중하고 있으며 한시의 영향에 의해 뚜렷한 형식미를 지향하고 있다. 육사는 이렇듯 시인으로서의 다양한 면모를 시를 통해 드러냈는데, 그의 시에 대한 생각은 어떠했는지 다음 글을 통해서 알 수 있다.

> 내가 들개에게 길을 비켜 줄 수 있는 겸양을 보는 사람이 없다고 해도 정면으로 달려드는 표범을 겁내서는 한 발자국이라도 물러서지 않으려는 내 길을 사랑할 뿐이오. 그렇소이다. 내 길을 사랑하는 마음, 그것은 나 자신에 희생을 요구하는 노력이오. 이래서 나는 내 기백氣魄을 키우고 길러서 금강심金剛心에서 나오는 내 시를 쓸지언정 유언은 쓰지 않겠소. 그래서 쓰지 못하면 죽어 화석이 되어 내가 묻힌 척토瘠土를 향기롭게 못한다 곤들 누가 말하리오. 무릇 유언이라는 것을 쓴다는 것은 80을 살고도 가을을 경험하지 못한 속배俗輩들이 하는 일이오. 그래서 나는 이 가을에도 아예 유언을 쓰려고는 하지 않소. 다만 나에게는 행동의 연속만이 있을 따름이오. 행동은 말이 아니고, 나에게는 시를 생각한다는 것도 행동이 되는 까닭이오. 그런데 이 행동이란 것이 있기 위해서는 나에게 무한히 너른 공간이 필요로 되어야 하련마는 숫벼룩이 꿇어앉을 만한 땅도 가지지 못한 나라 그런 화려한 팔자를 가지지 못한 덕에 나는 방안에서 혼자 곰처럼 뒹굴어 보는 것이오.
>
> —이육사, 〈계절의 오행五行〉에서

육사는 우선 투사로서의 자신의 길을 사랑한다고 말한다. 강한 적에게서 물러서지 않는 일은 분명 자신의 희생을 요구하는 일이지만 그래도 그 길을 사랑할 뿐이라고 말한다. 그리고 그러한 기백을 시로 표현하겠다는 것이다. 이때 시는, 편안하고 나약하게 살아온 늙은 사람들이 쓰는 유언과 대조된다. 그는 유언을 쓰는 대신 행동을 할 뿐이라고 말한다. 그의 삶을 통해서도 알 수 있지만 그는 행동하는 지성이었다. 육사는 이 글에서 '행동'과 '시'를 연결시키고 있는데, 즉 자신에게는 "시를 생각하는 것도 행동이 되는 까닭"으로 시를 쓰겠다는 것이다. 마지막 문장에서 말하듯 행동을 위해서는 넓은 공간이 필요하지만 당시 조선의 실상은 그렇지 못했으므로 그는 시를 통해, 시를 생각함으로써 넓은 세계를 넘나들고 큰 뜻을 펼쳤던 것이라고 짐작할 수 있다. 실제로 육사 시의 시적 공간은 매우 광범위하다. 시적 화자가 그 공간을 누빌 때 그에게 시는 바로 '행동'이 되는 것이다. 한편 시를 쓰고 발표하는 행위 자체는 독자에게 영향을 미치게 되므로 그만큼 확실한 행동도 없는 것이다. 그 시대적 배경이 일제 강점하의 암흑기라면 더욱 말할 나위가 없다. 육사가 작품 활동을 왕성하게 한 1930년대 후반에서 1940년대 초반은 일제의 탄압이 극심해지던 시기였다. 이런 시기에 행해진 육사의 시작활동은 바로 독립운동의 일종이었고 저항적 '행동'이었던 것이다. 그러나 위의 글에서 말하는 행동으로서의 시는 단지 저항적 행동만을 말하는 것은 아니라고 여겨진다. 억압받는 상황에서 시를 통해 평온했던 과거를 회상하고 환상의 세계를 여행하는 것은 하나의 탈출구를 만드는 일이 될 것이기 때문이다.

　이육사가 부단한 감시와 검속을 겪고 있던 동안에도 계속 시를 썼다는 사실을 생각할 때, 그는 남달리 초강楚剛한 기질을 타고난 사람*이라는 것을 알 수 있지만 근본적으로 그는 삶과 시를 따로 놓고 생각하지 않았다는 것을 알 수 있다. 물론 그러한 배경에는 어려서부터 한학을 공부하고 한시를 짓는 훈련을 하였으며 장성하여서도 여러 문학서를 두루 섭렵한 경력이 있는 것은 사실이다.

　육사의 행동으로서의 시에는 그러므로 그의 삶과 생각과 뜻이 고스

---

* 김종길, 〈육사의 시〉, 《나라사랑》 16집, 1974, p.71.

란히 담겨져 있다. 그의 시에는 비극적인 현실을 바라보는 눈이 있고 잃어버린 고향을 그리워하는 마음이 있다. 그리고 그러한 현실에 주저앉지 않고 나가서 싸우려는 투지가 있으며, 그 투지 뒤에는 그의 높은 기개가 서려있다. 또한 그의 시에서는 이상세계가 오고야 말 것이라는 확신으로 현실을 초극하려는 의지를 볼 수 있다. 그러므로 본고에서는 이육사 시의 이러한 면모를 중심으로 살펴보고자 한다.

2. 비극적 현실 인식과 방랑의 시학

앞서 말했듯이 육사의 시에는 남성적 강인함이나 투쟁과 저항 의지만 보이는 것이 아니다. 소월이나 동주, 상화 등 일제 강점하의 시인들 대부분이 그러했듯이 암울한 현실에 대해 괴로워하고 잃어버린 고향을 끊임없이 그리워하고 있다. 그리고 그러한 내용을 담고 있는 육사 시의 대부분은 낭만성과 서정성을 전면에 드러내고 있다. 한 가지 독특한 점이라면 독립운동으로 일관한 그의 삶을 반영하듯이 쫓기는 처지의 힘겨움과 불안 의식을 지니고 있다는 점이다.

1
이른아츰 골목길을 미나리장수가 기—르게 외우고감니다.
할머니의 흐린동자瞳子는 창공蒼쑦에 무엇을 달리시난지,
아마도 ×에간 맛아들의 입맛(미각味覺)을 그려나보나봐요.

2
시내ㅅ가 버드나무 이ㅅ다금 흐느적어림니다,
표모漂母의 방망이소린 웨저리 모날가요,
쨍쨍한 이볏살에 누덱이만 빨기는 짜증이난게죠.

3
쌜딍의 피뢰침避雷針에 아즈랑이 걸녀서 헐덕어림니다,
도라온 제비떼 포사선抛射線을 그리며 날너재재거리는건,
깃드린 옛집터를 차저못찾는 괴롬갓구료.

—〈춘수삼제春愁三題〉 전문

광명光明을 배반背反한 아득한 동굴洞窟에서
다 썩은 들보라 문허진 성채城砦 위 너 헐로 도라단이는
가엽슨 빡쥐여! 어둠에 왕자王者여!
쥐는 너를 버리고 부자집 고庫간으로 도망했고
대붕大鵬도 북해北海로 날러간 지 임이 오래거늘
검은 세기世紀에 상장喪裝이 갈갈이 찌저질 긴 동안
비닭이 같은 사랑을 한번도 속삭여 보지도 못한
가엽슨 빡쥐여! 고독孤獨한 유령幽靈이여!

앵무와함께 종알대여 보지도 못하고
딱짜구리처름 고목古木을 쪼아 울니도 못하거니
만호보다 노란눈깔은 유전遺傳을 원망한들 무잇하랴
서러운 주문呪文일사 못외일 고민苦悶의 잇빨을 갈며
종족種族과 횃(시炬)를 일허도 갈곳조차 업는
가엽슨 빡쥐여! 영원永遠한 '보헤미안' 의 넉시여!

제정열情熱에 못익여 타서죽는 불사조不死鳥는 안일망정
공산空山잠긴달에 울어새는 두견杜鵑새 흘니는피는
그래도사람의 심금心琴을 흔들어 눈물을 짜내지 안는가?
날카로운 발톱이 암사슴의 연한간肝을 노려도봤을

너의 머—ㄴ 조선祖先의 영화榮華롭든 한시절 역사歷史도

이제는 '아이누'의 가계家系와도 같이 서러워라!

가엽슨 빡쥐여! 멸망滅亡하는 겨레여!

—〈편복蝙蝠〉 부분

　첫 번째 시에서는 같은 형식을 가진 각각의 연에 세 가지의 이야기가 나타난다. 옥에 갇힌 자식을 그리워하는 어머니, 가난에 지친 아낙, 그리고 옛집을 잃어버린 제비의 이야기가 그것이다. 그것은 당대 우리 민족의 이야기이기도 하다. 젊은 아들을 일제에게 빼앗기고, 고향과 집을 빼앗긴, 가난에 찌든 우리 민족의 이야기 말이다. 그런데 그런 이야기는 모두 시적 화자의 생각에서 나온 것임을 알 수 있다. 그는 단지 창공을 바라보는 할머니의 흐린 눈동자에서 아픔을 읽고, 표모의 모진 방망이 소리에서 가난에 대한 짜증을 듣는다. 심지어는 재재거리며 나는 제비의 모습에서 집 잃은 자의 괴로움을 본다. 이 시를 쓴 1935년의 전반적 상황이 그렇기도 하였지만, 새봄에 근심 세 가지를 주제로 시를 쓸 만큼 육사는 당대를 비극적으로 인식하고 있는 것이다.

　두 번째 시에서는 육사의 현실에 대한 비극적 인식이 더욱 심화되어 있음을 알 수 있다. 마지막 행의 '멸망하는 겨레여!'라고 한 부분에서 직접적으로 드러나듯이 이 시의 '편복', 즉 '박쥐'는 우리 민족의 상징이 되는 대상이다. 그런데 그 박쥐가 거처하는 곳은 '광명을 배반한 아득한' 어둠의 동굴 속이며, 활동하는 곳은 다 썩은, 들보가 무너진 성채 위이다. 활동 시간은 당연히 밤이 될 것이다. 그야말로 암울한 공간적 배경과 시간적 배경이 아닐 수 없다.

　육사 시에서 비극적 상황을 표상하는 이미지로 밤, 겨울, 사막 등이 자주 등장한다. 그런데 이 시에 등장하는 박쥐는 영원히 어둠 속에서 살아야 하는 존재이다. 그러므로 박쥐는 운명적으로 어둠을 벗어날 수 없는 존재, 가장 비극적인 존재인 것이다. 박쥐의 비극성을 더하기 위해 다른 종들이 등장하는데, 우선 쥐는 일제에 순응하여 배부르게 살아가는 간신배를 의미하는 것으로 여겨지며, 대붕은 쥐와 반대로 큰 뜻을 품고 만주, 북경 등지로 독립운동을 위해 떠난 사람이거나 이상주의자, 혹은 초월의 경지에 이른 사람을 빗댄 것으로 보인다. 박쥐는 이도 저도 따르지 못한 채 '고독한 유령'처럼 남아 있는 존재이다. 박쥐는 비둘기처럼 사랑을 속삭이지도 못하고, 앵무새처럼 불만을 말하지도 못한다. 그리고 딱따구리처럼 큰 소리를 울리지도 못한다. 종족과 고향과 영화롭던 역사를 잃고 갈 곳이 없는 박쥐는 가엾은 존재일 뿐이다. 그러나 그 가엾음을 말하는 시적 화자의 목소리는 동정이 아니다. 그것은 절규이다. 이미 말했듯이 그 박쥐는 육사를 포함한 우리 민족 전체이기 때문이다.

육사는 이처럼 암울한 민족의 현실을 말하면서 끝없이 고향을 그리워한다. 〈독백獨白〉에서는 '선창船窓마다 푸른막 치고/촛불 향수鄕愁에 찌르르 타면'이라는 구절을 통해 그것을 드러내고 〈반묘班猫〉에서는 '칠색七色바다를 건너서와도 그냥 눈동자瞳子에/고향의황혼黃昏을 간직해 서럽지 안뇨'라고 하여 먼 곳에서 고향을 그리는 마음을 노래했다. 그리고 〈자야곡子夜曲〉에서는 '수만호 빛이래야할 내 고향이언만/노랑나븨도 오잖는 무덤우에 이끼만 푸르리라'고 하여 아름다운 고향이 퇴락한 모습에 한탄한다. 그는 고향을 그리워 하면서 아름다웠던, 혹은 평화로웠던 과거를 그리워 하는 것이다.

육사의 시를 관념시나 경박한 영웅주의로 전락하지 않게 하는 힘은 그의 실향 의식과 쫓기는 자아의 불안 의식이 진정한 인간적인 모습을 지니고 있기 때문이며, 여기서 그의 낭만적 향수 짓든 서정성의 바탕이 마련된다.* 특히 다음 시에서는 쫓기는 자아의 불안 의식과 육사의 인간적 모습을 볼 수 있다.

---

* 조창환, 《이육사 -투사의 길과 초극의 인간상》, 건국대학교출판부, 1998, p.61.

목숨이란 마—치 깨여진 배쪼각
여기저기 흐터저 마을 이 한구죽죽한 어촌漁村보다 어설푸고
삶의 틔끌만 오래묵은 포범布帆처름 달어매엿다.

남들은 깃벗다는 젊은날이엿건만
밤마다 내꿈은 서해西海를 밀항密航하는 '쩡크'와 갓해
소금에 짤고 조수潮水에 부프러 올넛다.

항상 흐렷한밤 암초暗礁를 버서나면 태풍颱風과 싸워가고
전설傳說에 읽어본 산호도珊瑚島는 구경도 못하는
그곳은 남십자성南十字星이 빈저주도 안엇다.

쫒기는 마음! 지친 몸이길래
그리운 지평선地平線을 한숨에 기오르면
시궁치는 열대식물熱帶植物처름 발목을 오여쌋다.

새벽 밀물에 밀여온 거믜인양
다삭어빠진 소라 깍질에 나는 부터왓다
머—·ㄴ 항구港口의 노정路程에 흘너간 생활生活을 드려다보며

—〈노정기路程記〉 전문

　이 시에서 육사는 우리와는 멀리 떨어진 영웅의 모습이 아니라 고뇌
하고 힘겨워하는 한 인간의 모습으로 다가온다. 기뻐야 할 젊은 날을
바다와 육지를 넘나들며 쫓기는 생활로 다 흘려보내고 말았다는 그의
괴로운 독백을 이 시는 담고 있는 것이다. 목적지까지 가기 위한 힘겨
운 노정은 흐린 밤 쉴 새 없이 암초를 피하고 태풍과 싸우는 것으로 비

유된다. 그리고 그런 고난 후에도 이상향을 찾기는커녕 한 줄기 별빛도 볼 수 없는 생활 속에서 지쳤다고 이야기 한다. 그런 그가 쫓기는 마음과 지친 몸을 끌고 육지로, 혹은 고향으로 돌아와도 시궁창 같은 암담함을 벗어날 길이 없었다는 것을 이 시는 말해준다.

그는 또 이 시에서 목숨을 여기저기 흩어진, 깨어진 뱃조각에 비유하며 떠도는 자신의 처지에 대해 한탄한다. 이는 〈독백獨白〉의 '갈멕인양 떠도는 심사/어데 하난들 끝간델 아리'라는 부분과 상통한다. 그러므로 이 시는 육사의 비극적인 현실인식과 자아 인식, 그리고 평온했던 고향에 대한 그리운 마음을 동시에 토로한 것이다. 이러한 시는 투사로서의 육사를 깎아내리는 것이 아니라 오히려 그의 인간적 모습을 볼 수 있게 함으로써 그의 투철한 삶과 함께 그 이면에 숨겨진 고달픔을 이해하고 공감하도록 한다.

육사가 투사가 되기까지에는 냉철한 현실인식과 고난의 시간들이 있었다는 것을 시를 통해 알 수 있다. 그는 일제 강점하 누구보다도 민감하게 현실을 바라보면서 고뇌했으며 그것을 타개하기 위해 역경과 고난을 마다하지 않았다. 그러면서도 시인으로서, 그리고 인간으로서 과거에 대한 그리움과 현실의 아픔을 토로하고 있었던 것이다.

3. 투사로서의 인간과 기개로서의 시학

육사는 경북 안동 출신으로 퇴계退溪 선생의 14대 손이며, 그의 외가는 선산善山 허 씨 가문이다. 그의 모친은 왕산旺山 허위許蒍의 종질녀이고 일헌一軒 허규許珪의 누이되는 분이다. 왕산은 합병 때에 의병을 일으켰던 분이며, 일헌은 항일 지사인데 육사는 그분들의 영향을 받았던 것으로 알려져 있다.[*] 이러한 집안내력을 보면 육사는 선비와 투사의 피

---

* 신석초, 「이 육사의 인물」, 《나라사랑》 16집, 1974, p. 103.

를 물려받았다는 것을 알 수 있다. 김종길은 육사 성격의 두 가지 특징
을 초강과 풍류로 드는데, 이는 동시에 전형적인 한국 선비의 기질적
특징이기도 하다고 말한다.* 선비의 기상과 굳은 절개, 그리고 풍류를
아는 멋스러움은 그가 투사이면서 시인이 되는데 큰 바탕이 된 자질이
다. 육사의 이러한 성격과 자질은 시에 그대로 드러난다.

> 수긋한 목통
> 축처—진 소리
> 서리에 번적이는 네굽
> 오! 구름을 헷치려는 말
> 새해에 소리칠 힌말이여!
>
> —〈말〉 부분

> 물새 발톱은 바다를 할퀴고
> 바다는 바람에 입김을 분다.
> 여기 바다의 은총恩寵이 잠자고잇다.
>
> 힌돛(백범白帆)은 바다를 칼질하고
> 바다는 하늘을 간절너본다.
> 여기 바다의 아량雅量이 간직여잇다.
>
> 날근 그물은 바다를 얽고
> 바다는 대륙大陸을 푸른 보로싼다.
> 여기 바다의 음모陰謀가 서리워잇다.
>
> —〈바다의 마음〉 전문

---

* 김종길, 앞의 글, p.71.

  첫 번째 시는 전체가 2연으로 구성되어 있는데 1연에서는 '먼길에 지친말'을 묘사하여 2연과 대조를 이루도록 하였다. 그것은 2연을 더욱 강조하기 위한 장치라고 여겨진다. 이 시는 마지막 행의 '새해'라는 말에서 알 수 있듯이 새해를 힘차게 시작하려는 의지를 노래한 신년시이기 때문이다. 특히 이 시가 발표된 1930년은 경오년庚午年으로 말띠의 해*여서 육사는 말을 소재로 이러한 시를 썼을 것이다. 이처럼 이 시는 신년시라는 의미도 있지만 시대의 구름을 헤치려는 육사의 강인한 정신력을 느낄 수 있는 시이다.

  두 번째 시에서는 바다의 한없이 넓고 큰 정신과 포부에 대해 말한다. 1연과 2연에서 바다는 물새가 발톱으로 할퀴어도, 흰 돛이 바다를 칼질해도 무한한 은총과 드넓은 아량으로 감싸 안는다. 3연에서는 보잘 것 없이 작은 그물이 바다의 일부를 얽어매는 것에 비해 바다는 넓은 대륙 전체를 '푸른 보로 싼다'고 하여 바다의 한없는 넓음, 그 광대함을 드러낸다. 그리고 그것을 '바다의 음모'라고 하여 바다가 지닌 깊은 뜻을 드러낸다. 앞 장에서 살펴본 바다는 육사에게 고난과 시련을 주는 공간으로 나타났지만 이 시에서 그는 바다를 통해 정신의 넓고 깊음을 배우고 있다. 바다는 그만큼 인간에게 큰 시련과 큰 배움을 주는 대상이다. 육사는 바다에 그물을 던지는 작은 인간으로서 그 큰 정신을 본받고자 하는 것으로 여겨진다.

　　푸른 하늘에 다을드시
　　세월에 불타고 웃둑 남아서서
　　차라리 봄도 꽃피진 말어라.

---

* 박현수, 「이육사 시의 특성과 주리론적 사유」, 오세영 · 최승호 편, 《한국현대시인론 I 》, 새미, 2003, p.233.

날근 거미집 휘두르고
끝없는 꿈길에 혼자 설내이는
마음은 아예 뉘우침 안이리

검은 그림자 쓸쓸하면
마츰내 호수湖水속 깊이 걱우러저
참아 바람도 흔들진 못해라.

—〈교목喬木〉 전문

앞의 시가 바다를 통해 한없이 넓고 깊은 정신을 말하고자했다면, 이 시는 줄기가 곧고 키가 큰 나무, 즉 교목을 통해 뜻을 높고 곧게 가지는 지사적 자세에 대해 말하고자한다고 여겨진다. 1연에서는 가지만 남은 교목을 보면서 비록 세월의 핍박에 불타더라도 그것에 굴하지 말고 우뚝 서는 강인한 정신력을 지닐 것을 이야기 하고, 봄에도 꽃을 피우지 않는 것으로서 외화성外華性을 거부하고 불변성을 추구*할 것을 명한다. 2연에서는 교목이 낡은 거미집을 두르고 꿈길에 설레는 고독한 모습을 보는데 그 쓸쓸함과 외부의 압박을 피하기 위해, 그리고 외부의 바람에 농락당하지 않기 위해 차라리 장렬히 목숨을 던지라고 3연에서 말한다. 이러한 내용은 결코 현실과 타협하지 않는 육사의 강한 정신력을 드러낸다. 그러므로 이 시에서는 그의 지사적 풍모와 높은 기개를 엿볼 수 있다.

이처럼 육사의 삶과 시는 일체화 되어 있다. 그는 넓고 깊은 바다와 곧고 높은 나무를 보며 웅대한 뜻을 지니고, 꺾어질망정 뜻을 굽히지 않는 기개를 지니게 된 것이다. 그리고 그 높은 뜻과 기개를 시에서만

---

* 이숭원, 《한국 현대 시인론》, 개문사, 1993, p.249.

소리친 것이 아니라 몸소 행동으로 실천한 것이다.

4. 현실 극복의 의지와 초월의 미학

일제 강점기에 높고 곧은 정신을 지닌 사람들은 몇 가지 행동 양상을 보여준다. 어떤 사람들은 독립 운동가로 투쟁의 현장에서 활동했고, 직접 활동할 수 없는 일부 지식인들은 우리의 말과 글을 통해 민족혼을 각성시키기 위해 노력했다. 이도 저도 할 수 없는 사람들은 아예 침묵으로 항쟁했다. 육사는 앞의 두 가지 일을 동시에 행하였는데, 그만큼 그의 시에는 저항 정신과 비극적 현실을 극복하고자 하는 의지가 두드러진다.

육사의 시에 쓰인 시어만 보아도 대체로 강렬한 투쟁적 이미지를 구사하여 원대하고 웅혼한 대륙적 풍모와 기상을 보여주고 있다는 것을 알 수 있다.[*] 그러면서도 낭만적 열정이나 섬세한 서정적 이미지를 구사하여 관념시나 정치시로의 전락을 방지한다.[**] 다음의 시들은 강한 극복 의지를 표명하면서도 그 섬세한 표현이 돋보이는 시들이다.

꼭 한개의별! 아츰날때보고 저녁들때도보는별
우리들과 아―주 친(親)하고그중빗나는별을노래하자
아름다운 미래(未來)를 꾸며볼 동방(東方)의 큰별을가지자

한개의 별을 가지는건 한개의 지구(地球)를 갓는것
아롱진 서름밖에 잃을것도 없는 낡은이따에서
한개의새로운 지구를차지할 오는날의깃븐노래를
목안에 피ㅅ때를 올녀가며 마음껏 불너보자

[*] 정한모, 「육사 시의 특질과 시사적 의의」, 《나라사랑》16집, 1974, pp.65~66.
[**] 조창환, 앞의 책, p.64.

한개의별을 노래하자 다만한개의 별일망정
한개 또한개 십이성좌十二星座모든 별을 노래하자.
　　　　　　　　　　　　　　　—〈한개의별을노래하자〉 부분

동방은 하늘도 다 끗나고
비 한방울 나리쟌는 그따에도
오히려 꽃츤 밝아케 되지안는가
내 목숨을 꾸며 쉬임업는 날이며

북北쪽 「쓴도라」에도 찬 새벽은
눈속 깁히 꼿 맹아리가 옴작어려
제비떼 까마케 나라오길 기다리나니
마츰내 저버리지못할 약속約束이며!

한 바다 복판 용소슴 치는곧
바람결 따라 타오르는 꽃성城에는
나븨처럼 취醉하는 회상回想의 무리들아
오날 내 여기서 너를 불러보노라
　　　　　　　　　　　　　　　　　　—〈꽃〉 전문

　첫 번째 시에서 '별'은 희망의 상징이 되는 대상물이란 것을 알 수
있다. 그러므로 하나의 별을 노래하고 하나의 별을 가지자는 말은 희망
을 노래하고 희망을 가지자는 말이 될 것이다. 아롱진 설움 밖에 남아
있지 않은, 더 이상 잃을 것도 없는 어둠의 현실에서 그래도 가질 수 있

는 하나, 그리고 가져야만 하는 하나, 어두운 밤하늘의 별처럼 빛나는 희망을 가지자는 것이다. 시적 화자는 그처럼 희망의 노래를 부르는 것은 다만 헛된 일이 아니라 한 개의 지구를 갖는 것이라고 구체적으로 설득한다. 생략된 5연에서는 '한개의별 한개의 지구地球 단단히다저진 그따우에/모든 생산生産의 씨를 우리의손으로 휘뿌려보자'고 하여 희망의 노래를 부르는 일이 단지 희망에만 그쳐서는 안 된다는 것을 강조한다.

육사의 다른 시편들을 통해서도 알 수 있지만 그는 조국의 독립이, 혹은 이상세계의 도래가 막연한 기다림만으로 오는 것이 아니라는 사실을 견지하고 있다. 온 몸을 괴롭히는 불굴의 자기단련을 거쳐야 우리가 바라는 이상세계가 오리라는 것을 인식하고 있었던 것이다.* 실제로 그의 생은 그 믿음의 행동적 실천을 보여준다. 그러므로 이 시에서 말하는 노래는 단순한 희망의 노래를 의미하는 것이 아니다. 그것은 온몸으로 실천하는 독립을 향한 노력인 것이다. 그렇게 하나, 또 하나를 실천하면서 마침내 십이성좌 모든 별을 노래하듯 큰 일을 해내자는 현실 극복의 의지가 이 시에는 담겨있는 것이다.

첫 번째 시에서 검은 밤하늘에서 별을 보듯이 두 번째 시에서는 비한 방울 내리지 않는 불모지에서 꽃을 보고, 모든 것을 얼어붙게 하는 겨울 속에서 생명을 감지한다. 이렇듯 삶에 대한 화자의 긍정적 자세 속에서 우리는 모진 시련이 올수록 더욱 붉은 생의 의지를 불태우는 그의 투지를 볼 수 있다. 육사는 〈자야곡子夜曲〉에서도 '바람 불고 눈보래 치쟎으면 못살이라/매운 술을마셔 돌아가는 그림자 발자최 소리'라고 하여 핍박이 강할수록 더욱 강하게 의지를 다지는 자아의 모습을 보여준다.

---

* 이숭원, 앞의 책, p.246.

　육사는 척박한 땅에서 꽃이 더욱 붉어지듯 자신도 폭력적인 현실에 굴하지 않고 쉼 없는 노력을 할 것을 말하면서 마침내 오고야말 봄을 기다린다. 그러면서 3연에서는 그 노력과 견딤 뒤에 올 봄의 세계, 즉 이상향을 제시한다. '꽃성'으로 상징되는 그 이상세계는 아름다운 생명과 환히로 가득찬 세계이다.

　이처럼 긍정적 자세와 적극적 의지로 비극적 현실을 극복하고자 하는 시들 이외에 육사의 탁월한 초월의 경지를 드러내는 시들이 있다.

　　　이러매 눈감아 생각해볼밖에
　　　겨울은 강철로된 무지갠가보다.

　　　　　　　　　　　　　　　　　　—〈절정絶頂〉 부분

　　　까마득한 날에
　　　하늘이 처음 열리고
　　　어데 닭 우는 소리 들렷스랴

　　　모든 산맥山脈들이
　　　바다를 연모戀慕해 휘달릴때도
　　　참아 이곧을 범犯하든 못하였으리라

　　　끈임없는 광음光陰을
　　　부지런한 계절季節이 피어선 지고
　　　큰 강江물이 비로소 길을 열엇다

　　　지금 눈 나리고
　　　매화향기梅花香氣 홀로 아득하니

내 여기 가난한 노래의 씨를 뿌려라

다시 천고千古의 뒤에
백마白馬 타고 오는 초인超人이 있어
이 광야曠野에서 목노아 부르게하리라

—〈광야曠野〉 전문

위의 시들은 우리에게 너무도 잘 알려져 있는 육사의 대표작들이다. 첫 번째 시의 생략된 1, 2, 3연은 더 이상 물러설 곳도 없는 극한에까지 몰려 있는 시적 화자의 상황을 보여준다. 이 시의 절정은 위에 제시한 마지막 연이라고 할 수 있는데 여기서 화자는 겨울이라는 혹독한 상황에 대한 새로운 깨달음을 얻게 된다. 그는 깊은 성찰의 결과 겨울이 강철로 된 무지개라는 깨달음을 얻게 된 것이다.

'강철'은 차갑고, 딱딱하며, 무거운 이미지로 겨울이라는 상황과 잘 부합된다. 그런데 '무지개'는 그와 다른, 전혀 반대의 이미지이다. '무지개'는 꿈과 동경의 환상적 요소*를 포함하고 있는 천상의 이미지인 것이다. 이 부정과 긍정의 대립적 이미지가 융합되어 팽팽한 긴장을 이루면서 새로운 이미지를 창출해 내고 있다. 그것은 겨울의 양면성을 드러낸다. 즉 암흑기로서의 겨울과 밝은 봄을 내포한 겨울을 동시에 보여주는 것이다. 이러한 인식은 참담한 절망도 아니고 섣부른 희망도 아니다. 그것은 현실과 신념의 긴장 관계에서 비롯하는, 사태에 대한 새로운 앎이다.** 이 새로운 앎은 밝은 미래에 대한 기다림으로 또 비극적인 현실을 초월하고자 하는 의지로 승화된다.

기다림과 초월의 의지는 두 번째 시에서 잘 나타난다. 이 시의 3연까

---

* 김학동, 「육사이원록론」, 《한국현대시인연구》, 민음사, 1977, p.232.
** 손병희, 「절정」의 구조와 앎의 추구」, 《한국 현대시 연구》, p.125.

해설 323

지의 내용에서는 태초에 성스러운 공간, '광야'가 생성되는 역사적 과
정을 볼 수 있다. 그 성스러운 공간은 일제에게 침략 당하기 전의 한반
도를 비유한 공간일 수도 있겠다. 그런데 그 성스러운 공간의 현재 상
황은 겨울이다. 그러나 겨울이 이 시에서 차지하는 비중은 단 한 행 뿐
이며 바로 다음 행에서 '매화향기'와 함께 곧 도래할 봄이 암시된다.
이처럼 육사는 겨울이라는 폭압의 상황을 축소시키고 밝은 미래에 대
한 전망을 제시한다. 그리고 그 전망에는 확신이 서려있다. 곧 봄이 올
것이니 '가난한 노래의 씨를 뿌려라'는 것이다. 앞서 한 개의 별을 노
래하자는 맥락과 같이 지금은 비록 미천한 희망의 씨앗이지만 한 개,
한 개를 뿌리고 키워서 태초의 성스러운 공간을 회복하자는 것이다. 그
러므로 여기서도 단순한 기다림으로 이상향을 바랄 것이 아니라 투철
한 노력으로 이상향을 만들어 가자는 육사의 뜻을 파악할 수 있다. 그
노력의 끝에는 세상을 새롭게 할 '백마타고 오는 초인'이 있을 것이라
는 건강한 희망을 제시하고, 그럼으로써 현실을 초월하고자 하는 의지
를 이 시는 보여주고 있다.

　이처럼 육사는 평화로웠던 과거, 혹은 고향을 그리워하는데서 그치
지 않고, 암울한 현실을 헤쳐 나가고자 한다. 그 극복의 방법도 단순히
희망을 노래하며, 막연히 밝은 미래를 기다리는 것이 아니라 행동으로
실천하며 미래를 열어 밝히고자 한다. 그러면서 현실을 초월하고자 한
것이다.

5. 결론

　이상에서 살펴본 육사의 전반적인 시세계를 정리해보면 다음과 같다.
　우선 육사의 시는 냉철한 시대인식을 담고 있다. 그는 시를 통해 비
극적인 현실에 고뇌하고 민족의 운명에 대해 절규하면서 다른 한편 아
름다웠던 과거와 잃어버린 고향을 그리워한다. 그러나 우리는 그의 시

에서 암울한 현실에 안주하지 않고 싸워나가는, 그러면서도 그 싸움을 힘겨워하고 불안해하는 한 인간을 만날 수 있다. 실제로 당시 그의 행동에는 큰 시련과 고통이 뒤따를 수밖에 없었을 것인데 그는 그러한 고통과 불안의식, 방랑의식을 모두 시 속에 담아낸다. 이런 시를 통해 우리는 인간으로서의 육사의 모습을 볼 수 있다.

그러한 고통과 방랑의식이 있었음으로 그는 진정한 투사가 될 수 있었을 것이다. 육사의 행동하는 투사로서의 모습은 그의 시에서 높은 기개의 시학으로 펼쳐진다. 그는 시에서 말처럼 힘차고 교목과 같이 높으며 바다와 같이 넓은 정신세계를 보여준다.

그의 이러한 정신세계는 암흑의 현실을 극복하고 초월하며 밝은 미래를 열어 밝힐 의지를 표명하는데 큰 바탕이 된다. 그는 시를 통해 밝은 미래의 도래를 예견하는데, 그것은 막연한 희망과 기다림의 노래가 아니다. 그는 비록 작은 것이지만 하나, 하나 실천함으로써 미래를 개척해 나가자고 말한다. 이러한 육사의 시는 단지 시로서만 말해진 것이 아니라 그의 정신과 행동을 그대로 보여준 것이기에 정직하며, 그래서 더욱 감동적이다.

육사의 시는 또한 높은 미학적 가치를 지니고 있기에 한국 문학사에서 중요한 한 위치를 점할 수 있다. 앞서 말한 바 대로 그의 시는 대체로 일제 강점기의 비극적 현실을 인식하면서 고뇌하고 또 극복하고자 하는 의지를 강하게 드러내지만 다른 한편으로 낭만적 성향을 지니고 있으며 유미주의적인 시적 기교 또한 곳곳에서 사용하고 있다. 그리고 한시에도 능통했던 그는 여러 평자들에 의해 언급되고 있듯이 전체 시의 형식미와 균형미에 대한 배려도 소홀히 하지 않았다. 그렇지만 그는 당시에 유행하던 계급주의 문학에도 낭만주의에도, 또 시문학파나 모더니즘 문학에도 동조하지 않았으며 한시에 주력하지도 않으면서 그 모든 것을 융합한 자신만의 시세계를 개척했다고 말할 수 있다. 이육사

는 시인으로서 섬세한 서정성을 지니고 있으면서도 현실을 직시하고
그 비극성을 강한 남성적 의지로 타개하고자 한다. 그리고 그 속에서
의 힘겨움과 불안함을 이야기 하면서도 극복의 의지와 초월의 경지를
보여주는 것이다.

　시인이 기본적으로 낭만적 성향을 지니고 시적 기교를 위해 노력하
는 것은 어쩌면 당연한 일이다. 그러나 육사 시의 특징은 낭만과 기교,
그 어느 쪽으로도 기울지 않고 그것을 수용하면서 현실 인식과 저항의
지를 드러냈다는 것이다. 그의 저항시는 당시의 저항시들과는 다른 위
치에 있는데, 우선 카프 류의 저항과도 다르지만 만해나 소월이 보여
주었던 여성주의적 저항방법과는 또 다른 각도에서 강렬한 대결의 자
세로 남성적인 저항을 시도하고 있는 것이다. 초인과 같은 늠름한 기상
의 대가적 풍모를 통하여 적극적인 투쟁과 저항의 치열성을 보여 주는
동시에 육사는 은근한 고전 정서를 바탕으로 한 선비 의식을 은연중에
보여 주고 있다.[*] 이처럼 다양한 시적 면모와 행동의 시학으로 육사의
시는 우리 시사에 독특한 위치를 차지하게 되는 것이다. 그것은 결코
소홀히 할 수 없는 한국시의 한 업적이라고 할 수 있겠다.

---

[*] 정한모, 앞의 책, p.50.

1904년 (1세) 4월 4일 경상북도 안동군 도산면陶山面 원촌리原寸里에서 퇴계退溪
이황李滉의 13대손인 이가호李家鎬와 의병장 범산凡山 허형許蘅의 딸인
허길許吉 사이에서 원기源祺, 활活, 원일源一, 원조源朝, 원창源昌 등 5형제
중 둘째로 태어나다. 첫 이름은 원록源祿, 둘째 이름은 원삼源三이며, 스
스로 활活이란 이름을 지어 부르다. 자字는 태경台卿, 호는 육사陸史이다.

1908년 (5세) 조부 치헌공痴軒公에게 다섯 형제와 함께 한학을 배우다.

1915년 (12세) 조부가 숙장이었던 예안禮安 보문의숙寶文義塾에 맏형을 따라 다
니면서 새로운 학문과 견문을 넓히다.

1916년 (13세) 조부가 별세하고 가세가 기울기 시작하다.

1919년 (16세) 안동군 녹전면祿轉面 신평동新坪洞 속칭 '듬벌이' 로 이사하다. 예
안 만세 사건을 겪다.

1920년 (17세) 원기·원일과 함께 대구로 나오다. 석재石齋 서병오徐丙五에게서
그림 공부를 하다.

1921년 (18세) 영천 안용락安庸洛의 딸 안일양安一陽과 결혼하다.

1922년 (19세) 영천 화북면華北面 백학학교(전 백학서원白鶴書院)에서 이명선·서만
달·백기만과 함께 약 6개월간 공부하다. 대구 교남학교嶠南學校로 옮겨
잠시 다닌 듯하다.

1923년 (20세) 대구 남산동 662번지로 이사하다. 이 해 봄 일본으로 건너가 약 1
년여를 있다가 나오다. 이 당시 대학 학적(일본대학)을 지녔던 것으로
추측된다.

1925년 (22세) 국민당 정의부國民黨正義府, 대한독립당 군정서大韓獨立黨軍政署, 의
열단義烈團 등의 독립 운동과 관련을 맺고 있었던 이정기李定基와 함께
비밀 결사를 만들다. 맏형 원기, 아우 원일과 함께 독립 운동 자금 모집
책으로 활동하다.

1926년 (23세) 대구 조양회관朝陽會館(현재 원화여자중학교)에 나가 신문화 강좌
에 참가하다. 이 해 이정기와 북경에 가다.

1927년 (24세) 북경서 귀국하다. 이해 가을 장진홍張鎭弘 의사의 조선은행 대구
지점 폭탄 투척 사건 피의자로 원기·원일·조와 함께 검거되다. 원조는
재학생이어서 나오고 3형제가 2년 7개월의 옥고를 치르다. 이때 변호

인으로서는 이우익·강희준과 밀양 사람 박 모씨였다고 한다.

1929년 (26세) 장진홍 의사의 검거로 3형제가 석방되다.《조선일보》대구 지사를 경영하며 기자로 활동하다. 이해 가을에 광주 학생 항일 운동이 일어나자 또다시 예비 검속되었다가 풀려 나오다. 아들 동윤東胤 출생하다.

1930년 (27세) 1월 3일 창작시〈말〉을, 이활이라는 필명으로《조선일보》에 발표하다. 11월 대구의 격문 사건檄文事件에 연계되어 원일과 함께 대구 경찰서에 피검되어 원일은 2개월여에 병보석으로 나오고 육사는 6개월 만에 석방되다.

1931년 (28세) 외숙 허규許珪의 독립군 자금 모금에 관계되어 만주에 갔다가 군관학교 학생 모집을 위해 귀국하다. 영천 출신 김모씨 등 3인(원조도 포함)을 데리고 북경으로 가다가 만주사변이 발생하여 약 3개월 만에 돌아오다. 이후 육사는 봉천奉天 김두봉金枓奉에게 가 지내다.

1932년 (29세) 6월초 만국빈의사萬國殯儀社에서 노신魯迅을 만나다. 북경에 가 있다가 10월 22일 조선군관학교(교장 김원봉金元鳳) 국민정부위원회 간부 훈련반에 입교하다.

1933년 (30세) 4월 22일 조선군관학교를 제1기생으로 졸업하고 상해·신의주를 거쳐 귀국하다. 이활이라는 필명으로〈무화과無花果〉라는 소설을《조선일보》현상 소설 모집에 응모했으나 예선만 통과한 채 낙선하다.《신조선新朝鮮》지에 처녀작 시〈황혼〉을 발표함으로써 시작 활동을 비롯하다.

1934년 (31세) 5월 25일 서울에서 일본 헌병에 의하여 피검되어 모진 고문을 받다. 이 사건은 군관학교 출신자 일제 검거였다. 약 7개월 이상 검속되다. 맏형 원기와 부인 안씨도 연행되어 고초를 겪다.

1935년 (32세) 봄에 위당爲堂 정인보鄭寅普 선생 댁에서 신석초申石艸를 만나 친교를 맺다. 위당 선생의 다산茶山 문집 간행 관계로 신조선사新朝鮮社와 인연을 맺은 이후로 신석초와 함께 편집 일을 주관하다. 이후《자오선》,《시학》등의 동인·편집인들과 사귀어 문단 활동을 벌이다.《개벽開闢》1월호에〈위기에 임臨한 중국정국의 전망〉을, 동지 3월호에〈중국청방비사靑幇秘史 소고〉등을 발표, 정치·사회 활동에 깊은 관심을 보이다.〈춘수3제春愁三題〉〈실제失題〉등의 시작품을 발표하다. 이즈음에는 북경대학에 적을 둔 것으로 추정된다.

1936년 (33세) 만주 목단강 쪽에 있다가 귀국하다. 귀국하자마자 피검되어, 서울 형무소에 구류되었다가 나오다. 그해 가을에 서거한 중국 작가 노신魯迅을 애도하는 〈노신魯迅 추도문〉(《조선일보》 10월)과 노신의 작품 〈고향〉을 번역(《조광》 12월호) 소개하다. 《풍림風林》지 제1집(12월호)에 시 〈한개의별을노래하자〉를 발표하다. 11월 18일(음력 10월 5일) 모부인의 회갑연을 대구 상서정上西町에서 가지다.

1937년 (34세) 〈해조사海潮詞〉(《풍림》 3월호), 〈노정기路程記〉(《자오선》 제1집) 등의 시와 〈질투의 반군성叛軍城〉〈무희의 봄을 찾아서〉 등의 산문을 발표하다. 서울 명륜동에서 살림을 하다. 이 때 모부인을 모시고 숙제 원일도 동거하다.

1938년 (35세) 무인(음력) 11월 23일 부친 아은亞隱공의 회갑연을 간소하게 가지다. 신석초申石艸·최용崔鎔·이명룡李明龍과 함께 경주로 여행하고 나중에 육사는 삼불암三佛庵에서 요양하다. 〈강건너 간 노래〉(《비판》 7월호), 〈소공원〉(《비판》 9월호), 〈아편〉(《비판》 11월호) 등의 시 작품과 〈모멸의 서〉(《비판》 10월호), 〈조선 문화는 세계 문화의 일류〉(《비판》 11월호), 〈계절의 5행〉(《조선일보》 12월), 〈초상화〉(《중앙시보》 3월) 등의 일반 평문과 수필을 발표하다.

1939년 (36세) 가을에 서울 종암동 62번지로 이사하다. 육사는 그 전부터 명륜동에서 혹은 미아리에서 살림을 하다. 이 해에 〈남한산성南漢山城〉〈청포도靑葡萄〉 등의 시 작품과 〈영화에 대한 문화적 촉망〉〈시나리오 문학의 특징〉 등의 영화 예술 관계의 평론을 발표하다.

1940년 (37세) 이 때 국내에서 문예지 및 언론 기관에서 일을 한 것으로 추정된다. 이 무렵에 발표된 시 작품으로는 〈절정絶頂〉(《문장》 1월호), 〈반묘斑猫〉(《인문평론》 3월호), 〈일식日蝕〉(《문장》 5월호), 〈교목喬木〉(《인문평론》) 등이며, 〈청란몽靑蘭夢〉〈나의 대용품代用品 현주玄酒·냉광冷光〉 등의 수필을 발표하다.

1941년 (38세) 음력 4월 26일 부친 아은공께서 별세하다. 9월에 폐질환으로 성모 병원에 입원하다. 딸 옥비沃非 출생하다. 《인문평론》《문장》 등의 잡지에 〈파초〉〈독백〉〈아미娥嵋〉〈자야곡子夜曲〉〈서울〉 등의 시 작품을 발표하는 한편, 수필 〈연인기戀印記〉〈산사기山寺記〉와 〈중국 현대시의 일단면〉 및 중국 호적胡適의 〈중국문학 50년사〉를 초역하여 소개하다.

1942년 (39세) 2월에 퇴원하여 요양차 경주 안강安康 기계리杞溪里의 이영우李英雨씨 댁에서 쉬다. 모친과 맏형 원기 별세하다. 연첩한 상고喪故에 몸이 쇠퇴하여 잠시 이태성李泰成의 집에서 요양하다. 《조광》지 1월호에 수

필 〈계절의 표정〉 발표를 끝으로 육사의 문필 활동은 보이지 않고 있
    다. 육사의 유고로 남은 〈광야曠野〉〈편복蝙蝠〉은 이 무렵(1942~1943년)
    에 씌어진 것으로 추정된다.

1943년 (40세) 각 집이 분산되어 큰집은 빈소를 모시고 고향 원촌으로 환고하고
    육사와 원일은 명륜동明倫洞에, 원조는 혜화동惠化洞에, 원창은 인천 송
    현동松峴洞에 각거하게 되었다. 육사는 또 북경으로 들어갔다가 모친과
    백형의 소상에 참석키 위하여 음력 4월에 귀국하여 안동 원촌까지 왔으
    며 7월에는 안동 풍산에서 1박하고 서울로 오다. 서울에서 동대문 경찰
    서 형사대와 헌병대에 의해 피검되어 북경으로 압송되다.

1944년 (41세) 양력 1월 16일 새벽 5시에 북경 감옥에서 별세하다. 육사의 부음
    을 듣고 서울 집안에선 호상소를 성북정城北町 122의 11번지에 차리고
    육사의 별세를 애도하다. 작품 〈꽃〉이 유시로 추정된다.

1946년 아우 원조에 의해 교열된 최초의 《육사시집陸史詩集》이 서울출판사에서
    발간되다. 원창의 3남 동박東博이 양자로 입적되다.

시

〈말〉,《조선일보朝鮮日報》, 1930. 1. 30.

〈춘수3제春愁三題〉,《신조선新朝鮮》, 1935. 6.

〈황혼黃昏〉,《신조선》, 1935. 12.

〈실제失題〉,《신조선》, 1936. 1

〈한개의별을노래하자〉,《풍림風林》, 1936. 12.

〈해조사海潮詞〉,《풍림》, 1937. 4.

〈노정기路程記〉,《자오선子午線》, 1937. 12.

〈초가草家〉,《비판批判》, 1938. 4.

〈강江건너 간 노래〉,《비판》, 1938. 7.

〈소공원小公園〉,《비판》, 1938. 9.

〈아편鴉片〉,《비판》, 1938. 11.

〈연보年譜〉,《시학詩學》, 1939. 3.

〈남한산성南漢山城〉,《비판》, 1939. 3.

〈호수湖水〉,《시학詩學》, 1939. 6.

〈청포도靑葡萄〉,《문장文章》, 1939. 8.

〈절정絶頂〉,《문장》, 1940. 1.

〈반묘斑猫〉,《인문평론人文評論》, 1940. 3

〈광인狂人의 태양太陽〉,《조선일보》, 1940. 4. 27.

〈일식日蝕〉,《문장》, 1940. 5.

〈교목喬木〉,《인문평론》, 1940. 7.

〈서풍西風〉,《삼천리三千里》, 1940. 10

〈독백獨白〉,《인문평론》, 1941. 1.

〈아미娥嵋〉,《문장文章》, 1941. 4.

〈자야곡子夜曲〉,《문장》, 1941. 4.

〈서울〉,《문장》, 1941. 4.

〈파초〉,《춘추春秋》, 1941. 12.

소설

〈황엽전黃葉箋〉,《조선일보》, 1937. 10. 31~11. 5.

수필

〈창공蒼空에 그리는 마음〉,《신조선》, 1934. 10.

〈질투嫉妬의 반군성叛軍城〉,《풍림》, 1937. 3.

〈문외한門外漢의 수첩手帖〉,《조선일보》, 1937. 8. 3~6.

〈전조기剪爪記〉,《조선일보》, 1937. 3. 2.

〈초상화肖像畵〉,《중앙시보 中央時報》, 1937. 3(미확보).

〈계절季節의 오행五行〉,《조선일보》, 1938. 12. 24~28.

〈횡액橫厄〉,《문장》, 1939. 10. .

〈청란몽青蘭夢〉,《문장》, 1940. 9.

〈은하수銀河水〉,《농업조선農業朝鮮》, 1940. 10.

〈나의 대용품代用品 현주玄酒 · 냉광冷光〉,《여성女性》, 1940. 12.

〈연인기戀印記〉,《조광朝光》, 1941. 1.

〈연륜年輪〉,《조광》, 1941. 6.

〈산사기山寺記〉,《조광》, 1941. 8.

〈계절季節의 표정表情〉,《조광》, 1942. 1.

〈고란皐蘭〉《매일신보每日新報》, 1942. 12. 1

평문

〈대구사회단체개관大邱社會團體槪觀〉,《별건곤別乾坤》, 1930. 10.

〈자연과학自然科學과 유물변증법唯物辨證法〉,《대중大衆》, 1934. 4.

〈오중전회五中全會를 앞두고 외분내열外分內裂의 중국 정정政情〉,《신조선》, 1934. 9.

〈국제무역주의國際貿易主義의 동향動向〉,《신조선新朝鮮》, 1934. 10.

〈1935년과 노불관계전망露佛關係展望〉,《신조선》, 1935. 1.

〈위기危機에 임림臨한 중국정국中國政局의 전망展望〉,《개벽開闢》, 1935. 1.

〈공인公認 '깽그' 단團 중국청방비사소고中國靑幇秘史小考〉,《개벽》, 1935.3.

〈중국中國의 신국민운동新國民運動 검토〉,《비판》, 1935. 4(미확인).

〈중국농촌中國農村의 현상現狀〉,《신동아新東亞》, 1936. 8.

〈노신추도문魯迅追悼文〉,《조선일보》, 1936. 10. 23~29.

〈대구大邱 약령시藥令市 유래〉,《조선일보》, 1937(미확인).

〈모멸侮蔑의 서書〉,《비판》, 1938. 10.

〈조선문화朝鮮文化는 세계문화世界文化의 일륜一輪〉,《비판》, 1938. 11.
〈영화映畫에 대한 문화적文化的 촉망〉,《비판》, 1938. 2.
〈씨나리오 문학文學의 특징—예술형식의 변천과 영화의 집단성〉,《청색지青色紙》,
1939. 5.

번역평문

〈중국문학50년사中國文學五十年史〉,《문장文章》, 1941. 1(상) 4(하).
〈중국현대시中國現代詩의 일단면一斷面〉,《춘추春秋》, 1941. 6.

방문기

〈신진작가新進作家 장혁주 군張赫宙君 방문기〉,《조선일보》, 1932. 3. 29.
〈무희舞姬의 봄을 찾아서〉,《창공蒼空》, 1937. 4(미확보).

서간

〈현상소설 예선당선자 근황〉,《조선일보》, 1933. 9. 20.
〈최정희崔貞熙 여사에게〉, 1940.

앙케트

〈1934년에 임하야 문단에 대한 희망〉,《형상形象》, 1934. 2.
〈농촌문화문제 특집農村文化問題特輯 설문에 대한 답〉,《조광》, 1941. 3.

번역소설

〈고향故鄕〉,《조광》, 1936. 12.
〈골목안〉,《조광》, 1941. 6.

서평

〈자기심화自己深化의 길〉,《조선일보》, 1938. 8. 22.
〈윤곤강시집尹崑崗詩集〈빙화氷華〉 기타〉,《인문평론》, 1940. 11.

한시

〈근하謹賀 석정 선생石庭先生 육순六旬〉《사진순보寫眞旬報》, 1943. 봄.
〈만등동산晩登東山〉, 1943. 봄.
〈주난흥여酒暖興餘〉, 1943. 봄.

수록지 · 일자 미상 자료

서간 〈신석초申石艸에게〉, 《광야曠野에서 부르리라》, 문학세계사, 1981 발굴.

시 〈광야曠野〉, 《자유신문自由新聞》, 1945. 12. 17 발굴.

시 〈꽃〉, 《자유신문自由新聞》, 1945. 12. 17 발굴.

시 〈소년少年에게〉, 《육사시집》, 서울 출판사, 1946 발굴.

시 〈해후邂逅〉, 《육사시집》, 서울 출판사, 1946 발굴.

시 〈나의 뮤-즈〉, 《육사시집》, 서울 출판사, 1946 발굴.

시 〈바다의 마음〉(친필유고), 신석초 소장.

시 〈편복蝙蝠〉(친필유고), 이동영 소장.

신석초·김광균·오장환·이용악,《육사시집》, 초판 서문, 서울출판사, 1946.

이원조,《육사시집》, 초판 발문, 서울출판사, 1946.

유치환,《육사시집》, 중판본 서문, 범조사, 1956.

이동영,《육사시집》, 중판본 발문, 범조사, 1956.

박훈산,〈항쟁의 시인 육사의 시와 생애〉,《조선일보》, 1956. 5. 25.

이은상,〈육사소전〉, 백기만 편,《씨뿌리는 사람들》, 사조사, 1959. 2.

홍영의,〈육사의 일대기〉, 백기만 편,《씨뿌리는 사람들》, 사조사, 1959. 2.

송영모,〈육사연구〉,《국어국문학연구논문집》, 효성여대 국어국문학회, 1959. 6.

신석초,〈이육사의 추억〉,《현대문학》, 1962. 12.

이동영,〈이육사의 생애〉,《동아일보》, 1963. 12.

김춘수,〈그는 신념의 시인이었다―고 육사의 환역을 맞아〉,《한국일보》, 1964.
　　　　5. 14.

신석초,〈이육사의 생애와 시〉,《사상계》, 1964. 7.

박지수,〈육사와 참여문학〉,《매일신문》, 1964. 11. 18.

신석초,〈생각나는 사람들―맑고 깨끗한 이육사〉,《대한일보》,1966. 6. 27.

김윤식,〈소월·만해·육사론〉,《사상계》, 1966. 9.

정태용,〈이육사〉,《현대문학》, 1967. 2.

이연우,〈육사와 그의 시에 대한 일 고찰〉,《명륜춘추》, 안동교대, 1968.

강전섭,〈육사의 시문습유〉,《한국어문문학》, 제8·9호, 1970. 12.

박두진,〈이육사의 시〉,《한국현대시론》, 일조각, 1971.

신석초,《광야》, 서문, 형설출판사, 1971.

김학동,〈고월과 육사의 유작〉,《어문학》, 제26호, 1972.

김남석,〈우애와 정서에 젖은 유수〉,《시정신론》, 현대문학사, 1972.

박희진,〈저항시, 저항시인〉,《신동아》, 1972. 8.

노재찬,〈항일민족시의 성격―이육사의 경우〉,《부산대학교 사대학보》, 제1집,
　　　　1972. 10.

김인환,〈이육사론〉,《월간문학》, 1972. 10.

박노춘,〈육사의 유시문집의 미수록 작품에 대하여〉,《경희대 문리대학보, 문리
　　　　학총》, 1972.

이동영, 〈중부 이육사의 추억〉, 《샛별》, 대구대륜고교, 1972.

김윤식, 〈절명지의 꽃〉, 《시문학》, 1973. 12.

이은상, 〈서리묻은 새벽길의 역사〉, 《시문학》, 1973. 12.

한흑구, 〈이육사의 청포도〉, 《시문학》, 1973. 12.

김윤식, 〈시와 전통과 맥락〉, 《심상》, 1974. 7.

김용직, 〈저항의 논리와 그 정신적 맥락〉, 《한국현대시연구》, 일지사, 1974.

김용성, 〈이육사〉, 《한국현대문학사탐방》, 국민서관, 1974.

곽종원, 〈육사 이원록 선생〉, 《나라사랑》, 제16집, 1974.

신석초, 〈이육사의 인물〉, 《나라사랑》, 제16집, 1974.

이동영, 〈이육사의 독립운동과 생애〉, 《나라사랑》, 제16집, 1974.

______, 〈육사 이원록 선생 해적이〉, 《나라사랑》, 제16집, 1974.

이명자, 〈새 자료를 통해 본 이육사의 생애〉, 《나라사랑》, 제16집, 1974.

최창규, 〈이육사 시대의 사상사적 좌표〉, 《나라사랑》, 제16집, 1974.

홍기삼, 〈이육사의 저항활동〉, 《나라사랑》, 제16집, 1974.

정한모, 〈육사 시의 특질과 시사적 의의〉, 《나라사랑》, 제16집, 1974.

김종길, 〈육사의 시〉, 《나라사랑》, 제16집, 1974.

김학동, 〈이육사의 문학활동〉, 《나라사랑》, 제16집, 1974.

김해수, 〈이육사 연구〉, 성신여사대 대학원논문, 1974.

김종길, 〈한국시에 있어서의 비극적 황홀〉, 《진실과 언어》, 일지사, 1974.

김영무, 〈이육사론〉, 《창작과비평》, 1975. 여름.

조병기, 〈이육사연구〉, 고려대 대학원 석사논문, 1975.

홍신선, 〈이육사론〉, 연세대 대학원 석사논문, 1975.

한태옥, 〈한국시와 사회의식(1)―이육사론〉, 《한국현대시 연구》, 신학사, 1975.

김인환, 〈이육사 시의 속뜻〉, 《배달말》 1, 1975.

김학동, 〈육사 이원록 연구〉, 《진단학보》 40, 1975. 10.

______, 〈육사문학의 개관〉, 《이육사전집》, 정음사, 1975.

이명자, 〈본명조차 상실되었던 이육사〉, 《문학사상》, 1975. 11.

황헌식, 〈암흑기의 묵시문학〉, 《창작과비평》, 1975. 겨울.

이명자, 〈새 자료에 의한 이육사의 생애〉, 《문학사상》, 1976. 1.

김용직, 〈소명감 속의 시와 행동정신〉, 《문학사상》, 1976. 1.

홍기삼, 〈혁명의지와 시의 복합〉, 《문학사상》, 1976. 1.

백순재, 〈육사의 유작정리와 그 문제점〉, 《문학사상》, 1976. 1.

정태용, 〈이육사론〉, 《한국현대시인연구 기타》, 1976.

김종철, 〈육사의 시, 그 의미와 한계〉, 《문학사상》, 1976. 1.
허형석, 〈이육사 시 연구〉, 《군산수산전문대학교 논문집》10, 군산대학교, 1976.
김인환, 〈이육사 시의 속뜻〉, 《배달말》, 경상대 국문과, 1976. 2.
이기서, 〈육사 시에 있어서 개체와 집단〉, 《교육논총》, 고려대 교육대학원, 1976.
김홍규, 〈육사의 시와 세계인식〉, 《창작과비평》, 1976. 봄.
김학동, 〈육사 문학 연구의 귀중한 자료〉, 《독서생활》, 1976. 8.
김시태, 〈밤의 인식과 자기성찰〉, 《현대문학》, 1976. 9.
홍신선, 〈이육사론〉, 《동악어문논집》 19, 1976.
박치원, 〈이육사논고〉, 《시문학》, 1977. 3.
김시태, 〈민족의 비견〉, 《현대문학》, 1977. 5.
김학동, 《육사 이원록론》, 민음사, 1977.
조창환, 〈이육사론〉, 《관악어문 연구》, 제2집, 서울대 국어국문학과, 1977. 12.
오하근, 〈광야의 육사〉, 《현대문학》, 1978. 1.
김용주, 〈일제시대의 저항시논고〉《홍익공전논문집》 8, 1978.
천두현, 이윤섭, 〈이육사연구서설〉, 《논문집》, 제15집, 부산교육대학, 1979. 2.
유종렬, 〈육사 시의 신화비평적 시론〉, 《국어국문학》, 제16집, 부산대 국어국문
　　　　학과 1979. 2.
구충서, 〈행동과 미의 비밀〉, 《민족문학의 길》, 새밭사, 1979.
홍신선, 〈낙원의 회복과 속죄양 의식〉, 《시문학》, 1979. 4.
신상철, 〈저항시의 한 양태: 이육사의 시어 연구〉, 《경남대학 논문집》, 제6집, 1979.
박철석, 〈이육사론〉, 《현대시학》, 1980. 6.
정중희, 〈이육사 논고〉, 고려대 교육대학원 석사논문, 1980.
김생식, 〈일제말 저항시인에 대한 재조명〉, 《국어교육연구》 2, 1981.
오세영, 〈이육사의 〈절정〉―비극적 초월과 세계인식〉, 《한국 현대시 작품론》,
　　　　문장사, 1981.
김진국, 〈이육사의 〈황혼〉―존재의 고독과 충일의 몽상〉, 《한국 현대시 작품
　　　　론》, 문장사, 1981.
이명주, 〈이육사시연구〉, 건국대 대학원 석사논문, 1981.
이상호, 〈이육사 연구〉, 한양대 대학원 석사논문, 1981.
전형대, 〈고전시론에 비추어 본 육사시의 전통성〉, 《심상》, 1981. 1.
신동한, 〈육사의 시의 세계〉, 《거암》, 1981. 3.
김현자, 〈이육사 시에 나타난 상상력의 구조〉, 《이화여대 한국문화 연구원 논문
　　　　집》, 제41집, 1982.

이병문, 〈이육사의 시세계〉,《논문집》7, 광주보건전문대, 1982.

이격식, 〈이육사 시 연구〉,《한국 국어교육 연구회》, 제42~45호, 1982.

박성윤, 〈이육사론〉, 중앙대 교육대학원 석사논문, 1982.

강윤수, 〈이육사 시론: 유형 및 내용 분석을 통한 재평가 방안〉, 중앙대 대학원
　　　석사논문, 1982.

최현희, 〈이육사의 시 연구〉, 성균관대 대학원 석사논문, 1982.

강창민, 〈이육사 시의 재조명〉,《현상과 인식》7, 1983.

윤영천, 〈이육사 문학의 재검토〉,《한국학논집》10, 계명대학교 한국학연구소,
　　　1983.

이동하, 〈육사의 정신과 객관적 절제〉,《한국대표시평설》, 문학세계사, 1983.

조창환, 〈이육사와 초극의지〉,《한국현대시사연구》, 1983.

신상철, 〈이육사의 시어 연구〉,《국학자료 간행위원회 국문학자료집》, 제2집,
　　　현대문학편 작가론 Ⅰ, 1983.

최하람, 〈문단이면사(39)―광복을 외친 행동의 선비〉,《경향신문》, 1983.11.5.

김삼주, 〈이육사 시 연구〉, 인하대 대학원 석사논문, 1984.

신경득, 〈일제시대 문학사상에 대하여〉,《배달말》9, 1984.

심원섭, 〈이육사시의 원전과 기존 판본에 관한 연구〉, 연세대 대학원 석사논문,
　　　1984.

이남호, 〈육사의 신념과 동주의 갈등〉,《세계의 문학》, 1984. 여름.

이용진, 〈이육사 시 연구〉, 인하대 교육대학원 석사논문, 1984.

이동근, 〈이육사 연구〉,《육군 제3사관학교 논문집》, 제18호, 1984. 9.

임승빈, 〈육사시의 구조〉,《어문논총》3, 청주대 국어국문학과, 1984.

이기서, 〈육사의 시와 저항의식〉,《식민지 시대의 시인연구》, 시인사, 1985.

이유식, 〈선구자의 시심―이육사론〉,《국어교육》, 한국국어교육연구회, 1985.

윤정룡, 〈이육사의 사상적 위상 시론〉,《한국문학》6, 1985.

조풍연, 〈이육사〉,《노동》, 1985. 4.

심원섭, 〈'이육사 시집' 들은 믿을 만한가〉,《오늘의 책》, 한길사, 1985. 여름.

김선학, 〈이육사연구〉,《현대문학》, 1985. 8.

정순진, 〈이육사와 윤동주 시에 나타난 시간인식〉,《어문연구》14, 1985.

유병환, 〈나라사랑에 몸바친 시인 육사〉,《월간조선》, 1985.12.

장도준, 〈최종적 행위와 세계인식〉,《연세어문학》, 연세대 국어국문학과, 1985.12.

김익중, 〈이육사 시의 내적 형식과 외적 형식 고찰 연구〉, 동국대 대학원 석사논
　　　문, 1986.

김재홍, 〈이육사, 투사의 길, 예술의 길〉, 《소설문학》, 1986. 1.

김종길, 〈이상화된 시간과 공간―〈광야〉분석〉, 《문학사상》, 1986. 2.

김학동, 〈민족적 염원의 실천과 시로의 승화〉, 《문학사상》, 1986. 2.

김현자 〈〈황혼〉속에 자신도 우주화〉, 《문학사상》, 1986. 2.

이남호, 〈비극적 황홀의 순간 묘파〉, 《문학사상》, 1986. 2.

김옥순, 〈이육사시 연구 여기까지 왔다〉, 《문학사상》, 1986. 2.

이승훈, 〈이 시를 나는 이렇게 읽는다―대표작주석〉, 《문학사상》, 1986. 2.

이동철, 〈이육사의 내재의식과 시 세계〉, 《고려대 국어국문학 연구회 어문론
　　　집》, 제26집, 1986.

박주관, 〈이육사 시론〉, 동국대 대학원 석사논문, 1986.

박민종, 〈이육사 시어의 표출에 관한 연구〉, 공주사대 교육대학원 석사논문,
　　　1986.

김학동, 〈이육사 전집〉, 《한국 현대시인 연구》, 제10집, 새문사, 1986.

심원섭, 《원본 이육사 전집》, 집문당, 1986.

＿＿＿, 〈이육사의 초기 문학평론 및 소설에 나타난 노신魯迅문학 수용양상〉,
　　　《연세어문학》 19, 1986.

최미정, 〈이육사 시의 구조 고찰〉, 《관악어문연구》 11, 1986.

최병우, 〈이육사 시 연구〉, 《선청어문》, 서울대학교 국어교육과, 1986.

김동주, 〈일제 침략기 항일 민족시가 연구〉, 《한국학연구》 2, 1987.

김익중, 〈이육사 시의 외적 형식과 내적 형식 고찰〉, 《동악어문논집》 22, 1987.

전성구, 〈귀향에의 의지: 육사 시의 재조명〉, 《현대문학》, 1987. 2.

방인태, 〈육사 시의 양면성〉, 《국제어문》, 제8집, 1987. 5.

신동욱, 〈육사 시 연구(강창민 저) 서평〉, 《국어국문학》, 제98호, 1987. 12.

엄혜숙, 〈이육사와 현실인식〉, 연세대 대학원 석사논문, 1987.

김창완, 〈이육사·윤동주 시의 대위적 연구〉, 한남대 대학원 석사논문, 1987.

정재승, 〈이육사 시 연구: 시간·공간 구조를 중심으로〉, 경남대 대학원 석사논
　　　문, 1987.

박주관, 〈이육사론〉, 《동악어문논집》 22, 1987.

박천석, 〈이육사 시 연구〉, 전남대 대학원 석사논문, 1987.

송희복, 〈육사시의 환각과 위의〉, 《한국문학연구》 11, 동국대학교 한국문학연
　　　구소, 1988.

이숭원, 〈구조주의적 시의 절정과 내면구조〉, 《동양문학》, 1988. 9.

정선학, 〈이육사 시 연구〉, 경희대 대학원 석사논문, 1988.

김삼주, 〈육사 시의 상징연구〉, 《어문연구》, 1989. 5.

강동호, 〈이육사·윤동주 시의 구조연구: 공간구조와 시간구조를 중심으로〉, 고려대 대학원 석사논문, 1989.

이사라, 〈이육사 시의 기호론적 연구〉, 《논문집》 30, 서울산업대학교, 1989.

이계숙, 〈윤동주와 이육사 시의 대비연구〉, 《교육논총》 10, 1990.

오상수, 〈이육사 시 연구: 그의 시에 나타난 상징적 표현을 중심으로〉, 연세대 대학원 석사논문, 1990.

김숙귀, 〈나라잃은 시대 시 가르치기에 대하여〉, 《배달말교육》 9, 1991.

임채모, 〈이육사 시의 상징적 고찰: 시간과 공간을 중심으로〉, 전남대 교육대학원 석사논문, 1991.

이동영, 《이육사》, 한국현대시인연구 2, 문학세계사, 1992.

김장동, 〈이육사 소설에 대하여〉, 《안동문화》 14, 1993.

손병희, 〈낭만적 자아와 우주적 사랑〉, 《안동문화》 14, 1993.

김병택, 〈이육사 시의 의식과 그 의미〉, 《논문집》, 제주대학교, 1994.

이형권, 〈이육사 시의 구조분석연구〉, 《어문연구》 25, 1994.

김용직, 《이육사》, 한국문학의 현대적 해석 4, 서강대 출판부, 1995.

강창민, 〈이육사 시에 나타난 '자연'의 시적 변용〉, 《국제어문》 17, 1996.

이희중, 〈이육사 시 재론〉, 《어문논집》 35, 안암어문학회, 1996.

노대규, 〈시의 언어학적 분석〉, 《동방학지》 95, 1997.

백운복, 〈시적 이미지 조성과 의미융합의 원리 연구〉, 《인문과학연구》 10, 서원대학교 인문과학연구소, 1997.

이문걸, 〈한국 현대시와 공간의 해석〉, 《새얼어문논집》 10, 1997.

김시준, 〈광부 이전 한국에서의 노신문학과 노신〉, 《중국문학》 29, 1998.

김진석외2, 〈문학 감상을 위한 비평 유형 연구〉, 《교육발전》 17, 1998.

조창환, 《이육사 -투사의 길과 초극의 인간상》, 건국대학교출판부, 1998.

권영민, 〈이육사의 〈절정〉과 '강철로 된 무지개'의 의미〉, 《새국어생활》 9, 국립국어연구원, 1999.

김창근, 〈우리 현대시의 항일 저항적 성격〉, 《새얼어문논집》 13, 2000.

권영민, 〈이육사의 〈반묘〉〉, 《새국어생활》 11, 국립국어연구원, 2001.

______, 〈이육사의 시 〈파초〉〉, 《새국어생활》 11, 국립국어연구원, 2001.

박현수, 〈이육사의 주리론적 수사관과 〈서울〉의 해석〉, 《새국어교육》 61, 한국국어교육학회, 2001.

유병관, 〈선비정신과 초인의 꿈〉, 《국제어문》 23, 2001.

이상규, 〈육사 시에 나타난 안동방언〉,《어문학》 72, 한국어문학회, 2001.
박현수, 〈이육사 문학의 전거수사와 주리론의 종경정신〉,《우리말 글》 25, 2002.

✳ 책임편집

김종회

경남 고성 출생. 경희대 국문과 및 동 대학원 졸업(문학박사).
《문학사상》으로 문단에 데뷔. 문학평론가.
평론집 《위기의 시대와 문학》, 《문학과 전환기의 시대정신》 등과,
저서로 《한국 소설의 낙원의식 연구》, 《문학과 사회》 등 출간.
한국문학평론가협회상, 김환태평론문학상 등 수상.
경희대학교 국문과 교수.

이육사 작품집

발행일 | 2022년 6월 10일 초판 1쇄 발행
　　　　　2024년 10월 5일 초판 2쇄 발행

지은이 | 이육사　　　　　　**책임편집** | 김종회
펴낸이 | 윤성혜　　　　　　**펴낸곳** | 종합출판 범우(주)
편집기획 | 임헌영 · 오창은　　**인쇄처** | 태원인쇄

등록번호 | 제406-2004-000012호 (2004년 1월 6일)
　　　　　　(10881) 경기도 파주시 광인사길 9-13 (문발동)
대표전화 | 031-955-6900　　　**팩 스** | 031-955-6905
홈페이지 | www.bumwoosa.co.kr　**이메일** | bumwoosa1966@naver.com

ISBN 978-89-6365-424-9 03810

* 책값은 뒤표지에 있습니다.
* 잘못된 책은 바꾸어드립니다.